WEST CHICAGO PUBLIC LIBRARY DISTRICT
3 6653 00174 5060

D0813692

DESAPARECIÓ UNA NOCHE

Dennis Lehane

DESAPARECIÓ UNA NOCHE

Traducción de María Vía

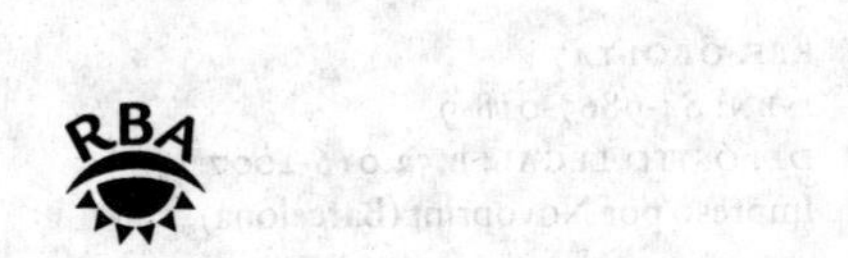

Título original: Gone, Baby, Gone
Autor: Dennis Lehane
Traducción: María Vía
Composición: David Anglès

Pérez Galdós, 36 – 08012 Barcelona

Primera edición de bolsillo: abril 2006
Segunda edición de bolsillo: noviembre 2007

REF. OBOL147
ISBN: 84-9867-018-9
DEPÓSITO LEGAL: B.52.016-2007
Impreso por Novoprint (Barcelona)

A mi hermana Maureen y a mis hermanos Michael, Thomas y Gerard por haberme apoyado y aguantado tanto. No debe haber sido fácil.

Y a JCP que ni siquiera tuvo la oportunidad de hacerlo.

AGRADECIMIENTOS

Quiero agradecer a la autora de la edición inglesa, Claire Wachtel, y a mi agente, Ann Rittenberg, haber salvado, una vez más, un manuscrito del desastre y haberme hecho quedar mucho mejor de lo que podía esperar. A Mal, Sheila y Sterling haber leído el primer borrador y haberme ayudado a resolver las dificultades.

También quiero dar las gracias al sargento Larry Gillis de la policía del estado de Massachusetts, Departamento de Asuntos Públicos; a Mary Clark de la biblioteca pública Thomas Crane de Quincy; a Jennifer Brawer de William Morrow y a Francesca Liversidge de Bantam de Reino Unido, por haber solucionado innumerables cuestiones intangibles.

NOTA DEL AUTOR

Cualquier persona que conozca Boston, Dorchester, South Boston y Quincy, así como la cantera de Quincy y la reserva de Blue Hills, se dará cuenta de que me he tomado muchas libertades en la descripción de los detalles geográficos y topográficos; libertades totalmente intencionadas. Aunque estos pueblos, ciudades y zonas existen, he alterado alguna información según las necesidades de la historia o por capricho y, por lo tanto, deben ser considerados ficticios. Cualquier parecido de los personajes y situaciones con personas reales, vivas o muertas, es fruto de la casualidad.

PORT MESA, TEXAS

OCTUBRE DE 1998

Mucho antes de que el sol llegue al golfo, los barcos pesqueros se adentran en la oscuridad. Son casi todos barcos camaroneros, aunque alguna vez vayan a la caza de agujas o tarpones, y la mayoría de la tripulación es masculina. Las pocas mujeres que trabajan en ellos suelen evitar el contacto con sus compañeros. Estamos en la costa de Texas donde muchos hombres han luchado hasta la muerte, mientras pescaban, a lo largo de dos siglos. Sus descendientes y los amigos que les han sobrevivido sienten que han adquirido sus prejuicios, su odio hacia los competidores vietnamitas, su desconfianza hacia cualquier mujer dispuesta a tal trabajo: manosear gruesos cables y anzuelos que cortan como cuchillos en medio de la noche.

Las mujeres, dice un pescador en la oscuridad que precede al amanecer —mientras el capitán reduce el sordo ruido del motor del barco rastreador y el mar color pizarra se vuelve turbio—, deberían ser como Rachel. Eso sí que es una mujer.

Es una mujer, dice también otro pescador. Sin duda que lo es, maldita sea.

Rachel es relativamente nueva en Port Mesa. Apareció en julio con su niño y una camioneta Dodge estropeada, alquiló una pequeña casa al norte de la ciudad y arrancó el cartel de «Se necesita ayuda» de la ventana de Crockett's Last Stand, un bar de muelle encaramado en lo alto de antiguos pilotes que ceden hacia el mar.

Pasaron meses antes de que nadie averiguara su apellido: Smith.

Port Mesa atrae a muchos Smith. También a algunos Doe. La tripulación de la mitad de los barcos está formada por hombres que huyen de algo. Duermen cuando casi todo el mundo está despierto, trabajan cuando casi todos duermen, el resto del tiempo beben en bares en los cuales pocos forasteros se atreverían a entrar, siguen su presa y las estaciones, se desplazan para trabajar hasta sitios tan lejanos como Baja en el oeste y Cayo Hueso en el sur y cobran en efectivo.

Dalton Voy, el propietario de Crockett's Last Stand, paga a Rachel Smith en efectivo. Le pagaría en lingotes de oro si ella quisiera. Desde que ocupó su puesto detrás de la barra, el negocio ha crecido un veinte por ciento. Y por extraño que parezca, también hay menos peleas. Por lo general, los hombres bajan del barco con el sol pegado al cuerpo y a la sangre, y eso les hace irritables, capaces de acabar una discusión de un botellazo o un golpe con un taco de billar. Y si hay mujeres bonitas cerca, como bien dice Dalton, sencillamente se ponen mucho peor. Están más dispuestos a reírse, pero también a ofenderse.

Hay algo en Rachel que calma a los hombres.

Y que los previene, también.

Está en sus ojos, una mirada rápida, dura y fría cuando alguien se pasa de la raya, le toca la muñeca o cuenta un chiste verde que no hace gracia. Y también está en su cara, en las profundas arrugas, en la belleza que perdura, en la sensación de una vida anterior a Port Mesa que ha conocido amaneceres más tristes y realidades más difíciles que la mayoría de pescadores.

Rachel lleva una pistola en el bolso. Dalton Voy la vio por casualidad y lo único que le sorprendió es que no le sorprendiera en absoluto. De alguna manera, ya lo sabía. De alguna manera, todo el mundo lo sabía. Nadie aborda nunca a Rachel en el aparcamiento después del trabajo, nadie intenta convencerla para que entre en su coche. Nadie la sigue a casa.

Pero cuando sus ojos ya no tienen esa dura mirada y la distancia desaparece de su rostro, no veas, ilumina totalmente el lugar. Se mueve por todo el bar como una bailarina; cada giro, cada movimiento, cada vez que inclina una botella lo hace con suavidad y delicadeza. Cuando se ríe, abre tanto la boca que la risa estalla en sus ojos y los presentes intentan contar un chiste nuevo, más gracioso, sólo para volver a sentir el estremecimiento de su risa recorriéndoles todo el cuerpo.

Y también está su hijo. Un niño guapo y rubio. No se parece en nada a ella, pero cuando sonríe, es evidente que es el hijo de Rachel. Quizá sea algo inestable, como ella. A veces, sus ojos delatan cierta advertencia, lo cual resulta raro en un niño tan pequeño. Apenas tiene edad de caminar y ya le muestra al mundo lo que piensa: «No me presiones».

La vieja señora Hayley vigila al niño mientras Rachel trabaja; después le cuenta a Dalton Voy que no se podría pedir a un niño que se portara mejor ni que amara a su madre, con tanta candidez. Dice que el niño será algo fuera de lo corriente. Presidente o algo así. Héroe de guerra. Presta atención a lo que te digo, Dalton. Presta mucha atención.

Un día, durante la puesta de sol en Boynton's Cove, Dalton hace su paseo diario y se encuentra con madre e hijo. Rachel se baña hasta la cintura en el cálido golfo, sostiene al niño en sus brazos y lo baña poco a poco. El agua es de oro, parece seda bajo los últimos rayos de sol, Dalton tiene la sensación de que Rachel purifica a su hijo en oro o de que lleva a cabo algún rito antiguo que protege el cuerpo para que nadie pueda atravesarlo ni rasgarlo.

Ambos se ríen en el mar color de ámbar y el sol se tiñe de rojo a sus espaldas. Rachel besa el cuello de su hijo y le apoya las pantorrillas en su cadera. Él se apoya en las manos de su madre. Se miran a los ojos.

Dalton está convencido de no haber visto nunca nada tan bonito como esa mirada.

Rachel no lo ve y Dalton ni siquiera saluda. En realidad, se siente como un intruso. Mantiene la cabeza baja y se va andando por donde vino.

Algo sucede cuando te encuentras casualmente con un amor tan puro. Te hace sentir pequeño. Te hace sentir feo, avergonzado e indigno.

Mientras observa a madre e hijo jugar en el agua color de ámbar, Dalton Voy se da cuenta de la pura y simple verdad: jamás, ni durante un segundo, le han amado así.

¿Amarlo así? Ni por casualidad. Es algo tan puro que casi parece un maldito acto delictivo.

PRIMERA PARTE

VERANILLO DE SAN MARTÍN, 1997

I

En este país, según las estadísticas, desaparecen al día dos mil trescientos niños.

Casi todos son secuestrados por uno de sus progenitores, que por lo general están separados, y en más del cincuenta por ciento de las ocasiones, nunca se cuestiona el paradero del niño. A la gran mayoría de estos niños los devuelven en el plazo de una semana.

Los fugitivos representan otro porcentaje de esos dos mil trescientos niños. Una vez más, gran parte de estos niños no desaparece por mucho tiempo y suele conocerse o adivinarse el paradero enseguida, en muchos casos se trata de la casa de un amigo.

Otra categoría de niños desaparecidos es la de los rechazados, tanto aquellos que han sido expulsados de sus casas, como quienes habiéndose escapado de casa no son objeto de búsqueda por parte de sus padres. Éstos son, a menudo, los niños que llenan albergues, estaciones de autobuses, esquinas del barrio chino y que, finalmente, acaban en la cárcel.

De los más de ochocientos mil niños que desaparecen por año en el país, sólo entre tres mil quinientos y cuatro mil pertenecen a la categoría de lo que el Departamento de Justicia califica de secuestros no familiares, o casos en los que la policía desecha enseguida la posibilidad de secuestros familiares, fugas, expulsión de los padres, o que el niño se haya perdido o esté herido. Trescientos de estos niños desaparecidos al cabo del año, nunca vuelven.

Nadie, ni padres ni amigos ni los responsables de aplicar la ley ni las organizaciones de asistencia al niño ni los centros para gente desaparecida saben dónde van a parar. A la tumba, es posible; a los sótanos o a las casas de los pederastas; al vacío, quizás, a alguno de los agujeros en la estructura del universo desde donde nunca jamás volveremos a tener noticias de ellos.

Donde sea que vayan a parar esos trescientos, siguen estando desaparecidos. En ese momento impresionan a cuantos han oído hablar de su caso y obsesionan, durante mucho más tiempo, a quienes los quieren.

Al no dejar atrás ningún cuerpo, al no existir ninguna prueba de su muerte, no mueren. Nos mantienen pendientes del vacío.

Y siguen estando desaparecidos.

—Mi hermana —dijo Lionel McCready, mientras paseaba preocupado por nuestra oficina-campanario— ha tenido una vida muy difícil.

Lionel es un hombre robusto, con cara de perro sabueso; de su clavícula salen hombros anchos muy caídos, como si llevara encima algún peso. Tiene una sonrisa distraída y tímida, pero estrecha su encallecida mano con seguridad. Lleva un uniforme marrón de United Parcel Service y sus fornidas manos acarician el borde de la gorra de béisbol marrón a juego.

—Nuestra madre era, francamente, una gran bebedora. Y nuestro padre se marchó cuando los dos éramos pequeños. Si uno crece así, uno, digo yo, siente mucha rabia. Tardas cierto tiempo en poner las ideas en orden, en entender qué camino seguir en la vida. No sólo se trata de Helene. Es decir, yo también tuve serios problemas, a los veinte la pifié bien pifiada: no era ningún angelito.

—Lionel —dijo su mujer.

Le hizo un gesto levantando la mano, como si tuviera que sacarlo todo ahora o callar para siempre.

—Yo tuve suerte: conocí a Beatrice y me ordenó la vida. Lo que les quiero decir, señor Kenzie, señorita Gennaro, es que si a uno le dan un poco de tiempo, y alguna que otra oportunidad, uno tiene la posibilidad de crecer y de quitarse de encima toda esa mierda. Lo que quiero decir es que mi hermana aún está creciendo. Quizá. Porque tuvo una vida muy difícil y...

—Lionel —dijo su mujer—, deja de excusar a Helene.

Beatrice McCready se pasó la mano por su corto pelo teñido de color fresa y dijo:

—Cariño, siéntate, por favor.

—Sólo estoy intentando explicar que Helene no tuvo la vida fácil —agregó Lionel.

—Ni tú tampoco —añadió Beatrice—, y eres un buen padre.

—¿Cuántos hijos tienen? —preguntó Angie.

Beatrice sonrió y continuó:

—Uno, Matt. Tiene cinco años. Vivirá con mi hermano y su mujer hasta que encontremos a Amanda.

Lionel pareció sentirse mucho mejor al oír hablar de su hijo.

—Es un chico estupendo —dijo y parecía sentirse incómodo por lo orgulloso que estaba.

—¿Y Amanda? —pregunté.

—Es una chica estupenda, también. Y desde luego es demasiado joven para ir sola por ahí.

Hacía tres días que Amanda McCready había desaparecido del barrio. Desde entonces, toda la ciudad de Boston parecía estar obsesionada con su paradero. La policía había destinado más hombres a su búsqueda que cuando perseguía a John Salvi por colocar unas bombas en la clínica de abortos cuatro años atrás. El alcalde convocó una rueda de prensa y prometió que no daría prioridad a ningún otro caso de la ciudad hasta encontrarla. La cobertura periodística llegó al punto de la saturación: primera página en los dos periódicos de la mañana, historia principal en los tres programas de televisión más importantes cada noche, informaciones de última hora que interrumpían telenovelas y programas de entrevistas.

Y tres día después, nada. No había ni rastro de ella.

Cuando desapareció, Amanda McCready había habitado este planeta durante cuatro años y siete meses. Su madre la había acostado el domingo por la noche, había ido a ver cómo estaba a alrededor de las ocho y media, y a la mañana siguiente, un poco más tarde de las nueve, sólo encontró las sábanas hundidas con las marcas arrugadas de su cuerpo.

La ropa que Helene McCready había preparado para su hija —una camiseta rosa, pantalones vaqueros, calcetines rosas y zapatillas blancas— había desaparecido, como también la muñeca favorita de Amanda, una réplica de pelo rubio de una niña de tres años que tenía un extraño parecido con su propietaria y a quien Amanda había puesto el nombre de Pea. La habitación no mostraba indicios de violencia.

Helene y Amanda vivían en el segundo piso de un edificio de tres plantas; aunque cabía la posibilidad de que Amanda hubiese sido secuestrada por alguien que hubiera colocado una escalera bajo la ventana del dormitorio y hubiese empujado la ventana para poder entrar, era muy improbable. No había ningún rastro en los cristales ni en el alféizar ni marca de escalera en el suelo.

Con toda probabilidad, si tenemos en cuenta que una niña de cuatro años no suele abandonar repentinamente su casa en mitad de la noche, el secuestrador había entrado en el piso por la puerta principal, sin forzar la cerradura ni utilizar una palanca para desmontar las bisagras de la jamba; la puerta no estaba cerrada con llave.

Helene McCready recibió duras críticas de la prensa cuando esta información salió a la luz. Veinticuatro horas después de la desaparición de su hija, *News*, el tabloide de Boston contrario a *New York Post*, en su titular de primera página decía:

PASEN:
LA MADRE DE LA PEQUEÑA AMANDA
HA DEJADO LA PUERTA ABIERTA

Bajo los titulares había dos fotografías, una de Amanda y otra de la puerta principal del piso. Mostraban la puerta abierta de par en par, pero según afirmó la policía no era así como la habían encontrado la mañana en que Amanda desapareció. Sin cerrar con llave, sí; pero totalmente abierta, no.

Sin embargo, a la gran mayoría de los ciudadanos no le importaba mucho esa distinción. Helene McCready había dejado sola a su hija de cuatro años, la puerta sin llave, mientras visitaba a su vecina y amiga Dottie Mahew. Dottie y ella habían estado mirando la televisión dos comedias y la película de la semana, *Her Father's Sins*, con Suzanne Somers y Tony Curtis de protagonistas. Después de las noticias, habían mirado la primera parte de *Entertainment Tonight Weekend Edition*.

Durante unas tres horas y cuarenta y cinco minutos, había dejado a Amanda sola sin cerrar la puerta con llave. Se suponía entonces que en algún momento se había escapado o alguien la había secuestrado.

Angie y yo habíamos seguido el caso con atención y estábamos desconcertados, de la misma forma que parecía desconcertar al resto de la población. Sabíamos que Helene McCready había sido sometida a un detector de mentiras en relación con la desaparición de su hija y que había salido airosa. La policía no había encontrado ninguna pista; se rumoreaba que estaban consultando a personas con poderes paranormales. Con respecto a esa calurosa noche del veranillo de san Martín, cuando la mayoría de las ventanas estaban abiertas y la gente paseaba por la calle, los vecinos dijeron no haber visto nada sospechoso ni haber oído nada parecido a los gritos de una niña. Nadie recordaba haber visto a una niña de cuatro años vagar sola, ni a nadie sospechoso con una niña o un bulto de aspecto singular.

Para la mayoría, Amanda McCready había desaparecido de forma tan repentina que parecía que no hubiera existido jamás.

Beatrice McCready, su tía, nos llamó esa misma tarde. Le dije que difícilmente podíamos hacer mucho más de lo que ya estaban haciendo un centenar de policías, la mitad del cuerpo de periodistas de Boston y miles de ciudadanos.

—Señora McCready —le aconsejé—, ahórrese* el dinero.

—Preferiría rescatar a mi sobrina —contestó.

* Juego de palabras intraducible al castellano. *Save* en inglés quiere decir tanto *ahorrar* como *salvar.* (*N. de la T.*)

En ese momento, mientras el tráfico de hora punta de la tarde del miércoles se reducía a ruidos lejanos y a aceleradas de motor en la avenida, Angie y yo nos sentamos en nuestra oficina —en el campanario de la iglesia de San Bartolomé de Dorchester— dispuestos a escuchar cómo los tíos de Amanda defendían su caso.

—¿Quién es el padre de Amanda? —preguntó Angie.

Tuvimos la sensación de que Lionel volvía a sentir un peso en los hombros cuando dijo:

—No lo sabemos. Pensamos que es un tipo llamado Todd Morgan. Se marchó de la ciudad justo después de que Helene se quedara embarazada. Nadie ha vuelto a saber de él desde entonces.

—Aunque la lista de posibles padres es larga —dijo Beatrice.

Lionel bajó los ojos.

—Señor McCready, continúe.

Me miró y dijo:

—Lionel.

—Por favor, Lionel, tome asiento.

Consiguió acomodarse en una pequeña silla al otro lado del escritorio.

—Ese tipo, Todd Morgan —dijo Angie mientras acababa de escribir el nombre en una libreta—. ¿La policía sabe dónde encontrarlo?

—En Mannheim, Alemania —contestó Beatrice—. El Ejército lo ha destinado allí y estaba en la base cuando Amanda desapareció.

—¿Lo han descartado como posible sospechoso? —pregunté—. ¿No cabe la posibilidad de que hubiera contratado a algún amigo para que lo hiciese?

Lionel carraspeó, volvió a bajar los ojos y dijo:

—La policía dijo que él se sentía molesto con mi hermana

y que, de todas maneras, no creía que Amanda fuera hija suya —me miró con sus característicos ojos grandes y dulces—. La policía dice que contestó: «Si quiero un crío de mierda que cague y grite sin parar, puedo tener uno alemán».

Sentí cómo una ola de dolor le golpeaba cuando tuvo que llamar a su sobrina «crío de mierda», asentí con la cabeza y le pedí:

—Cuénteme cosas sobre Helene.

No había mucho que contar. Helene McCready tenía cuatro años menos que Lionel, lo que quería decir que tenía veintiocho años. Había dejado el instituto Monsignor Ryan Memorial en el penúltimo año y no obtuvo nunca el certificado de estudios secundarios, a pesar de que no dejaba de repetir que lo conseguiría. A los diecisiete años, se fugó con un tipo quince años mayor que ella; después de seis meses de vivir en un cámping para caravanas de New Hampshire, Helene volvió a casa con la cara magullada y el primero de los tres abortos de su historial. Desde entonces, había realizado gran variedad de trabajos —cajera de Stop & Shop, empleada de Chess King, recepcionista de United Parcel Service—, pero en ninguno de ellos había conseguido durar más de dieciocho meses. Al desaparecer su hija, había dejado el trabajo que tenía a media jornada en Li'l Peach —que consistía en hacer funcionar una máquina de lotería—, y de momento no parecía tener ninguna intención de volver.

—Pero realmente quería a su hija —añadió Lionel.

Daba la impresión de que Beatrice no opinaba lo mismo, pero no dijo nada.

—¿Dónde está Helene ahora? —preguntó Angie.

—En casa —dijo Lionel—. El abogado con el que contactamos nos sugirió que la protegiéramos tanto tiempo como fuera posible.

—¿Por qué? —pregunté.

—¿Por qué? —repitió Lionel.

—Sí, de acuerdo, su hija ha desaparecido. ¿No debería estar haciendo llamamientos al público? ¿O, como mínimo, preguntas a la gente del barrio?

Lionel abrió la boca y luego la cerró. Se miró los zapatos.

—Helene no está capacitada para hacerlo.

—¿Por qué no? —preguntó Angie.

—Porque, bien, porque es Helene —dijo Beatrice.

—¿La policía controla los teléfonos de su casa por si pidieran dinero por el rescate?

—Sí —repuso Lionel.

—Pero ella no está allí —aclaró Angie.

—Era demasiado para ella —dijo Lionel—. Necesitaba intimidad.

Extendió las manos y nos miró.

—¡Ah! —exclamé—. Intimidad.

—Por supuesto —dijo Angie.

—Miren —Lionel volvía a tocarse la gorra—. Sé lo que parece. Lo sé. Pero la gente tiene muchas formas de mostrar su preocupación. Estarán de acuerdo conmigo, ¿no?

Asentí con la cabeza sin demasiado entusiasmo y dije:

—Si había abortado tres veces —Lionel se estremeció—, ¿por qué decidió dar a luz?

—Creo que pensó que era el momento adecuado —se inclinó hacia delante y se le iluminó la cara—. ¡Si hubiera podido ver lo contenta que estaba durante el embarazo! Quiero decir, su vida había adquirido sentido, saben. Estaba convencida de que esa criatura lo mejoraría todo.

—Para ella —dijo Angie—. Pero ¿y la criatura?

—Es lo mismo que pensé yo en ese momento —añadió Beatrice.

Lionel se dio la vuelta hacia ambas mujeres, con una mirada que volvía a mostrar desesperación, y continuó:

—Era bueno para las dos, estoy convencido.

Beatrice clavó la vista en los zapatos. Angie miró por la ventana.

Lionel dirigió la mirada hacia mí otra vez y sostuvo:

—Lo era.

Asentí con la cabeza y él bajó su cara de sabueso con alivio.

—Lionel —dijo Angie, sin dejar de mirar por la ventana—. He leído todas las noticias en los periódicos. Nadie parece saber quién puede haberse llevado a Amanda. La policía ha llegado a un punto muerto y, según las noticias, Helene dice que ella tampoco sabe nada del asunto.

—Ya lo sé —afirmó Lionel, mientras asentía con la cabeza.

—Bien, de acuerdo —Angie dejó de mirar por la ventana y se quedó mirando a Lionel—. ¿Qué cree que pasó?

—No lo sé —dijo y agarró el sombrero con tanta fuerza que pensé que lo haría pedazos con sus manazas—. Parece que se la hubiera tragado la tierra.

—¿Sale con alguien? —pregunté.

Beatrice dio un bufido.

—De forma habitual —continué.

—No —dijo Lionel.

—Los periódicos dan a entender que se relaciona con unos indeseables —añadió Angie.

Lionel se encogió de hombros como si la respuesta fuera evidente.

—Suele frecuentar el Filmore Tap —comentó Beatrice.

—Es el peor antro de Dorchester —aclaró Angie.

—¡Y piense en la cantidad de bares que se disputan esa fama! —dijo Beatrice.

—No es tan horrible —insinuó Lionel y me miró como si buscara apoyo.

Alargué las manos y dije:

—Normalmente llevo pistola, Lionel. Y me pongo nervioso cuando voy al Filmore.

—El Filmore tiene fama de ser un bar para drogadictos —precisó Angie—. Parece ser que manipulan cocaína y heroína con la misma naturalidad con la que se corta un pollo.

—¿Su hermana tiene problemas de drogas?

—¿Qué quiere decir, de heroína?

—Quiere decir de cualquier tipo de drogas —aclaró Beatrice.

—Fuma un poco de marihuana —contestó Lionel.

—¿Un poco o mucho? —pregunté.

—¿Qué es mucho? —inquirió él.

—¿Guarda una pipa de agua y un cacharro para apoyar los porros a medio fumar en su mesilla de noche? —preguntó Angie.

Lionel la miró de soslayo.

—No es adicta a ninguna droga en especial —dijo Beatrice—. Prueba un poco de todo.

—¿Cocaína? —insistí.

Asintió con la cabeza y Lionel la miró, aturdido.

—¿Pastillas?

Beatrice se encogió de hombros.

—¿Agujas? —pregunté.

—¡Oh, eso no! —contestó Lionel.

—Que nosotros sepamos, no —Beatrice se quedó pensando en ello—. No, ha llevado pantalones cortos y chalecos todo el verano. Hubiéramos visto algo.

—Un momento —Lionel levantó la mano—. Un momento. Se supone que estamos buscando a Amanda y no hablando de los malos hábitos de mi hermana.

—Debemos saberlo todo sobre Helene, sus hábitos y sus amigos —dijo Angie—. Cuando una criatura desaparece suele ser por razones relacionadas con su hogar.

Lionel se levantó, su sombra ocupó totalmente la parte superior del escritorio.

—¿Qué insinúa?

—Siéntate —ordenó Beatrice.

—No. Quiero saber qué quiere decir con eso. ¿Insinúa que mi hermana podría haber tenido algo que ver con la desaparición de Amanda?

Angie, imperturbable, lo observó y dijo:

—Dígamelo usted mismo.

—No —contestó en voz alta—. ¿De acuerdo? No —bajó la mirada y miró a su mujer—. No es ninguna criminal, ¿entendido? Es una mujer que ha perdido a su hija, ¿sabe?

Beatrice alzó la mirada y le observó; ella tenía una expresión inescrutable.

—Lionel —dije.

Miró fijamente a su mujer y volvió a mirar a Angie.

—Lionel —repetí, y entonces se volvió hacia mí—. Usted mismo dijo que parecía que a Amanda se la hubiera tragado la tierra. Bien. La están buscando cincuenta policías. Quizá más. Ustedes dos han hecho todo lo que han podido. La gente del vecindario...

—Sí —reconoció—. Mucha gente. Se han portado muy bien.

—Entonces, ¿dónde está?

Me miró fijamente como si yo fuera capaz de sacar a Amanda del cajón del escritorio.

—No lo sé —contesté y cerró los ojos.

—Nadie lo sabe —continué—, y en el supuesto de que decidiéramos investigar este caso, y no estoy diciendo que lo hagamos...

Beatrice se sentó en la silla y me miró con dureza.

—Pero si aceptáramos el caso, debemos suponer que de haber sido secuestrada, lo hizo alguien cercano a ella.

Lionel volvió a sentarse e insinuó:
—Usted piensa que se la llevaron.
—¿Usted no? —preguntó Angie—. Una niña de cuatro años que hubiera decidido escaparse de casa no estaría rondando por ahí sin ser vista por nadie en casi tres días.
—Sí —dijo, como si se enfrentara a algo que ya sabía, pero que había mantenido alejado de su pensamiento hasta entonces—. Sí, seguramente tiene razón.
—¿Qué hacemos ahora? —preguntó Beatrice.
—¿Quiere que le diga lo que realmente pienso? —añadí.
Ladeó ligeramente la cabeza, mantuvo mi mirada sin pestañear y contestó:
—No estoy segura.
—Tiene un hijo que está a punto de empezar la escuela, ¿no es así?
Beatrice asintió.
—Ahórrese el dinero que se gastaría con nosotros e inviértalo en su educación.
Beatrice mantuvo la cabeza quieta; seguía un poco ladeada hacia la derecha, pero por un momento parecía que la hubieran abofeteado. Entonces preguntó:
—¿No piensa aceptar el caso, señor Kenzie?
—No estoy seguro de que valga la pena.
La voz de Beatrice sonó más fuerte en la pequeña oficina:
—Una niña ha...
—... desaparecido —continuó Angie—. Sí. Pero hay mucha gente buscándola. La cobertura periodística ha sido muy amplia. Todos los habitantes de esta ciudad y probablemente casi todos los del estado saben qué apariencia tiene. Y, créame, la mayoría ha estado muy alerta.
Beatrice miró a Lionel. Él la miró y se encogió de hombros. Dejó de mirar a Lionel y volvió a mirarme fijamente. Era una mujer pequeña, no debía de medir más de metro se-

senta. Su pálida cara, salpicada con pecas del mismo color que el pelo, tenía forma de corazón, y la nariz de botón y la barbilla le conferían cierto aire infantil; sus pómulos parecían bellotas. Pero también irradiaba un gran halo de firmeza de carácter, como si rendirse significara la muerte.

—Me dirigí a ustedes —recalcó— porque se especializan en encontrar a la gente. Se dedican a ello. Encontraron al hombre que mató a toda aquella gente hace unos años, salvaron a una madre y a su niño en el parque, y también...

—Señora McCready —protestó Angie, alzando la mano.

—Nadie quería que viniese —añadió—. Ni Helene ni mi marido ni la policía. «Sería como tirar el dinero», me decían todos. «Ni siquiera es tu hija.»

—Cariño —dijo Lionel, mientras le cogía la mano.

Ella la apartó, se inclinó hacia delante, apoyó los brazos en el escritorio y me miró con sus ojos color zafiro.

—Señor Kenzie —continuó—, usted puede encontrarla.

—No —insistí dulcemente—. No puedo hacerlo si está muy bien escondida. No puedo si todo un grupo de gente, tan bueno como nosotros o más, tampoco la ha encontrado. Sólo somos dos personas más, señora McCready. Nada más.

—¿Cuál es su respuesta? —preguntó con un tono de voz que volvía a ser bajo y distante.

—Nuestra respuesta —contestó Angie— es que no vemos muy claro de qué podrían servir dos pares más de ojos.

—Pero ¿qué daño podrían hacer? —preguntó Beatrice—. ¿Me lo puede decir? ¿Qué daño?

2

Desde el punto de vista del detective, una vez que ya se ha descartado la fuga o el secuestro por parte de uno de los padres, la desaparición de un niño se parece mucho a un caso de asesinato: si no se soluciona en un período de setenta y dos horas, es muy poco probable que se solucione nunca. Lo cual no implica necesariamente que el niño esté muerto, aunque la probabilidad es muy alta. Pero si el niño sigue con vida, no cabe duda de que se encuentra en un estado mucho peor del que estaba cuando desapareció. Porque las razones que llevan a un adulto a establecer relación con niños ajenos están bastante claras: o lo ayudan o lo explotan. Aunque hay diversas formas de explotación —secuestrar niños por dinero, usarlos como mano de obra, abusar de ellos sexualmente por gusto o para obtener beneficios, asesinarlos— ninguna es consecuencia de la benevolencia. Y si el niño no muere y algún día aparece, las heridas son tan profundas como insuperables.

Durante los últimos cuatro años, había matado a dos hombres. Había presenciado cómo mi mejor amigo y una mujer que apenas conocía morían delante de mí. Había visto profanar a niños de la forma más horrible que se pueda imaginar, había conocido a hombres y mujeres que asesinaban como si fuera un acto reflejo y había visto cómo llegaban las relaciones a unos extremos de violencia a los que yo también había acabado llegando.

Y estaba harto.

En ese momento, hacía por lo menos sesenta horas que Amanda McCready había desaparecido, quizás incluso setenta, y no quería encontrármela en un contenedor de escombros con el pelo enmarañado de sangre. No quería encontrarla en la carretera al cabo de seis meses, con la mirada perdida después de haber sido explotada por cualquier chalado que tuviera una cámara de vídeo y una lista de direcciones de pederastas. No quería mirar a los ojos de una niña de cuatro años y ver que ya no quedaba nada puro en ella.

No quería encontrar a Amanda McCready. Prefería que lo hiciera otro.

Pero, quizá porque durante los últimos días, al igual que el resto de ciudadanos, había seguido el caso con atención, o porque había sucedido en mi barrio, o simplemente porque las palabras *de cuatro años* y *desaparecida* no deberían estar en la misma frase, acordamos encontrarnos con Lionel y Beatrice en el piso de Helene media hora más tarde.

—Así pues, ¿acepta el caso? —preguntó Beatrice, mientras ella y Lionel se levantaban.

—Eso debemos discutirlo entre nosotros —contesté.

—Pero...

—Señora McCready —dijo Angie—, en este trabajo solemos hacer las cosas de determinada manera. Tenemos que hablarlo en privado antes de llegar a ningún acuerdo.

A Beatrice no le gustó nada lo que oyó, pero comprendió que podía hacer bien poco.

—Pasaremos por casa de Helene dentro de media hora —añadí.

—Gracias —dijo Lionel, y tiró de la manga de su mujer.

—Sí. Gracias —agregó Beatrice, aunque no parecía del todo sincera.

Tuve la sensación de que tan sólo un despliegue presidencial de la Fuerza Nacional para buscar a su sobrina le complacería.

Escuchamos cómo bajaban las escaleras del campanario y después observamos desde la ventana cómo dejaban atrás el patio contiguo a la iglesia y se dirigían a un destrozado Dodge Aries. El sol se ponía hacia el oeste; el cielo de principios de octubre aún conservaba el albor del verano, aunque pequeños jirones color orín se entremezclaban con él. Se oyó una voz de niño decir:

«¡Vinny, espérame! ¡Vinny!» Desde una altura de cuatro plantas, había algo solitario en ese sonido, algo inacabado. El coche de Beatrice y Lionel dobló por la avenida y observé la humareda del tubo de escape hasta que desapareció de mi vista.

—No sé —dijo Angie, recostándose en la silla. Apoyó las zapatillas de deporte encima del escritorio y apartó su largo y tupido pelo de las sienes—. Sencillamente no lo tengo muy claro.

Vestía pantalones negros de licra y un holgado chaleco negro encima de otro blanco más ajustado. En la parte delantera del chaleco negro llevaba escrita la palabra *nin* en blanco, y *pretty hate machine* por detrás. Hacía unos ocho años que lo tenía y aún daba la impresión de que era la primera vez que lo llevaba. Casi hacía dos años que vivía con Angie. Aparentemente, no parecía preocuparse por su aspecto mucho más de lo que yo me preocupaba por el mío, sin embargo, media hora después de quitar las etiquetas del precio a mis camisas las dejaba como si hubieran sido perforadas por un motor. Ella aún conserva calcetines de la época del instituto tan inmaculados como la ropa de palacio. Las mujeres y su ropa suelen asombrarme, son un misterio que nunca resolveré, como lo que pasó con Amelia Earhart o la campana que teníamos en nuestra oficina.

—No lo tienes muy claro, ¿verdad? —pregunté—. ¿Por qué?

—Una niña desaparecida, una madre que aparentemente no se esfuerza mucho en buscarla, una tía un poco agresiva.

—¿Piensas que Beatrice es agresiva?

— No mucho más que un testigo de Jehová con un pie dentro de casa.

—Está preocupada por esa criatura. Está destrozada por la situación.

—Y la comprendo —Angie se encogió de hombros—. Aun así no me gusta que me coaccionen.

—Sí, es verdad. No es uno de tus puntos fuertes.

Me lanzó un lápiz a la cabeza que me dio en toda la barbilla. Me froté donde me había dado y me dispuse a buscarlo para tirárselo.

—Todo es muy divertido hasta que le sacas un ojo a alguien —musité, mientras buscaba el lápiz debajo de la silla.

—Estamos prosperando bastante —dijo ella.

—Sí, es verdad.

El lápiz no parecía estar ni debajo de la silla ni del escritorio.

—Hemos hecho más este año que el año pasado.

—Y sólo estamos en octubre.

El lápiz no estaba ni junto a las tablas del suelo ni debajo de la pequeña nevera; quizás estaba junto a Amelia Earhart, Amanda McCready y la campana.

—Y sólo estamos en octubre —asintió ella.

—¿Me estás insinuando que no nos hace falta aceptar este caso?

—Más o menos, y teniendo en cuenta lo complicado que parece...

Dejé de buscar el lápiz y miré un rato por la ventana. Los jirones color orín se habían vuelto rojo sangre y el blanco del cielo era cada vez más azul. Se encendió la primera bombilla ámbar de la tarde en un piso de la acera de enfrente. El olor del aire que entraba por la reja metálica me hizo pensar en la primera época de mi adolescencia, en cómo los largos y apacibles días de partidas del béisbol en la calle daban paso a largas y apacibles noches.

—¿No estás de acuerdo? —preguntó Angie poco después.

Me encogí de hombros.

—Habla ahora o calla para siempre —me dijo alegremente.

Me volví y la miré. La creciente oscuridad reflejaba destellos dorados en la ventana que había tras ella y daba la impresión de que giraban alrededor de su oscuro pelo. Su piel color miel estaba más morena de lo normal debido al largo y seco verano que habíamos tenido y a que, de alguna manera, se había alargado hasta bien entrado el otoño. Se le marcaban los músculos de las pantorrillas y los bíceps como resultado de haber jugado un día tras otro al baloncesto durante meses en el parque Ryan.

Por experiencia, cuando ya se han tenido relaciones íntimas durante cierto tiempo, la belleza suele ser lo primero que se pasa por alto. Intelectualmente, ya sabes que está ahí, mas la capacidad emocional para que te cautive o te sorprenda hasta el punto de embriagarte, disminuye. A pesar de ello siempre existen momentos durante los cuales al mirar a Angie noto como si una ráfaga me atravesara el pecho por el dulce dolor de observarla.

—¿Qué? —espetó, mientras su amplia boca esbozaba una sonrisa.

—Nada —dije en voz baja.

Sostuvo la mirada y añadió:

—Yo también te quiero.

—¿De verdad?

—¡Oh, sí, de verdad!

—Da un poco de miedo, ¿no crees?

—Sí, a veces —se encogió de hombros—. Pero otras ninguno.

Seguimos allí sentados durante un rato, sin decir palabra, y después sus ojos se volvieron hacia la ventana.

—No estoy segura de que nos convenga... este lío, en este momento.

—¿Qué quieres decir con este lío?

—Una criatura desaparecida. Aún peor, una criatura que parece haberse evaporado —cerró los ojos y aspiró la cálida brisa—. Me gusta ser feliz —abrió los ojos, pero siguió mirando por la ventana fijamente. La barbilla le temblaba un poco—. ¿Sabes?

Había pasado un año y medio desde que Angie y yo consumáramos lo que nuestros amigos calificaban como un romance que hacía décadas que duraba. Y esos dieciocho meses también habían sido los más productivos en toda la historia de nuestra agencia de detectives.

Tan sólo dos años atrás habíamos cerrado —o quizá simplemente sobrevivido— el caso de Gerry Glynn. El primer asesino en serie de Boston durante los últimos treinta años había sido objeto de mucha atención, al igual que los que nos habían atribuido el hecho de capturarle. La avalancha de publicidad —cobertura en las noticias nacionales, refritos interminables en la prensa amarilla, dos novelas basadas en crímenes reales y rumores de una tercera a punto de salir— habían hecho que Angie y yo fuéramos dos de los investigadores privados más conocidos de la ciudad.

Durante los cinco meses que siguieron a la muerte de Gerry Glynn, nos habíamos negado a aceptar más casos, lo cual sólo parecía despertar el apetito de probables clientes. Después de finalizar una investigación sobre la desaparición de una tal Desiree Stone, volvimos a aceptar casos públicamente; las primeras semanas, la escalera que conduce al campanario estaba siempre abarrotada de personas.

Sin siquiera comentarlo entre nosotros, de entrada nos negábamos a aceptar aquellos casos que nos olían a violencia o que vislumbraban las zonas más oscuras de la naturaleza humana. Creo que los dos pensábamos que nos merecíamos un descanso; así pues, nos dedicamos a fraudes de compañías de seguros, acciones ilegales de sociedades mercantiles y simples divorcios.

En febrero, incluso habíamos aceptado la petición de una anciana que quería que buscáramos su iguana desaparecida. La horrible bestia se llamaba *Puffy* y era una monstruosidad verde iridiscente que medía cuarenta y tres centímetros de largo, y tal y como dijo su propietaria, «tenía una predisposición negativa hacia la humanidad». Encontramos a *Puffy* en lo más remoto de las afueras de Boston mientras huía precipitadamente a través de los terrenos pantanosos del decimocuarto *green* del Belmont Hills Country Club. Agitaba la puntiaguda cola como una loca mientras se abalanzaba hacia unos rayos de sol que había divisado en la calle del decimoquinto. Tenía frío. Ni siquiera ofreció resistencia. Aunque sí que la armó gorda cuando hizo sus necesidades en el asiento trasero del coche de la empresa. La propietaria nos pagó los gastos de limpieza y nos dio una generosa recompensa por haber recuperado a su estimada *Puffy*.

Así había ido el año. No fue el mejor para contar batallitas en el bar del barrio, pero fue excepcionalmente bueno para nuestra cuenta bancaria. Aunque perseguir a un lagarto mimado por un campo de golf helado pueda parecer un poco violento, es mucho mejor a que te disparen. De verdad, es muchísimo mejor.

—¿Crees que nos hemos vuelto unos cobardes? —me preguntó Angie hace poco.

—Totalmente —le dije, y sonreí.

—¿Y qué pasará si está muerta? —dijo ella, mientras descendíamos las escaleras del campanario.

—Sería espantoso —contesté.

—Sería mucho peor que espantoso; depende de hasta qué punto nos involucremos.

—Veo que quieres decirles que no.

Abrí la puerta que conducía al patio trasero de la escuela.

Me miró con la boca entreabierta, como si tuviera miedo de pronunciar esa palabra en voz alta, oírla retumbar en el aire, y convertirse irremisiblemente en alguien que se negaba a ayudar a una criatura en apuros.

—No quiero decirles que sí, aún —consiguió decir cuando llegábamos al coche.

Asentí con la cabeza. Comprendía muy bien cómo se sentía.

—Todo lo relacionado con la desaparición me da muy mala espina —dijo Angie, mientras avanzábamos por la avenida Dorchester camino al piso de Helene y Amanda.

—Ya lo sé.

—Las criaturas de cuatro años no desaparecen a no ser que alguien las ayude.

—Desde luego que no.

A lo largo de la avenida, la gente empezaba a salir de sus casas, probablemente habían acabado de cenar. Algunos colocaban tumbonas en los pequeños porches; otros paseaban por la avenida para ir al bar o a jugar al béisbol al anochecer. El aire todavía olía al azufre de un cohete que habían lanzado hacía poco, y el húmedo atardecer flotaba en el ambiente como una respiración contenida, morada, entre azul oscuro y un tono negro imprevisible.

Angie se llevó las piernas al pecho, apoyó la barbilla en las rodillas y dijo:

—Quizá me haya vuelto una cobarde, pero no me importa perseguir iguanas por los campos de golf.

Miré a través del limpiaparabrisas mientras dejábamos atrás la avenida Dorchester y nos adentrábamos en la avenida Savin Hill.

—A mí tampoco.

Cuando una criatura desaparece, el espacio que solía ocupar se llena inmediatamente de gente. Toda esa gente —familiares, amigos, policías, periodistas de televisión y prensa— hace mucho ruido y da mucha vida, una sensación de intensidad comunitaria, de dedicación plena y total a su trabajo.

Pero en medio de esa algarabía, lo que más se oye es el silencio de la criatura desaparecida. Es un silencio de entre setenta y noventa centímetros de altura y sientes cómo grita por rincones, grietas y en la cara inexpresiva de una muñeca caída al suelo junto a la cama. Es un silencio diferente al de funerales y velatorios. El silencio de los muertos lleva consigo el fin; es un tipo de silencio al que sabes que te has de acostumbrar. Pero nadie quiere habituarse al silencio de la criatura desaparecida; uno se niega a aceptarlo y, por lo tanto, no deja de gritar.

El silencio de los muertos dice: «Adiós».

El silencio de los desaparecidos reclama: «Encuéntrame».

Daba la impresión de que la mitad del vecindario y una cuarta parte del Departamento de Policía de Boston estaba en el piso de dos habitaciones de Helene McCready. La sala de estar se extendía, a través de un pórtico abierto, hasta el comedor y estas dos estancias eran prácticamente el centro de toda actividad. La policía había instalado equipos telefónicos en el suelo del comedor y todos estaban siendo utilizados. Algunas personas utilizaban sus propios teléfonos móviles. Un hombre corpulento que llevaba una camiseta con la inscripción *Estoy orgulloso de ser una rata minúscula* levantó los ojos de un montón de folletos colocados en la mesita que tenía delante y dijo:

—Beatrice, el Canal 4 quiere que Helene esté allí mañana a las seis de la tarde.

Una mujer tapó el auricular de su teléfono móvil con la mano y añadió:

—Han llamado los productores de *Annie in the AM*. Les gustaría que Helene saliera en el programa de la mañana.

—Señora McCready —llamó un policía desde el comedor—, la necesitamos un momento.

Beatrice hizo una señal de asentimiento al hombre corpulento y a la mujer del móvil y nos dijo:

—El dormitorio de Amanda es el primero de la derecha.

Asentí y ella se abrió paso entre la multitud camino al comedor.

La puerta del dormitorio de Amanda estaba abierta y la habitación a oscuras y en silencio, como si los sonidos de la calle no pudieran acceder allí. Se oyó a alguien tirar de la cadena y al momento salió un policía del lavabo. Nos miró mientras acababa de subirse la cremallera con la mano derecha.

—¿Amigos de la familia? —nos preguntó.

—Sí.

Inclinó la cabeza y pidió:

—No toquen nada, por favor.

—No lo haremos —respondió Angie.

Volvió a inclinar la cabeza y se dirigió a la cocina pasando por el recibidor.

Utilicé la llave del coche para encender el interruptor de la habitación de Amanda. Sabía que ya habían analizado todos los objetos de la habitación en busca de huellas dactilares, pero también sabía cómo se enfadaba la policía si tocabas cualquier cosa del escenario del crimen.

Una bombilla pelada pendía de un cable por encima de la cama de Amanda, ya no quedaba lámina de cobre y los cables a la vista estaban llenos de polvo. Al techo le hacía falta una capa de pintura, y el calor del verano había dejado su huella en los pósters que colgaban de las paredes; podía ver tres de ellos arrugados y chafados junto al rodapié. Había cuadraditos de cinta adhesiva alineados de forma desigual en la pared donde habían estado colgados los carteles. Imposible saber cuánto tiempo llevaban allí, arrugándose cada vez más como si de venas se tratara.

La distribución del piso era idéntica a la mía y a la de la mayoría de pisos de tres plantas del vecindario. El dormitorio de Amanda medía más o menos la mitad que el otro. Supuse que el dormitorio de Helene sería la habitación principal y que estaría a la derecha pasando el lavabo, frente a la cocina y con vistas al porche trasero y al pequeño jardín. El dormitorio de Amanda estaba delante de otro bloque de tres pisos; seguramente por la mañana tendría tan poca luz como en ese momento, las ocho de la tarde.

La habitación olía a humedad y apenas había muebles. La cómoda frente a la cama tenía toda la pinta de haber sido adquirida en un mercado de objetos usados y la cama ni siquiera tenía travesaños. El colchón individual y los muelles estaban en el suelo. La sábana de arriba no hacía juego con la de abajo y había un edredón del Rey León que estaba a un lado, probablemente debido al calor.

A los pies de la cama había una muñeca con los típicos ojos planos que miraba hacia el techo; había un conejo de peluche de espaldas al pie de la cómoda. Encima de ésta, un televisor viejo en blanco y negro, y una pequeña radio en la mesita de noche, pero no llegué a ver ningún libro en la habitación, ni siquiera para colorear.

Intentaba imaginar a la niña que había dormido en esa alcoba. Durante los últimos días había visto suficientes fotos de Amanda y me había habituado al aspecto que tenía, pero la apariencia física no era suficiente para saber qué cara ponía cuando entraba en su cuarto al final del día o se despertaba por la mañana.

¿Habría intentado volver a colgar los pósters en la pared? ¿Habría pedido que le compraran esos libros amarillo y azul brillantes con ilustraciones que vendían en los centros comerciales? Cuando se despertaba por la noche, en la oscuridad y el silencio de la habitación, ¿se fijaba en el clavo solitario que sobresalía de la pared delante de la cama o en la mancha de agua color sauce que bajaba del techo por la esquina este?

Observé los ojos feos y brillantes de la muñeca y me dieron ganas de cerrarlos de una patada.

—Señor Kenzie, señorita Gennaro.

Beatrice nos llamaba desde la cocina.

Angie y yo echamos un último vistazo al dormitorio, volví a usar la llave para apagar el interruptor y fuimos a la cocina.

Había un hombre con las manos en los bolsillos, apoyado en la cocina. Por la forma en que nos miró mientras nos acercábamos, supe que nos estaba esperando. Era un poco más bajo que yo, ancho y redondo como un bidón de petróleo, tenía la cara juvenil y alegre, ligeramente colorada, como si pasara mucho tiempo al aire libre. Paradójicamente, el cuello tenía el típico mal aspecto de quien está a punto de jubilarse. Había cierto grado de severidad en él, cierta implacabilidad centenaria, y daba la impresión de poder analizar toda tu vida de una sola mirada.

—Lugarteniente Jack Doyle —dijo mientras me estrechaba la mano con entusiasmo.

Le estreché la mano y dije:

—Patrick Kenzie.

Angie se presentó y también le estrechó la mano; permanecimos de pie en la pequeña cocina mientras él observaba nuestras caras con atención. Su cara era inexcrutable, pero la intensidad de su mirada tenía la atracción de un imán, había algo en ella que te hacía seguir mirando, aun a sabiendas de que uno debería dejar de hacerlo.

Le había visto varias veces en televisión durante los últimos días. Dirigía la Brigada contra el Crimen Infantil del Departamento de Policía de Boston, y cuando miraba fijamente a la cámara y afirmaba que encontraría a Amanda McCready sin importarle el tiempo que tardase, por un momento sentías lástima de quien la hubiera secuestrado.

—El lugarteniente Doyle está interesado en conocerles —dijo Beatrice.

—Acabamos de presentarnos —le aclaré.

Doyle sonrió y preguntó:

—¿Tienen un momento?

Sin esperar respuesta, se encaminó hacia la puerta que daba al porche, la abrió y se volvió a mirarnos.

—Parece ser que sí —contestó Angie.

La barandilla del porche necesitaba una capa de pintura, incluso con más urgencia que el techo del dormitorio de Amanda. Cada vez que uno de nosotros se apoyaba, pequeños pedazos endurecidos por el sol crujían bajo nuestros brazos como troncos en el fuego.

En el porche, se percibía olor a barbacoa procedente de casas vecinas, y de algún sitio de la manzana siguiente nos llegaban los sonidos de gente reunida en el jardín —la voz chillona de una mujer que se quejaba de haberse quemado al sol, una radio que ponía a los Mighty Mighty Bosstones, risas tan agudas y repentinas como cubitos de hielo flotando en un vaso. Era difícil creer que estábamos en octubre. Era difícil creer que se acercaba el invierno.

Era difícil creer que Amanda McCready seguía flotando a la deriva allí fuera y que el mundo seguía dando vueltas.

—Así pues —dijo Doyle mientras se apoyaba en la barandilla—, ¿ya han resuelto el caso?

Angie me miró y puso los ojos en blanco.

—No —respondí—, pero estamos a punto.

Doyle soltó una risita; tenía la mirada puesta en el pedazo de hormigón y de hierbas muertas bajo el porche.

—Suponemos que aconsejó a los McCready que no se pusieran en contacto con nosotros —dijo Angie.

—¿Por qué haría algo semejante?

—Por el mismo motivo que yo si estuviera en su posición —sugirió Angie, mientras él volvía la cabeza para mirarla—. Unos por otros...

Doyle asintió y afirmó:

—Es una de las razones.

—¿Y cuál es la otra? —pregunté.

Entrelazó los dedos, estiró las manos hasta que le crujieron los nudillos y preguntó:

—¿Les parece que esta gente tiene el aspecto de nadar en la abundancia o de tener botes llenos de cigarrillos o candelabros de diamantes de los que no sabemos nada?

—No.

—Y, sin embargo, desde el caso de Gerry Glynn, tengo entendido que sus tarifas son muy altas.

Angie asintió con la cabeza:

—Los anticipos también lo son.

Doyle le dedicó una pequeña sonrisa y se volvió hacia la barandilla. La asió ligeramente con ambas manos y se apoyó en los talones.

—Cuando consigan encontrar a la niña, Lionel y Beatrice bien podrían deberles unos cien mil dólares, como mínimo. Tan sólo se ocupan los tíos, y muy pronto contratarán espacios televisivos para encontrarla, colocarán anuncios a toda página en todos los periódicos nacionales, pegarán la fotografía de Amanda en las vallas publicitarias de las autopistas, contratarán a personas con poderes paranormales, chamanes e investigadores privados. —Nos miró otra vez y dijo—: Se arruinarán, ¿saben?

—Ésa es una de las razones por las que estamos intentando no aceptar el caso —dije.

—¿De verdad? —levantó las cejas—. ¿Qué hacen aquí, entonces?

—Beatrice es muy insistente —contestó Angie.

Doyle miró la ventana de la cocina.

—Lo es, ¿verdad?

—Lo que no acabamos de entender es por qué la madre de Amanda no lo es tanto.

Él se encogió de hombros.

—La última vez que la vi estaba bajo el efecto de tranquilizantes, Prozac, o lo que sea que den ahora a los padres de niños desaparecidos. —Nos volvió a mirar desde la barandilla, con las manos a los lados—. Lo que sea. A ver, no quiero empezar con mal pie con dos personas que podrían ayudarme a encontrar a esa criatura. De ninguna manera. Sólo quiero asegurarme de que: *a*) no me estorben; *b*) no vayan diciendo a la prensa que los han contratado porque la policía es tan estúpida que no puede con el caso; y *c*) no se aprovechen económicamente de las preocupaciones de esta gente. Porque resulta que Lionel y Beatrice me caen bien, son buena gente.

—¿Qué dijo que era *b*? —pregunté con una sonrisa.

—Lugarteniente, como ya sabe, estamos intentando por todos los medios no aceptar este caso. Dudo mucho que estemos aquí tanto tiempo como para estorbarle —dijo Angie.

La miró durante un buen rato de ese modo duro y sincero que le caracterizaba.

—¿Por qué se encuentran en este porche hablando conmigo, entonces? —preguntó.

—Porque mientras Beatrice se niegue a aceptar un no como respuesta...

—¿Y de verdad piensan que eso va a cambiar?

Sonrió dulcemente y negó con la cabeza.

—Tenemos la esperanza de que así sea —dije.

Negó con la cabeza, se volvió hacia la barandilla.

—Va a pasar mucho tiempo —dijo.

—¿Qué? —preguntó Angie.

Siguió contemplando el jardín.

—Para una niña de cuatro años que ha desaparecido —suspiró— será mucho tiempo.

—¿No tienen ninguna pista? —preguntó Angie.

Se encogió de hombros.

—Ninguna por la que apostara mi casa.

—¿Alguna por la que apostara un piso barato? —le preguntó ella.

Volvió a sonreír y se encogió de hombros.

—Supongo que quiere decir «en realidad, no» —dijo Angie.

Negó con la cabeza.

—En realidad, no. —El roce de sus manos con la pintura seca recordaba al sonido de hojas quebradizas—. Les contaré cómo me metí en el asunto de búsqueda de niños. Hace unos veinte años, mi hija Shannon desapareció durante todo un día —se volvió hacia nosotros y alzó el dedo índice—. De hecho, ni siquiera fue un día entero. En realidad, fue desde las cuatro de la tarde hasta más o menos las ocho de la mañana siguiente, pero sólo tenía seis años. Y de verdad les digo, uno no tiene ni idea de lo larga que puede resultar una noche hasta que su hijo desaparece. Sus amigos dijeron que la última vez que la habían visto se dirigía a casa en bicicleta; un par de ellos comentaron que les parecía haber visto que un coche la seguía muy despacio —se frotó los ojos con la palma de la mano y suspiró al recordarlo—. La encontramos a la mañana siguiente en la zanja de alcantarillado cerca del parque. Se había estrellado con la bicicleta, roto los dos tobillos y desmayado de dolor.

Observó la expresión de nuestra cara y alzó el brazo.

—Estaba bien —dijo—. Dos tobillos rotos duelen una barbaridad y se sintió mucho miedo durante un tiempo, fue el peor trauma que ella, mi mujer y yo sufrimos en su infancia. Tuvimos mucha suerte. Sí, muchísima. —Se santiguó con rapidez—. ¿Qué les quiero decir con esto? Cuando Shannon desapareció y todo el vecindario y los colegas de la policía la buscaban, y Tricia y yo la buscábamos por todas partes a pie y en coche tirándonos de los pelos, paramos a tomar un café. Para llevárnoslo, créanme. Pero, durante dos minutos, mientras esperábamos nuestro café en el Dunkin' Donuts, miré a Tricia, ella me miró, y sin pronunciar ni una palabra, los dos supimos de inmediato que si Shannon había muerto, nosotros también. Y nuestro matrimonio, acabado. Nuestra felicidad, acabada. Nuestras vidas serían simplemente un largo camino de dolor. Y nada más, en realidad. Todo lo bueno y esperanzador, todo por lo que nos desvivíamos, en realidad, habría muerto con nuestra hija.

—Y ésa es la razón por la cual se unió a la Brigada contra el Crimen Infantil —concluí.

—Esa es la razón por la que puse en marcha la Brigada contra el Crimen Infantil —aclaró—. Es como mi hija. Yo la creé. Tardé quince años, pero lo conseguí. La brigada existe porque cuando miré a mi mujer en esa tienda de donuts, supe de inmediato y sin ningún tipo de duda, que nadie puede sobrevivir a la pérdida de un hijo. Nadie. Ni ustedes ni yo, ni siquiera una perdedora como Helene McCready.

—¿Considera que Helene es una perdedora? —preguntó Angie.

Arqueó una ceja.

—¿Saben por qué se fue a casa de su amiga Dottie, en vez de que ésta fuera a su casa?

Negamos con la cabeza.

—Su televisor no funcionaba bien. El color iba y venía y a Helene no le gustaba nada. Así pues, dejó a su hija sola y se fue a la casa de al lado.

—Para mirar la televisión.

Él asintió.

—Por la televisión.

—¡Caray! —exclamó Angie.

Nos miró fijamente durante un minuto; se ciñó los pantalones.

—Dos de mis mejores hombres, Poole y Broussard, se pondrán en contacto con ustedes. Serán sus enlaces. Si pueden ser de ayuda, no voy a entorpecer su camino —volvió a frotarse la cara con las manos y movió la cabeza—. ¡Mierda, qué cansado estoy!

—¿Cuánto tiempo lleva sin dormir? —preguntó Angie.

—¿Que no fuera una simple siesta? —se rió dulcemente—. Como mínimo, varios días.

—Alguien debería ayudarle —apuntó Angie.

—No quiero ayuda —contestó—. Quiero a esa criatura. Y la quiero de una pieza. Y la quiero para ayer.

3

Helene McCready miraba su imagen en la televisión cuando entramos en casa de Lionel con él y Beatrice.

La Helene que aparecía en pantalla llevaba un vestido azul claro y una chaqueta a juego con una rosa blanca prendida en la solapa. El pelo le llegaba hasta los hombros. Llevaba demasiado maquillaje, como si se hubiera maquillado alrededor de los ojos con prisas.

La Helene McCready de verdad vestía una camiseta rosa con la inscripción *Nacida para comprar* en el pecho y unos pantalones de chándal blancos que habían sido cortados a tijeretazos por encima de la rodilla. El pelo, recogido en una coleta floja, daba la impresión de haber perdido su tono original debido al exceso de tintes, y tenía un color entre platino y trigo mugriento.

Había otra mujer sentada en el sofá al lado de Helene, más o menos de la misma edad, aunque un poco más gruesa y más pálida, a la que se le formaban hoyuelos de celulitis en su blanca piel cada vez que levantaba los brazos para llevarse el cigarrillo a los labios o cuando se inclinaba hacia delante para ver mejor la televisión.

—Mira, Dottie, mira —señaló Helene—. Allí están Gregor y Head Sparks.

—¡Oh, es verdad! —Dottie señaló la pantalla cuando vio a los dos hombres tras el periodista que estaba entrevistando a Helene.

Los hombres saludaron a la cámara.

—¡Mira cómo nos saludan! —Helene sonrió—. ¡Qué bobos!

—¡Son unos listillos! —comentó Dottie.

Helene se llevó una lata de Miller a los labios con la misma mano que sostenía el cigarrillo, y la ceniza cayó mientras bebía.

—Helene —llamó Lionel.

—Un momento, un momento. —Helene le saludó con la lata de cerveza, sin dejar de mirar la pantalla—. Ahora viene el mejor trozo.

Beatrice nos miró y puso los ojos en blanco.

El reportero preguntaba a Helene quién creía que podía ser el responsable del secuestro de su hija.

—¿Cómo puedo responder a una pregunta así? —dijo la Helene de la televisión—. Quiero decir, ¿quién puede haberse llevado a mi hija? ¿Por qué? Nunca le hizo daño a nadie. Simplemente era una niña pequeña con una bonita sonrisa. Es lo que siempre hacía, sonreír.

—Sí, tenía una sonrisa muy bonita —sostuvo Dottie.

—Aún la tiene —corrigió Beatrice.

Parecía como si las mujeres del sofá ni siquiera la hubieran oído.

—Oh, sí, la tenía. Tenía una sonrisa perfecta. Sencillamente perfecta. Te rompía el corazón.

A Helene se le quebró la voz y dejó la cerveza en la mesa durante suficiente tiempo para poder coger un pañuelo de papel de una caja.

Dottie le dio una palmadita en la rodilla, chasqueó la lengua.

—Cálmate, no es nada —dijo.

—Helene —insistió Lionel.

La cobertura televisiva de Helene había dado paso a las imágenes de O.J. jugando al golf en algún sitio de Florida.

—Aún no me puedo creer que se saliera con la suya —dijo Helene.

Dottie se volvió hacia ella.

—Ya lo sé —contestó como si se sintiera aliviada de haberse librado de un gran secreto.

—Si no fuera negro —dijo Helene— seguro que ya estaría en la cárcel.

—Si no fuera negro —añadió Angie—, a vosotras ni os importaría.

Volvieron la cabeza y nos miraron. Parecían sorprendidas de ver a cuatro personas de pie detrás de ellas, como si de repente hubiéramos aparecido allí por arte de magia.

—¿Qué? —preguntó Dottie, dirigiendo rápidamente su mirada hacia nuestro tórax.

—Helene —contestó Lionel.

Helene le miró a los ojos, con todo el rímel corrido bajo los ojos hinchados.

—¿Sí?

—Éstos son Patrick y Angie, los dos detectives de los que te hablé.

Helene nos saludó lánguidamente con el pañuelo mojado.

—¡Hola!

—¡Hola! —saludó Angie.

—¡Hola! —repetí.

—M'ecuerdo de ti —le dijo Dottie a Angie—. ¿T'acuerdas de mí?

Angie sonrió con amabilidad y negó con la cabeza.

—Del instituto MRM —dijo Dottie—. Yo estaba en el primer curso, y tú, en el último.

Angie intentó hacer memoria, pero volvió a negar con la cabeza.

—Sí, de verdad —insistió Dottie—. M'acuerdo de ti. La Reina del Baile. Así te llamábamos. —Bebió un poco de cerveza—. ¿Aún te gusta?

—Si aún me gusta ¿qué? —preguntó Angie.

—Pensar que eres mucho mejor que los demás.

Miraba a Angie con unos ojos tan pequeños que era difícil saber si tenían o no legañas.

—Lo eras en todos los aspectos. La señorita perfecta. La señorita.

—Helene —Angie volvió la cabeza para concentrarse en Helene McCready—. Tenemos que hablar contigo sobre Amanda.

Pero Helene no dejaba de mirarme, con el cigarrillo inmóvil ligeramente pegado a los labios.

—Te pareces a alguien. ¿No es verdad, Dottie? —dijo.

—¿Qué? —preguntó Dottie.

—Se parece a alguien —insistió Helene, mientras le daba dos caladas rápidas al cigarrillo.

—¿A quién? —se interesó, mirándome fijamente.

—Ya sabes —dijo Helene—, a ese tipo. A ese tipo del show, ya sabes a quién me refiero.

—No —contestó Dottie, y me sonrió con indecisión.

—¿Qué show?

—El show ése —dijo Helene—, seguro que sabes de lo que estoy hablando.

—No, no lo sé.

—Seguro que sí.

—¿Qué show? —Dottie se volvió hacia Helene—. ¿Qué show?

Helene le guiñó el ojo y frunció el entrecejo. Entonces, volvió a mirarme.

—Te pareces muchísimo a él —me aseguró.

—De acuerdo —convine.

Beatrice se apoyó en la jamba de la puerta del vestíbulo y cerró los ojos.

—Helene. —Lionel se revolvió—. Patrick y Angie quieren hablar contigo sobre Amanda. A solas.

—¿Qué? —dijo Dottie—. ¿Es que ahora soy una extraña?

—No, Dottie —repuso Lionel con cuidado—. Yo no he dicho eso.

—¿Soy una maldita perdedora, Lionel? ¿No soy lo bastante buena para estar con mi mejor amiga cuando más me necesita?

—Eso no es lo que está diciendo —lo defendió Beatrice con voz cansada y sin abrir los ojos.

—Bien, volvamos... —dije.

Dottie arrugó su cara llena de manchas.

—Helene —intervino Angie apresuradamente—, sería mucho más rápido si simplemente te pudiéramos hacer unas preguntas a solas, y después dejaríamos de molestarte.

Helene miró a Angie. Después a Lionel. Y luego al televisor. Al final, se fijó en la parte trasera de la cabeza de Dottie.

Dottie permanecía inmóvil, observándome, confundida; no sabía muy bien si debía pasar de la confusión al enfado.

—Dottie —dijo Helene, como si fuera a pronunciar un discurso a la nación— es mi mejor amiga. Mi mejor amiga. Y eso quiere decir algo. Si queréis hablar conmigo, hablad con ella.

Dottie se volvió hacia su mejor amiga; Helene le dio un ligero empujón en la rodilla con el hombro.

Hace tanto tiempo que Angie y yo trabajamos juntos, que podría resumir qué expresaba su cara en tres palabras: *A tomar viento*.

Nos miramos a los ojos y asentí. La vida era demasiado corta para pasar ni un segundo más con Helene o Dottie.

Lionel se encogió de hombros, completamente resignado.

Habríamos querido salir de allí en aquel mismo instante —de hecho, ya estábamos a punto de hacerlo— pero Beatrice abrió los ojos, nos cerró el paso, y dijo:

—Por favor.

—No —dijo Angie tranquilamente.

—Una hora —dijo Beatrice—. Sólo una. Le pagaremos.

—No es por el dinero —dijo Angie.

—Por favor —insistió Beatrice.

Miró rápidamente a Angie y luego me miró a mí. Se pasaba el peso del pie izquierdo al derecho y tenía los hombros caídos.

—Una hora —dije—. Y se acabó.

Ella sonrió y asintió con la cabeza.

—Patrick, ¿no es así? —Helene me miró—. ¿Es así como te llamas?

—Sí —contesté.

—¿Podrás situarte un poco más a la izquierda, Patrick? —preguntó Helene—. Es que me tapas la tele.

Media hora después, no sabíamos nada nuevo.

Lionel, después de engatusarla durante mucho tiempo, consiguió convencer a su hermana para que apagara el televisor mientras hablábamos, pero eso sólo parecía disminuir aún más la capacidad de atención de Helene. A lo largo de nuestra conversación, dirigió varias miradas a la pantalla en blanco, como si tuviera la esperanza de que se pudiera encender por intervención divina.

Dottie, después de quejarse tanto por tener que abandonar a su mejor amiga, se marchó de la habitación tan pronto como apagamos el televisor. La oímos dar vueltas por la cocina, abrir la nevera para coger otra cerveza, registrar los armarios en busca de un cenicero.

Lionel se sentó en el sofá, junto a su hermana; Angie y yo nos sentamos en el suelo y nos apoyamos en la caja tonta. Beatrice se sentó en un extremo del sofá, lo más lejos posible de Helene. Estiró una pierna hacia delante y sujetó la otra por el tobillo con ambas manos.

Le pedimos a Helene que nos contara todo lo relacionado con el día en que su hija desapareció; le preguntamos si había habido algún tipo de discusión entre ellas, si existía la posibilidad de que Helene hubiera hecho enfadar a alguien y tuviera motivos para secuestrar a su hija por venganza.

La voz de Helene mantuvo un tono constante de exasperación mientras nos contaba que nunca discutía con su hija. ¿Cómo podía uno discutir con alguien que siempre sonreía? Parecía que, entre sonrisa y sonrisa, lo único que Amanda y su madre hacían era amarse y sonreír, y volver a sonreír. A Helene no se le ocurría quién podría estar enfadado con ella, y tal como le había dicho a la policía, incluso si hubiera alguien, ¿quién podría secuestrar a su hija sólo para vengarse? Los niños daban mucho trabajo, dijo Helene. Tenías que darles de comer, nos aseguró. Tenías que llevarles a la cama. Y a veces tenías que jugar con ellos.

Por eso sonreían tanto.

Al final, no nos contó nada que no supiéramos por las noticias, Lionel o Beatrice.

Y con respecto a Helene, cuanto más hablaba con ella, menos ganas sentía de permanecer en la misma habitación. Mientras hablábamos de la desaparición de su hija, nos dejó caer que odiaba su vida. Se sentía sola; ya no quedaban hombres buenos; deberían poner una alambrada alrededor de México para dejar fuera a todos esos mexicanos que, según parecía, estaban robando puestos de trabajo en Boston. Estaba convencida de que existía un programa radical para corromper a todos los americanos decentes, pero era incapaz de expresar con claridad en qué consistía ese programa, sólo sabía que perjudicaba su capacidad para ser feliz y que facilitaba que los negros vivieran a cargo de la asistencia social. Sí, claro, ella también estaba a cargo de la asistencia social, pero durante los últimos siete años había intentado por todos los medios no estarlo.

Hablaba de Amanda como si hablara de un coche robado o de un animal errante, parecía más molesta que cualquier otra cosa. Su hija había desaparecido y, ya ves, le había jodido la vida.

Parecía que Dios hubiera decidido ungir a Helene McCready como la Gran Víctima de la Vida. Los demás podíamos rendirnos. El concurso había acabado.

—Helene —dije, casi al final de nuestra conversación—, ¿hay algo que pueda contarnos que quizá se le haya olvidado contar a la policía?

Helene miró el mando a distancia de encima de la mesita.

—¿Qué? —preguntó.

Le repetí la pregunta.

—Es difícil —dijo—, ¿saben?

—¿Qué es difícil? —pregunté.

—Criar a un niño —me miró y abrió sus apagados ojos, como si estuviera a punto de comunicarnos una gran verdad—. Es difícil. No es como en los anuncios.

Cuando salimos de la sala, Helene encendió el televisor y Dottie pasó por delante, con dos cervezas en la mano, como si ya le hubiéramos hecho la señal.

—Tiene algún problema emocional —apuntó Lionel, una vez instalados en la cocina.

—Sí —convino Beatrice, mientras se servía una taza de café—. Es una mierda de tía.

—No digas esa palabra —saltó Lionel—. ¡Por Dios!

Beatrice sirvió café a Angie y me miró.

Yo sostenía mi lata de Coca-Cola.

—Lionel —dijo Angie—, a su hermana no parece que le preocupe mucho que Amanda haya desaparecido.

—¡Oh, sí que está preocupada! —reconvino Lionel—. ¿Anoche? Se pasó la noche entera llorando. Creo que por el momento ha llorado todo lo que tenía que llorar. Está intentando controlar su... dolor. ¿Saben?

—Lionel —dije—. Con el debido respeto, sólo veo autocompasión. No veo dolor.

—Lo siente. —Lionel pestañeó y miró a su mujer—. Lo siente, de verdad.

—Ya sé que lo he dicho antes, pero no acabo de entender qué podemos hacer nosotros que la policía no esté haciendo ya —dijo Angie.

—Ya lo sé. —Lionel suspiró—. Ya lo sé.

—Quizás un poco más adelante —comenté.

—Naturalmente —asintió.

—Si la policía se encuentra totalmente perdida y abandona el caso —dijo Angie—. Quizás entonces.

—Sí. —Lionel se separó de la pared y nos tendió la mano—. Gracias por venir. Gracias por... todo.

—Cuando quiera —apostillé, mientras le estrechaba la mano.

La voz de Beatrice, quebrada aunque clara, me detuvo.

—Tiene cuatro años —musitó.

La miré.

—Cuatro años —repitió, fijando su vista en el techo—. Y está ahí fuera, en alguna parte. Quizá se haya perdido. O quizá peor.

—Cariño —dijo Lionel.

Beatrice movió ligeramente la cabeza. Tomó la bebida, inclinó la cabeza y la meneó, los ojos cerrados. Cuando vació la taza, la lanzó encima de la mesa y se inclinó hacia delante, las manos fuertemente entrelazadas.

—Señora McCready —empecé, pero ella me interrumpió moviendo la mano.

—Cada segundo en que no se hace nada por encontrarla, es un segundo más sufrimiento para Amanda.

Levantó la cabeza y abrió los ojos.

—Cariño —dijo Lionel.

—No me llames «cariño». —Se dirigió a Angie—. Amanda tiene miedo. Ha desaparecido. Y la zorra de la hermana de Lionel se sienta en mi sala de estar con su amiga gorda y no hace más que tragar cervezas y contemplarse en la tele. ¿Y quién habla en nombre de Amanda? ¿Eh? —Miró a su marido. Luego nos miró a mí y a Angie con los ojos enrojecidos. Finalmente fijó su vista en el suelo—. ¿Quién le va a demostrar a esa criatura que hay alguien a quien le importa que viva o muera?

Durante un minuto, el único ruido que se oyó en la cocina fue el zumbido del motor de la nevera.

—Supongo que a nosotros nos importa —intervino Angie muy dulcemente.

Me volví y alcé las cejas. Ella se encogió de hombros.

Una extraña mezcla de risa y llanto salió de la boca de Beatrice; se tapó los labios con el puño y miró a Angie mientras se le llenaban los ojos de lágrimas que se negaban a caer.

4

El tramo de la avenida Dorchester que pasa por mi barrio tenía antaño más bares irlandeses que cualquier calle que no estuviera en el mismísimo Dublín. Cuando yo era más joven, mi padre solía participar en una maratón que consistía en ir de pub en pub con el fin de recaudar dinero para las sociedades benéficas de la zona. Se tomaban dos cervezas y un chupito en cada bar y se iban al siguiente. Solían empezar en Fields Corner, que es el barrio con el que limita, y recorrían la avenida en dirección norte. La idea consistía en comprobar quién sería capaz de seguir en pie y llegar a cruzar la frontera con South Boston, que se encontraba a poco más de tres kilómetros al norte.

Mi padre era un gran bebedor, al igual que los otros hombres que solían apuntarse a la maratón, pero mientras duró, nadie consiguió llegar al Southie.

La mayoría de esos bares ya no existen, han sido reemplazados por restaurantes vietnamitas o tiendas de barrio. Conocido ahora por el Camino de Ho Chi Minh, las cuatro manzanas de este tramo de avenida son, de hecho, mucho más cautivadoras de lo que la mayoría de mis vecinos blancos creen. Si pasas en coche por allí a primera hora de la mañana, se suelen ver ancianos por la acera que guían a sus compañeros en el ejercicio del tai chi, gente que va vestida como en su país de origen: con pijamas de seda de color oscuro y amplios sombreros de paja. He oído hablar de las supuestas bandas, o tongs, que operan por esta zona, pero nunca las he visto; lo que suelo ver son jóvenes vietnamitas con el pelo de punta totalmente engominado y gafas de sol en forma de gárgola. Van por ahí con la intención de parecer tipos duros y enrollados, y la verdad es que no encuentro mucha diferencia entre ellos y lo que yo hacía a su edad.

De los bares antiguos que han sobrevivido al último flujo de inmigración en el barrio, los tres que se encuentran frente de la avenida están muy bien. Tanto los propietarios como la clientela mantienen una actitud de *laissez-faire* hacia los vietnamitas, y los vietnamitas los tratan de la misma forma. Ninguna de las dos culturas parece tener una curiosidad especial por la otra, y tal como está, ya les va bien.

El único otro bar que había en el Camino de Ho Chi Minh no estaba en la avenida, sino que se encontraba al final de una calle sin asfaltar que nunca se llegó a arreglar ya que la ciudad se quedó sin fondos a mediados de los años cuarenta. Lo que quedaba del callejón nunca veía la luz del sol. Desde el sur se vislumbraba un garaje del tamaño de un hangar que pertenecía a una empresa de transportes por carretera. Una densa espesura de bloques de tres plantas impedía el paso hacia el norte. Al final del callejón se encontraba el Filmore Tap, tan polvoriento y aparentemente olvidado como la malograda calle en la que estaba situado.

En la época en que se solía ir de pub en pub por la avenida Dorchester, ni siquiera los hombres de la calaña de mi padre —alborotadores y bebedores— iban al Filmore. Lo habían borrado del mapa de pubes como si no existiera, y no conocía a nadie que fuera allí asiduamente.

Hay una gran diferencia entre un bar para la clase trabajadora y un bar sórdido para la clase blanca más cutre, y el Filmore pertenecía a esta última categoría. Las peleas en los bares de clase trabajadora son frecuentes, pero normalmente se resuelven a puñetazos y, en el peor de los casos, a botellazos. En cambio, en el Filmore, a la segunda cerveza ya estaban todos peleándose y normalmente con navajas de resorte. Había algo en el lugar que atraía a cierto tipo de hombres que lo habían perdido todo hacía mucho tiempo. Iban allí a potenciar sus vicios con la droga, el alcohol y el odio. Y aunque es difícil de imaginar que hubiera mucha gente que deseara entrar en el bar, no miraban con buenos ojos a los posibles candidatos.

Un jueves por la tarde, dejamos atrás la luz del sol y entramos en el Filmore. El barman nos miraba mientras nuestros ojos se habituaban al ambiente color verde cetrino del lugar. Había cuatro tipos agrupados en la esquina de la barra más cercana a la puerta, y se volvieron poco a poco, uno a uno, hacia nosotros.

—¿Dónde está Lee Marvin cuando le necesitas? —le dije a Angie.

—O Eastwood —dijo Angie—. En este momento Clint no nos iría nada mal.

Había dos tipos que jugaban al billar en la parte de atrás. Bueno, *estaban* jugando al billar, y parece ser que cuando entramos nosotros les desbaratamos el juego. Uno de ellos nos miró desde la mesa y frunció el entrecejo.

El barman nos dio la espalda. Se ocupaba del televisor fijado a la pared y parecía estar muy concentrado en un capítulo de *La isla de Gilligan*. Skipper golpeaba a Gilligan en la cabeza con una gorra. El profesor intentaba separarlos. Los Howell se reían. Maryann y Ginger no aparecían por ninguna parte. Quizá tenía algo que ver con el argumento.

Angie y yo nos sentamos en unos taburetes junto al extremo de la barra, cerca del barman, dispuestos a esperar a que nos atendiera.

Skipper seguía pegando a Gilligan. Según parecía, estaba enfadado por algún motivo relacionado con un mono.

—Éste es genial —le dije a Angie—. Casi consiguen salir de la isla.

—¿De verdad? —Angie encendió un cigarrillo—. Por favor, cuéntamelo, ¿qué los detiene?

—Skipper profesa su amor a su compañera y todos se dedican de lleno a los preparativos de la boda y el mono roba el barco y todos los cocos.

—Sí —convino Angie—, ya me acuerdo.

El barman se volvió y nos miró.

—¿Qué? —preguntó.

—Una pinta de la mejor cerveza que tenga —le pedí.

—Que sean dos —dijo Angie.

—De acuerdo —repuso el barman—. Pero ahora se callan hasta que se acabe el programa. No todo el mundo ha visto antes este episodio.

Después de *Gilligan*, pusieron un capítulo de *Enemigos públicos*, una serie policíaca basada en hechos reales en la que los actores que volvían a representar las proezas de los criminales eran tan ineptos que hacían que Van Damme y Seagal se parecieran a Olivier y Gielgud. Este capítulo en particular trataba de un hombre que había abusado sexualmente y descuartizado a sus hijos en Montana; que había disparado a un policía del estado de Dakota del Norte y que parecía haber dedicado su vida entera a conseguir que cualquier persona que se cruzara en su camino lo pasara lo peor posible.

—Si quieren saber lo que pienso —nos reconvino Big

Dave Strand a Angie y a mí, mientras mostraban la cara del criminal en la pantalla—, ése es el tipo con quien deberían hablar en vez de venir a molestar a mi gente.

Big Dave Strand era el propietario y el barman principal del Filmore Tap. Era, en honor a su nombre, grande —medía, como mínimo, un metro noventa y cinco y su grueso cuerpo daba la impresión de tener la carne apilada en capas, en vez de ensancharse físicamente a medida que el cuerpo crecía—. Big Dave tenía un poco de barba y bigote alrededor de los labios; también tenía ambos bíceps tatuados del verde oscuro característico de la cárcel. El del brazo izquierdo era un dibujo de un revólver con la palabra QUE TE escrita debajo; el del brazo derecho parecía una bala atravesando un cráneo con la palabra JODAN.

Curiosamente, nunca me había encontrado con Big Dave en la iglesia.

—Conocí a tipos como ése en chirona —dijo Big Dave.

Se sirvió otra pinta de Piel's del grifo y continuó:

—¡Vaya tipos más raros! Los mantenían alejados porque sabían lo que les íbamos a hacer. Lo sabían perfectamente.

Se bebió media pinta, se volvió hacia el televisor y eructó.

Por alguna razón, el bar olía a leche agria. Y a sudor. Y a cerveza. Y a palomitas con mantequilla procedentes de las cestas colocadas a lo largo de la barra cada cuatro taburetes. Una tela de plástico con dibujos de baldosas cubría el suelo, y Big Dave guardaba una manguera detrás de la barra. Por la pinta que tenía el suelo, seguro que hacía muchos días que no la había usado. Había colillas y palomitas pegadas en el plástico y yo estaba prácticamente seguro de que esos pequeños bultos en movimiento que salían de la oscuridad en dirección a una de las mesas eran ratones que mordisqueaban algo junto al rodapié.

Hicimos unas cuantas preguntas sobre Helene a los cuatro

hombres de la barra, pero ninguno de ellos fue de mucha ayuda. Eran hombres mayores, el más joven debía de tener unos treinta y cinco años aunque parecía diez años mayor. Miraban a Angie de arriba abajo como si colgara desnuda en el escaparate de una carnicería. No se mostraban especialmente hostiles, aunque tampoco nos ayudaban en nada. Todos conocían a Helene pero no parecía que tuvieran una opinión formada sobre ella. También sabían que su hija había desaparecido, pero tampoco daba la impresión de que tuvieran ninguna opinión al respecto. Una mole de venas rojizas y piel amarillenta llamado Lenny dijo:

—La niña ha desaparecido. Y ¿qué? Ya aparecerá. Siempre lo hacen.

—¿Ha perdido algún hijo alguna vez? —preguntó Angie.

Lenny asintió y dijo:

—Y aparecieron.

—¿Dónde están ahora? —pregunté.

—Uno está en la cárcel y el otro en Alaska, creo.

Le dio un golpe al hombre que asentía junto a él y apostilló:

—Éste es el más joven.

El hijo de Lenny, un tipo con la piel muy pálida y con los ojos ennegrecidos, dijo:

—Eres un maldito... —y dejó caer la cabeza sobre los brazos encima de la barra.

—Ya hemos pasado por esto con la policía —nos dijo Big Dave—. Les dijimos que sí, que Helene solía venir por aquí; y que no, que no suele traer a la niña con ella; que sí, que le gusta la cerveza; pero que no, que no vendió a su hija para saldar las deudas que había contraído por culpa de las drogas —nos miró con los ojos medio cerrados—. Como mínimo, a nadie de por aquí.

Uno de los jugadores de billar se acercó a la barra. Era

un tipo delgaducho con la cabeza afeitada, y con tatuajes baratos en los brazos, que no estaban tan bien hechos ni tenían el elegante sentido estético de los de Big Dave. Se apoyó entre Angie y yo, a pesar de que había muchísimo sitio a nuestra derecha. Pidió dos cervezas más a Dave y se quedó mirando los pechos de Angie.

—¿Tienes algún problema? —le preguntó Angie.

—Ninguno —subrayó el tipo—. No tengo ningún problema.

—Es un hombre sin problemas —dije.

El tipo seguía mirando los pechos de Angie con unos ojos que parecían chamuscados por un rayo.

Dave trajo las cervezas y el tipo las cogió.

—Estos dos están haciendo preguntas sobre Helene —le comentó Dave.

—¿De verdad? —Su voz era tan monótona que resultaba difícil saber si tenía pulso.

Pasó las cervezas por encima de nuestras cabezas y ladeó un poco la jarra de la mano izquierda para que me cayera cerveza en el zapato.

Me miré el zapato y luego a él a los ojos. El aliento le olía a calcetín de atleta. Esperaba mi reacción. Cuando vio que no reaccionaba, miró las jarras que llevaba en las manos y los dedos que asían fuertemente las asas. Se volvió hacia mí, tenía unos ojos tan enanos que parecían dos agujeros negros.

—Yo no tengo ningún problema —repitió—. A lo mejor tú sí que lo tienes.

Me moví un poco de la silla para cambiar el peso de posición y apoyar mejor el hombro en la barra por si de repente tenía que moverlo o accionarlo, y esperé a que el tipo hiciera lo que fuera que le pasara por la cabeza como una célula cancerígena.

Volvió a fijarse en sus manos.

—Quizá sí que lo tengas —dijo en voz alta, y pasando entre nosotros se alejó.

Lo observamos mientras volvía con su amigo junto a la mesa de billar. El amigo cogió su cerveza y el tipo de la cabeza afeitada nos señaló con la mano.

—¿Tenía Helene serios problemas de drogas? —le preguntó Angie a Big Dave.

—¿Cómo coño quiere que lo sepa? —se revolvió él—. ¿Qué está insinuando?

—Dave —le dije.

—Big Dave —me corrigió.

—Big Dave, me trae sin cuidado si guarda kilos debajo de la barra. Y también me trae sin cuidado si se los vende a Helene McCready regularmente. Sólo queremos saber si el problema de Helene con las drogas era lo bastante serio como para estar en grandes apuros con alguien.

Me sostuvo la mirada unos treinta segundos; suficiente tiempo para darme cuenta de lo cabrón que era. Y siguió mirando la televisión.

—Big Dave —lo llamó esta vez Angie.

Volvió su gran cabeza de bisonte.

—¿Es Helene adicta?

—¿Sabes? —contestó Big Dave—. Estás bastante buena. Si alguna vez quieres pasarlo bien con un hombre de verdad, llámame.

—¿Conoces a alguno? —preguntó Angie.

Big Dave siguió mirando la tele.

Angie y yo nos miramos. Se encogió de hombros. Me encogí de hombros. El problema de concentración que parecían padecer Helene y sus amigos estaba lo suficientemente extendido como para llenar la sala de un psiquiátrico.

—No tenía grandes deudas —comentó al fin Big Dave—. A mí me debe unos sesenta dólares. Si estuviera en deuda con otra persona por... digamos, motivos de entretenimiento, lo sabría.

—Oye, Big Dave —gritó uno de los hombres desde el otro extremo de la barra—, ¿ya le has preguntado si también la chupa?

Big Dave levantó los brazos, se encogió de hombros.

—Pregúntaselo tú mismo.

—¡Eh, cariño! —gritó el hombre—. ¡Eh, cariño!

—¿Y qué me dice de su relación con los hombres? —Angie seguía mirando a Dave, con la voz firme, como si lo que pudieran decir esos gilipollas no tuviera nada que ver con ella—. ¿Salía con alguien que pudiera estar enfadado con ella?

—¡Eh, cariño! —gritó el hombre—. ¡Mírame! ¡Mira hacia aquí! ¡Eh, cariño!

Big Dave se rió entre dientes y se alejó de los cuatro hombres suficiente tiempo para acabar de servirse una cerveza.

—Hay tías que te vuelven loco y tías por las que te pelearías —le sonrió a Angie por encima del vaso—. Tú, por ejemplo.

—¿Y Helene? —pregunté.

Big Dave me sonrió como si pensara en las insinuaciones que le dirigían a Angie. Miró a los cuatro hombres de la barra. Pestañeó.

—¿Y Helene? —repetí.

—Ya la has visto. No está mal. Supongo en podría dar el pego. Pero sólo con mirarla te das cuenta de que no vale ni la pena acostarse con ella. —Se apoyó en la barra delante de Angie—. En cambio, tú, me apuesto cualquier cosa a que follas de maravilla. ¿No es así, cariño?

Movió la cabeza a un lado y a otro y se rió entre dientes.

Los cuatro tipos de la barra estaban ahora pendientes de lo que pasaba. Nos miraban y las pupilas les brillaban.

El hijo de Lenny bajó del taburete y se encaminó hacia la puerta.

Angie fijó su mirada en la superficie de la barra y manoseó el posavasos mugriento.

—No apartes la mirada cuando te hable —dijo Big Dave.

Ahora hablaba con una voz mucho más gruesa, como si tuviera la garganta obstruida por la flema.

Angie levantó la cabeza y le observó.

—Así está mucho mejor —dijo Big Dave acércandose más a ella.

Después se puso a buscar algo debajo de la barra con el brazo izquierdo.

Se oyó un gran ruido en el silencioso bar cuando el hijo de Lenny echó el cerrojo de la puerta principal.

Así es como van las cosas. Una mujer con inteligencia, orgullo y belleza entra en un sitio como éste y los hombres ven por un instante lo que se han estado perdiendo, todo lo que nunca podrán tener. En primer lugar, se sienten obligados a enfrentarse con las deficiencias de personalidad que les han llevado a un tugurio así; el odio, la envidia y el remordimiento se entremezclan a la vez en sus achaparrados cerebros. Y deciden que la mujer también debe sentir remordimientos —remordimientos de su inteligencia, de su belleza y especialmente de su orgullo—. Deciden acabar con ello, sujetar a la mujer contra la barra, vomitar y sacarlo todo.

Me fijé en el cristal de la máquina de cigarrillos y vi mi reflejo y el de dos hombres detrás de mí. Se acercaban desde la mesa de billar, con los palos en la mano, el calvo en primera posición.

—Helene McCready —dijo Big Dave, con los ojos aún clavados en Angie— no es nadie. Es una perdedora. Es decir, que su hija también lo habría sido. Sea lo que fuere lo que le ha pasado a la niña, seguro que ha salido ganando. Lo que no me gusta es que la gente entre en mi bar, insinúe que soy traficante y que me vengan con el cuento de que son mejores que yo.

El hijo de Lenny se apoyó en la puerta y cruzó los brazos sobre el pecho.

—Dave —le insté.

—Big Dave —dijo, apretando los dientes y sin apartar la mirada de Angie.

—Dave —insistí— no la vayas a cagar ahora.

—¿No le has oído, Big Dave? —dijo Angie, con un ligero temblor de voz—. No seas estúpido.

—Mírame, Dave —repetí.

Dave dirigió la mirada hacia mí, más para ver cómo iban las cosas con los dos jugadores de billar que tenía detrás que porque yo se lo hubiera dicho; se quedó helado cuando vio que llevaba una Colt 45 Commander en el cinturón.

La había sacado de la pistolera de la espalda y la había puesto allí en cuanto vi que el hijo de Lenny se encaminaba hacia la puerta a cerrarla. En un primer momento, Dave se fijó en mi cintura; después me miró la cara y rápidamente se percató de la diferencia que hay entre aquel que enseña una pistola para impresionar y aquel que la enseña porque está dispuesto a usarla.

—Si uno de esos tipos que tengo detrás da un paso más —me dirigí a Big Dave—, se va a armar.

Dave me observó por encima de los hombros y movió la cabeza con rapidez.

—Dile a ese gilipollas que se aleje de la puerta —dijo Angie.

—Ray —gritó Big Dave—, vuelve y siéntate.

—¿Por qué? —preguntó Ray—. ¿Para qué coño quieres que vuelva? Es un país libre y todo ese rollo.

Toqué ligeramente la culata de la 45 con el dedo índice.

—Ray —dijo Big Dave, sin dejar de mirarme ni un instante— o te alejas de la puerta o te la hago atravesar con la cabeza, joder.

—Está bien —dijo Ray—. Está bien. ¡Santo Dios, Big Dave! ¡Santo Dios y todos los demás!

Ray negó con la cabeza, pero en vez de volver a su asiento, abrió el cerrojo y salió del bar.

—Un gran orador, nuestro Ray —comenté.

—Vámonos —dijo Angie.

—Ya lo creo —asentí, y aparté el taburete con la pierna.

Los dos jugadores de billar estaban a mi derecha cuando me dirigía hacia la puerta, y miré al que me había tirado cerveza en el zapato. Sostenía el taco de billar del revés con ambas manos, con la empuñadura apoyada en el hombro. Era lo suficientemente estúpido como para seguir allí plantado, pero no lo bastante como para acercarse más.

—Ahora —le espeté— sí que tienes problemas.

Echó una mirada al taco que sostenía y al sudor que oscurecía la madera en sus manos.

—Suelta el taco —dije.

Comprobó la distancia que nos separaba. También tuvo en cuenta la culata de mi 45 y que además tenía la mano apenas a un centímetro de ella. Me miró a los ojos. Entonces se inclinó y dejó el taco en el suelo. Se alejó mientras el taco de su amigo resonaba con fuerza contra el suelo.

Me volví, anduve cuatro pasos hacia la barra y me paré. Me volví hacia Big Dave.

—¿Qué? —dije.

—¿Cómo dice? —preguntó Dave mientras me miraba las manos.

—Creía que había dicho algo.

—No, no he dicho nada.

—Creía que había dicho que aún no nos había contado todo lo que sabe sobre Helene McCready.

—No —contestó Big Dave, levantando la mano—. No he dicho nada.

—Angie —dije—, ¿crees que Big Dave nos lo ha contado todo?

Se había parado junto a la puerta, sostenía su 38 con la mano izquierda mientras se apoyaba en la jamba.

—¡No! —soltó él.

—Creemos que nos estás ocultando algo, Dave —me encogí de hombros—. Sólo es una opinión.

—Ya os lo he contado todo. Creo que vosotros dos deberíais...

—¿Volver cuando cierre por la noche? —pregunté—. Es una idea excelente, Big Dave. Lo ha entendido a la perfección. Así lo haremos.

Big Dave negó con la cabeza varias veces.

—No, no —dijo.

—¿A las dos, a las dos y cuarto? —Asentí con la cabeza—. Hasta entonces, Dave.

Me volví y anduve hasta el extremo de la barra. Nadie me miró a los ojos. Todos tenían la mirada puesta en las cervezas.

—No estaba en casa de su amiga Dottie —dijo Big Dave.

Nos volvimos y le miramos. Se apoyó en el fregadero de la barra y se pasó un chorro de agua por la cara con la manguera.

—Las manos encima de la barra, Dave —dijo Angie.

Levantó la cabeza y parpadeó a causa del líquido.

Apoyó las palmas en la superficie de la barra y dijo:

—Helene no estaba en casa de Dottie. Estaba aquí.

—¿Con quién? —pregunté.

—Con Dottie —dijo—. Y con el hijo de Lenny, Ray.

Lenny dejó de mirar la cerveza y dijo:

—Cierra ese maldito pico, Dave.

—¿El tipo ese tan vulgar que vigilaba la puerta? —preguntó Angie—. ¿Ése es Ray?

Big Dave asintió con la cabeza.

—¿Qué estaban haciendo aquí? —pregunté.

—No digas ni una palabra más —dijo Lenny.

Big Dave le miró con muestras de desesperación, y luego a nosotros.

—Tomándose algo. En primer lugar, Helene sabía que dejar a su hija sola ya creaba muy mala impresión. Y aún causaría una impresión mucho peor que la policía o la prensa supieran que en vez de estar en casa de la vecina estaba en un bar a diez manzanas de casa.

—¿Qué tipo de relación mantiene con Ray?

—Creo que a veces se lo montan —contestó, mientras se encogía de hombros.

—¿Cómo se llama Ray de apellido?

—¡David! —apremió Lenny—. Cierra ese...

—Likanski —dijo Big Dave—. Vive en Harvest.

Respiró profundamente.

—Eres una mierda de tío —le espetó Lenny—. Eso es lo que eres y lo que siempre serás; y lo que serán tus hijos retardados y todo lo que toques. Una mierda.

—Lenny —insté yo.

Lenny me seguía dando la espalda y dijo:

—¿Crees que te voy a decir algo, tío? ¡Debes de estar bajo los efectos de polvo de ángel! Puede que sólo mire la cerveza, pero sé que tienes una pistola y que esa chica también tiene una. ¿Y qué? O me disparas o te largas.

Fuera del bar, se oía cada vez más cerca el sonido de una sirena.

Lenny volvió la cabeza y esbozó una sonrisa de oreja a oreja.

—Parece que vienen a por ti, ¿verdad? —dijo.

Su sonrisa dio paso a una risa fuerte y amarga que mostraba una boca roja de tan inflamada con apenas dientes.

Me saludó con la mano en cuanto la sirena sonó tan cerca que parecía que ya habían llegado al callejón.

—Hasta luego. Todos para ti —dijo.

Su risa amarga aún sonó mucho más fuerte esta vez y su forma de toser indicaba que tenía los pulmones destrozados. Segundos después, sus amigotes vinieron hacia nosotros, un poco nerviosos al principio, aunque más abiertamente después, al oír el ruido que las puertas del coche de policía hacían al abrirse.

Cuando conseguimos salir por la puerta, había tal algarabía allí fuera que parecía una fiesta.

5

Cuando salimos del bar y llegamos al callejón, vimos la rejilla de un Ford Taurus negro que se encontraba aparcado a escasos centímetros de la puerta principal. El más joven de los dos detectives, un tipo grande con sonrisa de niño, se asomó por la ventanilla del conductor y desconectó la sirena.

Su compañero estaba sentado en el capó con las piernas cruzadas, tenía la cara redonda y la sonrisa fría.

—Bien, bien, bien —mascullió.

Manteniendo el dedo índice en alto y girando la muñeca repitió:

—Bien, bien, bien.

—Terriblemente real —dije.

—¿No lo cree así?

Juntó las manos y se deslizó por el capó del coche hasta que los pies le llegaron a la rejilla y las rodillas prácticamente rozaban mis piernas.

—Usted debe de ser Pat Kenzie —movió la mano hacia mi pecho—. Encantado de conocerle.

—Patrick —dije, y le tendí la mano.

Me la estrechó con fuerza dos veces.

—Detective cabo Nick Raftopoulos. Llámeme Poole. Todo el mundo lo hace. —Su angulosa cara de duende se inclinó hacia Angie—. Usted debe de ser Ángela.

Ella le estrechó la mano.

—Angie —dijo.

—Encantado de conocerla, Angie. ¿Le han dicho alguna vez que tiene los ojos de su padre?

Angie se llevó una mano a la ceja, dio un paso hacia Nick Raftopoulos.

—¿Conocía a mi padre? —preguntó.

Poole tenía las palmas de las manos sobre las rodillas.

—De vista. En calidad de miembro de equipos contrarios. Me gustaba. Tenía clase de verdad. A decir verdad, lamenté su... desaparición, si se puede llamar así. Era un hombre poco corriente.

Angie le sonrió dulcemente.

—Muy amable de su parte —dijo.

Alguien abrió la puerta del bar detrás y volví a sentir el olor de whisky rancio.

El policía más joven miró a quienquiera que fuera que estuviera a nuestras espaldas.

—Vuelve a entrar, bobo —le dije—. Conozco a alguien que tiene algo para ti.

El hedor a whisky rancio se disipó y la puerta se cerró.

Poole tiró bruscamente de su dedo pulgar por encima del hombro.

—Ese joven de ahí con un temperamento tan dulce es mi compañero, el detective Remy Broussard.

Le saludamos con una inclinación de cabeza y él nos imitó. De cerca, parecía más mayor de lo que en un principio había imaginado. Debía de tener cuarenta y tres o cuarenta y cuatro años. Al principio, había creído que era de mi edad a causa de esa inocencia propia de Tom Sawyer que caracterizaba su sonrisa. Pero al mirarlo por segunda vez, las patas de gallo alrededor de los ojos, las arrugas formando surcos en el hueco de las mejillas, y los mechones de pelo gris plomo que se divisaban en su rizado pelo rubio ceniza, le hacían parecer diez años mayor. Seguramente entrenaba, como mínimo, cuatro veces a la semana; tenía una constitución maciza formada por una gran masa muscular. Dicha apariencia se veía suavizada por el traje cruzado italiano color oliva que llevaba encima de una corbata desanudada marca Bill Blass de color dorado y azul, y una camisa a rayas sutilmente desabrochada en el cuello.

Un tipo obsesionado por la ropa, decidí, mientras se quitaba el polvo del extremo del zapato izquierdo marca Florsheim; probablemente el tipo de hombre que nunca pasaría por delante de un espejo sin fijarse bien. Pero cuando se apoyó en la puerta abierta del conductor y nos miró, noté una astucia penetrante y una inteligencia prodigiosa. Probablemente se paraba delante de los espejos, pero dudo que se le escapara nada de lo que pasaba a sus espaldas cuando lo hacía.

—Nuestro estimado lugarteniente Jack-el-apasionado Doyle nos dijo que fuéramos a verles —dijo Poole—. Y aquí estamos.

—Así es —afirmé.

—Cuando íbamos por la avenida en dirección a su oficina —dijo Poole—, vimos a Ray Likanski *el Delgaducho* salir corriendo del callejón. El padre de Ray, saben, el mayor de los soplones en los viejos tiempos, es de mi época. El detective Broussard sería incapaz de distinguir a Ray *el Delgaducho* de Ray *de Azúcar*, pero va y digo: «Para el carro, Remy. Ese cazurro no puede ser otro que Ray Likanski *el Delgaducho* y además parece un poco angustiado». —Poole sonreía y tamborileaba con los dedos en la rótula—. Ray va chillando por ahí que hay un tipo presumiendo de pistola en ese establecimiento tan fino.

Me observó con atención.

—«¿Una pistola?» le digo al detective Broussard. ¿En un club de caballeros como el Filmore Tap? ¿Qué? Imposible.

Miré a Broussard. Estaba apoyado en la puerta del conductor, con los brazos cruzados sobre el pecho. Se encogió de hombros, como si quisiera decir: «¡Mi compañero, vaya personaje!».

Poole tamborileó los dedos con rapidez en el capó del Taurus para que le prestara atención. Entonces me sonrió con su cara de duende adulto. Debía de tener unos cincuenta y pico o sesenta años, era rechoncho, y el pelo, que lo llevaba muy corto, era de un tono ceniza. Se frotó el pelo de cepillo, miró de soslayo al sol de media tarde y dijo:

—¿Es posible que la supuesta pistola sea la Colt Commander que veo en su supuesta cadera derecha, señor Kenzie?

—Supuestamente —contesté.

Poole sonrió, se fijó en Filmore Tap.

—Nuestro querido Big Dave Strand, ¿aún sigue de una pieza?

—La última vez que lo vi, lo estaba —repuse.

—¿Crees que deberíamos arrestarles por asalto? —preguntó Broussard, mientras extraía un chicle de un paquete de Wrigley's y se lo metía en la boca.

—Tendría que hacer una acusación.

—¿Y no cree que la hará?

—Estamos prácticamente convencidos de que no la hará —dijo Angie.

Poole nos miró, con las cejas levantadas. Se volvió a su compañero. Broussard se encogió de hombros y ambos estallaron en carcajadas.

—Bien, no me dirán que no es estupendo —dijo Poole.

—Supongo que Big Dave intentó tratarles con el encanto que le caracteriza, ¿no es así? —preguntó Broussard a Angie.

—*Intentó* es la palabra clave —convino Angie.

Broussard masticaba chicle y sonreía; entonces se incorporó totalmente y se quedó contemplando a Angie como si la estuviera examinando de nuevo.

—En serio —dijo Poole, aunque aún hablaba alegremente—, ¿alguno de los dos ha disparado el arma ahí dentro?

—No —dije.

Poole alargó la mano y castañeteó los dedos.

Me quité la pistola de la cintura y se la entregué.

Dejó caer el clip de la culata en la mano. Tiró con fuerza del cargador y miró dentro de la recámara para asegurarse de que estaba vacía antes de oler el cañón. Asintió con la cabeza. Puso el clip en mi mano izquierda y la pistola en la derecha.

Volví a colocar la pistola en la funda de la espalda y me metí el clip en el bolsillo de la chaqueta.

—¿Y los permisos de armas? —preguntó Broussard.

—Actualizados y en la cartera —contestó Angie.

Poole y Broussard volvieron a sonreír con aire burlón. Se nos quedaron mirando hasta que adivinamos lo que estaban esperando.

Los dos sacamos los permisos y se los entregamos a Poole por encima del capó del coche. Poole les echó un vistazo rápido y nos los devolvió.

—¿Crees que deberíamos interrogar a los clientes, Poole?

Poole miró a Broussard y comentó:

—Tengo hambre.

—Sí, yo también podría comer algo —convino Broussard.

Poole nos volvió a mirar con las cejas levantadas.

—Y ustedes dos, ¿qué? ¿Tienen hambre? —preguntó.

—No mucha —dije.

—Está bien. El sitio en el que estoy pensando —dijo Poole, mientras me tocaba el hombro dulcemente con la mano—

sirve una comida horrible, de todas maneras. Pero no se pueden ni imaginar qué buena es el agua. La mejor de por aquí. Directamente del grifo.

El restaurante Victoria está situado en Roxbury, al cruzar la línea divisoria que lo separa de mi barrio, y de hecho, la comida es estupenda. Nick Raftopoulos tomó chuletas de cerdo; Remy Broussard, de pavo.

Angie y yo pedimos un café.

—Así que... no están avanzando mucho —dijo Angie.

Poole mojó un trozo de cerdo en la compota de manzanas.

—En realidad, no —contestó.

Broussard se limpió la boca con una servilleta.

—Ninguno de nosotros ha trabajado antes en un caso que fuera objeto de tanta publicidad y que no acabara mal.

—¿No creen que Helene está involucrada? —pregunté.

—En un principio así lo creíamos —dijo Poole—, me basaba en la teoría de que o bien había vendido a la niña o bien algún traficante al que le debía dinero lo había hecho.

—¿Qué le hizo cambiar de opinión? —preguntó Angie.

Poole estaba comiendo y le hizo una seña a Broussard para que contestara por él.

—Por el detector de mentiras. Salió totalmente airosa. Además, ¿ven a este tipo que está zampándose unas costillas de cerdo? Es muy difícil que alguien nos engañe cuando los dos trabajamos en el mismo caso. Helene miente, no me interpreten mal, pero no sobre la desaparición de su hija. En realidad, no sabe qué le pasó.

—¿Y qué opina del paradero de Helene la noche en que Amanda desapareció? —preguntó Angie.

A Broussard se le quedó medio bocadillo fuera de la boca.

—¿Qué quiere decir? —preguntó.

—¿Se creen la historia que Helene contó a la prensa?

—¿Existe alguna razón por la que no deberíamos creerla?

Poole mojó el tenedor en la compota de manzana.

—Big Dave nos contó una historia diferente.

Poole se recostó en la silla y se sacudió las migas de las manos.

—¿Qué les contó?

—¿Se creyó la historia de Helene, o no? —dijo Angie.

—No del todo —dijo Broussard—. Según el detector de mentiras, estaba con Dottie, aunque no necesariamente en su casa. Pero persiste con la misma mentira.

—¿Dónde estaba? —preguntó Poole.

—Según Big Dave, se encontraba en el Filmore.

Poole y Broussard se miraron y luego a nosotros.

—Así pues —dijo Broussard lentamente—, nos tomó el pelo.

—No quería echar a perder sus quince segundos —dijo Poole.

—¿Sus quince segundos? —pregunté.

—Los quince segundos durante los que fue el centro de atención pública —continuó Poole—. Antes solían conceder unos minutos, pero ahora sólo unos segundos —suspiró—. Cuando estaba en la televisión haciendo el papel de madre afligida con su bonito vestido azul. ¿Se acuerdan de aquella mujer brasileña de Allston, a quien le desapareció el hijo hace unos ocho meses?

—Y a quien nunca encontraron —asintió Angie.

—Bien. Lo que quiero decir es que esa mujer era morena de piel, no vestía bien y cada vez que aparecía en pantalla parecía que estuviera drogada. Después de cierto tiempo, al gran público le importaba un rábano el niño desaparecido ya que la madre no les gustaba en lo más mínimo.

—En cambio, Helene McCready —siguió Broussard— es

blanca. Se arregla con esmero y queda bien en pantalla. Seguramente no es de lo mejorcito que hay, pero a la gente le parece simpática.

—No, no lo es —dijo Angie.

—¿En persona? —Broussard negó con la cabeza—. En persona no es nada simpática. Pero en pantalla, cuando habla durante quince segundos... las cámaras la adoran, el público la adora. Deja a la niña sola durante casi cuatro horas, lo cual es una atrocidad, pero casi todo el mundo piensa que no se ha de tensar la cuerda, que todos cometemos errores.

—Y seguramente nunca se ha sentido tan amada en toda su vida —dijo Poole—. Y en cuanto Amanda aparezca o pase cualquier cosa que aleje el caso de los grandes titulares, y eso siempre pasa, Helene volverá a ser la misma persona que era. Lo que quiero decir es que, en estos momentos, se aferra a sus quince segundos.

—¿Realmente piensa que el hecho de que mienta tanto sobre su paradero es sólo por los quince segundos? —dije.

—Probablemente —apuntó Broussard. Se limpió la boca con la servilleta y apartó el plato—. No nos interprete mal. De aquí a unos minutos vamos a ir a casa del hermano y le vamos a hacer la cara nueva por habernos mentido. Y si hay alguna cosa más, lo averiguaremos. —Ladeó un poco la mano en nuestra dirección—. Gracias a los dos.

—¿Cuánto tiempo llevan en este caso? —preguntó Poole.

Angie miró el reloj.

—Desde ayer por la noche.

—¿Y ya han descubierto algo que nosotros hemos pasado por alto? —dijo Poole riéndose entre dientes—. A ver si van a ser tan competentes como nos han dicho.

Angie movió las pestañas con rapidez.

—¡Caramba! —exclamó.

Broussard sonrió.

—A veces salgo con Óscar Lee. Los dos llegamos al Departamento de Policía de la Vivienda hace ya un montón de años. Después de que Gerry Glynn fuera arrestado en ese parque hace un par de años; le pregunté a Óscar sobre ustedes dos. ¿Les gustaría saber lo que me dijo?

Me encogí de hombros.

—Conociendo a Óscar, seguro que fue algo irreverente.

Broussard asintió con la cabeza.

—Nos contó que en casi todas las facetas de la vida eran lo más caótico que jamás hubiera visto.

—Típico de Óscar —dijo Angie.

—Pero también dijo que cuando se les metía en la cabeza cerrar un caso, ni Dios en persona les podría hacer cambiar de opinión.

—Óscar —comenté— es realmente un encanto.

—Así pues están en el mismo caso que nosotros.

Poole dobló la servilleta con delicadeza y la colocó encima del plato.

—¿Y eso les preocupa? —preguntó Angie.

Poole miró a Broussard. Broussard se encogió de hombros.

—En principio, no nos preocupa —dijo Poole.

—Pero —siguió Broussard—, pero... deberíamos ponernos de acuerdo sobre algunas cuestiones básicas.

—¿Cómo, por ejemplo?

—Por ejemplo...

Poole sacó un paquete de cigarrillos. Extrajo el celofán con lentitud, arrancó el papel de aluminio y sacó un Camel sin filtro. Lo olió mientras inhalaba profundamente el aroma por la nariz y echaba la cabeza hacia atrás a la vez que cerraba los ojos. Luego se inclinó hacia delante y estrujó el cigarrillo sin encender en el cenicero hasta que se partió por la mitad. Volvió a meter el paquete en el bolsillo.

Broussard nos sonrió, con la ceja izquierda ligeramente ladeada.

Poole se dio cuenta de que lo estábamos mirando.

—Lo siento. He dejado de fumar —dijo.

—¿Cuándo? —preguntó Angie.

—Hace dos años. Pero aún necesito hacer el ritual —sonrió—. Los rituales son importantes.

Angie metió la mano en el bolso.

—¿Les importa si fumo? —preguntó.

—Por favor, ¿sería tan amable?

Observó cómo Angie encendía el cigarrillo; luego movió ligeramente la cabeza, se le aclararon los ojos y nuestras miradas se cruzaron. Parecía capaz de adentrarse hasta lo más hondo de mi cerebro o de mi alma con tan sólo mirarme.

—Cuestiones básicas —dijo—. No debe haber filtraciones en la prensa. ¿Son amigos de Richie Colgan del *Tribune*?

Asentí con la cabeza.

—Colgan no es amigo de la policía —apostilló Broussard.

—Su trabajo no consiste en hacer amigos, sino en escribir reportajes —dijo Angie.

—Y no tengo nada que objetar —atajó Poole—. Pero no quiero que nadie de la prensa se entere de cosas que no queramos que se sepan respecto a esta investigación. ¿De acuerdo?

Miré a Angie. Observaba a Poole a través del humo del cigarrillo. Finalmente, asintió con la cabeza.

—De acuerdo —dije yo.

—Estupendo —sentenció Poole, con acento escocés.

—¿De dónde ha sacado a este tipo? —le dijo Angie a Broussard.

—Me pagan cien dólares extra a la semana si trabajo con él. Es una prima por trabajos peligrosos.

Poole se acercó a la espiral de humo que procedía del cigarrillo de Angie, inhaló y dijo:

—En segundo lugar, ustedes dos no son nada ortodoxos. Ningún problema. Pero no nos podemos permitir que estén relacionados con este caso y que nos enteremos de que van por ahí mostrando armas de fuego y sacando información a la gente con amenazas, al estilo del señor Big Dave Strand.

—Big Dave Strand estuvo a punto de violarme, cabo Raftopoulos —terció Angie.

—Ya entiendo —dijo Poole.

—No, no lo entiende —insistió Angie—. Ni se lo puede imaginar.

Poole asintió con la cabeza.

—Le presento mis excusas. Sin embargo, ¿nos aseguran que lo que le ha pasado esta tarde a Big Dave es una aberración? ¿Una aberración que no se volverá a repetir?

—Se lo aseguramos —dijo Angie.

—Bien, confiaré en su palabra. ¿Qué opinan de nuestras condiciones hasta ahora?

—Si acordamos no filtrar información a la prensa, lo cual, créanme, dificultará nuestra relación con Richie Colgan, deberán mantenernos informados. Si llegamos a pensar que nos tratan igual que tratan a la prensa, Colgan recibirá una llamada telefónica.

Broussard asintió.

—No veo que esto suponga ningún problema. ¿Poole?

Poole se encogió de hombros, sin dejar de mirarme.

—Me cuesta creer que una niña de cuatro años pueda desaparecer así en una cálida noche sin que nadie la viera —dijo Angie.

Broussard dio medio giro a su anillo de boda.

—A mí, también.

—¿Qué han averiguado, entonces? —preguntó Angie—. En tres días, deben de haber indagado algo que no hayamos leído en los periódicos.

—Tenemos doce confesiones —dijo Broussard— que van desde «Cogí la niña y me la comí» hasta «Cogí a la niña y la vendí a los marcianos», ya que según parece pagan a precio de oro. —Nos sonrió con tristeza—. Ninguna de las doce confesiones concuerda. Algunos videntes dicen que está en Connecticut; otros dicen que está en California; otros que no ha salido del estado, pero que está en el bosque. Hemos interrogado a Lionel y Beatrice McCready y tienen coartadas totalmente convincentes. Hemos revisado las alcantarillas. Hemos ido casa por casa y hemos interrogado a todos los vecinos de la calle, no sólo para ver si podían haber oído o visto algo aquella noche, sino también para inspeccionar informalmente sus casas por si hubiera indicios de la niña. Ahora sabemos quién toma cocaína, quién tiene problemas con la bebida, quién pega a su mujer, quién pega a su marido, pero no hemos averiguado nada que guarde relación con la desaparición de Amanda.

—Nada —intervine—. En realidad, no tienen nada.

Broussard movió la cabeza lentamente y miró a Poole.

Después de mirarnos fijamente durante más de un minuto desde el otro lado de la mesa, y de mover la lengua sin parar y de apretarla contra su labio inferior, Poole cogió el maltrecho maletín que tenía en el asiento de al lado y extrajo unas cuantas fotografías impresas en papel satinado. Nos pasó la primera desde donde estaba sentado.

Era un primer plano en blanco y negro de un hombre que debía de tener cincuenta y pico años, y una cara que parecía que le hubieran estirado la piel, se la hubieran pegado fuertemente al hueso y apretujado, y la hubieran clavado en la parte trasera del cráneo con una grapa metálica. Los ojos claros le sobresalían de las órbitas y su boca diminuta parecía desaparecer bajo la sombra de la garra curvada que tenía por nariz. Tenía las mejillas tan hundidas y arrugadas que parecía que estuviera sorbiendo un limón. En la parte superior de la cabeza puntiaguda lucía, perfectamente peinados sobre la calva, diez o doce pelos canosos.

—¿Lo han visto antes? —preguntó Broussard.

Negamos con la cabeza.

—Se llama Leon Trett. Fue condenado por maníaco sexual infantil. Le han cogido tres veces. La primera vez cumplió la condena en un pabellón psiquiátrico, y las otras dos en chirona. Lo soltaron hará dos años y medio, salió de Bridgewater y desapareció.

Poole nos pasó una segunda fotografía. Era una foto en color de cuerpo entero de una mujer gigantesca, cuyos hombros parecían la cámara acorazada de un banco, y cuya obesidad y espesa melena castaña la hacían asemejarse a un perro San Bernardo totalmente erguido.

—¡Cielo santo! —exclamó Angie.

—Roberta Trett —explicó Poole—. La encantadora mujer del susodicho Leo. Esta foto fue hecha hace diez años, por lo tanto, puede ser que haya cambiado un poco, aunque dudo mucho que se haya encogido. Roberta es célebre por su habilidad para la jardinería. Normalmente se gana la vida, y mantiene a su cariñito Leo, haciendo de florista. Hace dos años y medio dejó el trabajo, abandonó el piso de Roslindale y nadie los ha visto desde entonces.

Poole les pasó la tercera y última fotografía por encima de la mesa. Era una foto de carnet de un hombre pequeño que tenía la piel color de caramelo, el ojo derecho vago, y las facciones arrugadas y difusas. Miraba la cámara como si intentara ver en qué parte de la habitación oscura la habían colocado, y su cara albergaba cierta expresión de furia impotente y de inquieta perplejidad.

—Corwin Earle —explicó Poole—. También ha cumplido condena por pederasta. Lo soltaron de Bridgewater hace una semana. Paradero desconocido.

—Pero está relacionado con los Trett —dije.

Broussard asintió.

—Compartía litera con Leon en Bridgewater. Después de que Leon volviera a este mundo, el compañero de celda de Corwin Earle, un atracador llamado Bobby Minton, no sólo se lo hizo pasar mal a Corwin por ser un violador de niños, sino que también estaba enterado en secreto de lo que pensaba hacer el retardado. Según Bobby Minton, Corwin tenía una fantasía predilecta: cuando le soltaran de la cárcel, iba a ir a buscar a su antiguo compañero de litera, Leon, y a su maravillosa esposa, Roberta, y vivirían todos juntos como una familia unida y feliz. Pero Corwin no se iba a presentar en su casa sin ni siquiera llevarles un regalo. Sería de mal gusto, supongo. Y según Bobby Minton, no pensaba regalarles una botella de Cutty a Leon y una docena de rosas a Roberta. Les iba a regalar un niño. De temprana edad, nos dijo Bobby. A Corwin y a Leon les gustan jóvenes. Como mucho, de nueve años.

—¿Le llamó el tal Bobby Minton? —preguntó Angie.

Poole asintió.

—En cuanto se enteró de la desaparición de Amanda McCready. Parece ser que el señor Minton le contaba continuamente historias muy detalladas de lo que la buena gente de Dorchester solía hacer a los violadores de niños. Le dijo a Corwin que aún no habría andado ni tres metros por la avenida Dorchester y ya le habrían cortado el pene y se lo habrían metido en la boca. El señor Minton cree que Corwin Earle escogió precisamente Dorchester para recoger su regalo de regreso al hogar para los Trett porque se lo quería escupir a la cara.

—Y ¿dónde está Corwin Earle ahora? —pregunté.

—Ha desaparecido. Se ha esfumado. Tenemos la casa de sus padres en Marshfield bajo vigilancia, pero de momento, nada. Cogió un taxi al salir de chirona, entró en un club de *striptease* en Stoughton, y nadie lo ha visto desde entonces.

—¿Y la llamada o lo que sea de ese tal Bobby Minton es lo único que les hace relacionar a Earle y los Trett con la desaparición de Amanda?

—No parece muy convincente, ¿verdad? —dijo Broussard—. Ya les dije que no teníamos gran cosa. Lo más probable es que Earle no tenga cojones de presentarse, así como así, en un barrio que desconoce y secuestrar a cualquiera. No hay nada en su historial que así lo indique. Los niños a los que solía abordar eran los de los campamentos de verano en los que trabajaba hace siete años. No había violencia y tampoco los apresaba por la fuerza. Probablemente sólo quería fanfarronear delante de su compañero de celda.

—¿Y qué hay de los Trett? —preguntó Angie.

—Bien, Roberta está limpia. El único delito por el que la han condenado es por haber sido cómplice encubridora en un atraco a una tienda de bebidas alcohólicas en Lynn a finales de los años setenta. Cumplió un año de condena, salió en libertad condicional y no ha pasado ni una sola noche en la cárcel del estado desde entonces.

—¿Y Leon?

—Leon —Broussard levantó las cejas, miró a Poole y silbó—. Leon es malo, malo, malo. Ha cumplido condena tres veces, aunque lo han acusado una veintena. La mayor parte de los casos se cerraron porque las víctimas se negaban a testificar. Y no sé si están familiarizados con la forma de actuar de los violadores de niños, pero actúan igual que las ratas y las cucarachas: si ves una, es que hay unas cien a tu alrededor. Si uno pilla a un tarado haciendo proposiciones deshonestas a un niño, puede estar seguro de que hay otros treinta a los que, si son medianamente inteligentes, nunca han pillado. Leon, según nuestros cautelosos cálculos, debe de haber violado, como mínimo, a unos cincuenta niños. Vivía en Randolph, y luego en Holbrook, cuando unos niños desaparecieron para siempre y, por eso, los federales y la policía local lo consideran el primero de la lista de sospechosos por el asesinato de esos niños. Les contaré algo más sobre Leon: la última vez que lo arrestaron, el detective privado Kingston encontró gran cantidad de armas automáticas enterradas cerca de su casa.

—¿Pagó por ello? —preguntó Angie.

Broussard negó con la cabeza.

—Fue lo suficientemente listo como para enterrarlas en la propiedad del vecino de al lado. El detective privado Kingston sabía que eran suyas, tenía la casa llena de hojas informativas de la Asociación Nacional del Rifle, manuales de armas, *The Turner Diaries*,* y toda la parafernalia típica del paranoico que tiene muchas armas, pero no pudieron probar nada. Hay pocos delitos que se le puedan atribuir. Actúa con mucho cuidado y sabe muy bien cuándo tiene que desaparecer.

—Eso parece —dijo Angie, con amargura.

Poole le rozó ligeramente la mano.

—Quédense las fotos. Estúdienlas. Y mantengan los ojos abiertos por si aparece alguno de los tres. Dudo mucho que estén metidos en esto, ya que no hay nada que lo indique, a excepción de la teoría de un convicto, pero, en estos momentos, son los violadores de niños más destacados de la zona.

Angie se quedó mirando la mano de Poole y sonrió.

—De acuerdo.

Broussard levantó un poco la corbata de seda y quitó unas hebras de hilo.

—¿Con quién estaba Helene McCready en el Filmore el domingo por la noche?

* *The Turner Diaries*, novela escrita y publicada en 1978 por William Pierce, líder del partido neonazi Alianza Nacional, con el seudónimo de Andrew Macdonald. (*N. de la T.*)

—Con Dottie Mahew —dijo Angie.

—¿Con nadie más?

Angie y yo permanecimos en silencio unos instantes.

—Recuerden —dijo Broussard—: sin secretos.

—Con Ray Likanski *el Delgaducho* —contesté.

Broussard se volvió hacia Poole.

—Cuéntame más cosas sobre ese tipo, compañero.

—Será pícaro —dijo Poole—. Y pensar que teníamos su *delgadez* en nuestras manos no hace ni una hora —movió la cabeza—. Bien, se nos ha escapado.

—¿Qué quiere decir?

—Ray *el Delgaducho* es un malvado profesional. Aprendió de su padre. Debe de saber que le estamos buscando y se ha largado. Al menos durante un tiempo. Seguramente nos dijo que estaban presumiendo de pistola en el Filmore para que le dejáramos en paz y tuviera tiempo de salir de Dodge. Los Likanski tienen parientes en Allegheny, Rem. Quizá podrías...

—Llamaré a la comisaría de allí —dijo Broussard—. ¿Le podemos seguir la pista?

Poole negó con la cabeza.

—Hace cinco años que no lo arrestan. No tiene nada pendiente. No está en libertad condicional. Está limpio. —Poole golpeó la mesa suavemente con el dedo índice—. Un día u otro, saldrá a flote. La mierda siempre lo hace.

—¿Hemos acabado? —preguntó Broussard, al ver que se acercaba la camarera.

Poole pagó la factura y los cuatro nos dispusimos a adentrarnos en la cada vez más oscura tarde.

—Si fueran hombres aficionados a las apuestas —comentó Angie—, ¿qué apostarían que le ha pasado a Amanda McCready?

Broussard extrajo otro chicle, se lo metió en la boca y lo

masticó con lentitud. Poole se puso la corbata recta y se observó en la ventana de su coche.

—Yo diría —dijo Poole— que no puede haber pasado nada bueno cuando una niña de cuatro años lleva más de ochenta horas desaparecida.

—¿Detective Broussard? —dijo Angie.

—Yo diría que está muerta, señorita Gennaro. —Dio una vuelta alrededor del coche hasta que llegó a la puerta del conductor y la abrió—. Hay un mundo asqueroso ahí fuera, y nunca ha sido muy agradable para los niños.

6

Un atardecer, los Astros jugaban un partido contra los Orioles en el parque Savin Hill; ambos equipos parecían tener problemas técnicos. Cuando uno de los bateadores de los Astros golpeó la pelota hasta la línea de la tercera base, el tercer hombre de base de los Orioles no consiguió pararla, parecía estar mucho más interesado en arrancarse unos hierbajos del pie. Por lo tanto, el corredor de base de los Astros recogió la pelota y salió corriendo hacia su base. Cuando estaba a punto de llegar al plato, lanzó la pelota en dirección al lanzador, que la recogió y la lanzó hacia el primero. El primer hombre de base cogió la pelota, pero en vez de correr de una base a otra, se volvió y la lanzó al jardín. El fildeador centro y el fildeador derecho se disputaban la pelota. El fildeador izquierdo saludaba a su madre con la mano.

Hacía ya mucho tiempo que el club del North Dorchester se reunía una vez a la semana de cuatro a seis de la tarde para jugar en el parque Savin Hill. Había dos campos, pero normalmente jugaban en el más pequeño, situado a unos cuarenta y cinco metros de la autopista del sudeste, de la cual lo separaba una valla de tela metálica. Savin Hill tiene vistas a la autopista y a una pequeña bahía conocida por el nombre de Malibú Beach, donde el Club Náutico Dorchester suele amarrar sus botes. He vivido en este barrio toda mi vida y aún no he visto nunca a un yate amarrar por aquí, pero quizás es que sólo miro cuando no toca.

Cuando tenía entre cuatro y seis años, solíamos jugar a béisbol porque, por aquel entonces, no existía el béisbol infantil. Teníamos entrenadores, y padres que nos pedían a gritos que nos concentráramos, niños que ya habían aprendido a dar golpes suaves y bajos y a lanzarse a parar la pelota tocando al segundo hombre de base, y padres que nos hacían practicar desde el montículo con pelotas rápidas y curvas. Jugábamos al béisbol de siete partes y había una gran rivalidad con los otros equipos; cuando conseguimos jugar en la liguilla, a la edad de siete u ocho años, los equipos de St. Bart's, St. William's y St. Anthony's del norte de Dorchester ya nos temían, y con razón.

Mientras permanecía junto a las gradas con Angie y observaba a una treintena de criaturas correr como locos y sin darle a la pelota porque llevaban la gorra encima de los ojos o porque estaban muy ocupados en mirar la puesta de sol, tuve el convencimiento de que el método que utilizaban cuando yo tenía su edad nos preparaba mucho mejor para los rigores del béisbol, pero estos niños del béisbol infantil parecían pasarlo mucho mejor.

En primer lugar, no vi que eliminaran a nadie. Todos los jugadores de ambos equipos se turnaban para golpear. Una vez que todos los jugadores, unos quince más o menos, le habían dado a la pelota —y todos lo hacían porque aquí no había nada parecido al fuera de juego— los dos equipos intercambiaban bates y guantes. Nadie contaba los tantos. De hecho, si un niño era lo suficientemente despabilado para recoger la pelota y tocar al corredor, el entrenador base felicitaba a ambos niños con efusión y el corredor permanecía en la base. Algunos padres gritaban: «Por el amor de Dios, recoge la pelota, Andrea» o «Corre, Eddie, corre. No, no por allí. Por allá». Pero, normalmente, tanto padres como entrenadores aplaudían cada vez que un jit driblaba más de un metro, cada vez que alguien recogía una pelota y la lanzaba a cualquier sitio que estuviera en el mismo código postal que el parque, cada vez que alguien conseguía ir de la primera a la tercera base, aunque tuvieran que pasar por encima del montículo del lanzador para llegar hasta allí.

Amanda McCready había jugado en esta liga. Lionel y Beatrice la habían apuntado y se encargaban de traerla y llevarla. Había sido una Oriol y su entrenadora nos dijo que solía jugar de segunda base y que solía recoger la pelota bastante bien, excepto cuando se quedaba totalmente paralizada porque un pájaro se le posaba en la camiseta.

—Falló bastantes veces debido a eso —Sonya Garabedian sonrió y movió la cabeza—. Estaría exactamente donde está Aaron ahora, le estaría dando tirones a la camiseta, se quedaría mirando al pájaro fijamente y le hablaría de vez en cuando. Y si la pelota venía hacia ella, bien, sencillamente tendría que esperar a que acabara de mirar al bello pájaro.

El niño que estaba junto al soporte, un niño rellenito y bastante grande para su edad, lanzó la pelota con fuerza hacia la izquierda; todos los jugadores del extremo del campo y la mayoría de los del centro corrieron tras ella. Cuando estaba rodeando la segunda base, el niño grande decidió, qué narices, que también iba a intentar pararla y corrió hacia el jardín para unirse al grupo, mientras que los niños se empujaban, rodaban por el suelo y rebotaban como si fueran autos de choque.

—Amanda nunca hubiera hecho una cosa así —dijo Sonya Garabedian.

—¿Hacer todo el circuito completo?

Sonya negó con la cabeza.

—Bueno, eso tampoco. Pero, lo que quiero decir es que, ¿ven esa pila de cerdos de allí? Si no conseguimos que alguien ponga fin a eso, empezarán a jugar al Rey de la Montaña y bien pronto se olvidarán qué vienen a hacer aquí.

Mientras dos padres se encaminaban hacia el campo en dirección al tumulto, y los niños daban vueltas de campana unos sobre otros como si fueran artistas de circo, Sonya señaló a una diminuta niña pelirroja que jugaba de tercera base. Debía de tener unos cinco años y seguramente era la más pequeña del equipo. La camiseta le llegaba hasta la espinilla. Mientras observaba a los padres que se dirigían hacia el tumulto, donde cada vez había más niños, se arrodilló y empezó a escarbar la tierra con una piedra.

—Ésa es Kerry —dijo Sonya—. Pase lo que pase, aunque hubiera un elefante en el campo que les dejara jugar con la trompa, no hay manera de que se relacione con los demás. Ni tan sólo le pasaría por la cabeza.

—¿Tan tímida es? —pregunté.

—Sí, y eso no es todo —asintió—. Hay mucho más, ni siquiera le interesa lo que normalmente suele interesar a los niños de su edad. No es que esté triste del todo, pero nunca está contenta, tampoco. ¿Comprenden?

Kerry dejó de mirar el suelo por un momento, tenía la cara llena de pecas y los ojos entrecerrados, ya que el sol de la tarde se reflejaba en el lugar de parada de los lanzadores, y se puso a cavar de nuevo.

—En ese sentido, Amanda se parece mucho a Kerry —dijo Sonia—. No parece reaccionar a los estímulos más inmediatos.

—Es introvertida —dijo Angie.

—En parte, pero no parece que haya mucho más detrás

de sus ojos. No es que esté encerrada en su pequeño mundo, es que no parece tener ningún interés en nada de este mundo, tampoco. —Volvió la cara y me miró. La forma de la mandíbula y la mirada monótona le daban cierto aire de tristeza y severidad—. ¿Ya conocen a Helene?

—Sí.

—¿Qué opinan?

Me encogí de hombros.

Ella sonrió.

—Hace que uno se encoja de hombros, ¿verdad?

—¿Venía a ver los partidos? —preguntó Angie.

—Una vez —dijo Sonya—. Una vez y estaba borracha. Vino con Dottie Mahew, las dos estaban medio piripis y gritaban mucho. Creo que Amanda se sintió incómoda. Todo el rato me preguntaba que cuándo se acabaría el partido. —Movió la cabeza—. Los niños de esa edad no tienen la misma concepción del tiempo que los adultos. Simplemente les parece mucho o poco tiempo. Ese día seguro que el partido le pareció excesivamente largo a Amanda.

La mayor parte de padres y entrenadores ya habían salido al campo, y también habían salido casi todos los Astros. Aún había muchos niños pegando saltos en la pila original, pero otros tantos se habían dividido en grupos más pequeños, y jugaban al marro, se tiraban los guantes, o sencillamente se revolcaban por la hierba como focas.

—Señorita Garabedian, ¿alguna vez notó que hubiera gente extraña espiando el partido?

Angie le mostró las fotografías de Corwin Earle, Leon y Roberta Trett.

Las miró, parpadeó al ver el tamaño de Roberta, pero finalmente negó con la cabeza.

—¿Ven a ese tipo grande de ahí que está junto a la pila? —Señaló un tipo alto y corpulento que debía de tener unos cuarenta años y que llevaba el pelo cortado al rape—. Es Matthew Hoagland. Es culturista profesional, fue míster Massachusetts dos años seguidos. Es un tipo muy majo. Y le encantan sus niños. El año pasado, un tipo con una apariencia muy roñosa se presentó en el campo para ver el partido durante unos minutos, y a nadie le gustó la expresión de sus ojos. Matt le hizo salir del campo. No tengo ni idea de lo que le dijo, pero el tipo se quedó blanco y se fue corriendo. No ha venido nadie así desde entonces. Quizás ese tipo de... personas trabajen en red y hagan correr la voz. No sé. Pero la gente extraña no suele venir a ver los partidos. —Nos miró—. Hasta que llegaron ustedes dos, claro.

Me toqué el pelo.

—¿Tengo mucha roña? —dije.

Ella soltó una risita.

—Aún hay gente que le reconoce, señor Kenzie. Recordamos que rescató a aquella criatura en el parque. Siempre que quiera nos puede hacer de canguro.

Angie me dio un codazo.

—Nuestro héroe.

—Cállate —dije.

Pasaron diez minutos antes de que se volviera a restablecer el orden en el campo y se pudiera reanudar el partido.

Durante ese período de tiempo, Sonya Garabedian nos presentó a algunos de los padres que se habían quedado junto a las gradas. Algunos conocían a Helene y a Amanda, y durante lo que quedaba de partido estuvimos conversando con ellos. Lo que sacamos de estas conversaciones —aparte de confirmar nuestra teoría de que Helene McCready era una criatura que se interesaba única y exclusivamente por lo suyo— fue un retrato mucho más completo de Amanda.

A diferencia de la descripción que Helene nos había hecho de su hija —como si fuera un mítico teleñeco de comedia de situación cuyo objetivo en la vida era sonreír sin cesar—, la gente con la que hablamos nos contó lo poco que Amanda sonreía, y que era demasiado apática y tranquila para una niña de su edad.

—Mi Jessica —dijo Frances Neagly—, entre los dos y los cinco años sólo hacía que corretear arriba y abajo. ¡Y las preguntas que hacía! Siempre del tipo «¿Por qué los animales no hablan como nosotros? ¿Por qué tengo dedos en los pies? ¿Cómo puede ser que haya agua fría y agua caliente?». —Frances sonrió débilmente—. Lo que quiero decir es que era un continuo. Todas las madres que conozco comentan lo pesados que pueden llegar a ser los niños de cuatro años. De cuatro años, ¿verdad? El mundo les depara una sorpresa cada diez segundos.

—¿Y Amanda? —dijo Angie.

Frances Neagly echó el cuerpo hacia atrás y miró alrededor del parque, a medida que las sombras oscurecían y envolvían a los niños en el campo de tal forma que parecían más pequeños.

—Le hice de canguro unas cuantas veces. No porque así lo hubiéramos acordado. Sencillamente Helene solía pasar por casa y me preguntaba: «¿La puedes vigilar un momentito?». Y seis o siete horas más tarde pasaba a recogerla. ¿Qué iba a hacer? No le iba a decir que no, ¿verdad? —Encendió un cigarrillo—. Amanda era tan callada... Nunca tuvimos ningún problema. Ni una sola vez. Y, en realidad, ¿quién podría esperar ese comportamiento de una niña de cuatro años? Se sentaba donde le dijeras y se quedaba mirando las paredes fijamente, o la tele, o cualquier cosa. Ni siquiera prestaba atención a los juguetes de mis hijos, ni le estiraba la cola al gato, nada. Simplemente se sentaba allí, como si fuera un bulto, y nunca preguntaba cuándo pasaría su madre a buscarla.

—¿Tiene algún tipo de deficiencia mental? —dije—. ¿Autismo, quizás?

Negó con la cabeza.

—No. Si le decías algo, te respondía sin ningún tipo de problema. Parecía un poco sorprendida, pero te contestaba con dulzura y la verdad es que para la edad que tenía hablaba muy bien. No, es una niña lista. Simplemente, no es una niña exaltada.

—¿Y eso le parecía antinatural? —preguntó Angie.

Se encogió de hombros.

—Sí, supongo. ¿Sabe lo que pienso? Creo que estaba acostumbrada a que la ignoraran. —Una paloma voló justo por encima del montículo del bateador, un niño le tiró el guante sin darle. Frances esbozó una leve sonrisa—. Y creo que sencillamente es una mierda.

Se despidió de nosotros cuando vio que su hija se dirigía al plato. Sostenía el bate entre las manos de una forma muy extraña mientras examinaba la pelota y el soporte que tenía delante.

—Lánzala fuera del campo, cariño —gritó Frances—. Hazlo.

Su hija se volvió y la miró. Sonrió. Movió la cabeza varias veces y lanzó el bate al suelo.

7

Después del partido fuimos a Ashmont Grille a comer algo y a tomar una cerveza; Angie tuvo una reacción que sólo se podría calificar de efecto retardado por lo que le había pasado en el Filmore Tap.

El Ashmont Grille servía el tipo de comida que mi madre solía cocinar —pastel de carne, patatas y mucha salsa— y las camareras también se comportaban como si fueran madres. Si no dejabas el plato bien limpio, te preguntaban si acaso los niños hambrientos de China desperdiciarían la comida. En cierto modo, esperaba que me dijeran que no me podía levantar de la mesa hasta que me lo hubiera acabado todo.

Si hubiera sido así, Angie se hubiera quedado allí hasta la semana siguiente, ya que parecía comerse el pollo Marsala con muy poco apetito. Para ser una persona pequeña y tan delgada, Angie solía tener más apetito que los camioneros al acabar su jornada. Pero hoy, cogía los linguine con el tenedor y parecía olvidarse de ellos. Dejaba el tenedor en el plato, bebía un poco de cerveza, y se quedaba mirando al vacío como si fuera Helene McCready buscando su televisor.

Cuando consiguió tragarse el cuarto bocado, yo ya me lo

había comido todo. Ella lo interpretó como si la cena hubiera acabado y empujó el plato hasta el centro de la mesa.

—Nunca acabas de conocer a la gente —dijo, mirando la mesa—. ¿Verdad? Nunca acabas de entenderla. No es posible. No puedes... llegar a comprender por qué hacen las cosas, por qué piensan como piensan. Si no piensas de la misma manera, no tiene ningún sentido. ¿No?

Me miró y tenía los ojos rojos y húmedos.

—¿Te estás refiriendo a Helene?

—Helene —se aclaró la voz—, Helene, Big Dave, los tipos del bar y quienquiera que fuera el que se llevara a Amanda. No tiene ningún sentido. Porque no... —Le cayó una lágrima por la mejilla y se la limpió con la palma de la mano—. ¡Mierda!

Le cogí la mano, se pasó la lengua por la boca y miró el ventilador del techo.

—Ange —dije—, esos tipos del Filmore son chusma. No se merecen ni que pienses en ellos.

—¡Ajá! —inspiró profundamente por la boca y pude oír el ruido que hacía en contacto con la saliva que le obstruía la garganta—. Sí.

—¡Eh! —Le acaricié el antebrazo con la palma de la mano—. Lo digo en serio. No valen nada. Son...

—Me habrían violado, Patrick. Estoy segura de ello.

Me miró; movía la boca de una forma irregular hasta que se le quedó quieta y sonrió; era una de las sonrisas más extrañas que jamás hubiera visto. Posó su mano en la mía y la piel alrededor de la boca le tembló hasta que le tembló toda la cara. No podía parar de llorar, a pesar de que intentaba seguir sonriendo y me acariciaba la mano.

Conozco a esta mujer de toda la vida y puedo contar con los dedos de una mano las veces que ha llorado en mi presencia. En ese momento, no acabé de entender las razones —había visto a Angie enfrentarse a situaciones mucho más difíciles de la que habíamos vivido hoy en el bar, y no les había dado tanta importancia—, pero cualquiera que fuera el motivo, sufría de verdad, y ver cómo ese dolor se le reflejaba en la cara y en el cuerpo sencillamente me mataba.

Me levanté de mi asiento y ella me indicó con la mano que no me acercara, pero me senté junto a ella y se dejó abrazar. Asía fuertemente mi camisa y lloraba en silencio en mi hombro. Le acaricié el pelo, le besé la cabeza y la abracé. Notaba cómo le hervía la sangre por todo el cuerpo temblando entre mis brazos.

—Me siento como una tonta —dijo Angie.

—No seas ridícula —le dije.

Habíamos dejado atrás el Ashmont Grille y Angie me había pedido que parásemos en Columbia Park al sur de Boston. Gradas de granito con forma de herradura rodeaban el polvoriento camino de uno de los extremos del parque. Nos compramos un lote de seis cervezas y nos lo llevamos allí; apartamos algunas astillas del tablón de las gradas y nos sentamos.

Columbia Park es el lugar sagrado de Angie. Su padre, Jimmy, desapareció en una revuelta popular hace más de veinte años, y este parque es el lugar que escogió su madre para contarles a ella y a su hermana que su padre había muerto, al margen de que apareciera o no el cadáver. Angie suele venir al parque cuando tiene una mala noche, cuando no puede dormir o cuando le rondan fantasmas por la cabeza.

El mar se encontraba a unos cuatro kilómetros a nuestra derecha y la brisa que nos llegaba era lo suficientemente fresca para que tuviéramos ganas de acurrucarnos, y así poder dejar de temblar.

Se inclinó hacia delante, se quedó mirando la pista y la amplia extensión de parque más allá.

—¿Sabes qué es? —preguntó.

—Cuéntame.

—No comprendo a la gente que hace daño a otra gente de forma deliberada. —Se dio media vuelta en la grada hasta que estuvo delante de mí—. No me refiero a la gente que responde a la violencia con violencia. Quiero decir, que en ese aspecto todos tenemos nuestra parte de culpa. Me refiero a la gente que hace daño a otra gente sin que nadie los provoque. A la gente que disfruta de todo aquello que sea repugnante. A aquellos que les encanta impeler a otros a que traguen tanta mierda como ellos.

—Los tipos del bar.

—Sí. Me habrían violado. Sí, violado. A mí. —Mantuvo la boca abierta durante unos instantes, como si acabara de darse cuenta de lo que aquello implicaba—. Y después se habrían ido a casa a celebrarlo. No, no espera. —Se llevó el brazo a la cara—. No es lo que habrían hecho. No lo habrían celebrado. Eso no es lo peor. Lo peor es que ni tan siquiera habrían pensado en ello. Me habrían rasgado el cuerpo, violado de la forma más enfermiza que se les ocurriera y, una vez acabado, lo recordarían de la misma forma que se recuerda una taza de café. Ni siquiera como algo para celebrar, sino simplemente como una cosa más que te hace pasar el día.

No dije nada.

En realidad, no había nada que decir. Seguí mirándola a los ojos y esperé a que prosiguiera.

—Y Helene —dijo— es casi tan mala como esos tipos, Patrick.

—Con el debido respeto, creo que exageras, Ange.

Negó con la cabeza, tenía los ojos muy abiertos.

—No, no exagero. La violación es un abuso inmediato. Te quema por dentro y te vacía en el poco tiempo que tarda cualquier gilipollas en metértela. Pero lo que Helene le está haciendo a su hija... —Miró el polvoriento camino unos instantes y tomó un trago de cerveza—. Ya has oído las historias de esas madres. Has visto su reacción ante la desaparición de su hija. Estoy segura de que abusa de Amanda cada día, no con violación ni violencia, sino con su apatía. Seguro que le quemaba las entrañas a pequeñas dosis, como el arsénico. Eso es Helene. Arsénico —asintió con la cabeza y repitió en voz baja—. Es arsénico.

La cogí de las manos.

—Puedo llamar desde el coche ahora mismo y decir que dejamos este caso.

—No —negó con la cabeza—. ¡Ni hablar! Toda esa gente, toda esa gente egoísta y desalmada, todos los Big Dave y todas las Helene contaminan el mundo. Y sé que cosecharán lo que hayan sembrado, ya les está bien. Pero no pienso ir a ninguna parte hasta que no encontremos a esa criatura. Beatrice tenía razón. Está sola. Y no hay nadie que hable en su nombre.

—Excepto nosotros.

—Excepto nosotros —asintió con la cabeza—. Encontraré a esa niña, Patrick.

Los ojos le brillaban obsesivamente de una forma que nunca antes había visto en ella.

—De acuerdo, Ange —dije—, de acuerdo.

—De acuerdo —dijo, y golpeó ligeramente mi lata de cerveza con la suya.

—¿Y si ya está muerta? —dije.

—No lo está —dijo Angie—, presiento que no lo está.

—¿Y si lo estuviera?

—No lo está. —Apuró la cerveza y tiró la lata en la bolsa que estaba a mis pies—. Sencillamente no lo está —me miró—, ¿lo entiendes?

—Claro —dije.

De vuelta en casa, Angie se quedó repentinamente sin fuerzas ni ánimos y se quedó dormida sobre las sábanas. Las estiré bajo su cuerpo, la tapé y apagué la luz.

Me senté a la mesa de la cocina, escribí Amanda McCready en una carpeta y redacté rápidamente unas cuantas páginas de notas sobre las últimas veinticuatro horas: las entrevistas con los McCready, los tipos del Filmore y los padres que miraban el partido.

Cuando acabé, me levanté, cogí una cerveza de la nevera y me quedé de pie en medio de la cocina mientras bebía un poco. No había corrido las cortinas de las ventanas de la cocina; cada vez que miraba a una de las oscuras plazas, la cara de Gerry Glynn me miraba maliciosamente, con el pelo empapado de gasolina y la cara manchada de la sangre de su última víctima, Phil Dimassi.

Corrí las cortinas.

Patrick, susurró Gerry desde el centro de mi pecho, *te estoy esperando*.

Cuando Angie, Oscar, Devin, Phil Dimassi y yo nos enfrentamos a Gerry Glynn, a su compañero Evandro Arujo, y a un psicótico encarcelado llamado Alec Hardiman, dudo que ninguno de nosotros se diera cuenta del precio que tendríamos que pagar. Gerry y Evandro se habían dedicado a destripar, a decapitar, a desentrañar, a crucificar gente, simplemente por diversión o por despecho, o porque Gerry estaba enfadado con Dios, o simplemente porque... Nunca llegué a comprender del todo las razones que les impelía a hacerlo. Dudo que nadie las comprenda. Tarde o temprano, las razones palidecen a la luz de las acciones que desencadenan.

A menudo tenía pesadillas sobre Gerry. Siempre Gerry. Nunca Evandro, nunca Alec Hardiman. Sólo Gerry. Seguramente porque lo conocía de toda la vida. De cuando había sido policía y hacía la ronda local, siempre con una sonrisa y despeinándonos el pelo amistosamente a los que entonces éramos niños. Y después, cuando ya se había jubilado, como propietario y barman en el Black Emerald. Bebía con Gerry, hablaba con Gerry hasta altas horas de la madrugada, me sentía a gusto con él, confiaba en él. Y durante todo ese tiempo, durante más de treinta años, había estado matando a niños que se fugaban de casa. Unas criaturas totalmente olvidadas a las que nadie buscaba y a las que nadie echaba de menos.

Mis pesadillas no eran siempre las mismas, pero normalmente Gerry mataba a Phil. Delante de mí. En realidad, no había presenciado cómo Gerry le cortaba el cuello a Phil, a pesar de encontrarme sólo a unos dos metros de allí. Estaba en el suelo del bar de Gerry, intentando evitar que su pastor alemán me clavara los dientes en el ojo, pero había oído a Phil gritar: «No, Gerry, no». Y murió en mis brazos.

Phil Dimassi había estado casado con Angie durante doce años. Hasta el momento de su boda, también había sido mi mejor amigo. Después de que Angie presentara la demanda de divorcio, Phil dejó la bebida, volvió a tener un trabajo retribuido y creo que estaba a punto de redimirse. Pero Gerry lo estropeó todo.

Gerry le disparó una bala a Angie en el abdomen. Gerry me hizo cortes en la mandíbula con una navaja de barbero. Gerry hizo que mi relación con una mujer llamada Grace Cole y su hija, Mae, llegara a su fin.

Gerry, con la parte izquierda del cuerpo en llamas, me apuntaba la cara con una pistola cuando Óscar le disparó tres veces por la espalda.

Gerry estuvo a punto de destruirnos a todos.

Y te espero aquí abajo, Patrick. Te espero.

No había ninguna razón lógica para pensar que el hecho de buscar a Amanda McCready me fuera a conducir al mismo tipo de matanza que mi encuentro con Gerry Glynn y sus colegas había ocasionado, no había ninguna razón en absoluto. Era sencillamente esa noche, razoné, la primera noche fría durante las últimas semanas, esa sensación de oscuridad color pizarra que lo teñía todo. Si hubiera sido la noche anterior, húmeda y suave, no me sentiría así.

Pero aun así...

Lo que habíamos aprendido, sin lugar a dudas, durante la persecución de Gerry Glynn, era exactamente lo que Angie había estado comentando esa noche: que rara vez éramos capaces de entender a la gente. Que éramos seres evasivos, que una gran variedad de fuerzas controlaba nuestros impulsos, que ni nosotros mismos éramos capaces de comprenderlos.

—¿Qué motivo podría impulsar a alguien a secuestrar a Amanda McCready?

No tenía ni idea.

—¿Qué podría llevar a una persona —o varias— a querer violar a una mujer?

Una vez más, no tenía ni idea.

Permanecí un rato sentado, con los ojos cerrados, e intenté visualizar a Amanda McCready, evocar una sensación concreta en mi interior para saber si estaba viva o muerta. Pero más allá de mis párpados, sólo veía oscuridad.

Acabé la cerveza y fui a ver a Angie.

Dormía cabeza abajo en medio de la cama, un brazo extendido por encima de la almohada de mi lado, el otro con el puño cerrado alrededor de la garganta. Deseaba ir hacia ella y abrazarla hasta que todo lo que había pasado en el Filmore se le olvidara, hasta que se disipara el miedo, hasta que Gerry Glynn desapareciera, hasta que el mundo y todo lo que en él hubiera de horrible pasara por encima de nuestros cuerpos y alejara el viento nocturno de nuestras vidas.

Permanecí de pie junto a la puerta durante un buen rato, observándola dormir y confiando en mis vanas ilusiones.

8

Después de separarse de Phil, y antes de que ella y yo fuéramos amantes, Angie salía con un productor de una cadena de noticias por cable de Nueva Inglaterra. Sólo lo había visto una vez y no me había sentido particularmente impresionado por él, aunque recuerdo que tenía un gusto excelente para las corbatas. Sin embargo, llevaba demasiada loción para después del afeitado. Y demasiada espuma. Y salía con Angie. Así pues, tal y como estaban las cosas, parecía muy poco probable que quedáramos para hacer partidas nocturnas al Nintendo o para jugar al *softball** los sábados.

Sin embargo, un tiempo después, el tipo resultó ser muy útil, ya que Angie no había perdido el contacto con él, y de vez en cuando, cuando las necesitábamos, nos conseguía las cintas de los telediarios locales. Siempre me ha asombrado que pueda actuar así: no perder el contacto, seguir siendo amigos, y conseguir que un tipo al que ha dejado hace dos años le haga favores. Me consideraría afortunado si llamara a una antigua

* Variedad de béisbol que se juega sobre un terreno más pequeño que el normal, con pelota grande y blanda. (*N. de la T.*)

novia y consiguiera recuperar mi tostador. Es probable que necesite perfeccionar mis métodos de separación.

A la mañana siguiente, mientras Angie se duchaba, bajé a firmar el recibo de un paquete procedente de Joel Calzada de NECN. Esta ciudad tiene ocho cadenas de noticias: las filiales de las cadenas más importantes, Cuatro, Cinco, y Siete; las cadenas UPN, WB y Fox; NECN; y finalmente, una pequeña cadena independiente a la cabeza de la lista. Todas estas cadenas hacen emisiones al mediodía y a las seis de la tarde, tres de ellas a las cinco de la tarde, dos de ellas a las cinco y media, cuatro a las diez de la noche, y otras cuatro hacen la última emisión a las once. La emisión empieza a las cinco y emiten a horas diferentes a lo largo de la mañana, y dan noticias de última hora de un minuto de duración a horas diferentes durante todo el día.

Joel había conseguido, a petición de Angie, todas las emisiones de todas las cadenas relacionadas con la desaparición de Amanda desde la misma noche que desapareció. No me pregunten cómo lo lograba. Quizá los productores intercambien cintas constantemente. Quizás Angie tenga la habilidad de engatusar al mejor de los productores. O quizá sea debido a las corbatas de Joel.

La noche anterior me había pasado unas cuantas horas releyendo todos los artículos periodísticos que hablaban sobre Amanda y no había conseguido obtener nada nuevo, a excepción de mancharme las manos con tinta negra de tal manera que había creado un collage de huellas dactilares encima de una hoja de un documento legal antes de irme a dormir. Cuando un caso tiene una apariencia tan densa y es tan difícil acceder a sus partes más secretas, a menudo lo único que se puede hacer es darle un enfoque totalmente nuevo, o como mínimo, un enfoque que parezca nuevo. Ésa era la idea que teníamos, mirar las cintas y ver qué saltaba a la vista.

Saqué ocho cintas VHS de la caja que había traído el chico de la compañía, las apilé en el suelo de la sala de estar junto al televisor y Angie y yo desayunamos en la mesita mientras comparábamos las notas que teníamos sobre el caso e intentábamos trazar un plan de ataque para el resto del día.

Aparte de intentar seguirle la pista a Ray Likanski *el Delgaducho* y de volver a interrogar a Helene, Beatrice y Lionel McCready —con la vana esperanza de que recordaran algo de crucial importancia y que hubieran olvidado hasta entonces en relación con la desaparición de Amanda—, la verdad es que no se nos ocurrió gran cosa.

Angie se reclinó en el sofá mientras yo retiraba el plato vacío del desayuno.

—A veces, a veces pienso: un trabajo en la compañía de la luz, ¿por qué no acepté un trabajo así? —Me miró mientras colocaba su plato encima del mío—. Grandes beneficios.

—Plan de pensiones estupendo —dije, mientras llevaba los platos a la cocina y los colocaba en el lavavajillas.

—Siempre el mismo horario —dijo Angie desde la sala de estar; oí el clic de su mechero Bic al encenderse el primer cigarrillo de la mañana—. Dientes brillantes.

Preparé una taza de café para cada uno y volví a la sala de estar. Aún tenía el pelo húmedo de la ducha, y el conjunto de pantalones masculinos de chándal y camiseta que acostumbraba llevar por las mañanas la hacía parecer más pequeña y débil de lo que en realidad era.

—Gracias —dijo.

Cogió la taza de café sin alzar la vista y pasó una hoja de sus notas.

—Eso te matará —le dije.

Cogió el cigarrillo del cenicero sin dejar de mirar sus notas.

—Fumo desde que tengo dieciséis años.

—Desde hace mucho tiempo.

Pasó otra hoja.

—Y en todo este tiempo, nunca me has dado la paliza.

—El cuerpo, la mente —dije.

Ella asintió con la cabeza.

—Pero ahora que dormimos juntos, en cierta manera mi cuerpo también te pertenece, ¿no es así?

Durante los últimos seis meses, me había acostumbrado a sus cambios de humor matinales. A veces se sentía con una energía fuera de lo corriente —ya había hecho aeróbic y había dado un paseo por Castle Island antes de que yo me despertara—, pero incluso los días que estaba de mejor humor, nunca se sentía muy habladora por las mañanas. Además, si tenía la sensación de que la noche anterior se había mostrado vulnerable o débil (que para ella solía tener el mismo significado), se veía envuelta de una neblina tenue y fría parecida a la niebla propia del alba. La podías ver, sabías que estaba allí, pero si dejabas de mirarla durante unos instantes, ya habría desaparecido, estaría otra vez entre jirones de blanca niebla y tardaría un buen rato en regresar.

—¿Te estoy dando la lata? —le pregunté.

Me miró y sonrió fríamente.

—Sólo un poco. —Bebió un sorbo de café y volvió a mirar sus notas—. Aquí no hay nada.

—Paciencia —dije.

Encendí el televisor, e introduje la primera cinta en el vídeo.

El responsable empezó la cuenta atrás desde el número siete; los números negros y ligeramente borrosos destacaban sobre un fondo azul; la fecha de desaparición de Amanda apareció en el encabezamiento y de repente nos encontramos en el estudio con Gordon Taylor y Tanya Biloskirka, presentadores de noticias sin igual de la Cadena 5. Gordon siempre parecía tener problemas para evitar que su negro pelo le cayera en la frente, cosa poco frecuente en esta época de imágenes pregrabadas, pero tenía una mirada penetrante y honesta y un tono de voz que denotaba cierta indignidad, lo cual compensaba lo del pelo, incluso cuando daba información sobre las luces navideñas o si alguien había visto a Barney. Tanya, la del apellido impronunciable, llevaba gafas para conseguir cierto aire de intelectualidad, pero todos los hombres que conocía seguían pensando que era un encanto, y supongo que ésa era la idea.

Gordon se arregló los puños de la camisa y Tanya se sentó cómodamente en la silla con el estilo que la caracterizaba mientras barajaba unos papeles que tenía en la mano y se disponía a leer del teleprompter. Las palabras *Niña desaparecida* estaban escritas en las imágenes que aparecían entre los dos presentadores.

—Una niña desaparece en Dorchester —dijo Gordon con seriedad—. ¿Tanya?

—Gracias, Gordon. —La cámara avanzó hasta lograr un primer plano—. La desaparición de una niña de cuatro años en Dorchester ha dejado a la policía perpleja y a los vecinos muy preocupados. Sucedió hace sólo unas pocas horas. La pequeña Amanda McCready desapareció de su casa de la calle Sagamore sin, según informa la policía —se echó el pelo para delante y bajó la voz una octava—, dejar ninguna pista.

Volvieron a enfocar a Gordon, que no se lo esperaba. Se estaba llevando la mano a la frente y colocaba en su sitio un fastidioso mechón de pelo con los dedos.

—Para obtener más información sobre esta angustiosa historia, contactamos en directo con Gert Broderick. ¿Gert?

La calle estaba abarrotada de vecinos y curiosos mientras Gert Broderick, micrófono en mano, nos informaba de lo que Gordon y Tanya acababan de contarnos. Unos seis metros más atrás de donde estaba Gert, al otro lado del espacio rodeado por el cordón policial y de donde se encontraban los policías uniformados, se podía ver a Lionel sosteniendo a una Helene histérica en el porche delantero. Gritaba algo que era difícil de entender a causa del griterío de la multitud, del ruido de los generadores de luz de los equipos televisivos, de las palabras entrecortadas del reportaje de Gert.

—... y esto es lo que la policía parece saber de momento, pequeña.

Gert miraba la cámara fijamente, intentando no parpadear.

La voz de Gordon Taylor interrumpió la conexión en directo:

—¿Gert?

Gert se llevó la mano a la oreja izquierda.

—Sí, Gordon. ¿Gordon? —dijo.

—¿Gert?

—Sí, Gordon. Te oigo.

—¿Esa señora que está en el porche detrás de ti es la madre de la pequeña?

Dirigieron el teleobjetivo de la cámara hacia el porche, enfocaron e hicieron un primer plano de Helene y Lionel. Helene tenía la boca abierta, lloraba sin cesar y movía la cabeza arriba y abajo de una forma extraña, como si fuera un recién nacido que hubiera perdido el apoyo de los músculos del cuello.

—Creemos que es la madre de Amanda, pero de momento no nos lo han confirmado oficialmente —dijo Gert.

Helene golpeaba el pecho de Lionel con los puños y tenía los ojos completamente abiertos. Gimoteaba y agitaba la mano izquierda por encima del hombro de Lionel y con el dedo índice señalaba algo que quedaba fuera de la cámara. En ese porche, nos estaban haciendo presenciar en directo cómo se desmoronaba, lo cual suponía una invasión de la intimidad del dolor.

—Parece bastante acongojada —dijo Gordon.

Gordon no parecía pasar nada por alto.

—Sí —asintió Tanya.

—Ya que el factor tiempo es esencial —intervino Gert—, la policía está intentando averiguar todo lo posible, interrogar a cualquier persona que haya podido ver a la pequeña Amanda.

—¿A la pequeña Amanda? —dijo Angie negando con la cabeza—. ¿Qué se supone que ha de ser a los cuatro años, la gran Amanda? ¿Madura Amanda?

—... toda persona que tenga cualquier tipo de información de esta niñita...

La fotografía de Amanda ocupaba toda la pantalla.

—... se ruega llame al número de teléfono que aparece en pantalla.

El número de la Brigada contra el Crimen Infantil apareció un momento en pantalla debajo de la fotografía de Amanda y después volvieron a conectar con el estudio. En lugar de aparecer las palabras *Niña desaparecida*, colocaron la retransmisión en directo, y se vio cómo una Gert Broderick más pequeña acariciaba el micrófono y miraba a la cámara con una mirada vaga y un poco confusa que también se manifestaba en la expresión de la cara; mientras, en el porche, Helene se subía por las paredes y Beatrice ayudaba a Lionel a calmarla.

—Gert —dijo Tanya—, ¿has podido intercambiar unas palabras con la madre?

La repentina sonrisa forzada de Gert ocultó la expresión de enfado que le cruzó la mirada por unos instantes.

—No, Tanya. Por el momento la policía no nos ha permitido acceder más allá del cordón policial que podéis ver detrás de mí, así pues, aún está por confirmar si la mujer en estado de histeria que está en el porche es en realidad la madre de Amanda McCready.

—Realmente trágico —dijo Gordon, al ver que Helene se abalanzaba otra vez sobre Lionel llorando tan desesperadamente que hizo que Gert tensara los hombros.

—Trágico —asintió Tanya, mientras la cara de Amanda y el número de teléfono de la Brigada contra el Crimen Infantil aparecían de nuevo en pantalla.

—En otra historia desgarradora —dijo Gordon, cuando le devolvieron la conexión— han perdido la vida dos personas como mínimo, y una tercera ha sido herida de bala durante un asalto a una vivienda de Lowell. Para conocer más detalles sobre esta historia, conectamos con Martha en Lowell: ¿Martha?

Establecieron conexión con Martha y entonces por un momento hubo un espacio en blanco que fue rápidamente sustituido por una pantalla en negro.

Decidimos mirar lo que quedaba de cinta, con la esperanza de que Gordon y Tanya aparecieran para decirnos qué debíamos sentir ante todos los acontecimientos que nos estaban contando y cómo llenar los espacios en blanco emocionales.

Ocho cintas y noventa minutos más tarde, no habíamos conseguido nada nuevo, a excepción de sentir el cuerpo totalmente agarrotado y tener una visión mucho peor del periodismo televisivo. A excepción de los ángulos de filmación, todos los reportajes eran iguales. Mientras continuaba la búsqueda de Amanda, los noticiarios mostraban prácticamente las mismas secuencias filmadas de la casa de Helene, de entrevistas que le habían hecho a Helene, de Broussard y Poole haciendo declaraciones, de los vecinos recorriendo las calles con panfletos, de policías apoyados en el capó del coche mirando mapas de la zona con la ayuda de potentes linternas o tirando de las riendas de los perros policía. Todos los reportajes acababan con el mismo comentario sentencioso y totalmente sensiblero, la misma tristeza estudiada y la misma moralidad en la mirada, en la boca, en la frente de todos los presentadores. *Y ahora volvemos a nuestra programación habitual...*

—Bien —dijo Angie, estirándose con una fuerza tal que la vértebra de la espalda le crujió como si fuera una nuez partida con un cuchillo de carnicero—, aparte de haber visto por la tele a un montón de gente que ya conocemos del barrio, ¿qué hemos logrado esta mañana?

Me senté un poco más hacia delante, haciendo crujir mi propio cuello. No tardaríamos mucho en crear una banda, no mucho. Vi a Lauren Smythe. Siempre había pensado que se había ido del barrio. Me encogí de hombros.

—¿Sabías que siempre me evitaba? —dije.

—¿Es la que te atacó con un cuchillo?

—Con unas tijeras, y prefiero pensar que estaba intentando estimularme sexualmente. No era muy buena.

Me dio un golpe en el hombro con la palma de la mano.

—Veamos. Yo vi a April Norton y a Susan Siersma, a quien no había visto desde la época del instituto, y a Billy Boran y a Mike O'Connor, que ha perdido mucho pelo, ¿no crees?

Asentí con la cabeza.

—Y también ha perdido mucho peso.

—¿Quién se va a dar cuenta? Está calvo.

—A veces pienso que eres mucho más superficial que yo.

Se encogió de hombros y encendió un cigarrillo.

—¿A quién más hemos visto?

—Danielle Genter —dije—. Babs Kerins. El plasta de Chris Mullen estaba por todas partes.

—Yo también me di cuenta. Al principio.

Bebí un sorbo de café frío.

—¿Eh?

—Al principio. Siempre se le veía dando vueltas por la periferia, al principio de todas las cintas, pero nunca al final.

Bostecé.

—Es un tipo de la periferia, el viejo Chris. —Cogí su taza vacía de café y me la colgué del dedo junto a la mía—. ¿Quieres más?

Negó con la cabeza.

Fui a la cocina, coloqué su taza en el fregadero y me serví una taza de café recién hecho. Angie entró en la cocina mientras yo abría la nevera para sacar la crema de leche.

—¿Cuándo fue la última vez que viste a Chris Mullen por el barrio?

Cerré la puerta y la miré.

—¿Cuándo fue la última vez que viste a la mitad de la gente que salía en esas cintas? —pregunté.

Negó con la cabeza.

—Olvídate de los demás. Lo que quiero decir es que no se han movido del barrio. Pero él se trasladó a las afueras. Consiguió un piso por allí cerca de Devonshire Towers, hacia 1987, si no recuerdo mal.

Me encogí de hombros.

—¿Y? —dije.

—¿De qué trabaja Chris Mullen?

Puse el cartón de crema de leche junto al café, en el tablero de la cocina.

—Trabaja para Cheese Olamon.

—Que casualmente está en la cárcel.

—¡Vaya sorpresa!

—¿Por?

—¿Qué?

—¿Por qué está Cheese en la cárcel?

Cogí el cartón de crema de leche otra vez.

—¿Qué más? —dije.

Me volví en la cocina a medida que oía mis propias palabras y dejaba que el cartón me colgara junto al muslo y lentamente dije:

—Por tráfico de drogas.

—Mira que tienes razón, puñetero.

9

Amanda McCready no sonreía. Me miraba fijamente con ojos tranquilos y vacíos, el pelo rubio ceniza le caía lánguidamente en la cara, como si alguien se lo hubiera pegado a ambos lados con la mano mojada. Tenía la misma barbilla temblorosa de su madre, demasiado cuadrada y pequeña para su rostro ovalado, y las hendiduras amarillentas que mostraba debajo de las mejillas eran un indicio de lo mal alimentada que estaba.

No fruncía el entrecejo, ni tampoco parecía estar enfadada o triste. Simplemente estaba allí, como si no pudiera reaccionar a los estímulos. Que le hicieran una foto no se diferenciaba en nada de comer, vestirse, mirar la tele o ir de paseo con su madre. Parecía que cualquier experiencia que hubiera vivido antes existiera a lo largo de una línea monótona, sin alegrías, sin tristezas, sin nada.

La fotografía estaba ligeramente descentrada en una hoja blanca de papel de tamaño legal. Debajo de la fotografía estaban sus medidas. Justo debajo las palabras —SI VEN A AMANDA, SE RUEGA LLAMEN POR TELÉFONO— y más abajo los nombres de Lionel y Beatrice y su número de teléfono. A continuación, el número de teléfono de la Brigada contra el Crimen Infantil, con el nombre del lugarteniente Jack Doyle como persona de contacto. Y más abajo el número 911. Al final de la lista estaba el nombre de Helene y su teléfono.

El montón de panfletos seguía encima del tablero de la cocina de la casa de Lionel, en el mismo sitio en que los había dejado al llegar a casa por la mañana. Lionel había pasado toda la noche pegándolos en los postes de las farolas, en los travesaños de estaciones de metro, en vallas provisionales de edificios en construcción y en edificaciones cubiertas con tablas. Habían hecho el centro de Boston y Cambridge, mientras que Beatrice y unos treinta y pico vecinos se habían dividido el resto de la zona metropolitana. Al amanecer, habían conseguido poner la cara de Amanda en todos los lugares, tanto legales como ilegales, que encontraron en un radio de unos treinta kilómetros alrededor de Boston.

Cuando entramos, Beatrice se hallaba en la sala de estar, llevando a cabo su rutina matinal de ponerse en contacto con la policía y con el equipo de prensa al que le habían asignado el caso, y preguntar si había algún informe sobre la labor realizada. Después, volvía a llamar a los hospitales. A continuación, llamaba a todas las entidades que se habían negado a colgar el panfleto de Amanda en la sala de reuniones o en la cafetería y les pedía explicaciones.

No sabía cuándo dormía, ni tan sólo si lo hacía.

Helene estaba con nosotros en la cocina. Estaba sentada a la mesa comiéndose un tazón de Apple Jacks y recuperándose de la resaca. Lionel y Beatrice, al darse cuenta de que Angie y yo llegábamos al mismo tiempo que Poole y Broussard, nos siguieron hasta la cocina. Lionel aún tenía el pelo mojado de la ducha y llevaba el uniforme de United Parcel Service salpicado de pequeñas manchas de crema hidratante. La pequeña cara de Beatrice mostraba un cansancio propio de un refugiado de guerra.

—Cheese Olamon —dijo Helene lentamente.

—Cheese Olamon —repitió Angie—. Sí.

Helene se rascó el cuello justo donde tenía una pequeña vena que latía como un escarabajo atrapado bajo la piel.

—No sé.

—¿Qué es lo que no sabe? —preguntó Broussard.

—El nombre me resulta familiar —dijo Helene.

Luego me miró y tocó con el dedo un desgarrón que había en el mantel de plástico.

—¿Le resulta familiar? —preguntó Poole—. ¿Le resulta familiar, señorita McCready? ¿Puede ser un poco más explícita?

—¿Qué? —Helene se pasó la mano por su fino pelo—. ¿Qué? Dije que me resultaba familiar.

—Un nombre como el de Cheese Olamon —intervino Angie— no resulta nada. O le conoce o no le conoce.

—Estoy pensando —dijo Helene.

Se rozó la nariz, retiró la mano y se quedó mirando fijamente los dedos.

Una silla arañó el suelo cuando Poole la arrastró hasta allí, la colocó justo delante de Helene y se sentó.

—Sí o no, señorita McCready. Sí o no.

—Sí o no, ¿qué?

Broussard suspiró en voz alta, tocó su anillo de boda y golpeó el suelo con el pie.

—¿Conoce al señor Cheese Olamon? —dijo Poole, con un susurro que sonó como grava y cristal.

—Yo... no...

—¡Helene! —Angie la instó con una voz tan penetrante, que incluso yo me sobresalté.

Helene la miró; el escarabajo que tenía en la garganta volvió a moverse de forma compulsiva bajo la piel. Intentó mantener la mirada de Angie durante una décima de segundo y luego bajó la cabeza. El pelo le caía sobre la cara; se oyó un ruidito áspero cuando colocó un pie descalzo encima del otro y apretó los músculos de las pantorrillas.

—Conozco a Cheese —dijo—. Un poco.

—¿Un poco poco o un poco mucho? —cuestionó Broussard.

Sacó un chicle y al oír el ruido del papel plateado, sentí como si alguien me clavara los dientes en la columna vertebral.

Helene se encogió de hombros.

—Sí, le conocía.

Desde que habíamos entrado en la cocina, Beatrice y Lionel no se habían apartado de la pared. Beatrice se colocó cerca del horno entre Broussard y yo; Lionel se sentó en un extremo de la mesa al otro lado de donde estaba sentada su hermana. Beatrice quitó la tetera de hierro colado del fuego y la puso debajo del grifo.

—¿Quién es Cheese Olamon? —preguntó Lionel, mientras le apartaba la mano derecha de la cara a su hermana—. ¿Helene? ¿Quién es Cheese Olamon?

Beatrice se volvió hacia mí.

—Es traficante de drogas o algo así, ¿verdad?

Habló con voz tan baja que, con el ruido del agua, sólo Broussard y yo pudimos oírla.

Alcé las manos y me encogí de hombros.

Beatrice se volvió hacia el grifo.

—¿Helene? —volvió a repetir Lionel, ahora con un tono de voz alto y desigual.

—Es sólo un tipo cualquiera, Lionel —dijo Helene.

Su voz era cansada y monótona como si estuviera a una distancia de mil millones de años.

Lionel nos miró a todos.

Tanto Angie como yo apartamos la mirada.

—Cheese Olamon —apuntó Remy Broussard, aclarándose la voz— es, entre otras cosas, traficante de drogas, señor McCready.

—¿A qué más se dedica? —preguntó Lionel.

Tenía una expresión de curiosidad desesperada, como la de un niño.

—¿Qué?

—Usted dijo «entre otras cosas». ¿Qué otras cosas?

Beatrice se volvió, colocó la tetera en el fuego y lo encendió.

—Helene. ¿Por qué no respondes a la pregunta de tu hermano?

Helene seguía con el pelo sobre la cara y la voz igual de lejos.

—¿Por qué no te vas y le chupas la polla a un negro, Bea?

Lionel golpeó la mesa con el puño con una fuerza tal que la superficie se fue resquebrajando, como un riachuelo que fluyera a través de un cañón.

Helene echó la cabeza hacia atrás bruscamente y se le apartó el pelo de la cara.

—Haz el favor de escucharme —dijo Lionel. Señaló a su hermana con un dedo tembloroso que le rozó prácticamente la nariz—. No te permitiré que insultes a mi mujer y que hagas comentarios racistas en mi cocina.

—Lionel...

—¡En mi cocina! —Golpeó la mesa de nuevo—. ¡Helene!

Nunca le había oído hablar de ese modo. Lionel había levantado la voz cuando nos conocimos en nuestra oficina, y ese tono de voz sí que me resultaba familiar. Pero esto era totalmente diferente. Sonaba como un trueno. Era algo que rompía el cemento y que hacía temblar a un roble.

—¿Quién —dijo Lionel, agarrando la esquina de la mesa con la mano que tenía libre— es Cheese Olamon?

—Es traficante de drogas, señor McCready —dijo Poole,

mientras tanteaba los bolsillos y sacaba un paquete de cigarrillos—. También se dedica a la pornografía. Y hace de chulo de putas —sacó un cigarrillo del paquete, lo colocó en posición vertical sobre la mesa y se inclinó para olerlo—. También se dedica a la evasión de impuestos, créanme.

Lionel, que según parecía nunca había presenciado el ritual de Poole con el tabaco, se quedó perplejo durante un instante. Parpadeó y volvió a concentrarse en Helene.

—¿Frecuentas la compañía de un chulo?

—Pues...

—¿Y con alguien que se dedica a la pornografía?

Helene le dio la espalda, apoyó el brazo derecho en la mesa y miró la cocina pero sin cruzar ni una sola mirada con ninguno de los allí presentes.

—¿Qué hacía para él? —preguntó Broussard.

—A veces le hacía algún recado —dijo Helene.

Después encendió un cigarrillo, aguantó la cerilla entre las manos y la apagó con el mismo movimiento que haría para marcar con tiza un taco de billar.

—Algún recado —dijo Poole.

Ella asintió con la cabeza.

—¿De dónde adónde hacías los recados? —preguntó Angie.

—De aquí a Providence. De aquí a Philly. Dependía de la mercancía —se encogió de hombros—. De hecho, dependía de la demanda.

—¿Qué conseguía a cambio? —preguntó Broussard.

—Algún dinero. Algo de droga —dijo.

Volvió a encogerse de hombros.

—¿Heroína? —preguntó Lionel.

Volvió la cabeza, le miró, con el cigarrillo colgándole de los dedos, parecía decaída y confusa.

—Sí, Lionel. A veces. A veces cocaína, a veces éxtasis, a

veces... —negó con la cabeza y la volvió hacia nosotros—. Lo que hiciera falta, joder.

—Las marcas —dijo Beatrice—. Te hubiéramos visto las marcas.

Poole posó una mano en la rodilla de Helene.

—Esnifaba —aclaró, mientras olfateaba el cigarrillo—. ¿Verdad?

Helene asintió con la cabeza.

—Así no crea tanta adicción.

Poole sonrió.

—Claro que crea adicción.

Helene apartó la mano de Poole de su rodilla, se levantó, se dirigió hacia la nevera y sacó una lata de Miller. La abrió con tanta fuerza que la espuma de la cerveza rebosó. Se la bebió.

Miré el reloj: eran las diez y media de la mañana.

Broussard telefoneó a dos detectives de la Brigada contra el Crimen Infantil y les dijo que localizaran inmediatamente a Chris Mullen y que lo vigilaran. Además de los detectives que desde un principio buscaban a Amanda, y de los dos detectives encargados de averiguar el paradero de Ray Likanski, toda la sección de la Brigada contra el Crimen Infantil estaba haciendo horas extraordinarias para intentar solucionar el caso.

—Esto es estrictamente confidencial —dijo por teléfono—. Es decir, que sólo yo debo saber lo que estáis haciendo en cada momento. ¿Está claro?

Cuando colgó, seguimos a Helene y a su cerveza matinal hasta el porche trasero de Lionel y Beatrice. Uniformes nubes color cobalto flotaban en el cielo y la mañana se volvió monótona y gris; el aire parecía cargado de humedad, una clara indicación de que llovería por la tarde.

Era como si la cerveza le diera a Helene un poder de concentración que normalmente no tenía. Se apoyó en la barandilla del porche, nos miró a los ojos sin temor ni autocompasión y contestó a todas nuestras preguntas sobre Cheese Olamon y su brazo derecho, Chris Mullen.

—¿Cuánto tiempo hace que conoce a Cheese Olamon? —preguntó Poole.

Ella se encogió de hombros.

—Desde hace unos diez o doce años. Lo conozco del barrio.

—¿Chris Mullen?

—Igual, más o menos.

—¿Dónde empezaron a relacionarse?

Helene dejó la cerveza.

—¿Qué?

—¿Que dónde conociste al tipo ese, a Cheese? —dijo Beatrice.

—En el Filmore —contestó.

Bebió un sorbo de la lata de cerveza.

—¿Cuándo empezó a trabajar para él? —preguntó Angie.

Tomó otro sorbo.

—Al principio sólo hacía pequeños recados, pero hace cuatro años empecé a necesitar más dinero para cuidar de Amanda.

—¡Santo Dios! —exclamó Lionel.

Ella le miró, después volvió a mirar a Broussard.

—Así que me mandaba a comprar cuatro cosas de vez en cuando. Casi siempre se trataba de cosas sin importancia.

—Casi siempre —dijo Poole.

Parpadeó y asintió con rapidez.

Poole volvió la cabeza y apretó fuertemente la lengua contra la parte interior del labio inferior. Broussard le miró y sacó otro chicle del bolsillo.

Poole se rió en voz baja.

—Señorita McCready, ¿sabe para qué brigada trabajábamos el detective Broussard y yo antes de que nos pidieran que nos uniéramos a la Brigada contra el Crimen Infantil?

Helene hizo una mueca.

—¿Cree que me importa?

Broussard se metió el chicle en la boca rápidamente.

—En realidad, no hay razón para creer que le importe, pero en caso de que le interese...

—En la de narcóticos —dijo Poole.

—Nuestra brigada es bastante pequeña y no hay mucho compañerismo —dijo Broussard—. Así pues, aún solemos salir con la gente de narcóticos.

—Y así nos mantenemos informados —aseveró Poole.

Helene miró a Poole de soslayo, intentando averiguar adónde iba a conducir todo aquello.

—Antes dijo que había llevado drogas por el corredor de Filadelfia —dijo Broussard.

—¡Ajá!

—¿A quién?

Ella negó con la cabeza.

—Señorita McCready —dijo Poole—, no estamos aquí para arrestar a nadie por posesión de drogas. Dénos un nombre para que podamos confirmar que realmente le pasaba droga a Cheese Ol...

—Rick Lembo.

—Ricky *el Detective* —apuntó Broussard, y sonrió.

—¿Dónde se cerraban los tratos?

—En el Ramada que hay junto al aeropuerto.

Poole miró a Broussard y asintió con la cabeza.

—¿Alguna vez llevó drogas a New Hampshire?

Helene tomó un buen trago de cerveza y negó con la cabeza.

—¿No? —dijo Broussard a la vez que alzaba las cejas.

—¿Nunca llevó nada a Nashua? ¿Ni siquiera una venta rápida a las pandillas de motoristas?

Helene volvió a negar con la cabeza.

—No, yo no.

—¿Cuánto le sacó a Cheese, señorita McCready?

—¿Cómo dice?

—Hace tres meses, Cheese va e infringe su libertad condicional. Hace una caída en picado —dijo Broussard. Escupió el chicle por encima de la barandilla y le preguntó—: ¿Cuánto le sacó cuando se enteró de que lo habían soltado?

—Nada —repuso Helene sin dejar de mirar sus pies descalzos.

—¡Y una mierda!

Poole se acercó a Helene y le quitó pausadamente la lata de cerveza de la mano. Se apoyó en la barandilla, inclinó la lata y vertió el contenido en la avenida que había detrás de la casa.

—Señorita McCready, lo que todo el mundo sabe y ha estado comentando durante estos últimos meses es que Cheese Olamon mandó un regalito a unos motoristas que estaban en un motel de Nashua precisamente antes de que lo arrestaran. Cuando hicieron la redada, encontraron el regalito, pero el dinero había desaparecido. Y ya que los motoristas, muy robustos todos ellos, aún no se habían dividido los contenidos de la bolsa, entre nuestros amigos encargados de hacer cumplir la ley en el norte se especula que el trato se cerró momentos antes de la redada. Después de muchas conjeturas, muchos están convencidos de que quien fuera que hiciera de intermediario se había largado con el dinero. Además, según lo que se cuenta actualmente en la ciudad, cogió totalmente de nuevas a los miembros del grupo de Cheese Olamon.

—¿Dónde está el dinero? —preguntó Broussard.

—No tengo ni idea de lo que me habla.

—¿Quiere pasar por el detector de mentiras?

—Ya lo he pasado.

—Pero, esta vez, la pregunta será diferente.

Helene se volvió hacia la barandilla, miró en dirección al pequeño aparcamiento de alquitrán y a los árboles marchitos que había un poco más allá.

—¿Cuánto, señorita McCready?

Poole le hablaba en voz baja, sin la menor señal de apremio o urgencia.

—Doscientos mil.

Durante un minuto, se hizo un silencio absoluto en el porche.

—¿Quién lo planeó? —preguntó finalmente Broussard.

—Ray Likanski.

—¿Dónde está el dinero?

Helene contrajo los músculos de su escuálida espalda.

—No lo sé.

—Mentirosilla, mentirosilla —dijo Poole—, no te pases de listilla.

Ella se volvió.

—No lo sé. Lo juro por Dios.

—Lo jura por Dios —remedó Poole guiñándome el ojo.

—Bien, entonces —dijo Broussard— supongo que no nos queda más remedio que creerla.

—¿Señorita McCready? —la instó Poole.

Se estiró los puños de la camisa de debajo de la chaqueta del traje y los alisó para que le llegaran hasta las muñecas. Su voz era alegre, casi melodiosa.

—Miren, yo...

—¿Dónde está el dinero? —repitió.

Cuanto más alegre y melodioso era el tono, más amenazadora era su expresión.

—Yo no... —Helene se pasó una mano por la cara, su cuerpo se aflojó contra la barandilla—. Estaba drogada, ¿de acuerdo? Salimos del motel; dos segundos después, todo el cuerpo de policía de New Hampshire estaba en el aparcamiento. Ray me abrazó amorosamente y pasamos entre ellos. Amanda estaba llorando, por lo tanto, supongo que parecíamos una familia que estaba de viaje.

—¿Qué? ¿Amanda estaba allí contigo? —exclamó Beatrice— ¡Helene!

—¿Qué pasa? —dijo Helene—. Mi intención era dejarla en el coche.

—Así que condujeron hasta allí —intervino Poole—, se drogaron, y después, ¿qué pasó?

—Ray hizo una parada en casa de un amigo. Estuvimos allí una hora, más o menos.

—¿Dónde estaba Amanda? —preguntó Beatrice.

Helene frunció el ceño.

—¿Cómo coño quieres que lo sepa, Bea? En el coche, o en la casa con nosotros. Ya te lo he dicho, estaba colgada.

—¿Aún tenían el dinero cuando salieron de la casa? —preguntó Poole.

—Creo que no.

Broussard abrió de golpe su bloc de notas.

—¿Dónde estaba esa casa?

—En un callejón.

Broussard cerró los ojos un momento.

—¿Dónde está situada? Quiero la dirección, señorita McCready.

—Ya se lo he dicho, estaba drogada, yo...

—Entonces, dígame el nombre de esa maldita ciudad —dijo Broussard, mientras apretaba los dientes.

—Charlestown. —Inclinó la cabeza y pensó en ello—. Sí, estoy prácticamente segura. ¿O era Everett?

—¿O Everett? —intervino Angie—. Realmente limita nuestras pesquisas.

—Charlestown es la ciudad que tiene un gran monumento, Helene —dije sonriendo, intentando infundirle ánimos—. Ya sabe cuál es. Es muy parecido al monumento de Washington, pero éste está en Bunker Hill.

—¿Se está cachondeando de mí? —le preguntó Helene a Poole.

—Yo no intentaría adivinarlo —dijo Poole—. Pero el señor Kenzie tiene su parte de razón. Si hubiera estado en Charlestown se acordaría del monumento, ¿no?

Hubo una larga pausa mientras Helene buscaba lo que le quedaba de cerebro. Me preguntaba si debería traerle una cerveza, para ver si así aceleraba un poco las cosas.

—Sí —asintió, con lentitud—. Al salir de la ciudad, pasamos por delante de la montaña donde está el monumento.

—Así pues, la casa —dijo Broussard— estaba al este de la ciudad.

—¿Al este? —dijo Helene.

—¿Estaba más cerca del proyecto urbanístico Bunker Hill, de la calle Medford, o de la avenida Bunker Hill de lo que estaba de la calle Main o Warren?

—Si usted lo dice...

Broussard inclinó la cabeza, se pasó la palma de la mano lentamente por encima de su barba de tres días e hizo unas cuantas respiraciones poco profundas.

—Señorita McCready —dijo Poole—, aparte del hecho de que la casa se encontrara al final de un callejón, ¿recuerda alguna cosa más? ¿Era una casa unifamiliar o no?

—Era muy pequeña.

—Interpretamos, pues, que era unifamiliar —dijo Poole, y lo apuntó en el bloc—. ¿De qué color?

—Eran blancos.

—¿Quién?

—Los amigos de Ray. Una mujer y un hombre. Los dos eran blancos.

—Estupendo —dijo Poole—, pero la casa, ¿de qué color era la casa?

Se encogió de hombros.

—No me acuerdo.

—Vamos a buscar a Likanski —propuso Broussard—. Podemos ir a Pensilvania. ¡Qué diantre! Ya conduzco yo.

Poole alzó la mano.

—Déme un poco más de tiempo, detective. Señorita McCready, le ruego haga memoria. Intente recordar lo que pasó aquella noche: el olor, la música que sonaba en el estéreo de Ray Likanski, cualquier cosa que le pueda ser de ayuda para situarla otra vez en ese coche. Fueron desde Nashua hasta Charlestown, que está a una hora de camino en coche, o quizás un poco menos. Se drogó. Se desviaron hacia el callejón y entonces...

—No, no fue así.

—¿Qué quiere decir?

—Que no nos desviamos hacia el callejón. Aparcamos en la calle porque había un coche abandonado en el callejón. Y además tuvimos que dar vueltas durante unos veinte minutos antes de encontrar un sitio donde aparcar. Es un lugar horrible para encontrar aparcamiento.

Poole asintió con la cabeza.

—¿Recuerda que le llamara la atención alguna cosa de ese coche abandonado en el callejón?

Negó con la cabeza.

—Era sencillamente un montón de chatarra, encima de unos ladrillos. No había ruedas ni nada.

—Aparte de los ladrillos —dijo Poole—, ¿recuerda algo más?

Helene ya estaba negando con la cabeza, cuando de repente paró y empezó a reír.

—¿Le importaría contarnos lo que le hace tanta gracia? —dijo Poole.

Le miró, aún sonriendo.

—¿Qué?

—¿De qué se ríe, señorita McCready?

—De Garfield.

¿De James A., nuestro vigésimo presidente?

—¿Eh? —A Helene se le saltaron los ojos—. No, del gato.

Todos nos la quedamos mirando fijamente.

—¡El gato —Helene alzó las manos—, el del tebeo!

—¡Ajá! —dije.

—¿Se acuerdan de la época en que todo el mundo tenía dibujos de Garfield pegados a la ventana? Pues bien, ese coche también tenía uno. Es lo que me hizo pensar que ese coche hacía siglos que estaba allí. Lo que quiero decir es que ahora nadie se dedica a pegar los dibujos de Garfield en la ventana.

—En efecto —dijo Poole—, en efecto.

10

Cuando Winthrop y los primeros colonos llegaron al Nuevo Mundo decidieron establecerse en una extensión de tierra equivalente a dos kilómetros y medio cuadrados. Casi todo era terreno montañoso y lo llamaron Boston, por la ciudad de Inglaterra que habían dejado atrás. Durante el primer duro invierno que los peregrinos de Winthrop pasaron allí, se percataron de que el agua era inexplicablemente salobre. Razón por la cual, decidieron trasladarse al otro lado del canal, llevándose el nombre de Boston con ellos, y dejando lo que después se llamaría Charlestown, sin nombre ni propósito durante cierto tiempo.

Desde entonces, Charlestown ha mantenido su identidad de dependencia de Boston. Históricamente de origen irlandés, ha sido el hogar durante décadas de generaciones de pescadores, marinos mercantes y trabajadores portuarios. Charlestown es infame por su código de silencio ya que oponen una gran resistencia a hablar con la policía, lo cual ha causado que la ciudad ostente el porcentaje más alto de casos por resolver de toda la nación, a pesar de que el índice de asesinatos sea bajo. La costumbre de mantener la boca cerrada la aplican incluso cuando alguien les pregunta una dirección. Pregúntele a cualquier habitante de la ciudad cómo puede llegar a tal o cual calle y verá como se le contraen los ojos. Con mucha probabilidad, su respuesta más educada sería: «¿Qué coño hace aquí si no sabe adónde va?». Y si realmente le cayera simpático, le harían un gesto obsceno con el dedo.

Así pues, Charlestown es un lugar donde es muy fácil confundirse. Las placas que llevan escritas los nombres de las calles desaparecen continuamente y las casas están tan juntas que ocultan los pequeños callejones que conducen a otras casas. Las empinadas calles que van hacia la colina, o bien son callejones sin salida o bien obligan al conductor a girar en la dirección contraria a la que se estaba dirigiendo.

Además, los tramos de calles de Charlestown cambian a una velocidad desconcertante. Según la dirección en que uno se dirija, el proyecto urbanístico de Mishawum puede dar paso a las aburguesadas casas construidas con piedra caliza de color rojizo que rodean el parque Edwards; las calles que atraviesan la grandiosidad de las casas coloniales de ladrillo tan bien conservadas y que están enfrente de la plaza Monument dan paso, sin previo aviso y sin ningún respeto por la gravedad, al lúgubre proyecto urbanístico de Bunker Hill, una de las zonas de viviendas para blancos más pobres desde aquí hasta Virginia Occidental.

A pesar de ello, la historia está en todos los rincones: en los edificios, en las tablillas y en las calles empedradas con guijarros de la época colonial, en las tabernas anteriores a la Revolución, en los barrios de pescadores posteriores al Tratado de Versalles. Es difícil encontrar algo así en el resto del país.

Sin embargo, conducir por esas calles sigue siendo una experiencia horrorosa.

Que es precisamente lo que habíamos estado haciendo durante una hora, siguiendo a Poole y a Broussard, con Helene en el asiento trasero de su Taurus, arriba y abajo, a un lado y a otro, recorriendo toda la ciudad de Charlestown. Habíamos entrecruzado toda la colina, recorrido los dos proyectos urbanísticos, avanzado a trompicones entre el denso tráfico de los enclaves yuppies, subido hasta el monumento de Bunker Hill y bajado hasta el principio de la calle Warren. Habíamos recorrido todo el muelle, pasado por Old Ironside, por las bases navales, por antiguos almacenes en ruinas y hangares para reparar camiones cisterna que habían sido reconvertidos en apartamentos de lujo. También habíamos circulado por las deterioradas carreteras que rodeaban los botes destrozados de pesquerías olvidadas hace mucho tiempo, justo donde el mar se une con la tierra, y donde más de un sabio había contemplado por última vez cómo la luz de la luna bañaba el Río Místico mientras oía el ruido de la recámara y recibía un impacto de bala en la cabeza.

Habíamos seguido conduciendo el Taurus por la calle Main y por la avenida Rutherford, ido colina arriba hasta la calle High y bajado por la avenida Bunker Hill hasta la calle Medford. Además, habíamos examinado todas las calles, por pequeñas que fueran, y también nos habíamos detenido en todos los callejones. Todo para intentar encontrar un coche sobre un montón de ladrillos, doscientos mil dólares y Garfield.

—De un momento a otro —dijo Angie— se nos acabará la gasolina.

—O la paciencia —dije, mientras Helene señalaba algo a través de la ventana del Taurus.

Frenó y, una vez más, el Taurus paró delante de nuestro coche. Broussard salió del coche con Helene, se encaminaron hacia un callejón y lo examinaron con atención. Broussard le preguntó algo, pero Helene negó con la cabeza; se dirigieron al coche otra vez y yo quité el pie del acelerador.

—¿Por qué estamos buscando el dinero otra vez? —preguntó Angie minutos más tarde cuando descendíamos por la otra ladera de la colina, con la capota de nuestro Crown Victoria bajada, los frenos chirriando y apretando con fuerza el pedal.

Me encogí de hombros.

—Quizá sea debido a que es la pista más fiable que tenemos desde hace mucho tiempo; o quizá sea porque Poole y Broussard creen que el secuestro está relacionado con la droga.

—¿Y qué pasa con el rescate? ¿Por qué ni Chris Mullen ni Cheese Olamon ni nadie de su banda aún no se ha puesto en contacto con Helene?

—Quizás esperen a que Helene se dé por enterada.

—Eso es mucho esperar de alguien como Helene.

—Chris y Cheese tampoco son científicos nucleares, que digamos.

—Es verdad, pero...

Habíamos vuelto a parar; esta vez Helene había salido del coche antes que Broussard y señalaba como una maníaca un contenedor de obras que había en la acera. Los obreros de la construcción que trabajaban en la casa del otro lado de la calle no se veían por ninguna parte. Aun así, sabía que no podían estar muy lejos, aunque sólo fuera por el andamio que había en la fachada del edificio.

Puse el freno de mano y salí del coche; bien pronto comprendí por qué Helene estaba tan agitada. El contenedor, que debía de medir casi dos metros de altura y poco más de un metro de ancho nos había ocultado el callejón que había detrás. Allí, en el callejón, había un Grand Torino de finales de los setenta encima de unos ladrillos; tenía un gran gato color naranja pegado con ventosas a la ventana trasera, mostrando las garras y sonriendo como un idiota a través del sucio cristal.

Era imposible aparcar en doble fila sin bloquear totalmente la calle, así que pasamos cinco minutos más intentando encontrar aparcamiento en alguna calle de subida a la colina, hasta que lo encontramos en la calle Bartlett. Después, los cinco fuimos andando hasta el callejón. Entretanto, los obreros de la construcción habían vuelto a su lugar de trabajo y se movían por el andamio con sus neveras portátiles y botellas de litro de Mountain Dew. Silbaron a Helene y Angie cuando bajábamos de la colina.

Poole saludó a uno de ellos mientras nos acercábamos al callejón, pero el hombre apartó la mirada rápidamente.

—¡El señor Fred Griffin! —dijo Poole—. ¿Aún le gustan las anfetaminas?

Fred Griffin negó con la cabeza.

—Le ruego me disculpe —dijo Poole con su característico tono amenazador, a medida que se adentraba en el callejón.

Fred se aclaró la voz.

—Lo siento, señoras.

Helene le mostró su desaprobación y los demás obreros se pusieron a silbar.

Angie me empujó ligeramente ya que íbamos un poco rezagados del resto.

—¿No te da la sensación de que Poole se siente un poco atrapado detrás de su gran sonrisa? —me preguntó.

—Personalmente —dije— no me enrollaría con él. Pero ya sabes lo pavo que soy.

—Ése es nuestro secreto, cariño.

Me dio un golpecito en el culo cuando entrábamos en el

callejón, lo cual provocó otra oleada de silbidos desde el otro lado de la calle.

Hacía mucho tiempo que nadie había usado el Grand Torino. En eso, Helene tenía razón. Desportilladuras de herrumbre y borrones de color beis amarillento manchaban los ladrillos carbonizados que había debajo de las ruedas. Se acumulaba tanto polvo en las ventanas que fue un milagro que hubiéramos visto a Garfield enseguida. En el cuadro de mandos había un periódico cuyos titulares daban información de la misión de paz de la princesa Diana en Bosnia.

El callejón estaba empedrado de guijarros, algunos rotos y otros totalmente destrozados, lo que dejaba entrever una capa de tierra de color gris rosáceo. Había basura desparramada alrededor de dos cubos de basura de plástico debajo de un contador de gas cubierto de telarañas. Los dos edificios de tres plantas que ocupaban el callejón estaban tan pegados uno al otro que me extrañaba que hubieran conseguido colocar el coche en medio.

Al final del callejón, aproximadamente a un metro de distancia, había una casa de una sola planta, que probablemente era de los años cuarenta o cincuenta, a juzgar por el tipo de construcción tan poco imaginativo. Bien podría haber sido la vivienda del capataz de una obra, o una pequeña emisora de radio; seguramente no destacaría tanto si estuviera en un vecindario que no tuviera tantas joyas arquitectónicas, pero, aun así, era totalmente antiestética. Ni siquiera había escalones, sólo una puerta torcida unos tres centímetros por encima de los cimientos. Las delgadas tablas de madera estaban cubiertas de un negro papel alquitranado, como si alguna vez hubieran contemplado la posibilidad de forrarlas de aluminio, pero hubieran cambiado de opinión antes de que les fueran entregadas.

—¿Se acuerda de los nombres de los inquilinos? —le preguntó Poole a Helene, mientras desabrochaba el cierre automático de la pistolera con un movimiento rápido del dedo pulgar.

—No.

—Por supuesto que no —dijo Broussard, mientras escudriñaba las cuatro ventanas que daban al callejón y las mugrientas cortinas de plástico que llegaban hasta la misma repisa.

—Dijo que eran dos, ¿verdad?

—Sí, un tipo y su novia.

Helene observaba los edificios de tres plantas que proyectaban sombras por encima de nosotros.

A nuestras espaldas, una ventana se abrió de golpe y nos volvimos hacia el lugar de donde provenía el ruido.

—¡Santo Dios! —dijo Helene.

Una mujer de cincuenta y tantos años asomó la cabeza por la ventana del segundo piso y nos miró con curiosidad. Sostenía una cuchara de madera en la mano, de la cual pendía un trozo de linguine que cayó en el callejón.

—¿Es la gente esa de los animales?

—¿Cómo dice? —preguntó Poole, mientras la miraba de soslayo.

—Si son de la Sociedad Protectora de Animales —dijo, mientras agitaba la cuchara de madera—. ¿Son de la Sociedad?

—¿Los cinco? —dijo Angie.

—Les he estado llamando —insistió la mujer—, les he estado llamando.

—¿Por qué? —pregunté.

—Por esos malditos gatos, sabelotodo, por eso. Tengo una oreja ocupada por los gimoteos de mi nieto Jeffrey, y la otra por los quejidos de mi marido. ¿Tengo pinta de tener una tercera oreja en la parte trasera de la cabeza para oír a esos malditos gatos?

—No, señora —admitió Poole—. No veo la tercera oreja por ninguna parte.

Broussard se aclaró la voz.

—Claro que desde aquí solamente le podemos ver la parte delantera.

Angie se llevó la mano a la boca para ocultar el ataque de tos y Poole bajó la cabeza y se miró los zapatos.

—Es evidente que son polis —dijo la mujer.

—¿Cómo lo ha sabido? —preguntó Broussard.

—Por el poco respeto que tienen hacia la clase trabajadora.

La mujer cerró la ventana con un ímpetu tal que hizo que los cristales temblaran.

—Sólo le podemos ver la parte delantera —convino Poole, riéndose entre dientes.

—¿Os gusta ésta?

Broussard se encaminó hacia la puerta de la casa pequeña y llamó.

Miré los rebosantes cubos de basura que había junto al contador de gas y vi, como mínimo, diez latas pequeñas de comida para gatos.

Broussard volvió a llamar.

—Yo respeto a la gente trabajadora —dijo sin mirar a nadie.

—Casi siempre —asintió Poole.

Eché un vistazo a Helene y me pregunté por qué Poole y Broussard no la habían dejado en el coche.

Broussard llamó a la puerta por tercera vez y sólo se oyó el aullido de un gato.

Broussard se alejó un poco de la puerta.

—¿Señorita McCready?

—¿Sí?

Señaló la puerta.

—¿Sería tan amable de girar el pomo de la puerta? —pidió.

Helene lo miró con recelo pero lo hizo y la puerta se abrió hacia dentro.

Broussard le sonrió.

—¿Le importaría entrar?

Una vez más, Helene obedeció.

—Estupendo —dijo Poole—. ¿Puede ver algo?

Nos miró.

—Está muy oscuro y huele muy raro.

Mientras Broussard apuntaba algo en la libreta comentó:

—La vivienda del mencionado ciudadano huele de forma anormal —le puso el capuchón al bolígrafo—. Muy bien, ya puede salir, señorita McCready.

Angie y yo nos miramos y movimos la cabeza.

Había que reconocer que Poole y Broussard lo habían hecho muy bien. Al conseguir que Helene abriera la puerta y entrara la primera, se habían ahorrado tener que pedir una autorización. «Huele de forma anormal» era más que suficiente para ser motivo de procesamiento, y una vez que Helene había abierto la puerta, cualquier persona podía entrar legalmente.

Helene salió de la casa y se dirigió a la calle empedrada de guijarros y volvió a mirar la ventana desde donde se había asomado la mujer que se quejaba de los gatos.

Uno de ellos, un demacrado gato atigrado de color naranja, pasó rápidamente por delante de Broussard y de mí, dio un salto en el aire, aterrizó encima de uno de los cubos de basura y sumergió la cabeza entre la colección de latas que había visto con anterioridad.

—¡Eh, mirad! —dije.

Poole y Broussard se volvieron.

—Hay sangre seca en las garras del gato.

—¡Qué asco! —exclamó Helene.

Broussard la señaló con el dedo.

—Quédese aquí y no se mueva hasta que la avisemos —la previno.

Helene registró los bolsillos en busca de cigarrillos.

—No hará falta que me lo diga dos veces —aseguró.

Poole metió la cabeza en el portal e inhaló profundamente. Se volvió hacia Broussard, frunció el ceño e hizo un gesto con la cabeza al mismo tiempo.

Angie y yo fuimos hacia él.

—Huele a arenque ahumado —precisó Broussard—. ¿Alguien tiene colonia o perfume?

Angie y yo negamos con la cabeza. Poole sacó un pequeño frasco de Aramis del bolsillo. Hasta entonces, ignoraba que aún lo fabricaran.

—¿Aramis? —dije—. ¿Se les ha agotado el perfume Brut?

Poole movió las cejas arriba y abajo varias veces.

—Desgraciadamente, Old Spice también estaba agotado —respondió.

Nos pasamos el frasco y nos pusimos una cantidad abundante bajo la nariz. Angie incluso empapó el pañuelo. A pesar de la peste del perfume, seguía siendo mucho mejor que oler un arenque ahumado a pelo.

«Arenque ahumado» es la palabra que utilizan muchos policías, paramédicos y doctores para referirse a los cuerpos que llevan muertos bastante tiempo. Una vez que el cadáver ha eliminado totalmente los gases y ácidos después del *rigor mortis*, se ensancha, se hincha como un globo y hace otras cosas igual de apetitosas.

Una entrada tan ancha como mi coche nos dio la bienvenida. Había unas botas de invierno con sal seca incrustada pegadas a un periódico del pasado mes de febrero. Junto a las botas vi una pala con el mango de madera rajado, un *hi-*

*bachi** oxidado y una bolsa con latas de cerveza vacías. La delgada alfombra verde mostraba varias rasgaduras y huellas de sangre seca de gatos.

Seguimos hasta la sala de estar, a la luz que entraba por la ventana se añadía un rayo plateado procedente de un televisor con el volumen muy bajo. La casa estaba a oscuras, aunque entraba una luz tenue por las ventanas laterales que envolvía las habitaciones en una especie de neblina color plomo, que no hacía sino empeorar la sordidez del ambiente. Las alfombras eran de algodón y, además de que no combinaban nada entre ellas, estaban colocadas con un sentido de la estética propio de un drogadicto. En varios lugares, se veían los deshilachados por donde las habían cortado para colocarlas una al lado de la otra. Las paredes estaban cubiertas con paneles de madera clara contrachapada, y del techo se desprendían trozos de pintura blanca. Había un sofá futón hecho trizas contra la pared, y mientras permanecíamos en el centro de la habitación e intentábamos acostumbrarnos a la luz mortecina, me fijé en que varios pares de ojos brillaban observándonos.

Se oía un suave zumbido eléctrico, parecido al que hacen las cigarras, procedente del futón. Los pares de ojos se movían a destiempo.

Entonces nos atacaron.

O, por lo menos, eso fue lo que pensamos en un principio. Una docena de maullidos estridentes dieron paso a un accidentado éxodo a medida que los gatos —siameses, moteados, atigrados e incluso uno con seis dedos— salieron disparados del sofá, sobrevolaron la mesilla auxiliar, chocaron contra las alfombras de algodón, pasaron a toda velocidad

* Pequeño horno japonés de carbón vegetal. (*N. de la T.*)

entre nuestras piernas y se tropezaron con los rodapiés en su huida hacia la puerta.

—¡Madre de Dios! —dijo Poole, pegando un brinco.

Me arrimé contra la pared y Angie me imitó. Una bola de pelo me rodó por encima del pie.

Broussard corrió hacia la derecha y luego hacia la izquierda golpeándolos con su americana.

Pero los gatos no iban tras nosotros, sino tras la luz del sol.

Afuera, a medida que iban saliendo en tropel, Helene gritaba:

—¡Santo Cielo! ¡Socorro!

—¿Qué les dije? —gritó una voz que reconocí como la de la mujer de mediana edad—. ¡Una plaga! ¡Una maldita plaga en la ciudad de Charlestown!

De repente, el silencio se apoderó de la casa y sólo se oyó el tictac de un reloj que había en la cocina.

—¡Gatos! —renegó Poole con desprecio mientras se secaba la frente con un pañuelo.

Broussard se agachó para mirar sus pantalones y se sacudió un mechón de pelo de gato del zapato.

—Los gatos son listos —medió Angie, mientras se alejaba de la pared—. Mucho más listos que los perros.

—Pero los perros te traen el periódico —le contesté.

—Los perros tampoco destrozan los sofás —me apoyó Broussard.

—Los perros, aunque estén hambrientos, no se comen los cadáveres de sus propietarios —terció Poole—. Los gatos, sí.

—¡Puf! —dijo Angie—. ¿Eso es verdad?

Nos dirigimos lentamente hacia la cocina.

En cuanto entramos, tuve que detenerme para inhalar profundamente la colonia que me había puesto bajo la nariz.

—¡Mierda! —soltó Angie, y ocultó la cara en el pañuelo.

Había un hombre desnudo atado a una silla. A un metro de distancia, estaba una mujer arrodillada en el suelo, con la barbilla pegada al pecho; las tiras del blanco salto de cama manchado de sangre le colgaban en los hombros, y tenía las muñecas y los tobillos atados detrás de la espalda como si fuera un cerdo. Ambos cuerpos se habían hinchado a causa del gas y mostraban un color ceniciento.

El hombre había recibido un impacto tan grande en el pecho que tenía el esternón y la parte superior del tórax destrozados. Por el tamaño del agujero, supuse que le habían disparado de cerca. Desgraciadamente, Poole tenía razón sobre los hábitos alimentarios y la dudosa fidelidad de los felinos. La carne desgarrada del hombre no sólo era consecuencia de la bala. A causa del disparo, el paso del tiempo y los gatos, parecía como si le hubieran arrancado la parte superior del pecho con unas pinzas quirúrgicas.

—Eso de ahí no será lo que me imagino —dijo Angie, con los ojos clavados en el agujero.

—Lamento decírselo —aclaró Poole—, pero eso que está mirando son los pulmones.

—Lo confirmo —dijo Angie—, siento náuseas.

Poole inclinó la barbilla del hombre un poco hacia arriba con un bolígrafo. Dio un paso atrás.

—¡Bien, hola, David!

—¿Martin? —preguntó Broussard, acercándose más al cuerpo.

—El mismo.

Poole dejó caer la barbilla, tocó el oscuro pelo del hombre.

—Estás un poco pálido, David.

Broussard se volvió hacia nosotros.

—David Martin, también conocido como David *el Pequeñajo*.

Angie tosió tras el pañuelo.

—A mí me parece bastante alto —dijo.

—No tiene nada que ver con la altura.

Angie echó un vistazo a las ingles del hombre.

—¡Oh! —exclamó.

—Ésta debe de ser Kimmie —dijo Poole, mientras pasaba por encima de un charco de sangre seca para llegar hasta la mujer que llevaba el salto de cama.

Le levantó la cabeza con el bolígrafo.

—¡Santo Dios! —exclamé.

Un oscuro corte atravesaba la garganta de Kimmie. Tenía la barbilla y los pómulos salpicados de sangre negra, y miraba hacia arriba, como si estuviera suplicando que la rescatasen o que la ayudasen, o como si buscara alguna señal que le confirmara que había algo, cualquier cosa, más allá de esa cocina.

Mostraba varios cortes profundos en los brazos, ennegrecidos a causa de la sangre incrustada, y en los hombros y en la clavícula tenía agujeros que habían sido causados por quemaduras de cigarrillo.

—La torturaron.

Broussard asintió con la cabeza.

—Además, delante de su novio. Seguro que le decían cosas del estilo «Dime dónde está o le hago otro corte» —movió la cabeza—. Este tipo de cosas me revuelve el estómago. Aunque le diera a la cocaína, Kimmie no era tan mala.

Poole se alejó del cadáver de Kimmie.

—Los gatos ni se acercaron a ella.

—¿Qué? —dijo Angie.

Señaló a David *el Pequeñajo*.

—Por lo que se ve, se regalaron con el señor Martin, pero no con Kimmie.

—¿Qué quiere decir con eso? —inquirí.

Se encogió de hombros.

—Kimmie les gustaba, pero David *el Pequeñajo* no. Es una pena que los asesinos no sintieran lo mismo.

Broussard se acercó a su compañero.

—¿Crees que fue David *el Pequeñajo* quien entregó la mercancía? —le preguntó.

Poole dejó caer la cabeza de Kimmie sobre el pecho, y se oyó un crujido.

—Era un hijo de puta —nos miró por encima del hombro—. No es que me guste hablar mal de los muertos, pero... —se encogió de hombros—. Hace un par de años, David *el Pequeñajo* y su novia de entonces atracaron una farmacia y se llevaron Demerol, Darvon, Valium, todo lo que pillaron. Bien, la cuestión es que cuando la policía estaba a punto de llegar, David *el Pequeñajo* y su novia salieron por la puerta trasera y saltaron a un callejón desde la escalera de incendios del segundo piso. La chica se torció el tobillo. David *el Pequeñajo* la amaba tanto que quiso aliviarla quitándole el peso de los medicamentos y la dejó tirada en el callejón.

Primero Big Dave Strand. Ahora David Martin *el Pequeñajo*. Mejor no ponerle ese nombre a nuestros hijos.

Miré alrededor de la cocina. Habían arrancado las baldosas del suelo y vaciado la comida de las estanterías de la despensa; había montones de comida enlatada y bolsas vacías de patatas fritas esparcidas por todo el suelo. Habían quitado las tablillas del techo y estaban amontonadas y cubiertas de polvo al lado de la mesa de la cocina. Habían apartado la cocina y la nevera de la pared. Las puertas de los armarios estaban abiertas.

Daba la impresión de que quienquiera que fuera el que hubiera asesinado a David *el Pequeñajo* y a Kimmie había hecho una inspección a conciencia.

—¿Quieres que avisemos a los expertos? —dijo Broussard.

Poole se encogió de hombros.

—Antes me gustaría indagar un poco más.

Poole sacó varios pares de finos guantes de plástico del bolsillo. Los separó y nos pasó un par a Broussard, a Angie y a mí.

—Éste es el escenario del crimen —nos dijo Broussard—, no lo estropeen.

El dormitorio y el cuarto de baño se hallaban en el mismo estado de abandono que la cocina y la sala de estar. Lo habían vaciado todo, rajado y tirado al suelo. En comparación con otras muchas casas de drogadictos que había visto, ésta no era de las peores.

—El televisor —dijo Angie.

Salí del dormitorio en el mismo momento que Poole salía de la cocina y Broussard del cuarto de baño. Rodeamos el televisor.

—A nadie le pasó por la cabeza echarle un vistazo.

—Seguramente porque está encendido —dijo Poole.

—¿Y?

—Supongo que es difícil esconder doscientos mil dólares y que el televisor siga funcionando con normalidad —aclaró Broussard—. ¿No les parece?

Angie se encogió de hombros, se quedó mirando la pantalla y observó cómo intentaban refrenar a uno de los invitados del programa de Jerry Springer. Subió el volumen.

Uno de los invitados del programa había llamado a otro *cerdo*; a un hombre que se reía le había llamado *tío asqueroso*.

Broussard suspiró.

—Voy a buscar el destornillador —dijo.

Jerry Springer miró al público maliciosamente ya que éste no paraba de silbar. Muchas palabras no se oían porque eran sustituidas por pitidos.

A nuestras espaldas Helene exclamó:

—¡Qué bien, es la hora de Springer!

Broussard salió del cuarto de baño con un destornillador diminuto que tenía un mango rojo de goma.

—Señorita McCready, desearía que se esperase fuera —le dijo.

Helene estaba sentada en un extremo del destrozado futón, la mirada fija en el televisor.

—¿Saben esa mujer que gritaba tanto a causa de los gatos? Dice que va a llamar a la policía.

—¿Le ha dicho que nosotros somos policías?

Helene nos miró distraídamente, pendiente de una de las invitadas del programa de Jerry que le pegaba un puñetazo a otra.

—Se lo he dicho, pero me ha contestado que, de todos modos, la iba a avisar.

Broussard blandió el destornillador y le hizo una señal con la cabeza a Angie. Ella apagó el televisor mientra sonaba uno de los pitidos.

—¡Maldita sea, qué mal huele! —dijo Helene.

—¿Quiere un poco de colonia?

Negó con la cabeza.

—La caravana de mi antiguo novio olía mucho peor. Digamos que solía dejar los calcetines sucios en remojo dentro del fregadero. Pero déjenme que les diga que aquí huele muy mal.

Poole inclinó la cabeza como si estuviera a punto de decir algo, pero la miró y cambió de opinión. Suspiró en voz alta y con cierto aire de desesperación.

Broussard destornilló la parte trasera del televisor y yo le ayudé a desmontarlo. Nos acercamos a mirar.

—¿Veis algo? —preguntó Poole.

—Cables, cabos, altavoces, el motor y el tubo catódico —contestó Broussard.

Colocamos la caja en su sitio.

—Que me maten si no ha sido la peor idea de todo el día —dijo Angie.

—¡Oh, no! —denegó Poole mientras levantaba las manos.

—Tampoco ha sido la mejor —terció Broussard con la boca prácticamente cerrada.

—¿Qué? —dijo Angie.

Broussard le dedicó una de sus encantadoras sonrisas.

—¡Hummm! —exclamó.

—¿La podéis volver a encender? —dijo Helene.

Poole la miró con los ojos semicerrados y negó con la cabeza.

—¿Patrick?

—¿Sí?

—Ahí detrás hay un jardín. ¿Serías tan amable de llevar a la señorita McCready allí hasta que acabemos?

—¿Y qué pasa con el programa? —preguntó Helene.

—No se preocupe —dije—, yo me encargaré de llenar los espacios en blanco. Tú, cerdo, tío asqueroso ¡pip!

Helene me miró mientras le ofrecía la mano.

—Eso no me sirve para nada.

—Oh, oh —dije.

Cuando estábamos llegando a la cocina Poole advirtió:

—Cierre los ojos, señorita McCready.

—¿Qué pasa? —preguntó Helene, apartándose un poco de él.

—No creo que tenga ningún interés en ver lo que hay ahí.

Antes de que ninguno de nosotros pudiera detenerla, Helene se inclinó hacia delante y estiró el cuello.

Poole bajó la cabeza y se hizo a un lado.

Helene entró en la cocina y se detuvo. Yo permanecía detrás de ella y esperaba que empezara a chillar, que se desmayara, que cayera de bruces al suelo o que saliera disparada hacia la sala de estar.

—¿Están muertos? —dijo.

—Sí —asentí—, bastante.

Se paseó por la cocina y se dirigió hacia la puerta trasera. Escruté a Poole y me miró sorprendido.

Mientras Helene pasaba por delante de Dave *el Pequeñajo* se detuvo a observar el tórax.

—Es igual que en aquella película —comentó.

—¿Cuál?

—Ésa en que los aliens salían repentinamente del tórax de la gente y escupían ácido. ¿Cómo se llamaba?

—*Alien* —dije.

—Eso es. Te salían del tórax. Pero ¿cómo se llamaba la película?

Angie se pasó un momento por el Dunkin' Donuts del barrio y unos minutos después se reunió en el jardín con Helene y conmigo, mientras Poole y Broussard recorrían la casa con blocs de notas y cámaras.

El jardín apenas podía llamarse así. Era más pequeño que el armario de mi dormitorio. Dave *el Pequeñajo* y Kimmie tenían una mesa metálica oxidada y unas cuantas sillas, y allí nos sentamos a escuchar los sonidos del barrio mientras iba avanzando la tarde y bajaba la temperatura: madres que llamaban a sus hijos, obreros de la construcción utilizando taladros de mortero al otro lado de la casa, gente jugando a *whiffle-ball** dos manzanas más allá.

* Variedad de béisbol en la que se usa una pelota que sólo tiene ocho ranuras a cada lado. (*N. de la T.*)

Helene sorbía Coca-Cola con una cañita.

—¡Qué pena! Parecían buena gente.

Bebí un sorbo de café.

—¿Cuántas veces los vio? —le pregunté.

—Sólo esa vez.

Angie le preguntó si había algo que recordara especialmente de aquella noche.

Helene seguía sorbiendo Coca-Cola por la cañita mientras lo pensaba y al final dijo:

—Recuerdo todos esos gatos. Estaban por todas partes. Uno de ellos arañó la mano de Amanda, la muy perra —sonrió—. Me refiero a la gata, claro.

—Así que Amanda estaba en la casa con usted.

—Supongo —se encogió de hombros—. Sí, seguro.

—Porque antes no estaba muy segura de haberla dejado en el coche.

Se volvió a encoger de hombros y me entraron unas ganas terribles de cogerla por los hombros y sacudirla.

—¿Sí? Hasta que no recordé que el gato la había arañado no estaba muy segura. No, seguro, estaba en la casa.

—¿Recuerda alguna cosa más? —le preguntó Angie, mientras tamborileaba con los dedos encima de la mesa.

—Era maja.

—¿Quién? ¿Kimmie?

Me señaló con el dedo, sonrió.

—Sí, así se llamaba, Kimmie. Era muy enrollada. Nos llevó a su dormitorio a Amanda y a mí y nos enseñó las fotografías de su viaje a Disney World. Amanda estaba, bien... como loca. En el viaje de vuelta no paraba de repetir: «Mamá, ¿podemos ir a ver a Mickey y a Minnie? ¿Podemos ir a Disney World?» —dio un bufido—. ¡Niños! ¡Cómo si yo tuviera tanto dinero!

—Tenía doscientos mil dólares cuando entró en la casa.

—Pero ése era un asunto de Ray. Lo que quiero decir es que nunca se me habría ocurrido cometer la locura de estafar a Cheese Olamon yo sola. Ray me dijo que, tarde o temprano, me rajaría. Nunca me había mentido, así que me imaginé que si alguna vez se enteraba era asunto de Ray, era su problema.

Volvió a encogerse de hombros.

—Cheese y yo nos conocemos desde hace mucho tiempo —dije.

—¿De verdad?

Asentí con la cabeza.

—Y también conocíamos a Chris Mullen. Solíamos jugar todos juntos a Babe Ruth,* ir a nuestros sitios secretos, todo ese tipo de cosas.

Alzó las cejas.

—No puede ser —dijo.

Alcé la mano.

—Lo juro por Dios. ¿Sabe, Helene, lo que Cheese hacía si se enteraba de que alguien le había estafado?

Alzó el vaso y lo volvió a dejar en la mesa.

—Mire, ya se lo he dicho. Fue Ray, lo único que hice fue acompañarle a esa habitación del motel...

—¿Sabe lo que hizo Cheese una vez cuando éramos críos, y debíamos de tener unos quince años, una noche que vio a su novia mirar a otro chico? Pues cogió una botella de cerveza, la rompió contra una farola y le rajó la cara. Le arrancó la nariz, Helene. Ése era Cheese cuando tenía quince años. ¿Cómo cree que debe de ser ahora?

* George Herman Ruth, junior (1895-1948), popularmente conocido por Babe Ruth, fue un famoso jugador de béisbol que era especialmente conocido por haber tenido una infancia muy difícil y por haber sido un gran defensor de los niños. (*N. de la T.*)

Siguió sorbiendo por la cañita hasta dejar sólo los cubitos.

—Fue Ray...

—¿Cree que el hecho de matar a su hija le iba a quitar el sueño? —dijo Angie—. Helene. —Pasó la mano por encima de la mesa y asió la huesuda muñeca de Helene—. ¿Cree que...?

—¿Cree que Cheese tuvo algo que ver con la desaparición de Amanda? —dijo Helene, con la voz cascada.

Angie se la quedó mirando fijamente antes de mover la cabeza y soltar la muñeca de Helene.

—Helene, ¿le puedo hacer una pregunta?

Helene se frotó la muñeca, volvió a mirar el vaso y asintió.

—¿De qué planeta viene, coño?

Helene no dijo nada durante un buen rato.

A nuestro alrededor, el otoño palidecía en tecnicolor. Intensos tonos amarillentos y rojizos, brillantes colores naranja y verdes coloreaban las hojas que caían suavemente de las ramas y se arremolinaban en la hierba. Esa fuerte fragancia de lo marchito, tan característica del otoño, impregnaba las ráfagas de aire que se abrían paso entre nuestra ropa y nos hacía tensar los músculos y abrir bien los ojos. No existe ningún lugar en que el otoño sea más espectacular y más imponente que en Nueva Inglaterra en octubre. El sol, libre de las nubes de tormenta que habían amenazado por la mañana, convertía los cristales de las ventanas en claros cuadrados de luz blanca y teñía la hilera de casas de ladrillo que rodeaban el diminuto jardín de un tono ahumado a juego con las hojas más oscuras.

La muerte —pensé— no tiene nada que ver con esto. La muerte es precisamente lo que hay detrás de nosotros. La muerte es la cocina roñosa de David *el Pequeñajo* y Kimmie. La muerte es la sangre negra y los gatos desleales que se alimentan de cualquier cosa.

—Helene —dije.

—¿Sí?

—Mientras estaba en el dormitorio mirando las fotos de Disney World con Kimmie, ¿dónde estaban David *el Pequeñajo* y Ray?

Abrió la boca ligeramente.

—Rápido, lo primero que se le pase por la cabeza. No piense.

—En el jardín —contestó.

Angie señaló el suelo.

—¿Aquí?

Helene asintió.

—¿Podía ver el jardín desde el dormitorio de Kimmie? —pregunté.

—No, las cortinas estaban corridas.

—Entonces, ¿cómo sabe que estaban aquí fuera? —pregunté.

—Ray llevaba los zapatos muy sucios cuando nos marchamos —dijo lentamente—. En muchos sentidos, Ray es un gandul —alargó la mano y me tocó el brazo como si estuviera a punto de compartir conmigo un secreto muy personal—. Pero le aseguro que ya se preocupa él de llevar siempre los zapatos bien limpios.

11

MDOSCIENTOS + SERENIDAD = CRIATURA

—¿Emedoscientos? —preguntó Angie.

—Doscientos mil dólares —dijo Broussard tranquilamente.

—¿Dónde ha encontrado esa nota? —pregunté.

Echó un vistazo a la casa.

—Estaba enrollada en la cinta del salto de cama de Kimmie. Supongo que para llamar la atención.

Permanecimos de pie en el jardín.

—Es aquí —dijo Angie, mientras señalaba un pequeño terraplén que había junto a un olmo seco y marchito.

Debía de hacer muy poco que habían movido la tierra ya que el terraplén era lo único que sobresalía en un trozo de tierra tan plano como una moneda de cinco centavos.

—Creo en usted, señorita Gennaro —dijo Broussard—. ¿Qué hacemos ahora?

—Cavar —apunté.

—Confísquelo y hágalo público —precisó Poole—. Relaciónelo, a trevés de la prensa, con la desaparición de Amanda.

Miré alrededor del jardín, el césped muerto, las hojas del borgoña entrelazadas sobre las briznas de hierba.

—Seguro que hace tiempo que nadie ha estado aquí —comenté.

Poole asintió.

—¿A qué conclusión llega?

—Si realmente está enterrado aquí —señalé el terraplén— creo que David *el Pequeñajo* se quedó con el dinero, a pesar de que torturaran a Kimmie hasta la muerte delante de él.

—Nadie ha afirmado que Dave *el Pequeñajo* sea el candidato ideal para el Cuerpo de la Paz —dijo Broussard.

Poole se encaminó hacia el árbol, puso un pie a cada lado del terraplén y se lo quedó mirando.

En la casa, Helene estaba sentada en la sala de estar y miraba la televisión apenas a cuatro metros de dos cadáveres hinchados. El programa de Springer había dado paso a Geraldo o Sally o a cualquier otro director de circo que hiciera sonar el cencerro durante el último desfile de rarezas carnavalescas. La «terapia» de la confesión en público, la mitigación constante del significado de la palabra «trauma», un sinfín constante de imbéciles gritando al vacío desde un pedestal.

A Helene no parecía importarle. Sólo se quejaba del mal olor y nos pidió que abriéramos la ventana. A nadie se le ocurrió una razón lo suficientemente buena como para no hacerlo, así que la abrimos, y la dejamos allí, con la cara sumergida en parpadeos de luz plateada.

—Así pues, hemos terminado —dijo Angie con un tono de voz que denotaba cierta sorpresa serena y triste a la vez; seguramente causada por tenerse que enfrentar de inmediato con la decepción que se siente cuando un caso acaba de repente.

Estuve pensando en ello. Ahora sabíamos que había sido un secuestro de verdad, con la nota del rescate, sospechosos lógicos y un móvil. El FBI se haría cargo del caso y nosotros lo seguiríamos por las noticias, como cualquier otro telespectador del estado, y esperaríamos a que Helene saliera en otro programa de Springer junto a otros padres que hubieran perdido a sus hijos.

Le tendí la mano a Broussard.

—Angie tiene razón. Ha sido muy agradable trabajar con ustedes.

Broussard me chocó la mano y asintió, pero no dijo nada. Miró a Poole.

Poole tocaba el pequeño terraplén de tierra con la punta del zapato, sin dejar de mirar a Angie ni un instante.

—Hemos terminado —le dijo Angie—, ¿verdad?

Poole le sostuvo la mirada durante unos segundos y luego volvió a mirar el diminuto terraplén.

Nadie dijo nada durante unos minutos. Ya no teníamos nada que hacer allí. Aun así, permanecimos allí, como si estuviéramos plantados en el pequeño jardín junto al olmo muerto.

Volví la cabeza hacia la horrible casa que había detrás de nosotros, y desde allí pude ver la cabeza de David *el Pequeñajo* y la parte superior de la silla a la que lo habían atado. ¿Se habría parado a pensar en lo que se sentía al tener los hombros desnudos apoyados contra el barato respaldo de mimbre de la silla? ¿Habría sido esa la última sensación que tuvo antes de que una bala le abriera la cavidad torácica de la misma manera que si los huesos y la piel fueran de papel de seda? ¿O lo último que sintió fue la sangre que le goteaba hasta las heridas muñecas y los dedos que se le adormecían y se volvían de color azul?

Quienquiera que hubiera entrado en esa casa el último día o noche de su vida sabía perfectamente que le quitaría la vida a Kimmie y a David *el Pequeñajo*. Lo que habíamos visto en esa cocina era obra de un profesional. Le habían cortado la garganta a Kimmie como un último esfuerzo para que David *el Pequeñajo* hablara, pero la habían asesinado con un cuchillo, por prudencia.

Los vecinos casi siempre atribuyen los disparos de bala a cualquier otra cosa: un tiroteo entre coches, quizás, o si oyen una explosión, suelen pensar que se ha quemado un motor o que la vitrina de la porcelana se ha caído al suelo. Especialmente cuando existe la posibilidad de que el ruido provenga de una casa de traficantes o drogadictos, gente que, según sus vecinos, tienen por costumbre hacer ruidos extraños a cualquier hora de la noche.

Nadie quiere pensar que en realidad ha oído un disparo, que en realidad ha sido testigo, aunque sólo sea de forma auditiva, de un asesinato.

Es posible que los asesinos mataran a Kimmie con rapidez y en silencio, y seguramente sin avisar. Pero a David *el Pequeñajo* seguro que lo habían estado apuntando con esa pistola durante un buen rato. Habían querido que presenciara cómo el dedo apretaba el gatillo, que oyera el sonido del percursor al golpear el cartucho y el piñoneo explosivo de la ignición.

Y esa gente era la que tenía secuestrada a Amanda McCready.

—Están pensando en cambiar los doscientos mil por Amanda —dijo Angie.

Eso era lo que llevaban pensando durante los últimos cinco minutos. Lo que Poole y Broussard estaban poco dispuestos a expresar en palabras. Un incumplimiento total del protocolo del cuerpo de policía.

Poole examinaba el tronco del árbol muerto. Broussard levantó una hoja color rojizo de la hierba con la punta del zapato.

—¿Tengo razón? —preguntó Angie.

Poole suspiró.

—Preferiría que los secuestradores no abrieran un maletín lleno de periódicos o dinero marcado y que mataran a la niña antes de que los pilláramos —dijo.

—¿Le ha pasado alguna vez? —preguntó Angie.

—Ha pasado en algunos casos que cedí al FBI —dijo Poole—. Es la misma situación que estamos tratando aquí. El secuestro es un asunto federal.

—Si pasamos el caso a los federales —dijo Broussard—, guardarán el dinero bajo llave como prueba, harán la negociación y podrán mostrar a todo el mundo lo inteligentes que son.

Angie se asomó al diminuto jardín y se fijó en que los marchitos pétalos de violeta crecían entre la valla de tela metálica del otro lado.

—Ustedes dos quieren negociar con los secuestradores a espaldas de los federales.

Poole se metió las manos en los bolsillos.

—Me he encontrado demasiados niños muertos dentro de armarios, señorita Gennaro.

Angie miró a Broussard.

—¿Y usted? —le preguntó.

Sonrió.

—Odio a los federales.

—Si esto sale mal, se quedarán sin jubilación, o quizás algo mucho peor —comenté.

Al otro lado del jardín, un hombre colgó una alfombra de la ventana del tercer piso y empezó a sacudirla con un palo de hockey sin filo. El polvo se elevaba formando nubes tormentosas y efímeras y el hombre continuó aporreándola sin que pareciera notar nuestra presencia.

Poole se sentó en cuclillas, cogió una brizna de hierba que había cerca del terraplén y dijo:

—¿Se acuerdan del caso de Jeannie Minelli, hace unos dos años?

Angie y yo nos encogimos de hombros. Era triste darse cuenta de la cantidad de cosas horribles que uno olvida.

—Una niña de nueve años —dijo Broussard— que desapareció mientras iba en bicicleta por Somerville.

Asentí. Empezaba a recordar.

—La encontramos..., señor Kenzie, señorita Gennaro. —Poole hacía saltar la brizna de hierba con los dedos—... en un tonel, con cemento hasta el cuello. El cemento aún no se había endurecido porque los genios que la asesinaron habían utilizado una proporción incorrecta de agua y cemento para hacer la mezcla. —Se frotó las manos con fuerza, como si quisiera sacudirse polvo o polen, o por el motivo que fuera—. Encontramos el cadáver de una niña de nueve años flotando en un tonel lleno de cemento acuoso —se puso en pie—. ¿Les parece agradable?

Eché un vistazo a Broussard. Estaba pálido y los brazos le temblaron hasta que puso las manos en los bolsillos y apretó los codos con fuerza contra el torso.

—No —dije—, pero si esto sale mal, ustedes...

—¿Qué? —me contestó Poole—. ¿Perderé el derecho al subsidio? No me falta mucho tiempo para jubilarme, señor Kenzie. ¿Ha presenciado alguna vez lo que el sindicato de policías le puede hacer a quien intente quitar el dinero de la jubilación a un oficial condecorado con treinta años de servicio? —Poole nos señaló con el dedo y lo movió—. Es como si presenciara a perros hambrientos tras la carne que cuelga de las pelotas de un hombre. No es muy agradable.

Angie se rió entre dientes.

—Usted vale mucho más, Poole.

Él tocó su hombro.

—Soy un hombre mayor y agotado con tres ex mujeres, señorita Gennaro. No soy nada. Pero me gustaría salir triunfante de mi último caso. Con un poco de suerte, coger a

Chris Mullen y a Cheese Olamon y meterlos en la peor cárcel mientras viva.

Angie le miró la mano, después la cara.

—¿Y si la caga?

—Entonces beberé hasta que me muera. —Poole quitó la mano y acarició su barba de tres días—. Vodka barato. Lo mejor que puedo hacer con la jubilación de poli. ¿Le parece bien?

Angie sonrió.

—Me parece bien, Poole, me parece bien.

Poole echó un vistazo al tipo que estaba sacudiendo la alfombra, nos miró.

—Señor Kenzie, ¿se fijó en la pala de jardinero que había en el porche?

Asentí.

Poole sonrió.

—Oh —dije—, de acuerdo.

Volví a entrar en la casa y cogí la pala. Cuando volví a pasar por la sala de estar Helene me dijo:

—¿Nos vamos a ir pronto?

—Muy pronto.

Miró la pala y los guantes de plástico que llevaba en la mano.

—¿Han encontrado el dinero?

Me encogí de hombros.

—Quizás.

Asintió y siguió mirando la televisión.

Empecé a andar otra vez cuando su voz me detuvo en la entrada de la cocina.

—Señor Kenzie.

—¿Sí?

El reflejo de la pantalla del televisor le hacía brillar los ojos de tal forma que me recordaron los de los gatos.

—No le harán ningún daño, ¿verdad?

—¿Se refiere a Chris Mullen y a la banda de Cheese Olamon?

Asintió con la cabeza.

En la televisión había una mujer que le decía a otra que se mantuviera alejada de su hija, ¡tortillera! El público silbaba.

—¿Verdad? —insistió Helene sin apartar los ojos de la pantalla.

—Sí —dije.

Volvió la cabeza bruscamente hacia mí.

—No.

Negaba con la cabeza, como si al hacerlo pudiera conseguir que su deseo se convirtiera en realidad.

Debería de haberle dicho que era una broma. Que Amanda se encontraba bien. Que la encontrarían y que las cosas volverían a ser como antes y que Helene podría seguir drogándose con la tele, con bebidas, con heroína y con todo aquello que necesitara para protegerse de todas las crueldades del mundo.

Pero su hija estaba ahí fuera, sola y asustada, esposada a un radiador o al pilar de una cama, con la boca tapada con cinta aislante para que no pudiera emitir ni un sonido. O estaba muerta. Y uno de los motivos de esa situación era el egoísmo de Helene, su resolución de actuar como le viniera en gana aunque sus actos fueran a tener consecuencias y a surtir el efecto adverso y contrario.

—Helene —dije.

Encendió un cigarrillo y la punta de la cerilla dio varias vueltas alrededor del objetivo antes de que consiguiera encenderlo.

—¿Lo comprende, por fin?

Miró el televisor, luego a mí, tenía los ojos húmedos y enrojecidos.

—¿Qué?

—Su hija fue secuestrada a causa de lo que usted robó. A esos hombres su hija les importa un rábano. Y cabe la posibilidad de que no la devuelvan.

Rodaron dos lágrimas por las mejillas de Helene y se las secó con la muñeca.

—Ya lo sé —dijo, otra vez atenta al televisor—. No soy estúpida.

—Sí, sí que lo es —dije, y me encaminé hacia el jardín.

Nos dispusimos en círculo alrededor del terraplén para que nadie nos pudiera ver desde alguna de las casas del vecindario. Broussard hundió la pala en el barro y la vació varias veces hasta que apareció la arrugada parte superior de una bolsa de plástico verde.

Broussard cavó un poco más y Poole echó un vistazo a su alrededor, se agachó, estiró de la bolsa y la sacó.

Ni siquiera habían atado la parte superior, sólo le habían dado unas cuantas vueltas. Poole la giró con la mano, y el verde plástico se arrugó a medida que los pliegues de la parte superior se separaban y la bolsa se ensanchaba.

Un montón de billetes sueltos nos dio la bienvenida, casi todos de cien y de cincuenta, viejos y suaves.

—Esto es mucho dinero —dijo Angie.

Poole negó con la cabeza.

—Esto, señorita Gennaro, es Amanda McCready —dijo.

Antes de que Poole y Broussard llamaran al forense y a sus ayudantes, apagamos el televisor en la sala de estar y pusimos a Helene al corriente de los últimos acontecimientos.

—Cambiarán el dinero por Amanda —dijo Helene.

Poole asintió con la cabeza.

—Y seguirá con vida.

—Así lo esperamos.

—¿Me pueden repetir lo que tengo que hacer?

Broussard se sentó en cuclillas delante de ella.

—Usted no tiene que hacer nada, señorita McCready. Lo único que tiene que hacer es tomar una decisión ahora mismo. Resulta que nosotros cuatro —nos señaló con la mano— pensamos que sería la mejor manera de enfocar el asunto. Pero si mis superiores se enteran de lo que intento hacer, me quitarán la licencia o me despedirán. ¿Lo comprende?

Helene medio asintió con la cabeza.

—Si se lo cuenta a alguien, querrán arrestar a Chris Mullen.

Broussard asintió.

—Probablemente —dijo—. Además, creemos que el FBI estará más interesado en capturar al secuestrador que en la seguridad de su hija.

Volvió a medio asentir, como si cada vez que bajara la cabeza, la barbilla chocara con una barrera invisible.

—Señorita McCready, el punto fundamental es que es usted quien debe tomar la decisión —dijo Poole—. Si así lo desea, pedimos ayuda ahora mismo, entregamos el dinero y dejamos que los profesionales se ocupen de ello.

—¿Otra gente? —preguntó, mientras miraba a Broussard.

Le tocó la mano y le dijo:

—Sí.

—No quiero que intervenga nadie más. Yo no... —Se levantó de forma un poco inestable—. ¿Qué tengo que hacer si lo hacemos a su manera?

—Mantener la boca cerrada. —Broussard se reincorporó de su posición en cuclillas—. No decir nada ni a la prensa ni a la policía. Ni siquiera contarles a Lionel y Beatrice lo que pasa.

—¿Van a hablar con Cheese?

—Sí, seguramente ése será el siguiente paso —dije.

—Parece ser que por el momento el señor Olamon es quien tiene los triunfos en la mano —le explicó Broussard.

—¿Qué pasaría si simplemente siguieran a Chris Mullen? Quizá les llevaría hasta Amanda sin saberlo.

—Eso también lo vamos a hacer —dijo Poole—. Pero tengo la sensación que eso es precisamente lo que esperan que hagamos. Estoy convencido de que tienen a Amanda bien escondida.

—Dígale que lo siento.

—¿A quién?

—A Cheese. Dígale que no era mi intención hacer nada malo. Lo único que quiero es que me devuelva a mi hija. Dígale que no le haga daño. ¿Podría hacer eso por mí? —miró a Broussard.

—Claro.

—Tengo hambre —declaró Helene.

—Le traeremos algunos...

Miró a Poole y negó con la cabeza.

—No soy yo la que tiene hambre. Es lo que dijo Amanda —aclaró.

—¿Qué? ¿Cuándo?

—Cuando la acosté esa noche. Fue lo último que me dijo: «Mamá, tengo hambre». —Helene sonrió, pero se le llenaron los ojos de lágrimas—. Yo le dije: «No te preocupes, cariño. Comerás por la mañana».

Nadie dijo nada. Todos esperábamos a ver si se desmoronaba.

—Quiero decir, le habrán dado de comer, ¿verdad? —Seguía sonriendo mientras las lágrimas le rodaban por la cara—. Ya no tiene hambre, ¿verdad? —me miró—. ¿Verdad?

—No lo sé —respondí.

12

Cheese Olamon debía de medir metro noventa y pesar unos doscientos kilos, tenía el pelo rubio escandinavo, pero por el motivo que fuere, había llegado a la falsa conclusión de que era negro.

A pesar de que le temblaban las carnes al andar y de que le gustaba llevar esas sudaderas de lana o de algodón que tanto gustan a los obesos de todas partes, hubiera sido un craso error creer que Cheese era el típico gordo jovial o confundir su volumen con falta de agilidad.

Cheese sonreía mucho y sentía una alegría auténtica que aparecía de improviso en presencia de cierta gente. Aunque su anticuada forma de hablar tan característica de Shaft,* causara a menudo muecas de dolor, había algo en ella que resultaba, aunque parezca mentira, entrañable y contagiosa.

* *Shaft* (1971), basada en una novela de Ernest Tidyman, fue la primera película realizada sobre John Shaft, un detective privado de raza negra, que no tan sólo era elegante sino que era el prototipo del hombre duro. Muchos críticos han etiquetado esta película como la precursora del movimiento *Blaxploitation* de los años setenta. (*N. de la T.*)

Era inevitable que cualquier persona que le oyera hablar se preguntara si esa especie de jerga que muy poca gente —ni blancos ni negros— usaba aparte de Fred Williamson y Antonio Fargas, era una especie de afecto equivocado por la cultura negra, un fino racismo desequilibrado, o ambas cosas. De cualquier manera, resultaba de lo más contagiosa.

Pero también estaba familiarizado con el Cheese que, sólo observando la mirada de odio que le lanzó una noche a un tipo en un bar, uno sabía inmediatamente que a la víctima le quedaba un minuto de vida. Conocía al Cheese que empleaba a unas chicas tan delgadas y dependientes de la heroína que podrían esconderse detrás de un bate de béisbol, chicas que le daban montones de billetes por la ventanilla del coche y a las que volvía a mandar al trabajo dándoles una palmadita en el huesudo culo.

Ni las rondas que pagaba en el bar, ni los billetes de cinco y de diez dólares que metía en el bolsillo de los borrachos a los que después llevaba al chino para que se pudieran comprar comida, ni los pavos que repartía a los pobres del vecindario por Navidad, podían borrar todos los yonquis que habían muerto en el vestíbulo, con la aguja aún clavada en el brazo; todas las jovencitas que aparentemente en una noche se convertían en viejas acobardadas que, con las encías sangrando, mendigaban en el metro para poderse pagar el tratamiento de azidotimidina; todos los nombres que se había encargado de eliminar del listín telefónico del año siguiente.

Un tipo raro, tanto por su naturaleza como por su educación, Cheese fue un niño menudo y enfermizo durante casi toda la escuela primaria; su tórax, perfectamente visible bajo su barata camisa blanca, se asemejaba a los dedos de un hombre viejo; a veces tenía ataques de tos tan violentos que vomitaba. Rara vez hablaba. Que yo recuerde, no tenía amigos y mientras que casi todos los demás guardábamos la comida en fiambreras con dibujos de Adam-12 y Barbie, Cheese guardaba su comida en una bolsa de papel marrón que doblaba cuidadosamente una vez que había acabado y se la llevaba a casa para volver a utilizarla.

Durante los primeros años, sus padres le acompañaban cada mañana hasta la puerta de la escuela. Le hablaban en una lengua extraña; sus rudas voces se oían desde el patio de la escuela mientras le decían que se arreglara el pelo o que se pusiera bien la bufanda, o mientras jugueteaban con los botones de su pesado abrigo antes de dejarle en libertad. Se iban paseando por la avenida, enormes los dos. El señor Olamon llevaba un sombrero tirolés de raso totalmente pasado de moda con una vieja pluma de color naranja en el cintillo; inclinaba la cabeza ligeramente como si temiera que en cualquier momento les fueran a llenar de improperios o a lanzar basura desde las ventanas del segundo piso. Cheese solía mirarlos hasta que desaparecían de su vista, y se estremecía cada vez que su madre se agachaba para subirse el calcetín que le caía hasta sus gruesos tobillos.

Por la razón que sea, todos los recuerdos que tengo de Cheese y de sus padres parecen estar asociados con la luz grisácea de principios de invierno: imágenes de un niño feo y menudo, en la entrada de un patio de escuela lleno de charcos medio congelados, que observaba a sus gigantescos padres mientras andaban encorvados bajo negros árboles temblorosos.

Cheese tuvo que tragar mucha mierda y soportar muchas palizas debido a su acento, al acento aún más cerrado de sus padres, a sus ropas de pueblerino, y a su piel, que tenía un brillo jabonoso y amarillento que recordaba a los niños el queso pasado. De ahí le venía el nombre.

Cuando Cheese hacía séptimo de primaria en la escuela St. Bart, su padre, que trabajaba de bedel en una selecta escuela de Brookline, fue enjuiciado duramente por haber agredido a un alumno de diez años que había escupido en el suelo. Los pocos segundos que duró el ataque repentino del señor Olamon fueron suficientes para que el alumno, hijo de un neurocirujano del Hospital General de Massachusetts y catedrático visitante de Harvard, saliera con un brazo roto y la nariz partida. Sin lugar a dudas, lo iban a sancionar con severidad. Ese mismo año, Cheese creció veinte centímetros en sólo cinco meses.

Al año siguiente —cuando juzgaron a su padre y lo condenaron de tres a seis años— Cheese empezó a aumentar de volumen.

Esos catorce años durante los cuales soportó toda clase de improperios se convirtieron en masa muscular, esos catorce años durante los cuales fue insultado y todo el mundo imitaba su acento, esos catorce años de humillaciones y de rabia contenida se transformaron en una calcificada bala de cañón de bilis en el estómago.

Ese verano, en que Cheese Olamon había acabado los estudios en la escuela primaria y estaba a punto de empezar en el instituto, se convirtió en el Verano de Restitución de Cheese. Los niños consiguieron sacos de arena, vigilaban desde la acera y llegaron a ver cómo las manos de Cheese le machacaban las costillas a uno. Hubo narices partidas y brazos rotos, y Carl Cox —uno de los que había torturado a Cheese durante más tiempo y más despiadadamente— recibió el impacto de una piedra lanzada desde el tejado de una casa de tres plantas que, entre otras cosas, le arrancó media oreja y lo dejó hablando raro para el resto de su vida.

No sólo fueron los chicos de nuestra clase de St. Bart los que recibían, sino que varias chicas de catorce años pasaron ese verano con la nariz vendada o haciendo viajes al dentista para que les arreglara los dientes.

Aun así, por aquel entonces Cheese ya sabía perfectamente cómo tratar a sus víctimas. A aquellos que correctamente intuía que eran demasiado tímidos o indefensos para devolverle los golpes, les dejaba ver la cara cuando les pegaba. Aquellos a los que más pegó —y que por lo tanto era más probable que fueran a contárselo a la policía o a sus padres— nunca vieron nada en absoluto.

De entre los que conseguimos escapar a la venganza de Cheese estábamos Phil, Angie y yo mismo, que nunca le habíamos atormentado, aunque sólo fuera porque todos nosotros teníamos, como mínimo, un progenitor inmigrante y anticuado. Cheese también dejó en paz a Bubba Rogowski. No recuerdo si alguna vez Bubba se había metido con Cheese, pero aunque lo hubiera hecho, Cheese era lo suficientemente listo como para saber que, si llegaban a enemistarse, Cheese sería el ejército alemán y Bubba el invierno ruso. Así pues, se dedicaba a librar batallas que sabía que podía ganar.

A pesar de que Cheese se volvía cada vez más grande, más astuto y más peligrosamente psicótico, seguía manteniendo una actitud de servilismo en presencia de Bubba, y llegaba a un extremo tal, que se encargaba de dar de comer a los perros y de cepillarlos cada vez que Bubba se iba de viaje al extranjero a comprar armas.

Ése es Bubba. El tipo de gente que a nosotros nos asusta es la que cuida de sus perros.

«Internaron a la madre cuando el sujeto tenía diecisiete años de edad» —leyó Broussard del expediente de Cheese Olamon, mientras Poole pasaba ante la Walden Pond Nature Preserve de camino hacia la prisión de Concord—. «Al padre lo soltaron de Norfolk un año después, desaparecido.»

—He oído rumorear que fue Cheese quien lo mató —dije.

Me recliné en el asiento trasero, con la cabeza contra la ventana, y me dediqué a ver pasar los gloriosos árboles de Concord.

Después de que Broussard y Poole hubieran dado el parte informativo sobre el doble asesinato cometido en casa de David *el Pequeñajo*, Angie y yo cogimos la bolsa de dinero y llevamos a Helene a casa de Lionel. La dejamos allí y nos fuimos al almacén de Bubba.

Las dos del mediodía era una hora en que Bubba solía dormir, y cuando salió a la puerta a recibirnos, vimos que llevaba un quimono japonés rojo chillón y que su cara de angelito desquiciado mostraba cierta expresión de cólera.

—¿Por qué me despertáis? —preguntó.

—Porque necesitamos tu caja fuerte —contestó Angie.

—Si ya tenéis vuestra propia caja fuerte —dijo mirándome ceñudo.

Observé su feroz mirada.

—La nuestra no tiene ningún campo de minas que la proteja —le dije.

Tendió la mano y Angie le dio la bolsa.

—¿Qué hay dentro? —preguntó Bubba.

—Doscientos mil dólares.

Bubba asintió como si le hubiéramos dicho que en la bolsa estaban las reliquias familiares de la abuela. Si le hubiéramos dicho que la bolsa contenía pruebas de vida extraterrestre hubiera reaccionado de la misma forma. A no ser que uno le consiguiera una cita con Jane Seymour, era prácticamente imposible impresionar a Bubba.

Angie sacó las fotografías de Corwin Earle, de Leon y Roberta Trett del bolso y las abanicó ante la soñolienta cara de Bubba.

—¿Conoces a alguno de éstos?

—¡Por todos los santos!

—¿Los conoces? —dijo Angie.

—¿Eh? —negó con la cabeza—. No, pero vaya tía más peluda. ¿Puede incluso ponerse en pie y todo eso?

Angie suspiró y volvió a meter las fotografías dentro del bolso.

—Los otros dos seguro que son presos —dijo Bubba—. No les conozco, pero es bastante fácil de adivinar.

Bostezó, inclinó la cabeza y nos cerró la puerta en las narices.

—No era precisamente su presencia lo que echaba de menos cuando estaba en la cárcel —dijo Angie.

—Era la forma tan divertida que tenía de hablar —dije.

Angie me dejó en mi apartamento y me dispuse a esperar a Poole y a Broussard. Mientras tanto, ella se dirigió en coche al apartamento de Chris Mullen para empezar la vigilancia; prefería hacer eso antes que visitar la cárcel de hombres. Además, Cheese se pone un poco tonto cuando la ve, empieza a ponerse rojo y a preguntarle a Angie con quién sale. Acompañé a Poole y a Broussard porque supuestamente yo tenía una cara muy amistosa y porque Cheese nunca se ha distinguido por cooperar con la gente uniformada de azul.

—Fue sospechoso de la muerte de un tal Jo Jo McDaniel en 1986 —dijo Broussard mientras íbamos por la Ruta 2.

—Era el mentor de Cheese en el negocio de narcóticos —dije.

Broussard asintió con la cabeza.

—Sospechoso de la desaparición y presunta muerte de Daniel Caleb en 1991 —añadió.

—No sabía nada de eso.

—Contable —Broussard pasó una hoja—. Se dice que falsificaba libros para unos cuantos indeseables.

—Cheese le pilló con las manos en la masa.

—Por lo visto.

Poole me miró por el espejo retrovisor.

—Se parece bastante a la relación que tiene con el mundillo criminal, Patrick —comentó.

Me reincorporé en el asiento.

—Caramba, Poole, ¿qué quiere decir con eso?

—Amigo de Cheese Olamon y de Chris Mullen —dijo Broussard.

—No somos amigos. Simplemente es la gente con la que crecí.

—¿No creció también con el difunto Kevin Hurlihy?

Poole detuvo el coche en el carril izquierdo, ya que el tráfico se había parado al otro lado de la carretera y estaba esperando para cruzar la Ruta 2 y coger el camino de entrada a la prisión.

—Lo último que sabía es que Kevin había desaparecido —dije.

Broussard me sonrió desde el asiento.

—Y no olvidemos al infame señor Rogowski.

Me encogí de hombros. Ya estaba acostumbrado a que mi relación con Bubba sorprendiera a la gente, especialmente a los policías.

—Bubba es un amigo —dije.

—Pues vaya amigo —me espetó Broussard—. ¿Es verdad que una de las plantas de su almacén está minada con explosivos?

Me encogí de hombros.

—Pase a verlo algún día y compruébelo usted mismo.

Poole soltó una risita.

—Para hablar de sus planes de jubilación anticipada —cogió el camino de grava de la prisión—. Simplemente es que procede de un barrio, Patrick... Es que es de un barrio...

—Sencillamente es que la gente no nos entiende —dije—. El corazón de oro, eso es lo que tenemos todos.

Cuando salimos del coche, Broussard se desperezó.

—Óscar Lee me dijo que no se siente muy cómodo cuando tiene que juzgar a la gente.

—¿Cómodo con qué? —dije, mientras miraba las paredes de la prisión.

Típico de Concord. Incluso la prisión tenía una apariencia agradable.

—Juzgar —dijo Broussard—. Óscar dice que odia tener que juzgar a la gente.

Seguí con la mirada el alambre que había en la parte superior del muro y de repente ya no me pareció un lugar tan agradable.

—Dice que ésa es la razón por la cual se relaciona con un psicótico como Rogowski y sigue siendo amigo de gente como Cheese Olamon.

Miré el sol de soslayo.

—No, no soy muy bueno juzgando a la gente. Alguna vez he tenido que hacerlo.

—¿Y? —dijo Poole.

Me encogí de hombros.

—Me dejó muy mal sabor de boca.

—Así pues, no sabe juzgar bien a la gente —dijo Poole, a la ligera.

Estaba pensando en que había llamado *estúpida* a Helene tan sólo hacía un par de horas; la forma en que la palabra parecía haberle afectado y dolido. Negué con la cabeza.

—Sí que sé juzgar a la gente. Lo único que pasa es que me deja mal sabor de boca. Es así de simple.

Metí las manos en los bolsillos y me dirigí hacia la puerta principal de la prisión antes de que a Poole y a Broussard se les ocurrieran más preguntas sobre mi carácter.

El director había apostado un guardia en cada una de las dos entradas que conducían al pequeño patio para visitantes de la prisión de Concord; los guardias que estaban en las torres se volvieron a mirarnos. Cheese nos estaba esperando cuando llegamos. Era el único recluso que había en el patio, ya que Broussard y Poole habían solicitado la máxima intimidad posible.

—Eh, Patrick, ¿cómo va? —dijo Cheese, mientras cruzábamos el patio.

Estaba de pie al lado de una fuente, que en comparación con la orca de pelo rubio que era Cheese, parecía un *tee* de golf.

—Bastante bien, Cheese. Hace un día muy bonito.

—No me digas, colega. —Puso el puño encima del mío—. Un día como éste es para disfrutar de un buen coño, de una botella de Jack Daniel's y de un paquete de Kools. ¿Sabes lo que quiero decir?

No tenía ni idea, pero sonreí. Siempre era así con Cheese. Asentías con la cabeza, sonreías y te preguntabas cuándo iba a empezar a decir cosas con sentido.

—¡Maldita sea! —Cheese se giró sobre sus talones—. Veo que te has traído a la ley. Ha llegado el Hombre —gritó—, ha llegado Poole y —chasqueó los dedos— Broussard, ¿no? Creía que ya no estaban en narcóticos.

Poole sonrió al sol.

—Ya no trabajamos allí, señor Cheese. Lo hemos dejado.

Señaló una costra grande y oscura que Cheese tenía en la barbilla. Parecía como si le hubieran cortado con una navaja de púas.

—¿Qué, ya tiene enemigos aquí?

—¿Lo dice por esto? ¡Mierda! —Cheese puso los ojos en blanco—. Aún no ha nacido ningún hijo de perra que pueda humillar a Cheese.

Broussard soltó una risita y se quitó el barro con la punta del zapato izquierdo.

—Sí, Cheese, seguro. Seguro que ha estado rapeando y ha cabreado a algún colega a quien no le gustan los blancos que no tienen muy clara su identidad. ¿No es así?

—Eh, Poole —dijo Cheese—, ¿qué hace un tipo tan chulo como tú con este inútil hijo de perra con la cabeza hueca y que no sabe dónde tiene el culo ni con la ayuda de un mapa?

—Apabullantemente barriobajero —dijo Poole y le tembló la boca al soltar una risita.

—Me han dicho que ha perdido una bolsa llena de dinero —dijo Broussard.

—¿Eso le han dicho? —Cheese se frotó la barbilla y dijo—: Hummm, no me acuerdo muy bien, agente, pero creo que tiene una bolsa de dinero de la que se quiere deshacer. Bien, estaré encantado de liberarle de ese peso. Désela a mi hombre, a Patrick, y él se encargará de guardarla hasta que yo salga de aquí.

—Vaya, Cheese —dije—, eso sí que es conmovedor.

—Bueno, colega, ya sé que vais de buen rollo, ¿cómo está el colega Rogowski?

—Bien.

—El hijo de puta cumplió un año de sentencia en Plymouth, ¿verdad? Los presos de allí aún no han dejado de temblar. Tienen miedo de que vuelva. Parecía que le gustaba mucho.

—No creo que vuelva —dije—; pasó un año sin mirar la tele y aún no se ha puesto al día.

—¿Cómo están los perros? —me dijo Cheese en voz baja, como si se tratara de un secreto.

—*Belker* murió hará cosa de un mes.

La noticia puso a Cheese en su sitio durante un momento. Miró al cielo mientras una suave brisa movía sus párpados.

—¿Cómo murió? —Se me quedó mirando—. ¿Envenenado?

Negué con la cabeza.

—Lo atropelló un coche.

—¿Fue deliberado?

Volví a negar con la cabeza.

—Una viejecita conducía el coche y *Belker* salió disparado en línea recta.

—¿Cómo se lo ha tomado Bubba?

—Lo había hecho castrar un mes antes —me encogí de hombros—. Está prácticamente seguro de que fue un suicidio.

—Tiene sentido —dijo Cheese, asintiendo con la cabeza—. ¡Y tanto que lo tiene!

—El dinero, Cheese. —Broussard ondeó una mano ante sus narices—. El dinero.

—No he perdido ningún dinero, agente. Ya se lo he dicho.

Cheese se encogió de hombros, se apartó de Broussard, se encaminó hacia un banco, se sentó en la parte superior y esperó a que nos acercáramos.

—Cheese —le dije, mientras me sentaba a su lado—. Ha desaparecido una niña del barrio. Quizá sepas alguna cosa.

Cogió una brizna de hierba que tenía en los cordones de los zapatos y empezó a darle vueltas con sus rechonchos dedos.

—He oído algo. Amanda no sé qué, ¿no?

—McCready —dijo Poole.

Cheese apretó los labios, pareció pensarlo durante una milésima de segundo. Se encogió de hombros.

—No me suena. ¿Qué tiene eso que ver con la bolsa de dinero?

Broussard se rió entre dientes y movió la cabeza.

—A ver, imaginemos un caso hipotético —dijo Poole.

Cheese apretó las manos entre las piernas, miró a Poole, su cara mantecosa tenía una ingenua expresión de avidez.

—Vale —dijo.

Poole colocó un pie en el banco, al lado del de Cheese.

—A ver, pongamos por caso...

—Pongamos por caso... —dijo Cheese alegremente.

—... que alguien robó cierta cantidad de dinero a un señor que ese mismo día fue encarcelado por haber violado la libertad condicional.

—¿No hay tetas en esta historia? —preguntó Cheese—. A Cheese le gustan las historias con un poco de teta.

—Ya llegará —dijo Poole—. Te lo prometo.

Cheese me dio un golpecito con el codo, hizo una gran mueca y se volvió hacia Poole. Broussard se apoyaba en los talones y miraba hacia las torres de los guardias.

—Esa persona, que, en realidad tiene pecho, roba a un hombre al que no debería haber robado. Y unos meses después, su hija desaparece.

—¡Qué pena! —dijo Cheese—. Me parece vergonzoso, si quieren saber mi opinión.

—Sí —dijo Poole—. Vergonzoso. Un conocido colega del hombre a quien esta mujer hizo enfadar...

—... a quien robó —dijo Cheese.

—Perdone usted. —Lo saludó con un sombrero imaginario—. Un conocido colega del hombre a quien esta mujer robó fue visto entre la multitud que se concentró ante la casa de la mujer la misma noche en que su hija desapareció.

Cheese se frotó la barbilla.

—Muy interesante —dijo.

—Y ese señor trabaja para usted, señor Olamon.

Cheese alzó las cejas.

—Eso sí que es ir al grano.

—¡Hummm!

—Dijo que había una multitud ante la casa.

—Así es.

—Pues, mire, me apuesto lo que quiera que allí había un montón de gente que no trabaja para mí.

—Eso es verdad.

—¿También los va a interrogar a ellos?

—La madre no les robó —dije.

Cheese volvió la cabeza.

—¿Cómo lo sabe? Una lagarta que está lo suficientemente loca como para quitarle algo a Cheese, bien podría estar robando a todo el maldito vecindario. ¿Tengo razón, colega?

—Así que admite que le robó algo —dijo Broussard.

Cheese me miró. Movió el dedo pulgar en dirección a Broussard.

—Creía que estábamos hablando de un caso hipotético.

—Por supuesto. —Broussard levantó una mano—. Perdóneme, Su Excelencia.

—El trato es el siguiente —terció Poole.

—¡Oh! —dijo Cheese—. Hay un trato.

—Señor Olamon, vamos a llevar esto en secreto. Quedará entre nosotros.

—Entre nosotros —repitió Cheese, mientras me miraba y ponía los ojos en blanco.

—Pero queremos que nos devuelvan a esa niña sin correr ningún riesgo.

Cheese le miró durante mucho tiempo, con una sonrisa cada vez más amplia.

—A ver si lo he entendido. ¿Me está intentando decir que usted, el Hombre, va a permitir que el tipo hipotético pueda conseguir su hipotético dinero a cambio de una niña hipotética y que quedarán como amigos, como si nada hubiera pasado? ¿Es esta la mierda que me está intentando vender, agente?

—Cabo —corrigió Poole.

—Lo que sea —Cheese soltó un bufido y alzó las manos.

—Está familiarizado con la ley, señor Olamon. Sólo por

el simple hecho de ofrecerle este trato, nos estamos tendiendo una trampa. Legalmente, puede hacer lo que quiera con esta oferta sin que le acusen de nada.

—¡Y una mierda!

—Va en serio —dijo Poole.

—Cheese —intervine yo—, ¿quién sale perjudicado con este trato?

—¿Eh?

—En serio. Una parte consigue que le devuelvan el dinero y la otra que le devuelvan a su hija. Y todos tan contentos.

Me señaló con el dedo.

—Patrick, amigo mío, ni se te ocurra empezar a trabajar de vendedor. ¿Qué quién sale perjudicado? ¿Es eso lo que me preguntan? ¿Quién sale asquerosamente perjudicado?

—Sí, adelante.

—¡El hijo de perra al que robaron, ese mismo! —Levantó las manos con fuerza, las golpeó contra sus enormes muslos y acercó su cabeza a la mía hasta que casi se rozaron—. Ese hijo de perra es el que sale perjudicado. A ese hijo de perra le dan totalmente por el culo. ¿Qué, se supone que ha de confiar en el Hombre y su equipo? ¿En el Hombre y su trato? —Me puso una mano en la nuca y apretó—. ¿Qué pasa, negro, has estado fumando crack, o qué?

—Señor Olamon —dijo Poole—, ¿cómo podemos convencerle de que es un negocio limpio?

Cheese me soltó.

—Sencillamente no pueden. Lo que deberían hacer es alejarse, dejar que las cosas se enfríen un poco y que la gente se solucione su propia mierda. —Señaló a Poole con su grueso dedo—. Quizás entonces podamos estar todos contentos.

Poole alargó los brazos, con las palmas hacia arriba.

—No podemos hacer eso, señor Olamon. Ya debería saberlo.

—Está bien, está bien —asintió con la cabeza apresuradamente—. Quizá sólo hace falta que alguien le ofrezca a cierto individuo algún tipo de reducción de sentencia por la ayuda prestada para llevar a cabo cierta transacción. ¿Qué les parece?

—Eso implicaría la intervención del fiscal del distrito judicial —dijo Poole.

—¿Y?

—Quizá se haya perdido la parte en que dijimos que lo queríamos mantener en secreto —dijo Broussard—. Conseguir que nos devuelvan a la niña y todos tan contentos.

—Bien, pues, si el hombre hipotético en cuestión aceptara ese tipo de trato sería un imbécil. Sería un idiota hipotético total, sin la menor duda.

—Lo único que queremos es a Amanda McCready —arguyó Broussard. Se frotó la nuca—. Y la queremos viva.

Cheese se apoyó en la mesa, inclinó la cabeza hacia el sol e inhaló aire por una nariz tan ancha que podría aspirar un montón de monedas de veinticinco centavos dispuestas en una alfombra.

Poole se alejó de la mesa, cruzó los brazos sobre el pecho y esperó.

—Había una zorra en mi establecimiento que se llamaba McCready —dijo Cheese, después de un rato—. Hacíamos negocios de vez en cuando, pero no de forma regular. No daba la impresión de que sirviera para gran cosa, pero si le hacías algun favor que le interesara mucho, tiraba muy bien. ¿Entienden lo que quiero decir?

—¿Establecimiento? —Broussard se acercó a la mesa—. ¿Nos está intentando decir que explotaba a Helene McCready con el propósito de prostituirla, Cheese Whiz?

Cheese se inclinó hacia delante y rió.

—Con el p-p-p-propósito de p-p-p-prostituirla. Suena

muy bien, ¿no creen? Ya sé lo que voy a hacer, voy a montar un grupo, llamarlo Propósito de Prostitución, y llenar las discotecas hasta los topes.

Broussard se acarició la muñeca y le pegó un puñetazo a Cheese en toda la nariz. Y no fue, que digamos, una palmadita amorosa. Cheese se llevó las manos a la nariz e inmediatamente le empezó a correr sangre entre los dedos. Broussard se colocó junto a las piernas abiertas del gran tipo, le cogió la oreja derecha con la mano y se la estrujó hasta que le hizo sonar el cartílago.

—Escúchame, atontado. ¿Me estás escuchando?

Cheese hizo un sonido parecido a una afirmación.

—Me importa un rábano Helene McCready; por mí, como si la quieres llevar a una habitación repleta de curas el Domingo de Resurrección. Tampoco me importa lo más mínimo el trapicheo que te traes con la heroína, ni la calle que aún sigues dirigiendo desde detrás de estas paredes. Lo único que me importa es Amanda McCready. —Le dobló la oreja un poco más y se la retorció con fuerza—. ¿Oyes ese nombre? Amanda McCready. Y si no me dices dónde está, Richard Roundtree,* trozo de mierda, estoy dispuesto a conseguir los nombres de los presos negrazos más fuertes y que más odien tu maldito culo y me voy a asegurar de que pasen una noche contigo a solas, a excepción de sus pollas y de un Zippo. ¿Me sigues o te golpeo otra vez?

Le soltó la oreja y dio un paso atrás.

El sudor había ennegrecido el pelo de Cheese y el sonido que procedía de sus manos ahuecadas en torno a la boca era el mismo que solía hacer de niño entre ataque y ataque de tos, a menudo justo antes de que empezara a vomitar.

* Actor que representaba el papel de John Shaft en la versión de *Shaft* de 1971. (*N. de la T.*)

Broussard movió la mano hacia Cheese y me miró.

—¡Juzgar a la gente! —dijo, y se limpió la mano en los pantalones.

Cheese se quitó las manos de la nariz y se recostó en el banco, ya que la sangre le goteaba por el labio superior y la boca. Respiró profundamente varias veces, sin dejar de mirar a Broussard.

Los guardias de las torres miraban hacia el cielo. Los dos guardias de la entrada se miraban los zapatos como si esa misma mañana les hubieran regalado un par nuevo a cada uno.

Se oía un sonido metálico seco como si alguien estuviera levantando pesas dentro de los muros de la prisión. Un pájaro diminuto volaba muy bajo sobre el patio de los visitantes. Era tan pequeño y volaba tan rápido que ni siquiera tuve tiempo de ver de qué color era antes de que volviera a alzar el vuelo por encima de los muros y la alambrada y se perdiera de vista.

Broussard se levantó del banco, separó las piernas y se quedó mirando a Cheese con una mirada tan vacía de emoción o de vida que parecía que estuviera examinando la corteza de un árbol. Era otro Broussard, uno que nunca había visto.

Como compañeros de investigación, Broussard nos había tratado con un gran respeto profesional e incluso con cierto encanto. Estoy seguro de que ése era el Broussard que la mayoría de la gente conocía: el detective atractivo, elocuente, perfectamente acicalado y con una sonrisa de estrella de cine. Pero en la prisión de Concord, estaba presenciando el policía de la calle, el alborotador del callejón, el Broussard que interrogaba a golpe de porra. Mientras le dirigía esa oscura mirada a Cheese, me percaté de la inconfundible amenaza del que está dispuesto a ganar a toda costa, la mirada del guerrillero, del que combate en la selva.

Cheese escupió sobre la hierba una espesa mezcla de flema y sangre.

—Eh, Mark Fuhrman —dijo—, ¡que te den por el culo!

Broussard arremetió contra él, pero Poole le cogió por la parte trasera de la chaqueta a medida que Cheese intentaba echarse hacia atrás y apartaba su enorme cuerpo de la mesa de picnic.

—Lo siento, Patrick, pero tus amiguitos son unos revientaculos.

—¡Eh, estúpido! —gritó Broussard—. ¿Te acuerdas de aquella noche a solas? ¿Sabes lo que quiero decir?

—Lo único que veo es a tu mujer haciéndolo con un montón de enanos en mi celda —dijo Cheese—, eso es lo único que veo. ¿Quieres venir a echar un vistazo?

Broussard volvió a arremeter contra él, pero Poole rodeó el pecho de su compañero con sus brazos, lo levantó del suelo y se lo llevó del banco.

Cheese se encaminó hacia la entrada de los presos y yo corrí tras él para poder alcanzarle.

—Cheese.

Volvió la cabeza y me miró, pero sin dejar de andar.

—Cheese, por el amor de Dios, sólo tiene cuatro años.

Cheese siguió andando.

—Lo siento mucho, de verdad. Dile al gran Hombre que le hace falta pulir un poco su educación.

El guardia me detuvo en la puerta cuando Cheese entró. Llevaba gafas de sol con espejos y vi mi imagen distorsionada en ambos ojos cuando me empujaba hacia atrás. Dos diminutas versiones relucientes de mí, pero con la misma mirada de bobo y de consternación en ambos ojos.

—¡Venga, Cheese! ¡Venga, hombre!

Cheese se volvió hacia la valla, pasó los dedos entre los barrotes y me miró durante un buen rato.

—No puedo ayudarte, Patrick. ¿De acuerdo?

Señalé a Poole y a Broussard.

—El trato que te ofrecían era de verdad.

Cheese movió la cabeza lentamente.

—Mierda, Patrick. Los polis son igual que los presos, tío. Los desgraciados no cambian nunca de opinión.

—Volverán con un ejército, Cheese. Ya sabes cómo funcionan las cosas. Están jugando con fuego y además están cabreados.

—Yo no sé absolutamente nada.

—Sí, sí que sabes.

Sonrió jovialmente, la sangre se le empezaba a coagular y a espesar en el labio superior.

—Demuéstralo —dijo.

Se volvió y siguió andando por el camino de piedras que cruzaba un pequeño patio y que le llevaba de vuelta a la prisión.

Cuando volvía a la entrada de visitantes, pasé por delante de Broussard y Poole.

—Bonita forma de juzgar a la gente. Absolutamente genial —les dije.

13

Broussard me alcanzó en el pasillo que llevaba a la oficina de admisión. Me cogió el codo por detrás y me volvió hacia él.

—¿Tiene algún problema con mis métodos, señor Kenzie?

—¿Métodos? —Me solté—. ¿Así llaman ahora a lo que acaba de hacer?

Poole y el guardia nos alcanzaron.

—Aquí no, caballeros. Debemos guardar las apariencias —dijo Poole.

Poole nos condujo por el pasillo a través de los detectores de metal hasta la puerta de salida. Un sargento, con pequeños mechones de pelo recogidos de forma muy tirante, nos devolvió las armas, salimos de allí y nos encaminamos hacia el aparcamiento.

Broussard volvió a discutir la cuestión tan pronto como salimos de la prisión.

—¿Cuánta mierda estaba dispuesto a tragar de esa babosa, señor Kenzie? ¿Eh?

—Toda la que hiciera falta hasta que...

—Quizá le gustaría volver a entrar, hablar del suicidio del perro y...

—... consiguiera llegar a un acuerdo, detective Broussard. Eso es lo que...

—... discutir hasta qué punto está de su parte.

—Caballeros —terció Poole, mientras se interponía entre nosotros.

El eco de nuestras voces retumbaba por todo el aparcamiento y ambos teníamos la cara roja de tanto gritar. A Broussard le sobresalían los tendones del cuello como si fueran tensos trozos de cuerda y yo sentía cómo la adrenalina corría por mis venas.

—Mis métodos son buenos —dijo Broussard.

—Sus métodos —dije— son repugnantes.

Poole puso la mano encima del pecho de Broussard. Broussard se la quedó mirando durante un rato, mientras los músculos de la mandíbula le temblaban bajo la piel.

Atravesé el aparcamiento, sentí que la adrenalina se transformaba en gelatina en las pantorrillas, la grava crujiendo bajo mis pies, oí el grito agudo de un pájaro que cortaba el aire desde Walden Pond, vi cómo el sol se desvanecía y se reflejaba en los troncos de los árboles, a medida que desaparecía. Me apoyé contra la parte trasera del Taurus y puse un pie en el parachoques. Poole seguía con la mano en el pecho de Broussard, continuaba hablando con él, con los labios muy pegados a la oreja del hombre más joven.

A pesar de todo lo que había gritado, aún no había mostrado mi verdadero temperamento. Cuando estoy realmente enfadado, cuando de verdad se me cruzan los cables, hablo de forma uniforme con un tono de voz pesado y monótono, y una esfera de luz roja me taladra el cráneo y hace desaparecer cualquier indicio de miedo, de moderación o de empatía. Y cuanto más se exalta esa esfera rojiza más se me hiela la sangre, hasta que se tiñe de color azul metálico y la monotonía de mi voz se convierte en un murmullo.

Ese murmullo, que a menudo se produce sin previo aviso, da paso a los azotes, a las patadas, a una violencia muscular que proviene de esa esfera rojiza y de la sangre color metal.

Es el mal genio de mi padre. Mucho antes de saber que lo tenía, sabía cómo era. Lo había sentido en carne propia.

La diferencia principal entre mi padre y yo —espero— radica en nuestra forma de actuar. Siempre daba rienda suelta a su mal genio, sin tener en cuenta ni el momento ni el lugar. La ira le dominaba de la misma forma que el alcohol, el orgullo o la vanidad domina a otros.

Desde una edad muy temprana, de la misma manera que el hijo de un alcohólico jura que nunca beberá, juré tener cuidado con esa esfera roja, con la sangre fría y con esa tendencia a hablar con voz monótona. Siempre he pensado que el hecho de que podamos escoger es lo único que nos diferencia de los animales. Un mono es incapaz de decidir si quiere controlar su apetito. El hombre sí puede. Mi padre, en determinados momentos horribles, era un animal. Yo me niego a serlo.

Por lo tanto, a pesar de que entendía la ira de Broussard, su desesperación por encontrar a Amanda y que golpeara a Cheese Olamon porque éste se negaba a tomarnos en serio, no estaba dispuesto a tolerarlo. Porque no nos llevaba a ninguna parte. Porque no llevaba a Amanda a ninguna parte, a excepción, quizá, de llevarla a algún agujero mucho más profundo del que ya estaba y a alejarla mucho más de nuestras vidas.

Vi los zapatos de Broussard ante mí. Sentí cómo su sombra me tapaba el sol y me enfriaba la cara.

—No puedo seguir haciéndolo —dijo en una voz tan baja que prácticamente se la llevó el aire.

—¿El qué? —pregunté.

—Permitir que todos esos cabronazos perjudiquen a los niños, se salgan con la suya y se crean muy listos. No puedo.

—Entonces debería dejar este trabajo —dije.

—Tenemos su dinero. Debería colaborar con nosotros e intercambiar a la niña para recuperarlo.

Le miré a los ojos; vi miedo y una esperanza obsesiva de no volver a ver otra criatura muerta o jodida para siempre.

—¿Y si no le importa el dinero?

Broussard apartó la mirada.

Poole se acercó al coche y apoyó la mano en el portaequipaje.

—Sí que le importa. Pero no parecía muy convencido.

—Cheese tiene un montón de dinero —dije.

—Ya sabe cómo son esos tipos —dijo Poole, mientras Broussard permanecía de pie y en silencio, con una gélida expresión de curiosidad.

—Nunca tienen suficiente dinero. Siempre quieren más.

—No es que doscientos mil dólares sean demasiado poco para Cheese —objeté—, pero tampoco creo que le parezca ninguna barbaridad. Es dinero para gastos menores, para pagar los sobornos y los impuestos sobre la propiedad de tan sólo un año. ¿Y qué pasa si quiere que aceptemos su opinión desde un punto de vista moral?

Broussard negó con la cabeza.

—Cheese Olamon carece de toda noción de moralidad.

—Eso no es cierto —le di una patada al parachoques con el talón; me sorprendí, supongo que igual que a ellos dos, de la violencia con la que lo había dicho. De forma más tranquila, repetí—: Eso no es cierto. Y la ley moral número uno de su universo es: no te metas con Cheese.

Poole asintió con la cabeza.

—Y Helene lo hizo.

—Eso es.

—Y si Cheese está suficientemente cabreado, ¿cree que es capaz de matar a la niña y olvidarse del dinero tan sólo para que comprendamos lo que quiere decir?

Asentí con la cabeza.

—No sólo eso, sino que después dormiría como un tronco.

La cara de Poole adquirió un tono grisáceo cuando se colocó en la sombra entre Broussard y yo. De repente, me pareció muy viejo; ya no era una persona amenazante, sino más bien alguien que se sentía amenazado, y tampoco tenía esa expresión de malicia infantil.

—¿Qué pasaría si —dijo en un tono de voz tan bajo que tuve que acercarme a él para poder oír lo que decía— Cheese quisiera que lo comprendiéramos y a la vez obtener unos beneficios?

—¿Tirar el anzuelo y cambiar de opinión?

Poole se metió las manos en los bolsillos y se protegió la espalda y los hombros de la repentina ráfaga de aire del final de la tarde.

—Puede ser que nos hayamos pillado los dedos, Rem.

—¿Por qué?

—Ahora Cheese sabe que estamos lo suficientemente desesperados por conseguir que nos devuelvan a la niña como para saltarnos las normas, dejar la placa en casa e hipotéticamente intercambiar el dinero por la niña sin contar con la presencia de ninguna autoridad oficial.

—Y si Cheese quiere salir vencedor...

—... los demás no vamos a ninguna parte —concluyó Poole.

—Tenemos que hablar con Chris Mullen —dije—, y ver a quién nos conduce. Antes de que el intercambio se vaya al traste.

Poole y Broussard asintieron con la cabeza.

—Señor Kenzie —dijo Broussard, tendiéndome la mano—. Me he pasado de la raya. He permitido que ese mentecato sacara lo mejor que hay en mí y podría haberla cagado.

Le estreché la mano.

—Conseguiremos rescatarla —argüí.

Me apretó la mano con fuerza.

—Y con vida.

—Con vida —repetí.

—¿Crees que Broussard está demasiado presionado? —preguntó Angie.

Estábamos aparcados en la calle Devonshire en un extremo del barrio financiero y vigilábamos la parte trasera de Devonshire Place, el bastión de Chris Mullen. Los detectives de la Brigada contra el Crimen Infantil que habían seguido a Mullen hasta aquí se habían ido a casa a dormir. Otros equipos de dos personas vigilaban a los miembros más importantes de la banda de Cheese; mientras tanto, nosotros nos ocupábamos de Mullen. Broussard y Poole se hacían cargo de la parte delantera del edificio desde la calle Washington. Pasaba un poco de la medianoche. Mullen llevaba tres horas dentro.

Me encogí de hombros.

—¿Viste la cara de Broussard cuando Poole contó que habían encontrado el cuerpo de Jeannie Minelli dentro de un tonel de cemento?

Angie negó con la cabeza.

—Mucho peor que la de Poole. Parecía como si estuviera a punto de sufrir un ataque de nervios. Las manos le temblaban y su cara estaba pálida y brillante. Tenía muy mal aspecto. —Dirigí la mirada hacia los tres cuadrados amarillos del decimoquinto piso que habíamos identificado como las ventanas de Mullen justo cuando apagaron la luz en una de ellas—. Quizás esté perdiendo el control. Se pasó con Cheese, de eso no hay ninguna duda.

Angie se encendió un cigarrillo y bajó la ventanilla. La calle estaba tranquila. Inevitablemente atestada de fachadas de piedra caliza blanca y de relucientes rascacielos con cristales azules, parecía el plató nocturno de una película, la maqueta gigante de un mundo que nadie habitaba. Durante el día, Devonshire era un continuo ajetreo, a veces animado y otras agresivo, de peatones, corredores de Bolsa, abogados, secretarias, mensajeros en bicicleta, camiones y taxis tocando la bocina, maletines, corbatas y teléfonos móviles.

Pero después de las nueve, el ajetreo llegaba a su fin, y el hecho de estar sentado en un coche entre esa arquitectura extensa y desolada nos hacía sentir como si sólo fuéramos un puntal más de una pieza de museo gigantesca, cuando ya han apagado las luces y los guardias de seguridad han abandonado la sala.

—¿Te acuerdas de la noche en que Glynn me disparó?

—Sí.

—Justo antes de que sucediera, recuerdo que estuve discutiendo contigo y con Evandro en la oscuridad, con las velas de mi dormitorio brillando como si fueran ojos, y entonces pensé: «Ya no puedo más. Ya no puedo invertir más tiempo, ni un minuto más en toda esta violencia y en toda esta... mierda». —Se volvió—. Quizá Broussard se sienta del mismo modo. Quiero decir, ¿cuántas criaturas se puede uno encontrar en charcos de cemento?

Pensé en el vacío que había invadido los ojos de Broussard después de haber golpeado a Cheese. Era un vacío tan absoluto que incluso había vencido la ira que sentía.

Angie tenía razón: ¿Cuántos niños muertos se pueden llegar a encontrar antes de que uno se desmorone?

—Sería capaz de quemar la ciudad si pensara que eso le podría conducir a Amanda —dije.

Angie asintió con la cabeza.

—Los dos lo harían.

—Y es posible que ya esté muerta.

Angie echó la ceniza del cigarrillo por la ventana.

—No digas eso.

—No lo puedo evitar. Es una posibilidad que debemos contemplar. Lo sabes muy bien. Y yo también.

El silencio imponente de la calle vacía se introdujo suavemente en el coche por un momento.

—Cheese odia a los testigos —dijo Angie, después de un rato.

—Así es —asentí con la cabeza.

—Si esa niña está muerta —Angie se aclaró la voz— seguro que Broussard, y probablemente Poole, se desmoronarán.

Asentí con la cabeza.

—Y que Dios ayude a quienquiera que ellos piensen que estuvo involucrado.

—¿Crees que Dios tiene la más mínima intención de prestar ayuda?

—¿Eh?

—Dios —dijo, mientras apagaba el cigarrillo en el cenicero—. ¿Crees que Dios va a ayudar a los secuestradores de Amanda más de lo que le ha ayudado a ella?

—Seguramente no.

—Pero... —miró por el limpiaparabrisas.

—Si Amanda está muerta y Broussard pierde la cabeza, seguramente matará a los secuestradores y, quizá, Dios sea una ayuda.

—¡Vaya Dios más extraño!

Angie se encogió de hombros.

—Uno hace lo que puede.

14

Ya me habían hablado del horario laboral de Chris Mullen y de su obstinación en dirigir un negocio nocturno durante el día. A la mañana siguiente, exactamente a las nueve menos cinco, salió de Devonshire Towers y se dirigió a la calle Washington.

Yo estaba situado en esa misma calle media manzana más arriba del edificio, y cuando vi por el espejo retrovisor que Mullen se encaminaba hacia la calle State, presioné el botón de transmisión del walkie-talkie que tenía en el asiento.

—Acaba de salir por la puerta delantera —anuncié.

Desde su puesto de la calle Devonshire, donde por las mañanas está prohibido que los coches aparquen o se estacionen, Angie dijo:

—Entendido.

Broussard, que llevaba una camiseta gris, pantalones de chándal negros y una chaqueta de chándal azul marino y blanca, permanecía de pie al otro lado de la calle donde yo estaba, justo delante de Pi Alley. Bebía café de un vaso de plástico y leía la página de deportes como cualquier persona que acaba de hacer footing. Había colocado unos auriculares a un radiorreceptor que llevaba en el cinturón y pintado los auriculares de color amarillo y el radiorreceptor de negro para que pareciera un CD. Unos minutos antes, incluso se había echado agua por encima de la camiseta para simular sudor. Estos tipos que solían estar en narcóticos y antivicio eran los reyes del disfraz.

Cuando Mullen dobló a la derecha junto al quiosco de flores que había delante de Old State House, Broussard cruzó la calle Washington y empezó a seguirle. Vi cómo se llevaba el café a la boca y cómo movía los labios al hablar por el transmisor que había atado a la correa del reloj.

—Se dirige hacia el este por la calle State. Lo tengo. ¡Empieza el espectáculo, chicos!

Desconecté el walkie-talkie y lo metí en el bolsillo de la chaqueta hasta que me tocara actuar de nuevo. Para seguir con el tema del día, me había disfrazado con una trenca andrajosa como si fuera el típico vagabundo de metro, y esa misma mañana la había manchado con yema de huevo y Pepsi. Llevaba una camiseta sucia que estaba rota en el pecho y también me había echado pintura y barro en los pantalones vaqueros y en los zapatos. Llevaba las puntas de las suelas de los zapatos colgando y hacían ruido cuando andaba; además, me sobresalían los dedos de los pies. Llevaba el pelo peinado hacia la frente y me lo había secado para conseguir la típica apariencia de Don King, y además me había untado la barba con la yema de huevo que me había sobrado de la trenca.

Iba muy elegante.

Me bajé la bragueta mientras andaba con dificultad por la calle Washington y vertí lo que me sobraba del café matinal por el pecho. Cuando la gente me veía venir se apartaba para no toparse conmigo. Iba musitando toda una serie de palabras que no había aprendido de mi madre precisamente, y de esta guisa empujé la puerta principal con bordes dorados de Devonshire Place.

No se pueden llegar a imaginar el susto que se pegó el guardia de seguridad cuando me vio.

Y el que se pegaron las tres personas que salían del ascensor y que se apartaron nada más verme.

Miré con descaro a las dos mujeres que había en el trío y sonreí contemplando sus piernas bajo los trajes de Anne Klein.

—¿Queréis venir a comer una pizza conmigo? —les pregunté.

Su acompañante, un ejecutivo, se las llevó cuando el guardia de seguridad dijo:

—¡Eh, tú!

Me dirigí hacia él.

El de seguridad salió de detrás de su mostrador negro brillante y con forma de herradura. Era joven y delgado y me señalaba ofensivamente con un dedo.

El ejecutivo condujo a las mujeres fuera del edificio, sacó un teléfono móvil del bolsillo interior, extendió la antena con los dientes y siguió andando por la calle Washington.

—Venga —dijo el guardia de seguridad—, haz el favor de dar la vuelta y de salir por donde entraste. Ahora mismo. Venga.

Me tambaleé ante de él y me lamí la barba, que se había endurecido debido a la yema de huevo. Mantenía la boca abierta y la barba crujía cada vez que la mordía.

El guardia de seguridad plantó los pies en el suelo de mármol, puso una mano sobre la porra, y, como si se dirigiera a un perro, dijo:

—¡Tú, lárgate!

—¿Eh? —dije entre dientes, y continué tambaleándome ante él.

Se oyó la campanilla del ascensor al llegar al vestíbulo.

El guardia de seguridad intentó cogerme del hombro, pero le esquivé.

Me metí la mano en el bolsillo.

—Te quiero enseñar una cosa.

Él sacó la porra de la funda.

—¡Eh! Pon las manos donde pueda verlas... —exclamó.

—¡Santo cielo! —dijo uno de los que salían del ascensor.

Saqué un plátano de la trenca y apunté al guardia con él.

—¡Dios mío, tiene un plátano! —oí que decía una voz a mis espaldas. Era Angie.

Siempre tenía que improvisar. Era incapaz de seguir el guión.

La multitud que salía del ascensor intentaba cruzar el vestíbulo sin mirarme a los ojos, pero aun así no quería perderse nada del incidente para poder contar la anécdota del día a sus compañeros.

—Señor —instó el guardia de seguridad, intentando parecer autoritario y a la vez educado, ya que había público—, haga el favor de soltar ese plátano.

Le apunté y le dije:

—Me lo dio mi primo. Es un orangután.

—¿No debería alguien llamar a la policía? —apuntó una mujer.

—Señora —dijo el guardia de seguridad, con cierto tono de desesperación—, tengo la situación controlada.

Le lancé el plátano. Soltó la porra y saltó hacia atrás como si le hubiera disparado.

Alguien dio un grito y mucha gente corrió hacia la puerta.

Junto al ascensor, Angie me miró y me señaló el pelo.

—Te queda muy bien —expresó con rimbombancia.

Se coló en el ascensor y las puertas se cerraron.

El guardia de seguridad recogió la porra y soltó el plátano. Parecía a punto de atacarme. No sabía con exactitud cuánta gente tenía detrás, quizás unas tres personas, pero seguro que como mínimo había una persona que pensaba en hacer algo heroico y enfrentarse al vagabundo.

Me volví dando la espalda al mostrador y a los ascensores. Sólo quedaban dos tipos, una mujer y el guardia de seguridad. Ellos ya se dirigían a la puerta. Sin embargo, la mujer parecía fascinada. Tenía la boca abierta y se apretaba la garganta con una mano.

—¿Qué ha pasado con Men at Work? —le pregunté.

—¿Qué?

El guardia dio un paso hacia mí.

—El grupo australiano.

Volví la cabeza y vi que el guardia me miraba con curiosidad.

—Eran muy famosos a principios de los ochenta. Muchísimo. ¿Sabe qué les ha pasado?

—¿Qué? No.

Mantuve la cabeza ligeramente ladeada mientras la observaba y me rasqué la sien. Tuve la sensación de que en el vestíbulo nadie se movió ni respiró durante un buen rato.

—¡Oh! —Me encogí de hombros—. Ha sido culpa mía. Quédese con el plátano.

Lo pisé al salir y los dos hombres se pegaron a la pared. Guiñé un ojo a uno.

—Tienen un guardia de seguridad de primera clase. Si no hubiera sido por él, habría destrozado el edificio.

Abrí la puerta y salí a la calle Washington.

Estaba a punto de indicar con el pulgar que todo había ido bien a Poole, que estaba sentado en el Taurus entre la calle School y la calle Washington, cuando alguien me golpeó el hombro y me echó a un lado.

—¡Sal de mi vista, maldito delincuente!

Volví la cabeza justo a tiempo para ver entrar a Chris Mullen por la puerta, hacerle un gesto al guardia de seguridad sobre mi persona y encaminarse hacia el ascensor.

Me mezclé entre la gente, saqué el walkie-talkie del bolsillo y lo abrí.

—Poole, Mullen ha vuelto.

—Afirmativo, señor Kenzie. Broussard se está poniendo en contacto con la señorita Gennaro ahora mismo. Dése la vuelta y vuelva a su coche. No eche a perder nuestro plan.

Pude ver que movía los labios detrás del limpiaparabrisas, que volvía a dejar el walkie-talkie en el asiento y que me miraba.

Volví a mezclarme entre la gente.

Una mujer con gafas de culo de botella y aspecto de sabandija se me quedó mirando fijamente.

—¿Eres poli o algo así?

Me llevé un dedo a los labios.

—¡Sssh! —guardé el walkie-talkie, dejé a la mujer con la boca abierta y me encaminé hacia el coche.

Mientras abría el maletero, vi a Broussard apoyado en el escaparate de Eddie Bauer. Tenía la mano al lado de la oreja y le hablaba a la muñeca.

Sintonicé su canal mientras me apoyaba en el maletero abierto.

—... se lo digo otra vez, señorita Gennaro, el sujeto está en camino. Interrumpa lo que esté haciendo inmediatamente.

Me limpié la cáscara de huevo de la barba y me puse una gorra de béisbol.

—Lo repito de nuevo —susurró Broussard—. Interrúmpalo. Fuera.

Metí la trenca en el maletero, saqué mi chaqueta negra de piel, coloqué el walkie-talkie en el bolsillo y me subí la cremallera de la chaqueta que llevaba encima de la camiseta sucia. Cerré el maletero, me abrí paso entre la multitud hasta que llegué a Eddie Bauer y me quedé mirando los maniquís del escaparate.

—¿Le ha contestado?

—No —dijo Broussard.

—¿Funcionaba bien el walkie-talkie?

—No lo podría asegurar. Sólo nos queda suponer que me oyó y que lo apagó antes de que Mullen pudiera oírlo.

—Vamos a subir —decidí.

—Si hace un solo paso hacia ese edificio, le arranco la pierna.

—Se está arriesgando demasiado. Si el walkie-talkie no funcionaba bien y no oyó su...

—No voy a permitir que estropee la vigilancia por el simple hecho de que se acueste con ella. —Se apartó de la ventana, dio un paso ligero y largo delante de mí—. Ella es una profesional. ¿Por qué no empieza usted a comportarse igual?

Caminó calle arriba y yo miré el reloj: eran las nueve y cuarto de la mañana.

Mullen llevaba cuatro minutos dentro del edificio. ¿Por qué volvió, en primer lugar? ¿No se le habría visto el plumero a Broussard?

No. Broussard era demasiado bueno para eso. Él mismo había conseguido verlo porque lo estaba buscando y, aun así, se mezclaba tan bien entre la multitud que lo había perdido de vista una vez que ya lo había identificado.

Miré el reloj de nuevo: eran las nueve y dieciséis minutos.

Si Angie hubiera recibido el mensaje de Broussard, tan pronto como éste se dio cuenta de que Mullen se dirigía de nuevo a Devonshire Place, ella ya estaría en el ascensor, o fuera del piso de Mullen. Habría dado media vuelta y se hubiera dirigido hacia las escaleras. Y ya estaría aquí abajo.

Las nueve y diecisiete minutos.

Observé la entrada de Devonshire Place. Un par de corredores de Bolsa salían del edificio. Llevaban relucientes trajes de Hugo Boss, gafas Gucci, corbatas Geoffrey Beene y el pelo tan engominado que haría falta un pájaro carpintero para despeinarlo. Se apartaron para dejar pasar a una esbelta mujer con un traje azul oscuro y unas gafas finísimas Revos a juego; le miraron el culo mientras se subía a un taxi.

Las nueve y dieciocho minutos.

La única razón por la cual Angie aún podría estar allá arriba es que se hubiera visto obligada a esconderse en el piso de Mullen o bien que la hubiera pillado dentro o junto a la puerta.

Las nueve y diecinueve minutos.

No podía ser que hubiera sido tan tonta como para encaminarse hacia el ascensor si hubiera oído el mensaje de Broussard. Quedarse allí de pie y ver cómo se abría la puerta del coche de Chris Mullen...

Hola, Ange, ¡cuánto tiempo sin verte!

¡Y tanto, Chris!

¿Qué te trae por aquí?

Voy a visitar a un amigo.

¿De verdad? ¿No estás trabajando en el caso de la niña desaparecida?

¿Por qué me apuntas con la pistola, Chris?

Las nueve y veinte minutos.

Observé la calle Washington hasta la esquina de la calle School.

Poole me vio y negó pausadamente con la cabeza.

Quizás había conseguido llegar al vestíbulo y el guardia de seguridad la estaba atormentado a preguntas.

Señorita, espere un momento. No recuerdo haberla visto antes por aquí.

Soy nueva.

No creo.

Se dirige hacia el teléfono y marca 911...

Pero, aun así, ya habría salido.

Las nueve y veintidós minutos.

Di un paso hacia el edificio. Luego otro. Y entonces me detuve.

Y si nada hubiera salido mal, si Angie simplemente hubiera apagado el walkie-talkie para que el ruido no alertara a nadie de su presencia y estuviera, mientras yo me encontraba allí, en la otra puerta de salida de un decimoquinto piso, observando la del piso de Mullen a través de un pequeño cuadrado de cristal, y yo entrara justo en el momento en que Mullen saliera, me reconociera...

Me apoyé en la pared.

Las nueve y veinticuatro minutos.

Habían pasado catorce minutos desde que Mullen me hubiera hecho retroceder hacia la pared y hubiera entrado en el edificio.

El walkie-talkie que llevaba en la chaqueta sonó cerca del pecho. Lo saqué, oí un ruido confuso y a continuación:

—Va hacia abajo.

Era la voz de Angie.

—¿Dónde estás?

—Lo único que puedo decir es que doy gracias a Dios por los televisores de quince pulgadas.

—¿Está dentro? —preguntó Broussard.

—Por supuesto. Un sitio muy bonito, pero puedo asegurar que las cerraduras son bien fáciles de abrir.

—¿Qué le hizo volver?

—El traje. Es una historia muy larga. Ya la contaré después. Puede llegar a la calle en cualquier momento.

Mullen salió del edificio; llevaba un traje azul en vez del

negro que vestía al entrar. También la corbata era diferente. Estaba mirando el nudo fijamente cuando pasó ante mí y me miré los zapatos sin tan sólo mover la cabeza. Los movimientos rápidos son lo primero que notan los paranoicos traficantes de drogas entre una multitud, así que no era cuestión de volver la cara.

Conté hasta diez muy despacio, bajé el volumen del walkie-talkie que llevaba en el bolsillo y apenas pude oír la voz de Broussard diciendo:

—Está en marcha otra vez. Lo tengo.

Alcé la mirada justo cuando Mullen pasaba por delante de una joven con una chaqueta amarillo chillón. Volví la cabeza ligeramente y vi cómo Broussard se escabullía entre la multitud allí donde la calle Court se convierte en la calle State; también vi cómo Mullen giraba a la derecha justo delante de Old State House y entraba en el callejón.

Contemplé mi reflejo en el escaparate de Eddie Bauer.

—¡Vaya! —dije.

15

Una hora después, Angie abrió la puerta del Crown Victoria.

—¡He conseguido poner micrófonos! ¡He conseguido poner micrófonos! —exclamó.

Yo había estacionado en el cuarto piso del aparcamiento de Pi Alley en dirección a Devonshire Place.

—¿Has puesto micrófonos en todas las habitaciones?

Encendió un cigarrillo.

—Y en todos los teléfonos.

Miré el reloj. Había estado allí dentro una hora larga.

—¿Eres de la CIA, o qué?

Sonrió a través del humo del cigarrillo.

—Puede que luego tenga que matarte, cariño.

—¿Qué pasaba con el traje?

Tenía una mirada lejana mientras observaba la fachada de Devonshire Place a través del parabrisas. Después, ladeó la cabeza ligeramente.

—Los trajes, sí. Habla solo.

—¿Mullen?

Asintió con la cabeza.

—En tercera persona.

—Se lo debe de haber contagiado Cheese.

—Entra por la puerta diciendo: «Una elección estupenda, Mullen. Un traje negro en viernes. ¿Te has vuelto loco?», y cosas por el estilo.

—«Desearía Supersticiones Necias por trescientos, Alex.»

Angie soltó una risita.

—Eso es. Entonces se va al dormitorio y empieza a removerlo todo, se arranca el traje de un tirón, empieza a tirar perchas en el armario y demás. Se pasa así un rato, escoge un traje nuevo y se lo pone. Yo pienso: «Que salga de aquí», pues me estoy quedando entumecida detrás del televisor, con un montón de cables como serpientes...

—¿Y?

Angie suele divagar y a veces hay que pincharla para que continúe.

Frunció el ceño.

—«El perseguidor está aquí...» Y de repente lo oigo hablar otra vez: «Gilipollas, gilipollas, ¡eh, tú!».

—¿Qué? —digo, mientras me inclino hacia delante.

—¿Qué, interesados en la historia otra vez?

Me guiñó el ojo y prosiguió:

—Total, que estoy convencida de que me ha visto. Que me ha pillado. Que no tengo escapatoria. ¿De acuerdo?

Sus grandes ojos castaños estaban muy abiertos.

—De acuerdo.

Dio una calada al cigarrillo.

—Nada, seguía hablando solo.

—¿Se llama a sí mismo gilipollas?

—Cuando le da por ahí. «Eh, gilipollas, ¿seguro que te vas a poner una corbata amarilla con este traje? Muy bien, estupendo, cara culo.»

—¿Cara culo?

—Lo juro por Dios. Debe de tener un vocabulario muy limitado. Y vuelve a removerlo todo hasta que encuentra otra corbata, se la pone y sigue murmurando. Pienso que cuando consiga la corbata adecuada y esté a punto de salir, seguro que cree que la camisa no le pega. Y yo encajada detrás del televisor, convencida de que me tendrán que sacar de allí.

—¿Y?

—Se marchó y entonces me puse en contacto con vosotros. —Tiró el cigarrillo por la ventana—. Final de la historia.

—¿Estabas dentro del piso cuando Broussard te llamó por el walkie-talkie para decirte que Mullen regresaba?

Negó con la cabeza.

—Me encontraba en la puerta de Mullen con la piqueta en la mano.

—¿Me estás tomando el pelo?

—¿Qué?

—¿Entraste en su casa sabiendo que regresaba?

Se encogió de hombros.

—No sé qué me pasó.

—Estás loca.

Soltó una risita ronca.

—Lo bastante como para que sigas interesado en mí, listo. Es todo lo que necesito.

No tenía muy claro si deseaba besarla o matarla.

Sonó un pitido procedente del walkie-talkie que teníamos en el asiento y de repente oímos la voz de Broussard.

—Poole, ¿lo tiene?

—Afirmativo. Va en un taxi por la calle Purchase en dirección sur. De camino a la autopista.

—Kenzie.

—¿Sí?

—¿La señorita Gennaro está con usted?

—Afirmativo —dije, con un tono de voz muy grave.

Angie me dio un golpe en el brazo.

—No abandonen la vigilancia. Veamos adónde se dirige. Voy a regresar a pie.

Pasó un minuto aproximadamente antes de que Poole volviera a hablar.

—Está en la autopista y se dirige hacia el sur. ¿Señorita Gennaro?

—Sí, Poole.

—¿Está todo el mundo en su sitio?

—Hasta el último mono.

—Enciendan los radiorreceptores y abandonen su posición. Recojan a Broussard y diríjanse hacia el sur.

—Entendido. ¿Detective Broussard?

—Me dirijo hacia el oeste por la calle Broad.

Puse la marcha atrás.

—Nos encontraremos en la esquina de Broad y Batterymarch.

—Entendido.

Mientras salía del aparcamiento, Angie conectó el radiorreceptor portátil que llevábamos en el asiento trasero y ajustó el volumen hasta que oímos el suave siseo del piso vacío de Mullen. Pasé por la rampa del aparcamiento justo por debajo de Devonshire Place, giré a la izquierda en la calle Water, continué por las plazas de Correos y de la Libertad y encontré a Broussard apoyado en una farola delante de una tienda de *delicatessen*.

Subió rápidamente al coche justo cuando volvimos a oír la voz de Poole por el walkie-talkie.

—Ha salido de la autopista en Dorchester, junto al centro comercial South Bay.

—De vuelta al antiguo barrio —dijo Broussard.

—Los chicos de Dorchester no aguantan mucho tiempo fuera del barrio.

—Es como un imán —le aseguré.

—Dejad eso de una vez —advirtió Poole—. Está girando a la izquierda por la calle Boston y se dirige hacia Southie.

—Sin embargo, no es un imán muy potente —dije.

Diez minutos más tarde, pasábamos ante el Taurus vacío de Poole; estaba aparcado en la calle Gavin, en el centro de la urbanización Old Colony, situada al sur de Boston; dejamos el coche a media manzana de allí. Lo último que Poole nos había dicho era que iba a seguir a Mullen a pie hasta el Old Colony. Hasta que volviera a ponerse en contacto con nosotros, no había prácticamente nada que hacer, excepto sentarnos, esperar y ver el barrio.

De hecho, no está tan mal. Las calles están limpias, tienen árboles a ambos lados y rodean con elegancia los edificios de ladrillo rojo con bordes blancos recién pintados. Debajo de las ventanas de la primera planta suelen haber pequeños setos y césped. La valla que rodea el jardín está bien erguida, firme y en buen estado. Old Colony es una de las urbanizaciones más bonitas del país.

Sin embargo, aún hay problemas con la heroína. Y también hay adolescentes que se suicidan, probablemente a consecuencia de la heroína. Y el problema de la heroína seguro que es una consecuencia del hecho de que por mucho que uno crezca en el lugar más agradable del mundo, no deja de ser una urbanización y aunque la heroína no sea gran cosa, es mucho mejor que quedarse toda la vida mirando las mismas paredes, los mismos ladrillos y las mismas vallas.

—Yo crecí aquí —dijo Broussard desde el asiento trasero del coche.

Se asomó con curiosidad a la ventana como si esperara que en cualquier momento fuera a engrandecerse o a empequeñecerse ante él.

—¿Con ese nombre? —dijo Angie—. No puede ser que hable en serio.

Sonrió y se encogió de hombros.

—Mi padre era un marino mercante de Nueva Orleans. O «Nawlins» como decía él. Allí se metió en algún que otro problema y acabó trabajando en el muelle, primero en Charlestown y después en Southie. —Inclinó la cabeza hacia los edificios de ladrillo—. Nos instalamos aquí. Uno de cada tres niños se llamaba Frankie O'Brien y los demás eran Sullivan, Shea, Carroll y Connelly. Y si no se llamaban Frank, era Mike o Sean o Pat.

Alzó las cejas y me miró.

Levanté las manos.

—¡Ay! —exclamé.

—Así que, el hecho de llamarme Remy Broussard... Sí, creo que me endureció. —Sonrió de modo jovial, volvió a mirar por la ventana y silbó—. Ya ven, hablando de volver a casa.

—¿Ya no vive en Southie? —preguntó Angie.

Negó con la cabeza.

—No, desde de que mi padre murió.

—¿Lo echa de menos?

Apretó los labios y se quedó mirando a unos niños que pasaban por la acera gritando, tirándose uno al otro, sin ninguna razón aparente, lo que parecían tapones de botellas.

—De hecho, no. En la ciudad no me sentía cómodo, siempre me sentí como un niño de campo. Incluso en Nueva Orleáns. —Se encogió de hombros—. Me gustan los árboles.

Apretó el botón del walkie-talkie y se lo llevó a los labios.

—Detective Pasquale. Aquí Broussard. ¡Cambio!

Pasquale era uno de los detectives de la Brigada contra el Crimen Infantil a quien habían asignado la tarea de vigilar la prisión de Concord por si alguien iba a visitar a Cheese.

—Aquí Pasquale.

—¿Alguna novedad?

—Ninguna. No ha recibido ninguna visita desde que lo vieran ustedes ayer.

—¿Alguna llamada telefónica?

—Ninguna. Olamon perdió el derecho a recibir llamadas el mes pasado por tomar parte en un acto de protesta que tuvo lugar en el patio.

—De acuerdo. Corto.

Broussard dejó el walkie-talkie en el asiento. De repente, levantó la cabeza y miró un coche que avanzaba calle arriba en nuestra dirección.

—¿Qué tenemos aquí?

Un Lexus RX 300 de color gris que llevaba escrita la palabra *Faraón* en la matrícula personalizada pasó ante nosotros y avanzó dos o tres metros más antes de dar un giro, aparcar encima de la acera y bloquear la entrada a un callejón. Era un utilitario deportivo que debía de valer unos cincuenta mil dólares, especialmente diseñado para hacer viajes todoterreno y algún que otro safari por la selva, de esos que se suelen hacer por esta zona. Hasta el más mínimo detalle del coche relucía de tal manera que parecía que le hubieran sacado brillo con almohadas de seda. Quedaba muy bien junto a los Escort, Golf y Geo que estaban aparcados a lo largo de la calle y junto al Buick de principio de los ochenta que, en vez de cristales, tenía la ventana trasera cubierta con bolsas de basura verdes.

—El RX 300 —dijo Broussard, imitando el típico tono de los que hacen anuncios— ofrece el confort de primera categoría a todos aquellos traficantes de drogas que no deseen sufrir las consecuencias de tormentas de nieve o carreteras en mal estado. —Se inclinó hacia delante y apoyó los brazos en el respaldo del asiento, sin dejar de mirar el espejo retrovisor—. Damas y caballeros, les presento al Faraón Gutiérrez, ilustrísimo alcalde de la ciudad de Lowell.

Un hispano muy delgado salió del Lexus. Llevaba pantalones negros de lino y una camisa verde lima cerrada en el cuello por un botón negro. Encima llevaba un esmoquin negro de seda que le llegaba hasta las rodillas.

—Va a la última —dijo Angie.

—¡Y tanto! —dijo Broussard—. Y eso que hoy va muy clásico. Tendrían que verlo cuando sale por la noche.

El Faraón Gutiérrez se puso bien la chaqueta y se alisó los pantalones.

—¿Qué coño estará haciendo ése aquí? —dijo Broussard en voz baja.

—¿Quién es?

—Se ocupa de los negocios de Cheese en Lowell y Lawrence, las ciudades donde solía haber tantas factorías. Por añadidura, dicen que es la única persona capaz de controlar a los pescadores tarados de New Bedford.

—Entonces tiene sentido —dijo Angie.

Broussard seguía sin apartar los ojos del retrovisor.

—¿Y eso?

—Va a ver a Chris Mullen.

Broussard negó con la cabeza.

—No, no, no. Mullen y el Faraón se odian. Creo que tiene algo que ver con una mujer, con algo que pasó hace ya unos diez años. Ésa es la razón por la cual Gutiérrez fue desterrado al pueblucho que hay junto a la carretera de circunvalación 495, mientras que Mullen sigue estando en el centro de la ciudad. Eso sí que no tiene sentido.

Gutiérrez observaba la calle y utilizaba ambas manos para asir las solapas del esmoquin, como si de un juez se tratara, y mantenía la barbilla ligeramente inclinada. Inhalaba aire por su larga y delgada nariz. Había algo forzado y extraño en la postura tan rígida que adoptaba; no era propio de su esbelta constitución. Tenía la apariencia típica del hombre que no permite que le ofendan pero siempre está esperando que alguien lo haga. Era tan inseguro que estaría dispuesto a matar sólo para demostrar lo contrario.

Me recordaba a otros muchos hombres que había conocido. Normalmente se trataba de tipos bajitos o delgados tan obsesionados por demostrar que eran igual de peligrosos que los más grandes, que se peleaban sin parar, no descansaban ni para respirar y comían a toda velocidad. Todos ellos habían acabado por ser policías o criminales. No parecía que fueran tan diferentes. Solían morir jóvenes y con rapidez, con una expresión de enfado grabada en la cara.

—Tiene toda la pinta de ser un mal bicho —dije.

Broussard colocó las manos en el respaldo del asiento y apoyó la barbilla encima de ellas.

—Sí, podríamos decir eso del Faraón. Tiene demasiadas cosas que demostrar y le falta tiempo para hacerlo. Siempre me imaginé que se vengaría, no sé, que algún día iría en busca de Chris Mullen y que le volaría la cabeza, para desgracia de Cheese Olamon.

—Quizá sea hoy el día —apuntó Angie.

—Quizá —dijo Broussard.

Gutiérrez anduvo alrededor del Lexus y se apoyó en la parte delantera del coche. Observó el callejón que había bloqueado y luego miró el reloj.

—Mullen se dirige hacia vosotros —se oyó a Poole susurrar por el walkie-talkie.

—Tercera persona poco amistosa aquí delante —dijo Broussard—. Quédate atrás.

—Recibido.

Angie inclinó un poco el espejo retrovisor hacia la derecha para que pudiéramos ver claramente a Gutiérrez, al Lexus y el final del callejón.

Mullen apareció por el callejón. Se pasó la mano por la

corbata y miró por un momento a Gutiérrez y al Lexus que se interponían en su camino.

Broussard se echó hacia atrás en el asiento delantero, sacó su Glock del cinturón y quitó el pestillo de seguridad.

—Si las cosas se ponen feas, no se muevan del coche y llamen al 911.

Mullen le ofreció un maletín negro y sonrió.

Gutiérrez asintió con la cabeza.

Broussard se agachó en el asiento y colocó los dedos en la manecilla de la puerta.

Mullen extendió la mano que le quedaba libre y al cabo de un momento Gutiérrez la estrechó. Entonces los dos hombres se abrazaron y empezaron a darse palmaditas en la espalda.

Broussard soltó la manecilla de la puerta.

—Esto se está poniendo interesante.

Después, Gutiérrez se dirigió hacia el Lexus con el maletín, abrió la puerta haciendo una pequeña reverencia y Mullen entró en el coche. Gutiérrez rodeó el auto, entró y puso el motor en marcha.

—Poole —dijo Broussard por el walkie-talkie—, acabamos de ver al Faraón Gutiérrez y a Chris Mullen comportarse como hermanos que no se han visto desde hace mucho tiempo.

—¡No puede ser!

—¡Te lo juro por Dios, hombre!

El Lexus del Faraón Gutiérrez pasó ante nosotros.

Avanzó calle arriba. Broussard se llevó el walkie-talkie a los labios.

—Poole, sal de tu escondrijo. Estamos siguiendo un Lexus SUV de color gris oscuro conducido por Gutiérrez y con Chris Mullen en el asiento de al lado. Están saliendo de la urbanización.

Cuando pasamos por delante del segundo callejón, vimos a Poole salir corriendo. Llevaba un disfraz de vagabundo bastante parecido al mío aunque le había añadido un toque personal ya que se había puesto un pañuelo azul oscuro en la cabeza. Se lo quitó mientras cruzaba la calle a toda prisa en dirección al Taurus y nosotros seguimos al Lexus hasta la calle Boston. Gutiérrez giró a la derecha, llegó a Andrew Square y luego a una carretera paralela a la autopista.

—Si ahora Mullen y Gutiérrez son amigos —dijo Angie—, ¿qué implicaciones tiene?

—Que Cheese Olamon lo tiene crudo.

—Cheese está en la cárcel y sus dos jefecillos, que en teoría se odian a muerte, se unen en su contra.

Broussard asintió con la cabeza.

—Y toman posesión del imperio.

—¿En qué situación queda Amanda? —pregunté.

Broussard se encogió de hombros.

—Por ahí en medio.

—¿En medio de qué? —dije—. ¿De la telaraña?

16

Una de las cosas que suelen suceder cuando uno se dedica a seguir cabronazos durante cierto tiempo es que empieza a envidiar su estilo de vida.

Oh, no son las grandes cosas —los coches de sesenta mil dólares, los pisos de un millón de dólares, los asientos de cinco metros en los partidos de los Patriots— las que impresionan, sino la carta blanca de la que gozan cada día los grandes traficantes de drogas y que nos parece tan ajena al resto de gente trabajadora.

Por ejemplo, durante el rato en que los observé, nunca vi a Chris Mullen ni al Faraón Gutiérrez respetar las señales de tráfico. Aparentemente, los semáforos en rojo sólo servían para los mediocres, eran señales de stop para los desgraciados. ¿Y el límite de velocidad de noventa kilómetros por hora en la autopista? Por favor, ¿para qué vamos a ir a noventa si yendo a ciento cincuenta uno llega mucho antes? ¿Por qué ir por el carril indicado si no hay nadie ni nada que impida ir por el arcén?

Además, está el tema del aparcamiento. Encontrar un sitio donde aparcar en Boston es tan poco probable como hallar pistas de esquí en el desierto del Sahara. Ancianas con estolas de visón han librado grandes batallas por conseguir un lugar donde aparcar. A mediados de los ochenta, incluso había imbéciles que llegaban a pagar doscientos cincuenta mil dólares por tener una plaza en el aparcamiento de Beacon Hill, y eso sin incluir el alquiler mensual.

Boston es una ciudad pequeña, hace mucho frío y estamos dispuestos a matar para conseguir un buen aparcamiento. Vengan todos. Traigan a sus familias.

Gutiérrez, Mullen y todos los secuaces que seguimos durante unos días no parecían tener ese problema. Sencillamente aparcaban en doble fila, donde y cuando se les antojara y durante tanto tiempo como quisieran.

Una vez que, en la esquina de la avenida Columbus con el South End, Chris Mullen acabó de comer, salió de Hammersleys y se encontró con un tipo muy cabreado, un artista con perilla y tres pendientes en la oreja, que le estaba esperando. El lustroso Benz de Mullen había bloqueado el paso al culibajo Civic del artista. La novia del artista estaba con él, así que se vio obligado a armar follón. Desde donde estábamos sentados, al otro lado de la calle una media manzana más arriba, no podíamos oír lo que decían pero nos lo podíamos imaginar. El artista y su novia gritaban y gesticulaban con las manos. Mientras Chris se acercaba, se metió la bufanda de cachemir debajo de la gabardina oscura de Armani, se alisó la corbata y le dio una patada en la rótula con una habilidad tal que el artista estaba en el suelo antes de que a su novia se le ocurriera nada que decir. Chris se colocó tan cerca de la mujer que daba la falsa impresión de que eran amantes. Le colocó el dedo índice en la frente, la apuntó con el pulgar y lo sostuvo allí durante un momento, que a ella probablemente le pareció una eternidad. Dejó caer el percurtor, quitó el dedo de la cabeza de la mujer y sopló. Le sonrió. Se inclinó ligeramente y le dio un beso rápido en la mejilla.

Chris se dirigió hacia su coche, entró y se fue. Y dejó a la chica allí, mirando cómo se alejaba, estupefacta y, según creo, sin haberse ni siquiera percatado de que su novio aullaba de dolor, retorciéndose en la acera como si de un gato con la espalda rota se tratara.

Aparte de Broussard, Poole y nosotros dos también había varios policías de la Brigada contra el Crimen Infantil que nos ayudaban a vigilar. Y además de seguir la pista a Gutiérrez y Mullen, también espiábamos a los que formaban parte de la banda de Cheese Olamon. Estaba Carlos Orlando *el Shiv* que era el encargado de supervisar el funcionamiento diario de los proyectos urbanísticos y que siempre llevaba un montón de cómics dondequiera que fuera. Estaba JJ MacNally, que había conseguido ser el chulo más importante de las prostitutas no vietnamitas del norte de Dorchester, pero que salía con una chica vietnamita, a la cual adoraba y que no aparentaba tener más de quince años. Joel Green y Hicky Vister eran los encargados de supervisar el negocio pirata de préstamos y la correduría de apuestas desde una caseta que tenían en Elsinore's, un bar propiedad de Cheese en Lower Mills. Buddy Perry y Brian Box, dos tipos tan estúpidos que necesitarían un mapa para encontrar su propio cuarto de baño, eran los encargados de mover la musculatura.

Era evidente, a primera vista, que no se trataba de un grupo de expertos. Cheese había llegado a donde estaba porque pagaba lo que debía, porque era respetuoso, porque rendía homenaje a cualquier persona que pudiera herirle y porque se mantenía al margen cada vez que había un vacío de poder. Lo más importante pasó unos años atrás cuando Jack Rouse, el padrino de las masas irlandesas de Dorchester y Southie, desapareció con su jefe de guardaespaldas, Kevin Hurlihy, un tipo que tenía un avispero por cerebro y ácido en vez de sangre. Cuando desaparecieron, Cheese apostó por la zona superior de Dorchester y se quedó con el control. Cheese fue muy listo, Chris Mullen sólo lo fue un poco y el Faraón Gutiérrez no parecía tener mucho talento. Aun así, los demás hombres de Cheese aceptaron la norma de no contratar a nadie que, aparte de ser codicioso (ya que según Cheese era perjudicial para el negocio), fuera lo bastante listo como para cambiar esa norma.

Así pues, siempre contrataba a tontorrones, a tipos raros con la adrenalina alta y a gente sin otra ambición que hacer dinero, hablar como James Caan y presumir.

Cada vez que Mullen o Gutiérrez entraban en un edificio —un piso, un almacén, un bloque de oficinas— el equipo electrónico de vigilancia controlaba el lugar y mantenían vigilancia permanente durante los tres días siguientes. Además, siempre que era posible, se infiltraban.

Los micrófonos que colocamos en el piso de Mullen nos sirvieron para enterarnos de que cada día llamaba a su madre a las siete de la tarde y para oír siempre la misma conversación sobre por qué no estaba casado, por qué era tan egoísta que no le quería dar nietos, por qué no salía con chicas como Dios manda y por qué estaba siempre tan pálido a pesar de tener un trabajo tan bueno en el Departamento Forestal. Todos los días a las siete y media miraba *Jeopardy*! y contestaba las preguntas en voz alta, aunque solía acertar muy pocas. Tenía un talento extraordinario para la geografía, pero se quedaba totalmente jodido cada vez que hacían preguntas sobre los artistas franceses del siglo XVII.

Le oímos charlar con varias amiguitas, hablar de chorradas sobre coches, películas y los Bruins con Gutiérrez, pero al igual que muchos otros criminales, tenía la sana costumbre de no mencionar sus negocios por teléfono.

La búsqueda de Amanda McCready había fracasado en todos los demás frentes y, por lo tanto, cada vez había menos policías en la Brigada contra el Crimen Infantil, ya que les asignaban otros casos.

El cuarto día de vigilancia, Broussard y Poole recibieron una llamada del lugarteniente Doyle. Les ordenaba que se presentaran en comisaría en media hora y que nosotros les acompañáramos.

—Esto no pinta nada bien —dijo Poole, mientras nos dirigíamos hacia el centro de la ciudad.

—¿Por qué nosotros? —inquirió Angie.

—Por eso decía que no pintaba nada bien —dijo Poole, y le sonrió mientras Angie le sacaba la lengua.

Doyle no parecía tener un buen día. Su piel tenía un tono ceniciento, estaba ojeroso y olía a café frío.

—Cierre la puerta —le dijo a Poole, mientras entrábamos.

Nos sentamos al otro lado del escritorio mientras Poole cerraba la puerta.

—Cuando establecí la Brigada contra el Crimen Infantil y necesitaba buenos detectives —dijo Doyle—, busqué por todas partes excepto en la Brigada Antivicio y en la de Narcóticos. Bien, detective Broussard, ¿por qué cree que actué de ese modo?

Broussard jugaba con la corbata. Al cabo de un rato dijo:

—Porque todo el mundo tiene miedo de trabajar con los de la Brigada Antivicio y la de Narcóticos, señor.

—¿Y, cuál cree que es el motivo, sargento Raftopoulos?

Poole sonrió.

—Porque somos muy guapos, señor.

Doyle hizo un gesto con la mano como si lo hubiera visto venir y negó con la cabeza varias veces.

—Porque —aclaró, después de un rato— los detectives de la Brigada de Narcóticos y de la de Antivicio son unos *cow-*

boys. Son policías chiflados. Les gusta beber, les gusta jugar y les gusta el jaleo. Les gusta hacer las cosas a su manera.

Poole asintió.

—Muy a menudo su comportamiento es la consecuencia directa del tipo de trabajo que realizan, señor.

—Pero el teniente de la sección seis me aseguró que ustedes dos eran hombres de una pieza, muy eficaces y que procedían según las normas. ¿Comprenden?

—Eso es lo que dicen —admitió Broussard.

Doyle le miró y forzó una sonrisa.

—Si no me equivoco, Broussard, el año pasado le nombraron detective de primera categoría. ¿No es así?

—Sí, señor.

—¿Le importaría mucho que lo rebajaran a detective de segunda o de tercera? ¿O a la categoría de guardia?

—No, señor. No me gustaría en lo más mínimo trabajar de guardia, señor.

—Entonces deje de tocarme las pelotas con toda esa mierda de hacerse el listillo, detective.

Broussard tosió y se llevó la mano a la boca.

—Sí, señor.

Doyle cogió una hoja de papel que tenía encima del escritorio, leyó un trozo y la volvió a dejar en su sitio.

—Tiene la mitad de los detectives de la Brigada contra el Crimen Infantil vigilando a los hombres de Olamon. Cuando le pregunté la razón, me dijo que había recibido un anónimo que decía que Olamon estaba involucrado en la desaparición de Amanda McCready. —Bajó la cabeza, la levantó y lo miró fijamente—. ¿Le importaría reconsiderar lo que dijo?

—¿Señor?

Doyle miró el reloj. Se puso en pie.

—Voy a contar hasta diez. Si antes me dicen la verdad, quizá puedan conservar su puesto de trabajo. Uno.

—¿Señor?

—Dos.

—Señor, no sabemos...

—Tres. Cuatro.

—Creemos que Amanda McCready fue secuestrada por Cheese Olamon para asegurarse de que le devolvieran el dinero que su madre había robado a la banda de Olamon.

Poole se echó hacia atrás, miró a Broussard y se encogió de hombros.

—Así pues, se trata de un secuestro —dijo Doyle, y volvió a sentarse.

—Es posible —arguyó Broussard.

—Lo cual quiere decir que es un caso para los federales.

—Sólo si lo supiéramos con certeza —matizó Poole.

Doyle abrió un cajón, sacó una cinta y la lanzó encima del escritorio. Nos miró a Angie y a mí por primera vez desde que entráramos en la oficina y apretó el botón de *play*.

Se oyeron unas interferencias, luego el sonido de un teléfono y finalmente una voz, que reconocí que era de Lionel, que decía: «Hola».

Una voz de mujer al otro lado de la línea dijo:

«Dígale a su hermana que mande al policía viejo, al atractivo y a los dos detectives privados a la cantera Granite Rail mañana a las ocho de la tarde. Dígales que lleguen desde Quincy, subiendo la antigua vía férrea.

»—Perdone. ¿Quién es usted?

»—Dígales que traigan lo que encontraron en Charlestown.

»—Señora, no estoy muy seguro de...

»—Dígales que intercambiaremos lo que encontraron en Charlestown por lo que nosotros encontramos en Dorchester. —El tono de voz de la mujer, bajo y monótono, sonó un poco más alegre—. ¿Lo ha comprendido, cariño?

»—No del todo. ¿Me permite ir a buscar un trozo de papel?

Se rió entre dientes y dijo:

»—Un tipo muy raro, cariño. De verdad. Está todo grabado. Por si alguien quiere escucharlo. Si aparece cualquier otra persona en Granite Rail que no sean las cuatro personas que acabo de mencionar, tiraremos el paquete de Dorchester por un precipicio.

»—Nadie...

»—Adiós, cielito. Que le vaya bien. ¿Me comprende?

»—No, espere.»

Se oyó cómo colgaban el teléfono, luego la áspera respiración de Lionel y finalmente el tono de marcar.

Doyle apagó el magnetófono. Echó el cuerpo hacia atrás y con los dedos juntos se rozó suavemente el labio inferior.

Después de unos minutos de silencio dijo:

—¿Me pueden decir lo que encontraron en Charlestown?

Nadie abrió la boca.

Giró la silla, se encaró a Poole y a Broussard.

—¿Quieren que vuelva a contar hasta diez?

Poole miró a Broussard. Poole extendió la mano, con la palma hacia arriba y la movió en dirección a Broussard.

—Gracias, muy amable.

Poole se dirigió a Doyle.

—Encontramos doscientos mil dólares en el jardín de David Martin y Kimmie Niehaus —le dijo.

—Los cadáveres que encontraron en Charlestown —apuntó Doyle.

—Sí, señor.

—Evidentemente, han guardado esos doscientos mil dólares como prueba.

Poole movió la mano hacia Broussard.

Brousssard se miró los zapatos.

—No exactamente, señor.

—¿De verdad? —Doyle cogió un lápiz y apuntó algo en la libreta—. Una vez que haya llamado a Asuntos Internos y el Departamento los despida sumariamente, ¿para qué empresa de seguridad piensan que van a trabajar?

—Bien, sabe...

—¿O piensan trabajar en un bar?

Doyle sonrió.

—A la gente le encanta saber que el barman ha sido policía. Así se pueden enterar de todas las batallitas.

—Lugarteniente —intervino Poole—, con el debido respeto, nos encantaría conservar nuestros puestos de trabajo.

—No me cabe la menor duda —dijo Doyle, y siguió escribiendo en la libreta—. Deberían haberlo pensado antes de malversar las pruebas en un caso de asesinato. Se considera un delito grave, caballeros —cogió el teléfono, apretó dos números y esperó—. Michael, consígueme los nombres de los agentes que se ocupan de la investigación del asesinato de David Martin y de Kimmie Niehaus. Ya me espero —se apoyó el teléfono en el hombro, dio unos golpecitos en el escritorio con la goma de borrar y empezó a silbar en voz baja. Se oyó una vocecita metálica por el auricular y volvió a colocar el teléfono junto a la oreja—. Ya los tengo —escribió algo en la libreta y colgó—. Detectives Daniel Guden y Mark Leonard. ¿Los conocen?

—Muy poco —dijo Broussard.

—Así pues, es fácil suponer que no les contaron lo que habían encontrado en el jardín de las víctimas.

—Sí, señor.

—¿Sí, señor, se lo contaron o sí, señor, no se lo contaron?

—Lo último —dijo Poole.

Doyle colocó las manos en la nuca y volvió a echarse hacia atrás.

—Hagan el favor de explicármelo todo, caballeros. Si no resulta ser tan grave como me lo parece en este momento, quizá, y digo sólo quizá, vuelvan a trabajar la próxima semana. Pero les puedo asegurar que no volverán a la Brigada contra el Crimen Infantil. Si me apetece ver malditos *cowboys*, ya miraré *Río Bravo*.

Poole se lo contó todo, desde que Angie y yo vimos a Chris Mullen en los vídeos de las noticias hasta el final. Lo único que no contó fue que encontramos una nota de rescate en la ropa interior de Kimmie, y cuando repasé mentalmente la cinta de la conversación de Lionel, me di cuenta de que sin esa nota no había prueba suficiente de que la mujer que había llamado a Lionel estaba pidiendo el dinero del rescate. No había ninguna prueba de que había sido un secuestro. Por lo tanto, no hacía falta que intervinieran los federales.

—¿Dónde está el dinero? —preguntó Doyle, una vez Poole hubo acabado.

—Lo tengo yo —apunté.

—¿De verdad que lo tiene usted? —dijo, sin siquiera mirarme—. Estupendo, sargento Poole. Doscientos mil dólares en dinero robado, además de la malversación de pruebas, en manos de un civil cuyo nombre ha sido relacionado en los últimos años con tres casos de asesinato por resolver, según dicen algunos, con la desaparición de Jack Rouse y Kevin Hurlihy.

—No soy yo —expliqué—. Creo que se está confundiendo con otro tipo que también se llama Patrick Kenzie.

Angie me dio una patada en el tobillo.

—Pat —dijo Doyle, inclinándose hacia delante—, míreme.

—Patrick —corregí.

—Le ruego me disculpe —dijo Doyle—. Le suspendo de sus derechos por ocultar pertenencias robadas, por obstruir la justicia, por interferir en la investigación de un delito grave y por haber manipulado las pruebas del mismo. ¿Aún le quedan ganas de meterse conmigo para que pueda averiguar más cosas sobre usted en el caso de que no me caiga bien?

Cambié de posición.

—¿Cómo ha dicho? —insistió Doyle—. No le he oído.

—No —dije.

Se puso la mano detrás de la oreja.

—¿Cómo dice?

—No, señor.

Sonrió y golpeó la mesa con la mano.

—Muy bien, hijo. Habla cuando te hablen. Y si no, calladito. —Miró a Angie y asintió con la cabeza—. Me cae muy bien su compañero. Siempre había oído decir que usted era el cerebro de la operación, señora. Y así ha sido en este caso —se giró hacia Poole y Broussard—. Así que ustedes dos, los grandes genios, decidieron ponerse al mismo nivel de Cheese Olamon e intercambiar el dinero por la niña.

—Sí, más o menos fue así, señor.

—¿Y el motivo por el cual no se lo voy a contar a los federales es...? —dijo, mientras tendía las manos.

—Porque oficialmente nadie ha pedido el rescate —dijo Broussard.

Doyle miró el magnetófono.

—¿Entonces, qué es lo que acabamos de escuchar? —preguntó.

—Bien, señor. —Poole se apoyó en el escritorio y señaló la grabadora—. Si vuelve a escuchar la cinta oirá a una mujer que sugiere intercambiar «algo» que se encontró en Charlestown por «algo» que se encontró en Dorchester. Esa mujer podría estar hablando perfectamente de intercambiar sellos por cromos de béisbol.

—El hecho de que precisamente llamara a la madre de

una niña desaparecida, ¿no creen que les podría parecer muy curioso a nuestros amigos los federales?

—Bien, técnicamente —aclaró Broussard— llamó al hermano de la madre de una niña desaparecida.

—Y decía «dígaselo a su hermana» —precisó Doyle.

—Sí, es verdad, pero aun así, señor, no hay pruebas sólidas para afirmar que se trata de un secuestro. Y ya conoce a los federales, la cagaron con Ruby Ridge y Waco, hicieron tratos totalmente insensatos con la gente de Boston, también...

Doyle alargó la mano.

—Estamos perfectamente informados de las últimas infracciones cometidas por el Departamento de Estado, detective Broussard. —Volvió a mirar el magnetófono y lo que había apuntado en la libreta—. La cantera de Granite Rail no pertenece a nuestra jurisdicción. Se encargan de ella la Policía del Estado y la comisaría de Quincy. Así pues... —Juntó las manos—. De acuerdo.

—¿De acuerdo? —se extrañó Broussard.

—De acuerdo quiere decir que si no mencionamos explícitamente a la niña se supone que nos proponemos hacer un esfuerzo conjunto con los estatales y los policías de Quincy. Y podemos dejar a los federales al margen. La persona que llamó dijo que no fuera ningún policía aparte de ustedes dos a la cantera de Granite Rail. Muy bien. Pero vamos a acordonar la zona, caballeros. Vamos a rodear la cantera de Quincy con una cuerda, y tan pronto como la niña esté fuera de peligro, cubriremos con una manta de plomo a Mullen, Gutiérrez y a cualquier otro que se crea que va a ganarse doscientos mil dólares en un día. —Dio un golpecito en el escritorio con los dedos—. ¿Les parece bien?

—Sí, señor.

—Sí, señor.

Les miró con esa sonrisa fría y amplia que le caracterizaba.

—Y cuando acabemos con esto, pueden estar seguros de que ya no van a trabajar ni para mí ni para esta comisaría. Y si las cosas salen mal mañana por la noche en la cantera, les voy a trasladar a Explosivos. Van a pasar el tiempo que les queda hasta la jubilación inspeccionando coches y esperando que no exploten. ¿Tienen alguna pregunta?

—No, señor.

—No, señor.

Se giró hacia nosotros.

—Señor Kenzie y señorita Gennaro, ustedes son civiles y como se pueden imaginar no me hace ninguna gracia que estén aquí, y mucha menos que suban a esa colina mañana por la noche, pero la verdad es que no tengo mucha elección, así que les propongo lo siguiente: no librarán ningún tiroteo con los sospechosos y tampoco hablarán con ellos. Si se produjera algún tipo de confrontación, se agacharán y se cubrirán la cabeza. Una vez que todo esto haya terminado, no contarán ningún detalle de la operación a la prensa. Tampoco podrán escribir ningún libro sobre este asunto. ¿Queda claro?

Ambos asentimos con la cabeza.

—Si no hacen todo lo que les acabo de decir, les revocaré la licencia y el permiso de armas, haré que la Brigada de Antiguos Casos investigue el asesinato de Marion Socia y llamaré a mis amigos de la prensa para que hagan un documental retrospectivo sobre la extraña desaparición de Jack Rouse y Kevin Hurlihy. ¿Entendido?

Asentimos de nuevo.

—Digan: «Sí, lugarteniente Doyle».

—Sí, lugarteniente Doyle —susurró Angie.

—Sí, lugarteniente Doyle —dije yo.

—Excelente. —Doyle se reclinó en la silla y extendió los

brazos hacia nosotros cuatro—. Y ahora hagan el favor de desaparecer de mi vista.

—¡Vaya tipo! —comentó Angie, cuando llegamos a la calle.

—En realidad, es un viejo blandengue —dijo Poole.

—¿De verdad?

Poole me miró como si yo estuviera esnifando cola y negó con la cabeza muy lentamente.

—¡Oh! —exclamé.

—El dinero está en un lugar seguro, ¿verdad, señor Kenzie?

Asentí con la cabeza.

—¿Quiere que se lo entregue ahora?

Poole y Broussard se miraron y se encogieron de hombros.

—No hace falta —dijo Broussard—. Tráingalo mañana cuando celebremos esa reunión tan pacífica con los estatales y la policía de Quincy.

—¿Quién sabe? —aventuró Poole—. Quizá con toda la fuerza policial que va a haber vigilando a los hombres de Olamon, igual cogemos al que tiene a la niña cuando salga de casa para ir a la cantera. Los dejamos allí y todo esto se habrá acabado.

—Seguro, Poole —convino Angie—. Será muy fácil.

Poole suspiró y se balanceó sobre los talones.

—Oye —dijo Broussard—, no me apetece nada trabajar para los de explosivos.

Poole se rió entre dientes.

—Esto es como trabajar para ellos —dijo.

Nos sentamos en los escalones del porche delantero de Beatrice y Lionel y les pusimos al corriente de los últimos acontecimientos del caso, aunque omitimos todos aquellos detalles que pudieran ser motivo de acusación por parte de los federales en caso de que este asunto nos pudiera explotar en las mismísimas narices más adelante.

—Así pues —dijo Beatrice cuando acabamos—, todo esto ha sucedido porque Helene tuvo otra de sus brillantes ideas y estafó al tipo equivocado.

Asentí con la cabeza.

Lionel se rascó un gran callo que tenía en el dedo pulgar y empezó a exhalar aire por la boca sin parar.

—Es mi hermana —dijo, después de un rato—, pero esto, esto es...

—Imperdonable —matizó Beatrice.

Se volvió hacia ella, y luego me miró a mí de tal manera que parecía que le hubieran tirado agua a la cara.

—Sí, imperdonable —reconoció.

Angie se acercó a la barandilla, yo me puse en pie y sentí su cálida mano sobre la mía.

—Si sirve de consuelo —dijo—, dudo que nadie pudiera prever lo que iba a pasar.

Beatrice cruzó el porche y se sentó en los escalones al lado de su marido. Le cogió ambas manos con las suyas y durante un minuto permanecieron allí, con la mirada perdida en la calle. Sus rostros expresaban una mezcla de cansacio, vacío, enfado y resignación.

—Simplemente no lo entiendo —susurró Beatrice—. Simplemente no lo entiendo.

—¿La matarán? —nos preguntó Lionel, mientras giraba la cabeza para mirarnos.

—No —contesté—, no tendría ningún sentido.

Angie me apretó la mano para que no me cayera por el peso de la mentira.

De vuelta a casa, me duché para borrar los cuatro días que habíamos pasado sentados en un coche y siguiendo a todos los cabrones de la ciudad. Angie se duchó después.

Cuando salió, se quedó de pie junto a la puerta de la sala de estar, con una toalla blanca enrollada alrededor de su piel color miel. Empezó a cepillarse el pelo y a observarme mientras yo seguía sentado en el sillón y tomaba algunas notas de la conversación que acabábamos de tener con el lugarteniente Doyle.

Levanté la cabeza y nuestras miradas se cruzaron.

Tiene unos ojos extrordinarios, color caramelo y muy grandes. A veces pienso que, si quisieran, podrían ahogarme. Lo cual estaría muy bien, créanme. Muy bien.

—Te he echado de menos —dijo.

—Hemos pasado tres días y medio encerrados dentro de un coche. ¿Qué has echado de menos?

Inclinó la cabeza ligeramente y sostuvo la mirada hasta que lo comprendí.

—Oh —dije—. Quieres decir que me has echado de menos a *mí*.

—Sí.

Asentí con la cabeza.

—¿Hasta qué punto? —pregunté.

Dejó caer la toalla.

—¿Hasta éste? —dije, y sentí que algo me presionaba la garganta.

—Mi, mi...

Después de hacer el amor, paso cierto tiempo en un mundo de ecos y de imágenes instantáneas.

Estoy tendido en la penumbra y oigo el corazón de Angie latir encima de mí. Siento cómo su columna vertebral me presiona las yemas de los dedos, cómo su cadera me caldea la palma de la mano. Oigo el eco de sus suaves gemidos, un repentino grito sofocado, el sonido grave y ronco de su risa después de caer en el agotamiento y antes de que eche la cabeza ligeramente hacia atrás y de que el oscuro pelo le caiga por la cara y la espalda. Con los ojos cerrados, veo en primer plano cómo los dientes superiores se le juntan con el labio inferior, cómo las pantorrillas se le quedan grabadas en el blanco colchón, cómo el hombro le hace presión sobre la piel. También veo los vestigios de sueño y apetito que de repente le nublan y humedecen los ojos y cómo sus uñas color rosa oscuro penetran en mi piel por encima del abdomen.

Después de hacer el amor con Angie, no sirvo para nada durante una media hora. La mayoría de las veces, necesito que alguien me dibuje un diagrama para poder llamar por teléfono. Excepto las habilidades motrices más básicas, todo lo demás está fuera de mi alcance. Mantener una conversación inteligente es imposible. Sencillamente floto entre ecos e imágenes instantáneas.

—¡Oye! —dice mientras me golpea suavemente el pecho con los dedos y estrecha el muslo contra el mío.

—¿Sí?

—¿Has pensado alguna vez en...?

—En este momento, no.

Se rió, me rodeó el tobillo con un pie, me alzó un poco y me lamió la garganta.

—Lo digo en serio, piénsalo un momento.

—Dispara —conseguí decir.

—¿Has pensado alguna vez que cuando estás dentro de mí, si quisiéramos, lo que estamos haciendo podría crear una nueva vida?

Incliné la cabeza, abrí los ojos y la miré fijamente. Ella me miraba con tranquilidad. Tenía una mancha de rímel debajo del ojo izquierdo y en la suave oscuridad del dormitorio parecía más bien una magulladura.

Y ahora era nuestro dormitorio, ¿verdad? Aún tenía la casa donde había crecido en la calle Howes, aún guardaba la mayor parte del mobiliario, pero hacía prácticamente dos años que no pasaba una sola noche allí.

Nuestro dormitorio. Nuestra cama. Nuestras sábanas enredadas alrededor de nosotros, tendidos uno junto al otro, los latidos del corazón, nuestros cuerpos tan unidos que sería difícil decir dónde empezaba uno y acababa el otro. Incluso para mí era difícil, a veces.

—Un niño —dije.

Asintió con la cabeza.

—Traer un niño —repitió lentamente— a este mundo. Con nuestros trabajos.

Volvió a asentir con la cabeza y esta vez sus ojos brillaban.

—¿Es lo que quieres?

—Yo no he dicho eso —susurró, mientras se acercaba y me besaba la punta de la nariz—. Lo único que he dicho es que si alguna vez habías pensado en ello. Si alguna vez habías pensado en el poder que teníamos cuando hacemos el amor en esta cama y los muelles hacen ruido y nosotros hacemos ruido y todo es tan... bien, maravilloso, no sólo por la sensación física sino porque estamos unidos, tú y yo, aquí mismo. —Me puso la palma de la mano en la ingle—. Somos capaces de crear vida, un niño. Tú y yo. Sólo con que me olvide tomar una pastilla, hay más posibilidades, ¿qué es, una entre cien? Y podría empezar a crecer una vida dentro de mí. Tu vida. La mía —me besó—, la nuestra.

Así tumbados, tan cerca, disfrutando con el calor de nuestros cuerpos, embelesados el uno con el otro, era muy fácil desear que una nueva vida empezara a crecer dentro de ella. En general, todo lo relacionado con el cuerpo de una mujer era sagrado y misterioso, pero aún me lo parecía mucho más al ver a Angie entre las sábanas, en el suave colchón y en la cama tambaleante. De repente, todo parecía estar muy claro.

Pero el mundo no era esa cama. El mundo era frío como el cemento y a menudo doloroso. El mundo estaba lleno de monstruos que una vez habían sido bebés, que habían empezado siendo cigotos en el útero, que habían surgido de una mujer gracias al único milagro que nos queda del siglo XX, pero que nacían enfadados o raros o destinados a serlo. ¿Cuántos amantes habrían estado entre sábanas parecidas, camas parecidas y habrían sentido lo mismo que ahora sentíamos nosotros? ¿Cuántos monstruos habían creado? ¿Y cuántas víctimas?

—Di algo —me apremió Angie, mientras me apartaba el húmedo pelo de la cara.

—He pensado en ello.

—¿Y?

—Y me asusta.

—A mí también.

—Me aterroriza.

—A mí también.

—Mucho.

Los ojos de Angie se empequeñecieron.

—¿Por qué?

—Criaturas en toneles de cemento, Amandas que desaparecen como si nunca hubieran existido, pederastas que vagan por las calles con cinta aislante y cuerdas de nailon. Este mundo es una mierda, cariño.

Asintió con la cabeza.

—¿Y?

—¿Y qué?

—De acuerdo, ya sé que es una mierda, pero lo que quiero decir es que seguramente nuestros padres ya lo sabían y aun así nos tuvieron a nosotros.

—Sí, y además tuvimos una infancia estupenda.

—¿Preferirías no haber nacido?

Puse mis manos al final de su espalda y se apoyó en ellas. Su cuerpo surgió del mío, la sábana le resbaló por la espalda, se asentó en mi regazo y me miró; el cabello le caía detrás de las orejas; desnuda, preciosa y lo más cercana a la perfección absoluta que nunca hubiera presenciado antes en nadie, en nada o en sueños.

—¿Si preferiría no haber nacido?

—Ésa es la pregunta —dijo dulcemente.

—Por supuesto que no —aclaré— pero ¿lo preferiría Amanda McCready?

—¿Cómo podemos saberlo?

—Porque seguramente nosotros no estafaríamos a traficantes de drogas que se llevarían a nuestro hijo para que les devolviéramos el dinero.

—Cada día desaparecen niños por motivos menos graves que ésos, y tú lo sabes. Los niños desaparecen de camino a la escuela, porque están en la esquina equivocada en el momento equivocado, porque se pierden en los centros comerciales. Y mueren, Angie. Mueren.

Una única lágrima le cayó encima del pecho, le resbaló por encima del pezón y me cayó en el torso, aunque cuando me tocó la piel ya estaba fría.

—Ya lo sé —dijo—, pero aunque las cosas sean así, quiero tener un hijo contigo. No ahora ni seguramente el año que viene. Pero lo quiero. Quiero que mi cuerpo cree algo bello que sea como nosotros y a la vez completamente diferente.

—Quieres un hijo.

Negó con la cabeza.

—Quiero tu hijo.

En algún momento nos adormecimos.

O yo me quedé dormido. Unos minutos más tarde me desperté y vi que ya no estaba en la cama; crucé el oscuro piso en dirección a la cocina. La encontré sentada a la mesa junto a la ventana, con la piel desnuda empalidecida por la desigual luz de la luna que se abría camino en la sombra.

Tenía una libreta y el expediente del caso delante de ella. Cuando entré me miró.

—No permitirán que viva —me dijo.

—¿Cheese y Mullen?

Asintió con la cabeza.

—Sería una estupidez. La matarán.

—La han mantenido con vida hasta ahora.

—¿Cómo lo sabes? E incluso si lo han hecho, seguramente sólo la mantendrán con vida hasta que reciban el dinero. Para asegurarse. Pero luego tendrán que matarla. Hay demasiados cabos sueltos.

Asentí con la cabeza.

—Veo que ya lo has afrontado —dijo.

—Sí.

—¿Y mañana por la noche?

—Espero encontrar un cadáver.

Encendió un cigarrillo, por un momento la llama del encendedor la iluminó.

—¿Puedes aceptarlo? —me preguntó.

—No.

Fui hacia ella, le puse la mano en el hombro y de repente volví a sentir nuestra desnudez en la cocina y volví a pensar en el poder que teníamos en la cama, en el cuerpo, esa tercera vida en potencia que flotaba como un espíritu entre nuestra misma piel.

—¿Bubba? —dijo.

—Lo más probable.

—A Poole y a Broussard no les va a hacer ninguna gracia.

—Ésa es la razón por la cual no les vamos a decir que irá allí.

—Si Amanda sigue con vida cuando lleguemos a la cantera y podemos localizarla o, como mínimo, concretar donde está...

—Entonces Bubba abatirá a cualquier persona que la retenga. Los abatirá como a un saco de mierda y desaparecerá en la oscuridad de la noche.

Ella sonrió.

—¿Quieres llamarle?

Deslicé el teléfono por encima de la mesa.

—Todo tuyo.

Cruzó las piernas mientras marcaba, pegó la oreja al auricular y cuando él contestó, dijo:

—Eh, grandullón, ¿quieres salir mañana por la noche para jugar un rato?

Escuchó y sonrió jovialmente.

—Con un poco de suerte, Bubba, seguro que le puedes disparar a alguien.

17

El comandante John Dempsey de la policía del estado de Massachusetts tenía una cara irlandesa tan plana como la palma de la mano y los ojos cautos y saltones como los de un búho. Incluso parpadeaba como un búho. Cada vez que cerraba los gruesos párpados los mantenía así durante un buen rato hasta que volvía a abrirlos como si fueran persianas y le volvían a desaparecer bajo las cejas.

Al igual que la mayoría de soldados del estado que he conocido, su columna vertebral parecía forjada con tubería de plomo y tenía los labios pálidos y demasiado finos; al contrastarlos con esa cara tan inmaculadamente blanca daba la impresión de que alguien se los hubiera dibujado con un lápiz de labios. Sus manos eran de un blanco cremoso, de dedos largos y femeninos; las uñas tan finamente arregladas que se asemejaban al canto de una moneda. Sin embargo, esas manos eran la única parte del cuerpo que daba sensación de suavidad. El resto parecía de esquisto; era tan delgado y enjuto que daba la sensación de que si se cayera del podio, se rompería en mil pedazos.

El uniforme que llevan los soldados del estado siempre

me ha inquietado, especialmente el de los oficiales de alta graduación. Creo que hay algo agresivo y teutónico en el reluciente cuero negro, en esas charreteras tan exageradas y en las placas de plata, en la banda de oficial que les cruza el pecho desde el hombro derecho hasta la cadera izquierda, en el hecho de que el ala del sombrero sea un poco más alta de lo normal para que les quede bien encima de la frente y les cubra los ojos.

Los policías municipales me recuerdan a los soldados de infantería de las antiguas películas bélicas. Por muy bien que se vistan, siempre parecen estar a punto de avanzar a rastras por las playas de Normandía, con el cigarrillo mojado entre los dientes y la espalda embarrada. Pero cuando observo a cualquiera de los soldados del estado —con los dientes bien apretados, su arrogante mandíbula, y el sol reflejándose en todos esos detalles especialmente pensados para que brillen— me los imagino marchando a paso de ganso por las otoñales calles de Polonia allá por el año 1939.

El comandante Dempsey se quitó su gran sombrero justo antes de que nos reuniéramos, lo cual nos permitió ver que debajo tenía un copete pelirrojo. Era de la misma longitud que unos brillantes picos que surgían de la cabellera como césped artificial; además, parecía del todo consciente del desconcertante efecto que producía en los desconocidos. Alisó ambos lados con la mano, levantó el puntero de encima del escritorio y se dio golpecitos en la palma de la mano mientras sus ojos recorrían la sala con cierta expresión de desprecio. A su izquierda, en una pequeña hilera de sillas debajo del escudo de la Commonwealth, estaba sentado el lugarteniente Doyle y el jefe de policía de Quincy; ambos vestían de forma fúnebre y los tres observaban la sala majestuosamente.

Estábamos reunidos en la sala de juntas del cuartel de la policía estatal de Milton y los estatales se habían apropiado de todo el lado izquierdo de la sala; todos tenían los mismos ojos de lince y la piel suave, los sombreros debajo del brazo y ni una sola arruga en sus ropas.

La parte izquierda de la sala contaba con la presencia de los policías de Quincy en las filas delanteras y con la de los de Boston en las traseras. Los de Quincy parecían querer imitar a los estatales, pero, aun así, vi unas cuantas arrugas y unos cuantos sombreros en el suelo junto a sus pies. En su mayor parte se trataba de hombres y mujeres jóvenes con las mejillas tan tersas y resplandecientes como un róbalo a rayas y me apostaría lo que fuera a que ninguno de ellos había disparado nunca un arma estando de servicio.

En comparación, la parte trasera parecía la sala de espera de un comedor de beneficencia. Los policías uniformados no iban mal del todo, pero los hombres y mujeres de la Brigada contra el Crimen Infantil, así como muchos otros detectives que trabajaban temporalmente en otras brigadas, formaban una buena colección de individuos mal vestidos y con manchas de café; a las cinco de la tarde eran como sombras que olían a cigarrillo, con el pelo chafado, y la ropa tan arrugada que uno incluso podría perder algo entre sus pliegues. Casi todos los detectives habían trabajado en el caso de Amanda McCready desde el principio y tenían el típico porte de que-te-jodan-si-no-te-gusta de los policías que han hecho demasiadas horas extra y que han llamado a muchas puertas. A diferencia de los estatales y de los policías de Quincy, los miembros del contingente de Boston se repanchingaban en los asientos, se daban pataditas uno al otro y tosían mucho.

Angie y yo, que llegamos justo antes de que empezara la reunión, nos sentamos en la parte trasera. Con sus pantalones vaqueros negros recién lavados y una camisa de algodón negra debajo de una chaqueta de piel marrón, iba lo suficientemente bien vestida como para sentarse con los policías de

Quincy; en cambio, yo iba al más puro estilo *grunge* de Seattle ya que llevaba una camisa de franela rasgada encima de una camiseta blanca Ren & Stimpy y unos tejanos salpicados de manchas de pintura blanca. Sin embargo, las zapatillas deportivas eran completamente nuevas y relucientes.

—¿Son de las que tienen cámara de aire? —preguntó Broussard, cuando nos sentamos junto a él y Poole.

Quité unos hilos que me colgaban de las zapatillas nuevas.

—No.

—¡Qué pena! Son las que más me gustan.

—Según lo que dice el anuncio —dije—, podré saltar y llegar hasta Penny Hardaway y conseguir dos chavalas a la vez.

—Bien, entonces vale la pena.

Detrás del comandante Dempsey, dos soldados colgaban en la pared un gran mapa topográfico de la cantera de Quincy y de la reserva Blue Hills. Después, Dempsey cogió el puntero y señaló un lugar en medio del mapa.

—La cantera de Granite Rail —dijo secamente—. Los últimos acontecimientos relacionados con la desaparición de Amanda McCready nos hacen pensar que hoy a las ocho de la tarde se va a producir allí un intercambio. Los secuestradores quieren cambiar a la niña por una bolsa de dinero robado que en este momento se encuentra en manos del Departamento de Policía de Boston. —Dibujó un gran círculo en el mapa con el puntero—. Como pueden observar, probablemente escogieron la cantera por la gran miríada de posibles rutas de escape.

—Miríada —dijo Poole en voz baja—. Una buena palabra.

—Aunque dispongamos de helicópteros y de un gran destacamento especial en los puntos estratégicos, tanto de la cantera como alrededor de la reserva de Blue Hills, no será una zona fácil de contener. Para complicar aún más las cosas, los secuestradores han pedido que sólo cuatro personas se acerquen a esa zona. Hasta que el intercambio tenga lugar, debemos ocultar totalmente nuestra presencia.

Un soldado levantó la mano y se aclaró la voz.

—Comandante, ¿cómo vamos a rodear la zona sin que nos vean?

—Ahí está el problema —dijo Dempsey, mientras se pasaba la mano por la barbilla.

—No me puedo creer que haya dicho eso —susurró Poole.

—Pues lo ha dicho.

—¡Caray!

—Estableceremos el puesto de mando número uno —continuó Dempsey— en este valle, en la parte inferior de la ladera de la reserva de Blue Hills. Desde allí, tardaremos menos de un minuto en llegar a la cima de la cantera de Granite Rail. Casi todo el destacamento estará allí preparado para atacar. Tan pronto como sepamos que el intercambio ha llegado a su fin, nos extenderemos ampliamente alrededor de la reserva, cortaremos el tráfico de la carretera que va hacia la cantera desde ambos lados, de la carretera que va hacia Chickatawbut y Saw Cut Notch, bloquearemos las salidas hacia el norte y hacia el sur y las rampas de entrada a la autopista del sudeste, echaremos una red por encima y los pescaremos.

—Red —dijo Poole.

—Pescar —dijo Broussard.

—Estableceremos el puesto de mando número dos a la entrada del cementerio de Quincy y el puesto número tres...

Seguimos escuchando a Demsey una hora más durante la cual nos dio información detallada sobre el plan de contención y dividió las tareas entre los departamentos de policía estatales y los locales. Habían planeado desplegar una fuerza de más de ciento cincuenta policías que estarían dispuestos alrededor de la cantera y en los extremos de la reserva de Blue Hills. Tenían tres helicópteros a su disposición. El equipo de elite de negociación de secuestros del Departamento de Policía de Boston también iba a estar presente. El lugarteniente Doyle y el jefe de policía de Quincy serían los encargados de recorrer la zona, es decir, cada uno iría en su propio coche, con las luces apagadas, y darían vueltas alrededor de la cantera en la oscuridad.

—Ya pueden rezar para que no choquen entre sí —comentó Poole.

La cantera comprendía una vasta extensión de tierra. Cuando el granito de Nueva Inglaterra disfrutaba de una época de máxima prosperidad, había más de sesenta canteras en funcionamiento. Granite Rail era una de las veintidós canteras que no habían sido cerradas y el resto se extendía a través de las colinas laceradas que estaban entre la autopista y la reserva de Blue Hills. El plan era entrar por la noche y con muy poca luz. Incluso los guardabosques que Dempsey había hecho venir para que hablaran de la zona, admitieron que había tantos senderos en esas colinas que algunos sólo los conocían la poca gente que los utilizaba.

Pero el problema real no eran esos senderos. Tarde o temprano, los senderos llevaban a algún sitio que se reducía a una pequeña cantidad de carreteras y a uno o dos parques públicos. Aunque los secuestradores consiguieran escapar de las colinas a través de la draga, seguramente les echarían el guante un poco más abajo. Si se diera el caso de que sólo fuéramos los cuatro y unos cuantos policías vigilando desde la colina, entonces dejaría los extremos a los hombres de Cheese. Pero con ciento cincuenta policías, se me hacía muy difícil imaginar cómo pensaban desplazarse por allí sin que nadie los viera.

Y por muy tontos que fueran la mayor parte de los hombres de Cheese, seguro que sabían, al margen de lo que antes hubieran solicitado, que en cualquier situación en que hubiera rehenes siempre había un elevado número de policías.

Así pues, ¿cómo pensaban salir?

Cuando Dempsey hizo una pausa, levanté la mano y como tuve la sensación de que no iba a hacerme el más mínimo caso, dije:

—Comandante.

Miró el puntero.

—¿Sí?

—No creo que los secuestradores consigan escapar.

Varios policías se rieron entre dientes y Dempsey sonrió.

—Bien, eso es precisamente lo que pretendemos, señor Kenzie.

Le sonreí.

—Lo entiendo perfectamente, pero ¿no cree que los secuestradores también lo ven así?

—¿Qué quiere decir?

—Ellos fueron los que escogieron ese lugar. Seguro que ya sabían que la policía lo rodearía, ¿no?

Dempsey se encogió de hombros.

—Cometer crímenes atonta a la gente.

Los chicos de azul volvieron a reírse educadamente.

Esperé a que acabaran para continuar.

—Comandante, ¿qué pasaría si ellos ya lo hubieran planeado todo teniendo en cuenta que la policía iba a estar presente?

Sonrió con jovialidad, pero sus ojos de búho no lo hicieron. Me miró fijamente con los ojos semicerrados, parecía confundido y enfadado.

—No hay escapatoria, señor Kenzie. A pesar de lo que piensen, tienen una posibilidad entre mil.

—Pero creen que tienen esa posibilidad.

—Entonces están equivocados. —Dempsey miró el puntero y frunció el ceño—. ¿Alguien quiere hacer otra pregunta estúpida?

A las seis de la tarde, nos reunimos con la detective Maria Dykema del equipo de negociación de secuestros; nos encontramos en una furgoneta aparcada junto a un tanque de agua a unos veinticinco metros de la avenida Ricciuti, la carretera que habían construido abriéndose paso a través de la cantera de Quincy. Era una mujer delgada y menuda, de unos cuarenta años de edad con el pelo blanco como la leche y los ojos almendrados. Llevaba un traje oscuro de ejecutiva y a lo largo de toda nuestra conversación no dejó de tocarse el pendiente de perla que llevaba en la oreja izquierda.

—Si alguno de ustedes se encontrara cara a cara con el secuestrador y la niña, ¿qué haría?

Nos miró lentamente a los cuatro y después a la furgoneta, donde alguien había pegado una foto de *National Lampoon* en la que se veía una mano que apuntaba a la cabeza de un perro con una pistola y cuyo encabezamiento decía: *Si no compran esta revista, mataremos a este perro.*

—Estoy esperando.

—Le decimos al sospechoso que suelte... —dijo Broussard.

—Le pide al sospechoso —le corrigió.

—Le pedimos al sospechoso que suelte a la criatura.

—Y si contesta «vete a la mierda» y mueve la pistola, entonces...

—Entonces...

—Entonces se retiran —precisó la detective—, no lo pierden de vista pero le dejan hacer. Se asusta y la criatura muere. O se siente amenazado, que es lo mismo. Lo primero que se hace es hacerle creer que no está atrapado, que dispone de espacio. No quieren que se sienta dueño de la situación, pero tampoco quieren que se sienta impotente. Quieren hacerle creer que tiene posibilidades. —Volvió la cabeza, dejó de mirar la foto, se tiró del pendiente y nos miró a los ojos—. ¿Está claro?

Asentí con la cabeza.

—Hagan lo que hagan, nunca apunten al sospechoso. No hagan movimientos bruscos. Cuando se dispongan a hacer algo, díganselo antes, por ejemplo: «Ahora voy a retroceder. Voy a tirar la pistola», etcétera.

—Que le tratemos como a un niño —dijo Broussard—. Eso es lo que nos recomienda.

Esbozó una ligera sonrisa mientras se miraba el dobladillo de la falda.

—Detective Broussard, llevo seis años trabajando para el equipo de negociación de rehenes y en todo ese tiempo sólo he fallado en un caso. Si lo que quiere es hinchar el pecho y empezar a gritar: «Al suelo, cabronazo» cuando se encuentre en una situación de éstas, haga lo que quiera. Pero hágame un favor y ahórreme la molestia de tener que contarles todo esto después de que el responsable le pegue un tiro a Amanda McCready en el corazón y le salpique la camisa de sangre —lo miró con las cejas alzadas—. ¿Vale?

—Detective —aclaró Broussard—, no estaba poniendo en duda sus métodos de trabajo, simplemente quería hacer una observación.

Poole asintió con la cabeza.

—Si para salvar a esa niña hace falta que tratemos como a un niño a alguien, le aseguro que pongo al tipo en un cochecito y empiezo a cantarle nanas. Tiene mi palabra.

Ella suspiró, se echó hacia atrás y se pasó ambas manos por el pelo.

—La posibilidad de que alguien se encuentre cara a cara con el individuo que retiene a Amanda McCready es prácticamente nula, pero si sucediera, recuerden que esa niña es todo lo que tiene. La gente que suele coger rehenes y llegan a un punto muerto, se comportan igual que las ratas que se sienten arrinconadas. Normalmente están muy asustadas y son mortíferas. No se culpan a sí mismos de la situación ni les culparán a ustedes. Le echarán la culpa a la criatura, y si no se va con mucho cuidado, le cortarán el cuello.

Dejó que sus palabras hicieran mella. Sacó cuatro tarjetas de visita del bolsillo del traje y nos dio una a cada uno.

—¿Todos tienen teléfono móvil? —nos preguntó.

Asentimos con la cabeza.

—Mi número está apuntado en el reverso de la tarjeta. Si llegan a un punto muerto y ya no saben qué decirle, llámenme y pásenle el teléfono al secuestrador. ¿De acuerdo?

Miró por la ventana trasera el terreno escarpado y negro de la colina, todo lo que afloraba en la cantera y las siluetas que sobresalían entre picos puntiagudos de granito.

—La cantera —dijo—, ¿a quién se le puede ocurrir escoger un sitio así?

—No parece un lugar del que se pueda escapar con facilidad —comentó Angie—, dadas las circunstancias.

La detective Dykema asintió con la cabeza.

—Y aun así, lo escogieron. ¿Qué saben ellos que nosotros no sepamos?

A las siete, nos reunimos en el puesto de mando móvil del Departamento de Policía de Boston, donde el lugarteniente Doyle nos dio su propia versión de lo que sería un discurso para motivarnos.

—Si la cagan, allí arriba hay muchos peñascos desde los que pueden saltar. Así pues —le dio una palmadita a Poole en la rodilla—, no la caguen.

—Un discurso muy inspirador, señor.

Doyle sacó una bolsa de deporte azul claro de debajo del cuadro de mandos y la echó en el regazo de Broussard.

—El dinero que el señor Kenzie ha traído esta mañana —dijo—. Se ha contado todo y los números de serie están registrados. En esa bolsa hay exactamente doscientos mil dólares. Ni un centavo menos. Asegúrense de devolver la bolsa tal cual.

La radio, que prácticamente ocupaba una tercera parte del cuadro de mandos, emitió un sonido.

—Puesto de mando, llamando desde la unidad Cincuenta y nueve. Cambio.

Doyle cogió el auricular de la base y apretó el botón de *enviar*.

—Aquí puesto de mando. Adelante, Cincuenta y nueve.

—Mullen ha salido de Devonshire Place en un taxi amarillo que se dirige hacia el oeste por la calle Storrow. Le seguimos de cerca. Cambio.

—¿Hacia el oeste? —se preguntó Broussard—. ¿Por qué hacia el oeste? ¿Por qué va por la calle Storrow? Cincuenta y nueve —se dirigió a la Unidad—, ¿han comprobado la identidad de Mullen?

—Ah... —hubo una pausa larga entre ruidos de transmisiones eléctricas.

—Repita, Cincuenta y nueve. Cambio.

—Puesto de mando, interceptamos la transmisión de Mullen con la empresa de taxis y vimos cómo subía al taxi por la parte trasera en la calle Devonshire. Cambio.

—Cincuenta y nueve, no parece estar muy convencido.

—Puesto de mando, vimos a un hombre que se ajustaba perfectamente a la descripción física de Mullen y que llevaba una gorra de los Celtics de Boston, gafas de sol... Eh... Cambio.

Doyle cerró los ojos por un instante, se colocó el auricular en medio de la frente.

—Cincuenta y nueve, ¿han identificado al sospechoso? Cambio.

Otra pausa larga con ruidos de fondo.

—En realidad, puesto de mando, no lo hemos identificado, pero estamos convencidos de que...

—Cincuenta y nueve, ¿quién más mantenía vigilancia en Devonshire Place? Cambio.

—Sesenta y siete, puesto de mando. Señor, cree que deberíamos...

Doyle cortó la conexión con el interruptor, apretó un botón de la radio y habló por el auricular.

—Sesenta y siete, aquí puesto de mando. Respondan. Cambio.

—Puesto de mando, aquí Sesenta y siete. Cambio.

—¿Dónde se encuentran?

—Al sur de la calle Tremont, puesto de mando. Compañero a pie. Cambio.

—Sesenta y siete, ¿por qué están en la calle Tremont? Cambio.

—Siguiendo a un sospechoso, puesto de mando. Sospechoso a pie, en dirección sur a lo largo del parque público. Cambio.

—Sesenta y siete, ¿quiere eso decir que están siguiendo a Mullen por la calle Tremont en dirección sur?

—Afirmativo, puesto de mando.

—Sesenta y siete, ordene a su compañero que detenga al señor Mullen. Cambio.

—Ah, puesto de mando, nosotros no...

—Ordene a su compañero que detenga al sospechoso, Sesenta y siete. Cambio.

—Afirmativo, señor.

Doyle dejó el auricular encima del cuadro de mandos durante un instante, se pellizcó el caballete de la nariz y suspiró.

Angie y yo miramos a Poole y a Broussard. Broussard se encogía de hombros. Poole movía la cabeza con aversión.

—Puesto de mando, aquí Sesenta y siete. Cambio.

Doyle cogió el auricular.

—Adelante —dijo.

—Sí, puesto de mando, bien, pues...

—El hombre al que están siguiendo no es Mullen, ¿afirmativo?

—Afirmativo, puesto de mando. El individuo iba vestido como el sospechoso, pero...

—Corto, Sesenta y siete.

Doyle colocó el auricular en la radio y movió la cabeza negativamente. Se reclinó en el asiento y miró a Poole.

—¿Dónde está Gutiérrez?

Poole cruzó las manos sobre el regazo.

—Lo último que sé es que estaba alojado en una habitación del Prudential Hilton. Llegó ayer por la noche de Lowell —declaré.

—¿Quién se encarga de seguirlo?

—Un equipo de cuatro hombres: Dean, Gallagher, Gleason y Halpern.

Doyle verificó los nombres en la lista que tenía junto a él y que especificaba el número de unidad. Encendió la radio.

—Unidad Cuarenta y nueve, aquí puesto de mando. Adelante. Cambio.

—Puesto de mando, aquí unidad Cuarenta y nueve. Cambio.

—¿Dónde se encuentran? Cambio.

—En la calle Dalton, puesto de mando, junto al Hilton. Cambio.

—Cuarenta y nueve, ¿dónde se encuentra —Doyle consultó la lista que tenía a mano— la unidad Setenta y tres? Cambio.

—El detective Gleason está en el vestíbulo, puesto de mando. El detective Halpern está cubriendo la salida trasera. Cambio.

—¿Dónde está el sospechoso? Cambio.

—El sospechoso está en su habitación, puesto de mando. Cambio.

—Confírmelo, Cuarenta y nueve. Cambio.

—Afirmativo. Le volveremos a llamar. Cambio y corto.

Mientras esperábamos la respuesta nadie pronunció palabra. Ni siquiera nos miramos. Igual que cuando uno mira un partido de fútbol, y a pesar de que el equipo lleva seis puntos de ventaja y sólo quedan cuatro minutos de partido, tiene el presentimiento de que la van a cagar, así nos sentíamos los cinco en el puesto de mando, como si las cosas se nos escaparan de las manos. Si Mullen había sido capaz de dar esquinazo tan fácilmente a cuatro detectives experimentados, entonces ¿cuántas otras veces lo habría hecho durante los últimos días? ¿Cuántas veces la policía habría estado convencida de que vigilaba a Mullen, cuando en realidad estaba siguiendo a cualquier otra persona? Mullen, por lo que sabíamos, podría haber ido a visitar a Amanda McCready y podría haber estado preparando la ruta de escape de la cantera para esa misma noche. Podría haber estado sobornando policías para que miraran para el otro lado o eligiendo a los que decidiría quitar de en medio después de las ocho en la negra oscuridad de las colinas.

Si Mullen hubiera sabido desde el principio que le vigilábamos, entonces nos podría haber mostrado todo aquello que quisiera que viéramos, y mientras estábamos concentrados en eso, podría haber hecho a nuestras espaldas todo lo que no quería que viéramos.

—Puesto de mando, aquí Cuarenta y nueve. Tenemos un problema. Gutiérrez ha desaparecido. Repito. Gutiérrez ha desaparecido. Cambio.

—¿Desde cuándo? Cambio.

—No podríamos decirlo con exactitud, puesto de mando. Su coche de alquiler sigue en el aparcamiento. La última vez que lo vimos físicamente fue a las siete. Cambio.

—Puesto de mando, corto.

Durante un instante, tuvimos la sensación de que Doyle iba a aplastar el auricular, pero lo colocó con suavidad y precisión en el extremo del cuadro de mandos.

—Seguramente ya había otro coche en el aparcamiento antes de inscribirse en el hotel —dijo Broussard.

Doyle asintió.

—Si empiezo a verificarlo con las otras unidades, ¿A cuántos hombres de Olamon creen que les habrán perdido la pista?

Nadie sabía la respuesta, pero no creo que la esperara.

18

Si uno parte de mi barrio en dirección sur y cruza el río Neponset acaba llegando a Quincy, que fue considerado durante mucho tiempo por la generación de mi padre un sitio intermedio para los irlandeses que eran lo bastante ricos para salir de Dorchester, pero no lo suficiente para trasladarse a Milton, un elegante barrio irlandés para quienes pudieran permitirse tener dos cuartos de baño, situado unos pocos kilómetros más al norte. Cuando uno pasa por la interestatal 93 en dirección sur, justo antes de llegar a Braintree, verá aparecer al oeste una serie de colinas de color marrón rojizo que siempre parecen estar a punto de desmoronarse.

Fue en esas colinas donde los distinguidos ancianos del pasado de Quincy encontraron granito con tal abundancia de silicato negro y cuarzo humeante que, cuando lo vieron relucir a sus pies, debieron de creer que se trataba de una mina de diamantes. La primera vía férrea del país con fines comerciales se construyó en 1827; el primer raíl se adhirió al suelo mediante clavos colgantes y tornillos metálicos en Quincy, en las colinas, para que el granito pudiera ser transportado a la orilla del río Neponset, donde se cargaba en goletas y se llevaba a Boston, Manhattan, Nueva Orleans, Mobile y Savannah.

Hace más de cien años la prosperidad repentina del granito trajo consigo la construcción de edificios erigidos para que aguantaran el paso del tiempo y las modas: majestuosas bibliotecas y sedes del Gobierno, iglesias imponentes, prisiones que sofocaban el ruido, la luz y la esperanza de escapar, las monolíticas columnas acanaladas presentes por todo el país y el monumento Bunker Hill. Lo único que quedaba después de la extracción de rocas de la tierra eran hoyos. Hoyos profundos. Hoyos extensos. Hoyos que nunca se habían llenado de otra cosa que no fuera agua.

Desde que se acabó el comercio del granito, la cantera se ha convertido en un vertedero bien surtido: coches robados, neveras y cocinas viejas, cadáveres... Cada cierto número de años, cuando algún niño que ha estado jugando en la cantera desaparece, o cuando cualquier presidiario de Walpole le dice a la policía que ha tirado por el precipio a alguna prostituta cuyo paradero era desconocido, se explora la cantera a fondo; los periódicos publican fotografías de mapas topográficos y fotografías acuáticas que muestran un paisaje sumergido de cordilleras, rocas partidas y arrojadas con violencia, repentinas agujas desiguales que surgen de las profundidades y peñascos que sobresalen del precipicio como si fueran los fantasmas de Atlantis bajo metros y metros de agua de lluvia.

A veces, se encuentran los cadáveres. Otras, no. Al haber en la cantera tantos aluviones subterráneos de sedimento negro y al producirse otros tantos movimientos repentinos e ilógicos en el paisaje, es muy común que haya repisas y grietas de las cuales no se tenga información; por lo tanto, la cantera desvela sus secretos con tanta frecuencia como el Vaticano.

Mientras avanzábamos con dificultad por la pendiente del antiguo ferrocarril, apartándonos ramas de la cara, pisoteando hierbajos y chocando con las rocas en la oscuridad, resbalando con algunas piedras demasiado lisas y diciendo palabrotas en voz baja, se me ocurrió que si fuéramos colonizadores dispuestos a cruzar esas colinas para llegar al embalse que había al otro lado de Blue Hills, probablemente ya estaríamos muertos.

Sin lugar a dudas, un oso o un alce, o incluso un grupo de indios en pie de guerra nos habría matado por perturbar la paz del lugar.

—Intente gritar un poco más —le dije Broussard, que habría resbalado en la oscuridad, se golpeaba la espinilla contra un canto rodado y se enderezaba lo suficiente para poder darle una patada.

—¡Eh!—replicó—. ¿Cree que soy Jeremiah Jonhson, o qué? La última vez que estuve en la montaña, estaba borracho, manteniendo relaciones sexuales y contemplaba la autopista desde donde estaba.

—¿Relaciones sexuales? —dijo Angie—. ¡Dios mío!

—¿Tiene algo en contra del sexo?

—Tengo algo en contra de los bichos —dijo Angie—. ¡Qué horror!

—¿Es verdad que si uno tiene relaciones sexuales en la montaña, el olor atrae a los osos? —dijo Poole.

Se apoyó en el tronco de un árbol y aspiró el aire de la noche.

—Ya no quedan osos por aquí.

—Nunca se sabe —insistió Poole, y dirigió la mirada hacia los árboles.

Durante un momento, dejó la bolsa deportiva que contenía el dinero junto a sus pies, sacó un pañuelo del bolsillo, se limpió el sudor del cuello y se enjugó la cara enrojecida; henchió las mejillas de aire y tragó saliva varias veces.

—¿Está bien, Poole?

Asintió con la cabeza.

—Estoy bien, sólo un poco desentrenado, y, bueno, los años...

—¿Quiere que alguno de nosotros lleve la bolsa? —preguntó Angie.

Poole le hizo una mueca y cogió la bolsa.

Señaló la pendiente.

—Volvamos a la brecha.

—Eso no es una brecha —dijo Broussard—. Es una montaña.

—Estaba citando a Shakespeare, inculto.

Poole se apartó del árbol y empezó a avanzar montaña arriba.

—Entonces deberías haber dicho: «Daría mi reino por un caballo» —dijo Broussard—. Hubiera sido mucho más apropiado.

Angie respiró profundamente varias veces, sus miradas se cruzaron mientras Broussard hacía lo mismo.

—Somos muy mayores —remedó.

—Somos muy mayores —asintió él.

—¿Piensa que ya va siendo hora de que lo dejemos?

—Me encantaría. —Sonrió, se inclinó y respiró profundamente—. ¿Sabe? Mi mujer tuvo un accidente de coche justo antes de casarnos y sufrió varias fracturas. Ni siquiera tenía seguro de enfermedad. ¿Sabe lo que cuesta arreglar una fractura? Seguramente me podré jubilar cuando vaya persiguiendo secuestradores con un andador.

—¿Alguien ha mencionado la palabra andador? —Poole miró la empinada cuesta—. Estaría muy bien.

De niño, había pasado muchas veces por esta senda cuando me dirigía a los abrevaderos de la cantera de Granite Rail o la de Swingle. Evidentemente, estaba situada fuera de los límites, rodeada de vallas y vigilada por los guardabosques del Distrito Metropolitano de Boston, pero no era difícil encontrar alguna entrada que tuviera la tela metálica rasgada si uno sabía dónde encontrarla, y si no, siempre se podía traer las herramientas de casa para hacerlo. No había suficientes guardabosques, y aunque no fuera así, les hubiera sido muy difícil patrullar un número tan elevado de canteras y a los cientos de niños que solían subir hasta allí en los abrasadores días de verano.

Así pues, ya había pasado por esa cadena de montañas, pero quince años antes y a la luz del día.

Ahora era diferente. Por un lado, no estaba tan en forma como cuando era adolescente. Demasiadas magulladuras, demasiados bares y demasiados accidentes de trabajo con gente y mesas de billar —una vez, incluso, con el limpiaparabrisas y la carretera esperándome al otro lado— lograron que mi cuerpo tuviera los típicos crujidos y dolores y el mismo número de palpitaciones que un hombre que me doblara la edad o fuera futbolista.

Por otro lado, igual que Broussard, no es que fuera precisamente Grizzly Adams. Mi experiencia del mundo sin asfalto y sin comercios era limitada. Una vez al año, me iba de excursión con mi hermana y su familia a Mount Rainier, en Washington; hace cuatro años, una mujer que se consideraba naturalista porque compraba en las tiendas del Ejército me coaccionó para que fuéramos de acampada a Maine. Habíamos planeado pasar tres días, pero tras la primera noche y gastar un tubo entero de crema antimosquitos, nos fuimos a Camden en busca de sábanas blancas y servicio de habitaciones.

A medida que ascendíamos por la pendiente que llevaba a la cantera de Granite Rail, me preguntaba cómo les habría ido a mis compañeros. Me imaginé que ninguno de ellos habría aguantado más de una noche en esa excursión. Quizá durante el día, con botas de montaña apropiadas, un bastón fuerte y un telesilla de primera categoría habríamos conseguido avanzar de forma considerable; pero tan sólo a los veinte minutos de darnos golpes y de tropezar por la montaña, de haber dejado nuestras huellas marcadas en la linterna y de empotrarnos contra alguna que otra traviesa de raíl de un ferrocarril que seguro que hacía más de un siglo que no funcionaba, nos paramos a beber un sorbo de agua.

No hay nada que tenga un olor tan claro, frío y prometedor como el agua de cantera. No sé por qué, simplemente se trata de agua de lluvia que durante muchos años se ha ido acumulando entre paredes de granito y ha sido continuamente renovada por agua limpia procedente de los manantiales subterráneos. En el mismo momento en que mi nariz se percató de ese olor, tuve la sensación de volver a tener dieciséis años y sentí una gran emoción cuando llegué al otro extremo de Heaven's Peak, un precipicio de más de veinte metros que se encuentra en la cantera de Swingle; vi cómo el agua verde claro se abría a mis pies como si me estuviera esperando, y el aire vacío e imponente a mi alrededor hizo que me sintiera ingrávido, sin cuerpo, igual que un espíritu puro. Entonces empecé a bajar y el aire se convirtió en un tornado que procedía directamente de la cada vez más cercana charca verde, y el grafito hizo una explosión de color en las repisas, en las paredes y en los precipicios que me rodeaban y se tiñeron de rojo, de negro, de dorado y de azul. Podía oler a la perfección, antes de llegar al agua, esa fragancia limpia, fresca y repentinamente aterradora de las gotas de lluvia de más de cien años de antigüedad, y con los dedos de los pies hacia abajo, con las muñecas fuertemente apretadas contra la cadera, empecé mi descenso hacia las profundidades de la superficie donde yacían coches, neveras y cadáveres.

A lo largo de todo este tiempo, la cantera se ha cobrado la vida de una persona joven aproximadamente cada cuatro años, por no mencionar todos los cadáveres que han sido lanzados desde el precipicio en plena noche, y cuando en contadas ocasiones los han encontrado años después, los editorialistas, activistas de la comunidad y padres afectados se han hecho siempre la misma pregunta: «¿Por qué? ¿Por qué?».

¿Por qué hay niños —en mi época les llamábamos ratas de cantera— que sienten la necesidad de saltar desde precipicios de hasta treinta metros de altura para caer en charcas de más de sesenta metros de profundidad y que además están llenas de afloramientos, antenas de coche, troncos y vete a saber qué más?

No tengo ni la menor idea. Yo saltaba porque era un niño. Seguramente lo hacía porque mi padre era un gilipollas y en mi casa se ejercía una actividad policial constante, porque mi hermana y yo prácticamente nos pasamos todo el tiempo buscando un sitio donde escondernos, y eso no nos parecía vida ni nada. Porque a menudo, mientras permanecía de pie en lo alto del precipicio y miraba desde el borde un cuenco volcado de color verde que divisaba mejor cuanto más estiraba el cuello, notaba una fría sensación en el estómago y tomaba conciencia de cada uno de mis miembros, cada hueso y cada vaso sanguíneo que me recorría el cuerpo. Porque rodeado de ese aire me sentía puro, y dentro del agua me sentía limpio. Saltaba para demostrar una serie de cosas a mis amigos, y una vez que las había demostrado, como me había vuelto adicto, sentía la necesidad de encontrar precipicios más altos, caídas más largas. Saltaba por la misma razón por la que me hice detective privado, porque odio saber con exactitud lo que va a pasar a continuación.

—Necesito descansar un poco —dijo Poole.

Asió una gruesa rama de parra que crecía ante nosotros y la retorció hacia el suelo. Se le escurrió la bolsa de la mano, resbaló en el barro y cayó encima de la bolsa sin dejar de asir fuertemente la rama.

Debíamos de estar a unos doce metros de la cima. Podía

divisar el destello verde claro del agua, como un jirón de nube, reflejando los oscuros precipicios inmóvil en el azul cobalto del cielo un poco más allá de la última cresta.

—Claro, no faltaría más.

Broussard se detuvo y permaneció de pie junto a su compañero mientras el hombre más mayor dejaba la linterna en el regazo y luchaba por respirar.

En la oscuridad, nunca había visto a Poole tan pálido. Brillaba. Su entrecortada respiración fue recuperando el ritmo normal. Los ojos le daban vueltas en las órbitas como si flotasen buscando algo que eran incapaces de encontrar.

Angie se arrodilló junto a él y le puso la mano en el cuello para tomarle el pulso.

—Respire profundamente —dijo.

Poole asintió, con los ojos que le salían de las órbitas, y tomó aire.

Broussard se puso de cuclillas junto a él.

—¿Estás bien?

—Estoy bien —consiguió articular Poole—. Estupendamente.

El sudor de la cara le bajaba hasta empaparle el cuello.

—Soy demasiado viejo para ir moviendo el culo por —tosió— la montaña.

Angie miró a Broussard y éste me miró a mí.

Poole volvió a toser. Incliné la linterna hacia él y vi que tenía pequeñas gotas de sangre en el mentón.

—Un momento —dijo.

Moví la cabeza en señal de desaprobación, Broussard asintió y sacó el walkie-talkie de la chaqueta.

Poole se levantó, le sujetó la muñeca.

—¿Qué haces?

—Pedir ayuda —contestó Broussard—. Tenemos que sacarte de aquí.

Poole asió la muñeca de Broussard con más fuerza y tosió con tal violencia que, por un instante, pensé que le iba a dar un ataque.

—No pidas ayuda. Se supone que debemos ir solos.

—Poole —terció Angie—, esto es grave.

Poole la miró y sonrió.

—Me encuentro bien.

—¡Una mierda! —dijo Broussard, mientras apartaba la vista de la sangre que había en el mentón de Poole.

—De verdad.

Poole cambió de posición en el suelo y apoyó el antebrazo en la rama.

—Suban a la colina, hijos. Suban a la colina —sonrió, pero sus labios estaban tensos.

Le miramos. Por su apariencia se diría que tenía un pie en la tumba. La piel era del mismo color que una vieira cruda y no podía mantener la mirada fija. Al respirar, hacía el mismo ruido que la lluvia cuando golpea una ventana.

Sin embargo, seguía asiendo la muñeca de Broussard con la fuerza de un carcelero. Nos miró a los tres y pareció adivinar lo que estábamos pensando.

—Soy viejo y tengo deudas, estaré perfectamente. Si no encuentran a esa niña, ella sí que no lo estará.

—A ella no la conozco, Poole. ¿Lo comprendes? —dijo Broussard.

Poole asintió con la cabeza, apretó la muñeca de Broussard con tal fuerza que se le puso roja toda la mano.

—Aprecio lo que estás haciendo, hijo. De verdad que sí. ¿Qué fue lo primero que te enseñé?

Broussard apartó la mirada, los ojos le brillaban a la luz que rebotaba de la linterna de Angie, en el pecho de su compañero y en sus pupilas.

—¿Qué fue lo primero que te enseñé? —repitió Poole.

Broussard se aclaró la voz y escupió.

—¿Eh?

—Que se tenía que cerrar el caso —respondió Broussard de un modo que daba la impresión de que Poole ya no le asía la muñeca sino la garganta.

—Siempre —Poole puso los ojos en blanco y movió la cabeza en dirección a la cresta que tenía a su espalda—. Así pues, ve y ciérralo.

—Pero...

—Ni te atrevas a sentir lástima por mí, hijo. Ni te atrevas. Coge la bolsa.

Broussard bajó la cabeza, cogió la bolsa y sacudió el barro que había en la parte inferior.

—¡Váyanse! —dijo Poole—. Ahora mismo.

Broussard apartó los dedos de Poole de su muñeca y se levantó. Observó el bosque oscuro como si fuera un niño al que acabaran de explicar qué quería decir la palabra solo.

Poole nos miró a mí y a Angie sonrió.

—Sobreviviré. Salven a la niña y llamen a los de evacuación.

Aparté la mirada. Poole, por lo que yo sabía, acababa de tener un pequeño ataque al corazón o una apoplejía. La sangre que le había salido disparada de los pulmones no era ninguna razón para sentirse optimista. Me encontraba mirando a un hombre que, si no recibía ayuda de inmediato, moriría.

—Yo me quedo —dijo Angie.

Nos la quedamos mirando. Había permanecido arrodillada junto a Poole desde que éste se sentara y le pasaba la palma de la mano por la pálida frente y por los cortos mechones de pelo.

—¡Ni hablar! —dijo Poole, mientras le aplastaba la mano. Ladeó la cabeza y la miró a los ojos—. Esa niña va a morir esta misma noche, señorita Gennaro.

—Angie.

—Esa niña va a morir esta misma noche, Angie... —apretó los dientes por un instante, hizo una mueca al notar que algo se extendía por el esternón y tragó saliva con fuerza para evitar que siguiera extendiéndose—... a no ser que hagamos algo. Necesitamos a toda la gente de la que disponemos para sacarla de allí sana y salva. Bien. —Bregó con la rama y se incorporó un poco—. Ahora mismo van a subir a la cantera. Usted también, Patrick.

Volvió la cabeza hacia Broussard.

—Y tú también, así que haz el favor de irte ahora mismo.

Ninguno quería dejarlo allí. Era evidente. Pero Poole extendió el brazo e inclinó ligeramente la muñeca para que pudiéramos ver la esfera iluminada de su reloj: eran las ocho y tres minutos.

Llegábamos tarde.

—¡Váyanse! —siseó.

Miré la cima de la colina, el oscuro bosque que había detrás de Poole y luego me fijé en él. Allí tumbado, con las piernas abiertas y un pie torcido hacia un lado, parecía un espantapájaros que se hubiera caído al suelo.

—¡Váyanse!

Le dejamos allí.

Trepamos por la montaña arriba; Broussard iba en cabeza porque la senda se estrechaba cada vez más debido a la profusión de malas hierbas y zarzas. Si no fuera por el ruido que hacíamos al avanzar, la noche era tan silenciosa que hubiera sido fácil creer que éramos las únicas criaturas de los alrededores.

A unos tres metros de la cima, nos encontramos con una valla de tela metálica de unos tres metros y medio de altura, pero no supuso ningún obstáculo. Una parte de la valla —que era tan ancha y alta como la puerta de un garaje— estaba cortada, así que la atravesamos sin detenernos.

Cuando llegamos a la cima, Broussard se paró para llamar por el walkie-talkie y susurrar:

—Hemos llegado a la cantera. El sargento Raftopoulos está enfermo. Cuando reciban mi señal, repito, cuando reciban mi señal, manden el equipo de evacuación a la pendiente del ferrocarril a unos trece metros de la cima. Esperen mi señal. ¿Recibido?

—Afirmativo.

—Corto.

Broussard guardó el walkie-talkie en la gabardina.

—¿Qué hacemos ahora? —preguntó Angie.

Permanecíamos de pie junto a un precipicio que debía de estar a unos doce metros por encima del nivel del agua. En la oscuridad, podía ver las siluetas de otros precipicios y peñascos, árboles doblegados y rocas que sobresalían. A nuestra izquierda vimos una hilera de granito tallado, esparcido y despedazado, así como unos picos desiguales que debían de estar unos tres o cuatro metros por encima de nosotros. A nuestra derecha, el terreno era llano pero a unos cincuenta metros hacía una curva y se volvía desigual e irregular hasta fundirse en la oscuridad. Abajo, el agua aguardaba, un extenso círculo color gris claro que contrastaba con las negras paredes del precipicio.

—La mujer que llamó a Lionel dijo que esperáramos instrucciones —comentó Broussard—. ¿Ven instrucciones por alguna parte?

Angie dirigió la linterna hacia nuestros pies, la luz rebotó en las paredes de granito y formó un arco alrededor de árboles y arbustos. Los movimientos de la luz se asemejaban a un ojo vago reflejando una visión fracturada de un mundo denso y extraño que podía cambiar drásticamente a sólo dos pasos: pasábamos de ver piedras, a ver musgo, blanca corteza ajada o plantas de hierbabuena. A través de las hileras de árboles veíamos rayas plateadas de tela metálica que parecían hilos de higiene dental.

—No veo instrucciones por ninguna parte —dijo Angie.

Tenía el convencimiento de que Bubba no se encontraba muy lejos. Incluso era probable que nos viera en ese mismo momento. Quizá también podía ver a Mullen, a Gutiérrez o a cualquier persona que trabajara con ellos. Quizá podía ver a Amanda McCready. Había llegado desde Milton, cruzado el parque Cunningham y había proseguido por un sendero que había descubierto unos años antes, cuando habría ido allí a deshacerse de armas acabadas de usar, un coche, un cadáver o cualquier cosa que gente como Bubba solía verter en la cantera.

Probablemente tendría un rifle bien equipado para ver el blanco. A través del objetivo debía de dar la sensación de que nos encontrábamos en un mundo de algas nebulosas moviéndose en el marco de una fotografía que aún se estaba revelando ante sus ojos.

Sonó el walkie-talkie que Broussard llevaba en la cadera, y en medio de todo ese silencio, el sonido nos pareció un grito. Lo cogió torpemente y se lo acercó a la boca.

—Broussard.

—Aquí Doyle. El departamento del distrito dieciséis acaba de recibir una llamada de una mujer con un mensaje para ti. Pensamos que se puede tratar de la misma mujer que llamó a Lionel McCready.

—Entendido. ¿Cuál es el mensaje?

—Debe caminar hacia la derecha, detective Broussard, hacia los precipicios que hay en la parte sur. Kenzie y Gennaro deben andar hacia su izquierda.

—¿Eso es todo?

—Es todo. Corto.

Broussard se volvió a colocar el walkie-talkie en la cadera y miró los precipicios que se alineaban más allá del agua.

—Divide y vencerás —sentenció.

Nos miró, sus ojos parecían pequeños y vacíos. Tenía un aspecto mucho más joven, como si los nervios y el miedo le hubieran quitado diez años de encima.

—Tenga cuidado —advirtió Angie.

—Ustedes también.

Permanecimos allí unos segundos, como si por el hecho de no movernos pudiéramos evitar lo inevitable, aplazar el momento en que sabríamos si Amanda McCready estaba viva o muerta, el momento en que todas las esperanzas y toda nuestra planificación ya no dependerían de nosotros; el momento en que no podríamos decidir nada al margen de quienquiera que resultara herido, perdido o asesinado.

—¡Mierda!

Broussard se encogió de hombros y empezó a andar a lo largo del llano sendero, mientras que el haz de luz de la linterna rebotaba entre el polvo delante de él. Angie y yo nos alejamos unos tres metros del borde del precipicio y seguimos avanzando hasta que llegamos a un desfiladero y otro bloque de piedra de granito apareció a unos quince centímetros de allí por el otro lado.

La cogí de la mano, saltamos por encima del desfiladero y llegamos al siguiente bloque por el que anduvimos unos diez metros hasta encontrarnos con una pared.

Se elevaba unos tres metros por encima de nosotros y era de color beis cremoso con ligeras pinceladas chocolate. Me hacía pensar en un pastel de mármol. Aun así, era un pastel de mármol que pesaba seis toneladas.

Dirigimos las linternas hacia la izquierda del bloque de granito y no vimos absolutamente nada, a excepción de un macizo que debía de medir unos diez metros y que se adentraba en el bosque. Volví a iluminar la parte que tenía delante de mí y vi que faltaban algunos trozos en la roca, como si alguien los hubiera extraído de la piedra de color negro azulado. Por la forma que tenía, parecían unos labios sonrientes de unos treinta centímetros de ancho y se encontraban un metro más arriba de la pared; allí vi una sonrisa mucho más amplia.

—¿Te has dedicado a la escalada últimamente? —le pregunté a Angie.

—¿No estarás pensando en...? —La luz de la linterna se balanceaba ante la pared de la roca.

—No veo ninguna otra alternativa. —Le di mi linterna y alcé la punta del zapato hasta que encontré el primer labio pequeño. Volví la cabeza y la miré—. Si yo estuviera en tu lugar, no me quedaría de pie precisamente detrás de mí. Es probable que baje muy rápidamente.

Movió la cabeza, se apartó hacia la izquierda y siguió iluminando la roca con ambas linternas; mientras tanto, flexioné la punta del zapato e hice fuerza un par de veces para comprobar si la sonrisa se desmoronaría o no. Al ver que no, respiré hondo, me apoyé con fuerza y me agarré a la siguiente repisa. Conseguí colocar los dedos, pero enseguida resbalaron a causa del polvo y la sal, lo cual hizo que me echara hacia atrás y me cayera de culo.

—Ha estado muy bien —bromeó Angie—, no cabe duda de que tienes una predisposición genética para todo lo que esté relacionado con actividades atléticas.

Me puse en pie y me sacudí el polvo de los dedos pasándolos por encima de los pantalones. Miré a Angie con el ceño fruncido y lo volví a intentar; una vez más me caí de culo.

—Creo que me estoy poniendo un poco nerviosa —dijo Angie.

La tercera vez que lo intenté, conseguí mantener los dedos en la repisa unos quince segundos antes de perder toda la fuerza.

Angie me iluminó la cara con la linterna mientras contemplaba el testarudo bloque de granito.

—¿Puedo?

Cogí las linternas y las dirigí hacia la roca.

—Toda tuya —le dije.

Se retiró un poco e inspeccionó la roca. Se agachó y se sentó en cuclillas varias veces, estiró el torso por la parte más estrecha de la espalda y flexionó los dedos. Antes de que tuviera tiempo de adivinar lo que planeaba, ella se había incorporado y corría a toda velocidad hacia la pared de roca. Si no se hubiera detenido a unos centímetros, hubiera dado de lleno contra la roca, igual que Wile E. Coyote contra las puertas pintadas; colocó el pie en la repisa inferior, con la mano derecha asió la repisa superior y así se quedó con el diminuto cuerpo abovedado a unos sesenta centímetros de la cima, mientras intentaba alcanzarla con el brazo.

Siguió en esa posición durante unos treinta segundos, aplastada contra la roca como si alguien la hubiera lanzado allí.

—¿Qué piensas hacer ahora? —le pregunté.

—Nada, pensaba quedarme aquí un rato.

—Me suena a sarcasmo.

—¡Oh!, ¿te has dado cuenta?

—Uno de mis talentos.

—Patrick —dijo, en un tono de voz que me recordó a mi madre y a varias monjas que conocía—, haz el favor de colocarte debajo de mí y empujar.

Coloqué una linterna en la hebilla del cinturón para que la luz me iluminara la cara y coloqué la otra en el bolsillo de atrás, me puse en pie debajo de Angie, puse ambas manos debajo de sus talones y empujé hacia arriba. Seguramente las dos linternas juntas pesaban más que ella. Salió disparada hacia la parte superior de la roca y yo extendí los brazos todo lo que pude por encima de mi cabeza hasta que sus talones ya no tocaban mis manos. Cuando llegó arriba se volvió, me miró desde donde estaba y alargó la mano.

—¿Estás preparado, olímpico mío?

Me tapé la boca con la mano para ocultar la tos.

—¡Será lagarta! —exclamé.

Retiró la mano y sonrió.

—¿Qué has dicho?

—He dicho que tengo que colocar la otra linterna en el bolsillo de atrás.

—¡Ah! —Volvió a tenderme la mano—. Sí, claro.

Una vez que hubo conseguido tirar de mí hasta arriba de todo, dirigimos las linternas a la parte superior de la roca. Debía de ser una extensión de unos veinte metros y era tan lisa como una bocha. Me tumbé panza abajo, asomé la cabeza y dirigí la linterna hacia el borde del precipicio; había una caída recta y lisa de unos veinte metros hasta llegar al agua.

Debíamos de estar a medio camino de la parte norte de la cantera. Justo al otro lado del agua había una hilera de precipicios y repisas donde se vislumbraban unos cuantos grafitos e incluso una clavija de algún escalador extraviado. Cuando enfocaba el agua con la linterna, brillaba contra la roca y hacía el mismo efecto que la calima del calor en una carretera en verano. Era el mismo verde claro que recordaba, aunque un poco más blanquecino, pero ya sabía que el color era engañoso. Unos buceadores que buscaban aquí un cadáver el verano pasado se vieron obligados a abandonar debido a una alta concentración de sedimentos que, junto a la falta de visibilidad que suele haber a más de cuarenta y cinco metros de profundidad, hizo que fuera imposible que pudieran ver nada más allá de un metro de distancia de donde se encontraban. Mientras dirigía la linterna hacia donde estábamos vi lo que quedaba de una matrícula flotando en el agua, un tronco roído por animales en la parte central y que parecía una canoa, y el extremo de algo redondo del color de la piel.

—Patrick —dijo Angie.

—Espera un momento. Vuelve a enfocar allí.

Volví a dirigir la linterna hacia la derecha, allí donde acababa de ver un trozo redondeado de piel, pero sólo vi agua verde.

—Angie —exclamé—. ¡Por el amor de Dios!

Estaba tumbada encima de la roca junto a mí y dirigía la linterna allí donde yo lo hacía. El hecho de que enfocáramos algo que estaba a más de veinte metros de profundidad debilitaba mucho la luz, y el color verde claro del agua tampoco era de gran ayuda. Nuestros círculos de luz se movían en paralelo como si fueran un par de ojos y se balanceaban a uno y otro lado del agua, para arriba y para abajo, y formaban ángulos rectos.

—¿Qué has visto?

—No sé, quizás era una roca...

La corteza color café del tronco flotaba bajo mi haz de luz, luego volvió a aparecer la matrícula que, por su aspecto, diríase que un par de manos la hubieran despedazado.

Quizás habíamos visto simplemente una roca. Es posible que la luz blanca de la linterna, el verde del agua y la oscuridad le jugaran una mala pasada a mis ojos. Si hubiera sido un cadáver, lo hubiéramos vuelto a ver. Además, los cadáveres no flotan. Al menos en la cantera.

—He visto algo.

Ladeé la muñeca, seguí el haz de luz de Angie y ambas iluminaron la cabeza curva y los ojos muertos de Pea, la muñeca de Amanda McCready. Flotaba boca arriba en el agua de color verde y el vestido de flores estaba sucio y mojado.

«¡Dios mío! —pensé—. No puede ser.»

—Patrick —dijo Angie—, y si estuviera ahí abajo...

—Espera...

—Si estuviera ahí abajo —volvió a repetir, y oí el sonido de un golpe mientras se tumbaba sobre la espalda e intentaba quitarse el zapato izquierdo.

—Angie, espera, se supone que...

Se oyó una explosión procedente de la hilera de árboles que había más allá de los precipicios del otro lado de la cantera. Se divisaba un tiroteo a través de las ramas y estallaban detonaciones repentinas de luz amarilla y blanca.

—¡Estoy rodeado! ¡Estoy rodeado! —oímos gitar a Broussard por el walkie-talkie—. ¡Necesito ayuda inmediatamente! Repito: ¡Necesito ayuda inmediatamente!

Un pedacito de mármol salió disparado y me dio en la mejilla; de repente, las ramas de los árboles que teníamos detrás empezaron a moverse violentamente y cayeron al suelo; chispas y sonidos metálicos surgieron súbitamente de la roca.

Angie y yo nos apartamos como pudimos del borde del precipicio y cogí el walkie-talkie.

—Aquí Kenzie. Nos están atacando. Repito: nos están atacando desde el lado sur de la cantera.

Seguí arrastrándome por la oscuridad y vi que mi linterna seguía donde la había dejado, junto al borde, y con el haz de luz en dirección a la cantera. Quienquiera que nos estuviera disparando desde el otro lado del agua, probablemente estaría usando la linterna como punto de luz para saber dónde apuntar.

—¿Te han dado?

Angie negó con la cabeza.

—No.

—Volveré enseguida.

—¿Qué?

Otra cortina de fuego martilleó las rocas y los árboles que había detrás de nosotros, contuve la respiración y esperé a que hicieran una pausa. Cuando finalmente se hizo el silencio, me abrí paso a través de la oscuridad, tiré la linterna al agua por el borde del precipicio.

—¡Dios mío! —suspiró Angie, mientras yo avanzaba con dificultad hacia ella—. Y ahora, ¿qué hacemos?

—No lo sé. Si tienen rifles con objetivos de gran alcance, ya nos podemos dar por muertos.

Volvieron a abrir fuego. Las hojas de los árboles que había detrás de Angie volaban en la oscuridad y las balas se incrustaban en los troncos, a la vez que hacían saltar pequeñas ramas. El fuego cesó por un instante, seguramente el tiempo necesario para que la escopeta reajustara el objetivo; las balas de metal golpeaban el precipicio que teníamos debajo, justo al otro lado del borde, y apedreaban la roca como una granizada. Si la persona que estaba disparando el rifle lo moviera tan sólo dos o tres centímetros, las balas sobrevolarían la parte superior del precipicio y nos darían de lleno.

—Necesito que me evacuen —gritaba Broussard por el walkie-talkie— inmediatamente. Me están atacando por ambos frentes.

—El equipo de evacuación está en camino —dijo una voz fría y tranquila.

Cuando el fuego volvió a cesar, apreté el botón de transmisión.

—Broussard —pronuncié.

—Sí. ¿Están bien?

—Atrapados.

—Yo también —oí un repentino torrente de balas por el walkie-talkie y cuando miré al otro lado de la cantera pude ver el blanco resplandor del continuo tiroteo en los árboles.

—¡Hijo de perra! —gritó Broussard.

Después, el cielo se abrió y propagó una blanca luz a medida que dos helicópteros sobrevolaban a gran velocidad la cantera, con unas luces lo suficientemente potentes para iluminar todo un campo de fútbol. Durante unos instantes, me cegó la pureza del resplandor blanco y repentino. Todo perdió su color original y palideció: hileras de árboles blancas, rocas blancas, agua blanca.

La intensidad de la luz se vio interrumpida por un objeto largo y oscuro que formó un arco en las filas de árboles del otro lado, dio una vuelta de campana en el aire y cayó por el precipicio en dirección al agua. Seguí con la mirada cómo bajaba, y antes de que desapareciera de mi vista, pude ver que se trataba de un rifle; pero enseguida volvió a empezar el tiroteo en la hilera de árboles al otro lado del agua.

De repente cesó el fuego. Busqué la luz y vislumbré el extremo más grueso de otro rifle, que caía en dirección al agua a través de la oscuridad.

Un helicóptero se detuvo sobre la hilera de árboles del lado de Broussard y oí el sonido del tiroteo automático y a Broussard que gritaba por el walkie-talkie: «Alto al fuego, alto al fuego, loco rematado».

A la luz se veía cómo las verdes copas de los árboles se despedazaban y saltaban por los aires, y entonces se dejó de oír el sonido del arma que disparaba desde el helicóptero y el segundo helicóptero se detuvo y me iluminó directamente la cara. El aire que provocaba las hélices me hicieron caer y Angie cogió el walkie-talkie.

—Retírense. Estamos bien y están en la línea de tiro —dijo.

La luz blanca desapareció por un momento y cuando pude volver a ver con claridad y el aire disminuyó, vi que el helicóptero se había desplazado unos doce metros más arriba, que permanecía inmóvil en el aire por encima de la cantera y que dirigía los faros hacia el agua.

El tiroteo había cesado. Sin embargo, el ruido mecánico

había sido sustituido por el silbido de las turbinas del helicóptero y los golpes cortantes del rotor.

Miré la luz blanca y vi cómo se reflejaba en el tronco, la matrícula y la muñeca de Amanda. Volví la cabeza en el preciso momento en que Angie se desprendía del zapato derecho y se quitaba la sudadera por la cabeza. Sólo llevaba un sujetador negro y unos pantalones vaqueros azules; tiritaba de frío a causa del aire y se le enrojecieron las mejillas.

—No podrás bajar ahí —dije.

—Tienes razón —asintió con la cabeza, se inclinó para recoger la sudadera, pasó rápidamente por delante de mí y cuando me giré hacia ella ya estaba en el aire, agitando las piernas y sacando pecho.

El helicóptero se inclinó hacia la derecha y pude ver cómo el cuerpo de Angie se retorcía y luego se enderezaba.

Cayó como un mísil.

Su cuerpo parecía oscuro en contraste con la claridad de la luz. Al tener las manos fuertemente asidas a los muslos y caer a plomo parecía una esbelta estatua.

Golpeó el agua como un cuchillo de carnicero, con un corte limpio y luego desapareció.

—Hay alguien en el agua —dijo alguien por el walkie-talkie—. Hay alguien en el agua.

Como si supieran que yo iba a seguirla, el helicóptero volvió hacia el precipicio, giró a la derecha y permaneció inmóvil en el aire. A pesar de que se movía ligeramente de un lado a otro, formaba una pared delante de mí.

El truco para saltar con éxito desde el precipicio de la cantera siempre ha sido la velocidad y la forma de lanzarse. Uno tiene que saltar lo más lejos posible a fin de que el aire y los caprichos de la gravedad no le empujen hacia la pared, y a cualquier saliente que haya mientras desciende. Con el helicóptero justo delante de mí, aunque consiguiera esquivarlo y saltar, la corriente de aire me aplastaría contra el precipicio y me quedaría allí pegado como una mancha.

Me tumbé en el suelo e intenté divisar a Angie. Por el modo en que había caído al agua, aunque hubiera empezado a mover las piernas en el preciso momento en que se zambullera, se había dejado caer desde una gran altura. Y en esta cantera, se podría haber encontrado con cualquier cosa al caer: troncos, una nevera vieja encaramada en una repisa sumergida...

Salió a la superficie a unos catorce metros de la muñeca, miró a su alrededor violentamente y se volvió a zambullir.

Broussard apareció en la parte superior de unas rocas desiguales de la parte sur de la cantera. Agitó los brazos y el helicóptero que se encontraba en esa parte se dirigió hacia él. Broussard extendió los brazos y el ruido ensordecedor de una turbina —que parecía el lamento de la fresa de un dentista— traspasó la noche a medida que descendía en dirección a Broussard. Intentó alcanzar las patas con los brazos pero una ráfaga de aire hizo que el helicóptero se alejara dando tumbos.

La misma ráfaga de aire hizo que el helicópero que estaba delante de mí fuera de un lado a otro y estuvo a punto de caer por el precipicio. Se enderezó, se movió hacia la derecha, dio la vuelta en medio de la cantera y se dirigió hacia mí en el preciso momento en que yo me estaba quitando rápidamente los zapatos y la chaqueta.

Abajo, Angie volvió a salir a flote y nadó hasta la muñeca. Volvió la cabeza, miró a los helicópteros y se volvió a zambullir.

En el otro lado de la cantera, el helicóptero se dirigía hacia Broussard. Volvió a ponerse encima de las rocas desiguales; por un momento, pareció que perdía el equilibrio, pero levantó los brazos y se agarró a las patas del helicóptero mientras éste se balanceaba por encima del precipicio y giraba el morro por encima del agua. Las piernas de Broussard se movían en el aire, y subía y bajaba el cuerpo, una y otra vez, hasta que consiguieron meterlo en la cabina.

El helicóptero que estaba en este lado de la cantera se dirigió directamente hacia mí y cuando me di cuenta de que estaba intentando aterrizar casi era demasiado tarde. Recogí rápidamente los zapatos y la chaqueta, me alejé como pude del borde y me moví hacia la izquierda ya que las patas delanteras descendieron hacia la roca, se movieron bruscamente y desplazaron el rotor de cola hacia la izquierda.

Cuando se volvió a dirigir hacia mí, a un poco más de altura, la ráfaga de aire que provocaba el rotor era lo suficientemente fuerte como para echarme por tierra y el sonido ensordecedor de la turbina me perforaba los tímpanos como si fuera un pico de metal.

Mientras intentaba ponerme en pie, el helicóptero rebotó una vez por encima de la roca lisa, y volvió a rebotar por segunda vez. Veía cómo el piloto se tensaba en la cabina cada vez que intentaba posarse en la superficie, y el morro iba hacia abajo y la cola se levantaba, y por un minuto pensé que los rotores rascarían las rocas que separaban la cima del precipicio de la hilera de árboles.

Un policía con un mono azul oscuro y un casco negro saltó desde la cabina; mantuvo la cabeza baja y las rodillas dobladas mientras corría hacia mí.

—¿Kenzie? —gritó.

Asentí con la cabeza.

—Venga —me cogió del brazo y me agachó la cabeza ya que el otro helicóptero salió disparado del agua en dirección a la cuesta donde habíamos dejado a Poole.

Sabía que era totalmente imposible que pudiera aterrizar allí. Era demasiado denso, como quien dice no había ni un solo claro. La única forma que tenían de sacarlo era lanzar a un hombre y una cesta por uno de los lados y tirar de él.

El policía me hizo entrar a la cabina mientras los rotores seguían moviéndose a toda velocidad, y tan pronto como estuve dentro, la máquina despegó de la roca dando tumbos y se dejó caer por uno de los lados.

Podía ver a Angie mientras volábamos hacia ella. Sostenía la muñeca de Amanda en una mano y se volvió a zambullir. A medida que el helicóptero se deslizaba por encima de la superficie, el agua empezó a girar y a arremolinarse.

—Hagan el favor de subir —grité.

El copiloto me miró.

Moví el dedo pulgar en dirección al techo.

—¡La ahogarán! ¡Hagan el favor de subir!

El copiloto le dio un codazo al piloto y éste retiró la mano del acelerador; se me revolvió el estómago cuando el helicóptero se ladeó hacia la derecha y por la ventana de la cabina vislumbramos un precipicio cubierto de grafito del que conseguimos alejarnos al ganar altura y dar una vuelta completa; permanecimos inmóviles en el aire a unos diez metros de altura de donde habíamos visto a Angie por última vez.

Salió a la superficie, se debatió contra los remolinos que la hundían, escupió agua y se colocó de espaldas.

—¿Qué está haciendo? —preguntó el policía que estaba junto a mí.

—Está intentando llegar a la orilla —repuse, mientras Angie nadaba de espaldas hacia las rocas a la vez que formaba un arco con la muñeca cada vez que levantaba el brazo izquierdo.

El policía asintió mientras apuntaba a la hilera de árboles con el rifle.

El instituto de Angie no tenía equipo de natación y, por lo tanto, competía para el Club Femenino de América; cuando tenía dieciséis años ganó una medalla de plata en un campeonato regional. A pesar de que hacía muchos años que fumaba, aún nadaba muy bien. Se deslizaba elegantemente por el agua, sin apenas moverla y dejaba tan poco rastro que cuando se dirigía hacia la orilla parecía una anguila.

—Tendrá que volver a pie —dijo el copiloto a gritos—, es imposible aterrizar ahí abajo.

Angie vio un saliente de rocas justo antes de chocar contra ellas. Se dio la vuelta y dejó que la corriente la llevara hasta las rocas; una vez allí, puso la muñeca con cuidado en una de las grietas y subió hasta la parte superior de la roca. El piloto dirigió el helicóptero hacia las rocas, colocó un megáfono encima de la luz y dijo:

—Señorita Gennaro, no podemos evacuarla. No hay suficiente espacio entre las paredes de las rocas y no tenemos donde aterrizar.

Angie asintió y, aunque se la veía cansada, nos hizo una señal con la mano; se le veía el cuerpo blanco a causa del foco reflector y algunos mechones de su pelo largo y negro le cubrían las mejillas.

—Justo detrás de esas rocas —dijo el piloto por el megáfono— hay un camino. Sígalo y vaya girando hacia la izquierda. Llegará a la avenida Ricciuti. Habrá alguien esperándola.

Angie indicó con el pulgar que todo iba bien y se sentó en la roca, aspiró profundamente y puso la muñeca en su regazo.

Cuando el helicóptero se ladeó de nuevo y empezó a volar por encima de las paredes de la cantera, Angie se convirtió en un diminuto punto tenue en contraste con la negritud de las paredes; el suelo a nuestros pies se movía a gran velocidad a medida que sobrevolábamos la antigua ruta del ferrocarril y nos dirigíamos hacia el oeste en dirección a las pistas de esquí de Blue Hills.

—¿Qué demonios buscaba ahí abajo? —preguntó el policía que estaba junto a mí, mientras dejaba el rifle.

—A la niña.

—¡Caramba! —dijo el policía—. Ya volveremos con buceadores.

—¿Por la noche?

El policía me miró a través de la visera.

—Seguramente —aunque no parecía muy convencido y añadió—: No, tendría que ser por la mañana.

—Creo que ella esperaba encontrarla antes.

El policía se encogió de hombros.

—Si Amanda McCready está en esa cantera, sólo Dios puede hacer que encontremos su cadáver.

19

Aterrizamos en la ladera de la antigua mina en la reserva de Blue Hills, descendiendo suavemente a través de las hileras de telesillas, y observamos cómo el segundo helicóptero aterrizaba a unos veinte metros de distancia.

Nos estaban esperando varios coches de policía, ambulancias, dos coches de guardabosques del Distrito Metropolitano de Boston y unas cuantas unidades de soldados.

Broussard salió rápidamente del segundo helicóptero y se encaminó a toda velocidad hacia el primer coche de policía que divisó, e hizo salir al policía uniformado del asiento del conductor.

Fui corriendo hacia él justo cuando ponía el coche en marcha.

—¿Dónde está Poole?

—No lo sé —respondió—. No estaba donde le dejamos, en el sendero. Creo que o bien intentó volver él solo o bien se dirigió hacia la cima cuando oyó el tiroteo.

El comandante Dempsey se acercó corriendo a través del campo.

—Broussard, ¿qué demonios pasó allá arriba?

—Es una larga historia, comandante.

Subí al coche y me senté junto a Broussard.

—¿Dónde está la niña?

—No había ninguna niña —contestó Broussard—. Era un montaje.

Dempsey se apoyó en la ventana del coche.

—Me han dicho que la muñeca de la niña estaba flotando en el agua —comentó.

Broussard me miró; tenía una expresión furiosa.

—Sí —dije—, pero no vimos el cuerpo.

Broussard soltó el cambio de marchas.

—Tenemos que ir a buscar a Poole, señor —dijo.

—El sargento Raftopoulos llamó hace dos minutos. Está en la calle Pritchett y dice que hubo varias personas que ingresaron cadáver.

—¿Quién?

—No lo sé.

Dempsey se apartó de la ventana.

—He mandado una unidad de guardabosques a la avenida Ricciuti para que recojan a su compañera, señor Kenzie.

—Gracias.

—¿Quién se encargaba de disparar toda esa artillería?

—No lo sé, señor, pero estábamos totalmente rodeados.

El repentino sonido de una turbina chirrió por todo el campo y Dempsey tuvo que gritar para que lo oyeran.

—¡No pueden salir! —gritó Dempsey—. Están encerrados. No hay escapatoria.

—Sí, señor.

—¿Ningún indicio de la niña? —preguntó Dempsey.

Daba la impresión de que pensaba que si nos hacía la misma pregunta varias veces, tarde o temprano, acabaría obteniendo la respuesta que esperaba.

Broussard hizo un gesto con la cabeza.

—Mire, señor, con todo nuestro respeto, el sargento Raftopoulos tuvo una especie de ataque cardíaco por el camino. Me gustaría verle.

—¡Vayan!

Dempsey se hizo a un lado e hizo señas a varios coches para que nos siguieran mientras Broussard apretaba el acelerador y se lanzaba pendiente abajo; rozó una hilera de árboles con una de las ruedas y cogió un camino de tierra, giró a la izquierda y se dirigió a toda velocidad por un camino destrozado por los cráteres hacia la vía de salida de la autopista que conducía a una rotonda y a la calle Pritchett.

Pasamos por dos caminos de tierra y llegamos a la calle Quarry, desde donde corríamos por el lado sur de la colina, mientras por el espejo retrovisor observábamos el movimiento de las luces rojas y azules que nos seguían.

Broussard no redujo la velocidad cuando pasó una señal de stop que había en un extremo de la calle Quarry. Derrapó de un lado al otro del arcén, llegó a la rotonda y aún pisó más el acelerador. Por un momento, las cuatro ruedas se le resistieron. Daba la impresión de que el coche estaba a punto de volcar, pero las ruedas se agarraron bien al suelo, el poderoso motor protestó y partimos de la rotonda como una bala. Broussard volvió a perder el control de una de las ruedas y nos precipitamos contra el arcén, llenamos el capó de hierbajos y barro; seguimos avanzando a toda velocidad. A nuestra derecha vimos un molino abandonado y a Poole apoyado en la puerta trasera del Lexus RX 300 aparcado a la izquierda de la carretera a unos cuarenta y cinco metros más allá del molino.

Poole se recostaba con indolencia en el parachoques. Llevaba la camisa abierta hasta el ombligo y se apretaba el pecho con una mano.

Broussard frenó violentamente, saltó del coche, resbaló en el barro y se arrodilló junto a Poole.

—¡Nick, Nick!

Poole abrió los ojos y sonrió débilmente.

—Me perdí.

Broussard le tomó el pulso, le puso una mano encima del corazón, le levantó el párpado izquierdo con el dedo pulgar.

—De acuerdo, Nick, de acuerdo. Te pondrás... bien.

Varios coches de policía pararon un poco más adelante. Un policía joven salió del primer coche, de la unidad de Quincy.

—¡Abra la puerta trasera! —gritó Broussard.

El policía asía torpemente una linterna que se le cayó al suelo. Se agachó a recogerla.

—¡Abra la maldita puerta! —gritó Broussard—. ¡Ahora mismo!

El joven consiguió darle una patada a la linterna y lanzarla bajo el coche antes de ponerse en pie y abrir la puerta.

—Kenzie, ayúdeme a levantarlo.

Cogí a Poole por las piernas mientras Broussard lo calmaba y le pasaba los brazos alrededor del pecho; lo llevamos a la parte trasera del coche y lo metimos dentro.

—Estoy bien —murmuró Poole, y giró los ojos hacia la izquierda.

—Seguro que sí —dijo Broussard con una sonrisa.

Se volvió para mirar al joven, que parecía muy nervioso.

—¿Conduce rápido?

—Oh, sí, señor.

Detrás nuestro, varios soldados y policías de Quincy se dirigían hacia la parte delantera del Lexus, con las pistolas en la mano.

—¡Salga del coche ahora mismo! —dijo uno de los soldados, mientras apuntaba el arma hacia el parabrisas de Gutiérrez.

—¿Qué hospital está más cerca? —preguntó Broussard—. ¿El de Quincy o el de Milton?

—Hummm... desde aquí, señor, el de Milton.

—¿Cuánto tiempo tardará en llegar allí? —volvió a preguntar Broussard al policía.

—Tres minutos.

—Pues intente llegar en dos

Broussard le dio un golpecito en el hombro y le empujó hacia la puerta del conductor. El policía se puso rápidamente al volante. Broussard apretó la mano de Poole.

—Nos vemos de aquí a un rato.

Poole asintió soñoliento con la cabeza.

Retrocedimos un paso y Broussard cerró la puerta trasera.

—Dos minutos —le repitió al joven.

Las ruedas del coche expelían grava y levantaban nubes de polvo mientras el policía se lanzaba a la carretera y encendía las luces; avanzaba a tal velocidad por el asafalto que parecía un cohete.

—¡Santo cielo! —exclamó otro policía, que estaba de pie delante del Lexus—. ¡Santo cielo!

Broussard y yo nos encaminamos hacia el Lexus; Broussard señaló a un par de soldados el molino abandonado.

—Vayan a echar un vistazo a ese edificio. Ahora mismo —les dijo.

Los soldados no hicieron preguntas. Colocaron las manos encima de las pistolas que llevaban en la cadera y corrieron hacia el molino.

Llegamos hasta el Lexus, nos abrimos paso entre la pequeña multitud de policías que bloqueaba el acceso al parachoques delantero y miramos a Chis Mullen y al Faraón Gutiérrez a través del cristal. Gutiérrez estaba sentado en el asiento del conductor y Mullen se hallaba a su lado. Los faros aún estaban encendidos. El motor, en marcha. Un agujero formaba como una pequeña telaraña en el parabrisas justo delante de Gutiérrez. Había otro orificio idéntico delante de Mullen.

Los agujeros que tenían en la cabeza también se parecían bastante: ambos eran del tamaño de una moneda de diez centavos, blancos con arrugas alrededor y ambos hombres tenían un pequeño reguero de sangre en la nariz.

Según parecía, Gutiérrez había sido el primero en recibir la bala. Su cara sólo expresaba cierta impaciencia; tenía ambas manos abiertas en el asiento con las palmas hacia arriba. Las llaves estaban puestas y la palanca de marchas en punto muerto. La mano derecha de Chris Mullen asía la pistola que llevaba en el cinturón y, por la expresión de su rostro, parecía como si le hubiera dado un ataque de pánico. Seguramente habría dispuesto de medio segundo para darse cuenta de que iba a morir, quizá menos. El tiempo suficiente para ver las cosas a cámara lenta, para que un montón de pensamientos horrendos cruzaran su exasperado cerebro, mientras se daba cuenta de que una bala había matado al Faraón, se llevaba una mano a la pistola y oía cómo la siguiente bala atravesaba el parabrisas.

«Bubba», pensé.

A unos cuarenta y cinco metros del Lexus, el molino abandonado, que tenía una especie de entarimado en el tejado, hubiera sido un sitio perfecto para un francotirador. La luz de los faros del coche iluminaban a los estatales y podíamos ver cómo se acercaban lentamente al molino, con las rodillas ligeramente flexionadas y las pistolas apuntando al entarimado. Uno de ellos hizo una indicación al otro y se dirigieron hacia una puerta lateral. La abrió de golpe y el otro entró con la pistola a la altura del pecho.

«Bubba —pensé—, espero que no hayas hecho esto sólo para divertirte. Dime que tienes a Amanda McCready.»

Broussard siguió mi mirada.

—¿Cuánto se apuesta a que el ángulo de trayectoria nos confirma que la bala fue disparada desde ese edificio?

—No me apuesto nada.

Dos horas más tarde, aún estaban intentando poner orden en toda aquella confusión. De repente, la noche se había vuelto muy fría y empezó a caer aguanieve que salpicaba los parabrisas y se nos enganchaba en el pelo como piojos.

Los soldados que habían entrado en el molino regresaron con un rifle Winchester modelo 94 con palanca junto a un objetivo de mira de gran alcance; lo habían encontrado dentro de un viejo barril de petróleo en el segundo piso, justo a la derecha de la ventana que conducía al entarimado del tejado. El número de serie había sido arrancado y el primer miembro del equipo de forenses que examinó el arma se rió cuando alguien le sugirió que intentara encontrar huellas dactilares.

Enviaron más soldados al molino para registrarlo, pero dos horas más tarde no tenían nada; el equipo forense no había encontrado ninguna huella en la barandilla del entarimado ni en el marco de la ventana.

Un guardabosques había ido a buscar a Angie al otro lado de la colina que conducía a la cantera de Swingle y le dio un impermeable naranja y unos calcetines gruesos, pero aún seguía temblando en la oscuridad de la noche mientras se secaba el oscuro pelo con una toalla, a pesar de que hacía horas que lo tenía seco. Por lo visto, el veranillo de San Martín había desaparecido igual que los indios de Massachusetts.*

Dos buceadores se habían zambullido en la cantera de Granite Rail, pero la visibilidad era nula a más de diez metros de profundidad, y una vez que el temporal había amainado, los sedimentos se habían desprendido de las paredes de granito dejando la superficie del agua llena de arena.

* Juego de palabras intraducible. *Indian Summer* es el término inglés que equivale a *veranillo de San Martín* en castellano. (*N. de la T.*)

Los buceadores abandonaron la búsqueda a las diez sin haber encontrado nada, a excepción de unos pantalones vaqueros de hombre que colgaban de una de las repisas a unos seis metros de profundidad.

Cuando Broussard llegó a la parte sur de la cantera, prácticamente al otro lado del precipicio donde Angie y yo habíamos visto la muñeca, había una nota esperándole, hábilmente colocada debajo de un canto rodado e iluminada por una pequeña linterna que colgaba de una rama.

Pato.

Cuando Broussard se disponía a coger la nota, un tiroteo estalló entre los árboles; se apartó de allí y fue hacia la altiplanicie del precipicio, asiendo con fuerza la pistola y el walkie-talkie, abandonando la bolsa del dinero y la linterna. Una segunda cortina de fuego le obligó a desplazarse hasta el borde del precipicio, y allí siguió tendido en la oscuridad —lo único que le ofrecía seguridad— con la pistola apuntando a los árboles, pero sin disparar por miedo a que el fogonazo revelara con exactitud dónde se hallaba.

Al iniciar la búsqueda del último lugar en que había estado Broussard, se halló la nota, la linterna del secuestrador, la linterna de Broussard, y la bolsa abierta y vacía. Encontraron más de cien cartuchos usados entre los árboles y salientes que había detrás del precipicio de Broussard. El soldado que envió el mensaje por radio dijo:

—Seguro que encontraremos muchos más. Es como si hubieran disparado sin cesar. Parece Granada. ¡Por el amor de Dios!

Los soldados y los guardabosques que se encontraban a nuestro lado de la cantera habían llamado para informar que habían encontrado indicios de que, como mínimo, se habían llevado a cabo cincuenta irrupciones en la planicie del precipicio o en la hilera de árboles que teníamos detrás. Uno de los soldados que oímos por la radio hizo un resumen bastante acertado de la opinión general:

«Comandante Dempsey, señor, por lo que parece, estaba planeado para que nadie pudiera salir con vida. Totalmente imposible, señor».

Todas las carreteras de entrada y salida de la zona siguieron cerradas, pero teniendo en cuenta que los disparos procedían de la parte sur de la cantera de Granite Rail, se enviaron soldados, guardabosques y policía local con perros entrenados para que llevaran a cabo una búsqueda minuciosa de los sospechosos; a pesar de ello, desde la calle de la parte norte se podía ver claramente la sinfonía de luces que de vez en cuando surgía de la cima de los árboles.

Poole, según la opinión de los médicos, había sufrido un infarto de miocardio, agravado por el hecho de bajar desde la colina hasta la calle Quarry. Una vez allí, Poole, desorientado y delirando, había visto a Gutiérrez y a Mullen en el Lexus en dirección hacia la calle Pritchett, y se había dirigido hacia allí, había encontrado los cadáveres y había pedido ayuda desde el teléfono del coche.

Según las últimas noticias, Poole estaba ingresado en la Unidad de Vigilancia Intensiva del hospital de Milton y su estado era crítico.

—¿Alguien tiene una teoría? —nos preguntó Dempsey.

Estábamos apoyados en el capó de nuestro Crown Victoria; Broussard fumaba uno de los cigarrillos de Angie; ella temblaba y sorbía café de una taza con un escudo del Distrito Metropolitano de Boston, mientras yo le acariciaba la espalda para que entrara en calor.

—¿Qué teoría? —inquirí.

—Lo que explicaría por qué Gutiérrez y Mullen se encontraban en esta carretera en el preciso momento en que ustedes tres estaban siendo atacados. —Masticaba un palillo rojo de plástico, de vez en cuando lo tocaba con el pulgar y el índice sin quitárselo de la boca—. A no ser que ellos también tuvieran un helicóptero, y la verdad, no lo creo. ¿Qué opinan?

—No creo que tuvieran ningún helicóptero —contesté.

Sonrió.

—Bien, si descartamos esa posibilidad, no veo cómo podían estar en la cima de esa colina y, tan sólo unos minutos después, estar aquí abajo jugueteando con armas en su Lexus. Sencillamente me parece, no sé... imposible. ¿Me siguen?

A Angie le castañeteaban los dientes.

—¿Quién más estaba allá arriba? —preguntó.

—Ésa es la cuestión, ¿no es así?, entre otras muchas. —Volvió la cabeza y miró hacia la oscura forma de las colinas que se alzaba al otro lado de la autopista—. Por no hablar de ¿dónde está la niña? ¿Dónde está el dinero? ¿Dónde está la gente que descargó una cantidad de armamento digna de una película de Schwarzenegger? ¿Dónde está la persona o personas que eliminaron tranquilamente a Gutiérrez y a Mullen? —Colocó el pie en el parachoques, volvió a tocar el palillo y observó los coches que corrían por la autopista al otro lado del Lexus—. La prensa se lo va a pasar en grande.

Broussard le dio una larga chupada al cigarrillo, y la espiró ruidosamente.

—Está jugando a CLPE, ¿verdad, Dempsey?

Dempsey se encogió de hombros, sin dejar de mirar la autopista con sus ojos de búho.

—¿CLPE? —dijo Angie con un castañeteo de dientes.

—*Cubrirse las propias espaldas* —dijo Broussard—. El comandante Dempsey no desea que lo conozcan como el policía que perdió a Amanda McCready, doscientos mil dólares y dos vidas en una sola noche. ¿No es así?

Dempsey volvió la cabeza hasta que el palillo señaló directamente a Broussard.

—No me gustaría ser conocido por todo eso, no, detective Broussard.

—Entonces lo seré yo —se lamentó Broussard.

—Fue usted el que perdió el dinero —dijo Dempsey—. Nosotros le permitimos hacer las cosas a su manera y ya ve cómo han salido.

Se sorprendió al ver que dos ayudantes del juez de Primera Instancia e Instrucción sacaban el cuerpo de Gutiérrez del asiento del conductor y lo depositaban sobre una bolsa negra que habían extendido en la carretera.

—¿Saben que su lugarteniente Doyle lleva desde las ocho y media de la mañana hablando por teléfono con el mismísimo jefe de policía, intentándole explicar lo que ha sucedido? La última vez que le vi, estaba dando la cara por usted y por su compañero. Le dije que era una pérdida de tiempo.

—¿Qué se supone exactamente —protestó Angie— que Broussard debía hacer cuando abrieron fuego contra él de esa forma? ¿Tener el aplomo suficiente para agarrar rápidamente la bolsa y tirarse por el precipicio?

Dempsey se encogió de hombros.

—Hubiera sido una posibilidad, sin lugar a dudas.

—No me lo puedo creer. —Angie dejó de castañear los dientes—. Arriesgó su vida por...

—Señorita Gennaro —le interrumpió Broussard poniéndole la mano en la rodilla—. El comandante Dempsey no está diciendo nada que no vaya a decir después el lugarteniente Doyle.

—Preste atención a lo que le dice el detective Broussard, señorita Gennaro —apuntó Dempsey.

—Alguien tiene que pagar los platos rotos —se dolió Broussard— y yo soy el elegido.

Dempsey soltó una risita.

—Usted es el único candidato.

Nos dejó allí a los tres y se dirigió hacia un grupo de soldados; mientras tanto hablaba por el walkie-talkie y a observaba las colinas de la cantera.

—Esto no está nada bien —protestó Angie.

—Sí —dijo Broussard—, sí que lo está —tiró el cigarrillo, del que sólo quedaba el filtro, al suelo—. La he cagado.

—*Nosotros* la hemos cagado.

Negó con la cabeza.

—Si aún tuviéramos el dinero, podrían tolerar que Amanda continuara sin aparecer o que estuviera muerta. Pero ¿sin el dinero? Hemos quedado como unos payasos. Y por mi culpa —escupió al suelo, negó con la cabeza y dio una patada al neumático que tenía junto a los pies con la punta del talón.

Angie vio cómo uno de los técnicos del equipo forense metía la muñeca de Amanda en una bolsa de plástico, la cerraba herméticamente y apuntaba algo con un rotulador negro.

—Está allí, ¿verdad? —pregunto Angie, mientras dirigía la mirada hacia las oscuras colinas.

—Allí está —respondió Broussard.

20

Cuando amaneció aún seguíamos allí mientras la grúa se llevaba el Lexus por la calle Pritchett, daba la vuelta a la rotonda y se dirigía hacia la autopista.

Los soldados iban y venían de las colinas, con bolsas llenas de cartuchos usados y varios cascos de bala extraídos de la pared de piedra o de los troncos de los árboles. Uno de ellos consiguió recuperar la sudadera y los zapatos de Angie, pero nadie parecía saber quién había sido ni qué había hecho con las pertenencias. Durante nuestra vigilia, un policía de Quincy le puso a Angie una manta alrededor de los hombros, pero ella seguía tiritando y a menudo se le veían los labios morados a la luz de las farolas, los focos y todas las luces que habían instalado para iluminar el lugar del crimen.

El lugarteniente Doyle bajó de la colina alrededor de la una y le hizo señas a Broussard. Caminaron carretera arriba hasta llegar al cordón policial que rodeaba el lugar del crimen en el molino, y una vez que se detuvieron y se colocaron uno frente al otro, Doyle explotó. No podíamos oír lo que decía, pero sí sus gritos; también podíamos ver cómo le tocaba la cara con el dedo índice para indicarle que esa actitud de «¡lo intentamos!» no iba a conmoverle lo más mínimo. Broussard mantuvo la cabeza baja casi todo el rato y Doyle siguió gritando, como mínimo, unos veinte minutos largos, aunque daba la impresión de que cada vez estaba más alterado. Cuando hubo acabado, Broussard alzó la mirada; Doyle negó con la cabeza y le miró de tal forma, que incluso a cuarenta y cinco metros de distancia, se podía sentir la frialdad de sus ojos. Dejó a Broussard y entró en el molino.

—Malas noticias, supongo —dijo Angie, mientras Broussard le gorroneaba otro cigarrillo del paquete que había encima del capó del coche.

—Mañana me suspenderán de empleo después de celebrar la vista con la Sección de Asuntos Internos. —Broussard encendió un cigarrillo y se encogió de hombros—. Mi última responsabilidad oficial será la de informar a Helene McCready de que fracasamos en el intento de recuperar a su hija.

—Y, a su lugarteniente —dije—, que fue el que dio el visto bueno a esta operación, ¿de qué se le acusa?

—De nada.

Broussard se apoyó en el parachoques, dio otra calada y exhaló una espiral de humo azul.

—¿De nada? —quiso saber Angie.

—De nada. —Broussard tiró un poco de ceniza al suelo—. Asumo toda culpa y responsabilidad, admito que he encubierto información pertinente para poder ser una celebridad, y no perderé la placa. —Volvió a encogerse de hombros—. Bienvenidos a la política del departamento.

—Pero...

—Ah, sí —dijo Broussard, mientras volvía la cabeza hacia Angie—. El lugarteniente ha dejado muy claro que si hablan de este asunto con alguien, les..., a ver si me acuerdo con exactitud, les llenará de mierda hasta el cuello por el asesinato de Marion Socia.

Dirigí la mirada hacia la puerta del molino, que era donde había visto a Doyle por última vez.

—¡Vaya bocazas! —exclamé.

Broussard negó con la cabeza.

—Nunca intimida con amenazas que no puede cumplir. Si lo ha dicho, es que puede hacerlo.

Pensé en ello. Hace unos cuatro años, Angie y yo matamos a sangre fría a un chulo y traficante de crack llamado Marion Socia, debajo del puente de la autopista del sudeste. Usamos pistolas no registradas y limpiamos todas las huellas dactilares.

Sin embargo, había un testigo, un futuro violador, llamado Eugene. Nunca supe su apellido, pero en aquel momento estaba convencido de que si yo no hubiera matado a Socia, éste hubiera matado a Eugene. No en aquel mismo momento, pero muy pronto. Eugene, supuse, debió de pasar muchos apuros durante esos años —hacer carrera con Shearson Lehman no debió de parecerle suficiente— y durante uno de esos apuros seguro que nos delató a cambio de obtener una sentencia más favorable. Dada la falta de otras pruebas que nos relacionaran con la muerte de Socia, estoy convencido de que el fiscal del distrito judicial decidió cerrar el caso; alguien debió de guardar la información y pasársela a Doyle.

—¡Que nos tiene cogidos por las pelotas, vamos!

Broussard me miró, luego miró a Angie y sonrió.

—Hablando con eufemismos, naturalmente. Pero, sí. Estás en sus manos.

—Un pensamiento muy reconfortante —dijo Angie.

—Esta semana he tenido muchos pensamientos reconfortantes —dijo Broussard, mientras tiraba el cigarrillo—. Voy a buscar una cabina telefónica, llamar a mi mujer y contarle las buenas noticias.

Se encaminó hacia los policías y furgonetas que rodeaban el Lexus de Gutiérrez, con los hombros caídos, las manos en los bolsillos, y andando con inseguridad, como si el suelo no fuera el mismo que media hora antes.

Angie se estremeció de frío, y yo me estremecí con ella.

Los buceadores volvieron a la cantera mientras la mañana se teñía de púrpura y rosa; los policías usaron cintas amarillas y conos para bloquear las calles Pritchett y Quarry antes de que fuera la hora punta. Un contingente de soldados formaba una barrera humana e impedía el paso hacia las colinas. A las cinco de la mañana, habían estacionado un grupo de soldados en todos los puntos de acceso a las carreteras principales; aunque los vehículos tenían que pasar por los puestos de control, no se cortó el tráfico y se abrieron las vías de entrada y de salida a la autopista. Al poco tiempo, como si hubieran estado esperando a la vuelta de la esquina, aparecieron furgonetas de la televisión y los reporteros se instalaron en la autopista, bloquearon el arcén y nos iluminaron a nosotros y las colinas con sus potentes focos. Uno de los periodistas le preguntó varias veces a Angie por qué no llevaba zapatos. Angie le contestó repetidas veces con la cabeza baja, levantando el dedo corazón.

En un principio, los periodistas habían aparecido porque se había extendido el rumor de que había habido un gran tiroteo en las canteras de Quincy, y porque se habían encontrado dos cadáveres en la calle Pritchett que parecían asesinados por un profesional. Entonces, no se sabe muy bien cómo, la brisa matinal trajo el nombre de Amanda McCready desde las colinas y empezó el espectáculo.

Uno de los periodistas de la autopista reconoció a Broussard y enseguida lo reconocieron todos los demás; muy pronto nos sentimos como galeotes ya que nos acosaban sin cesar.

—Detective, ¿dónde está Amanda McCready?

—¿Está muerta?

—¿Está en la cantera?

—¿Dónde está su compañero?

—¿Es verdad que ayer por la noche mataron a los secuestradores de Amanda McCready?

—¿Qué hay de cierto en el rumor de que el dinero del rescate desapareció?

—¿Encontraron el cuerpo de Amanda en la cantera? ¿Por eso no lleva zapatos, señora?

Como si le hubieran hecho una señal, un soldado cruzó la calle Pritchett con una bolsa de papel y se la dio a Angie.

—Sus cosas, señora. Lo trajeron junto con unas balas de plomo.

Angie se lo agradeció sin levantar la cabeza, sacó las Doc Martens de la bolsa y se las puso.

—Ponerse la sudadera va a ser un poco más difícil —dijo Broussard, con una sonrisita.

—¿Sí?

Angie se puso la capucha y se colocó de espaldas a los periodistas, ya que uno de ellos intentó cruzar el pretil; un soldado lo empujó hacia atrás con la porra.

Angie se quitó la manta y el impermeable, y varias cámaras nos enfocaron cuando vieron su piel y los tirantes negros del sujetador.

Me miró.

—¿Crees que debería despelotarme lentamente y mover un poco las caderas?

—Es tu espectáculo. Creo que todo el mundo está pendiente de ti.

—Yo sí —dijo Broussard, mirando cómo el pecho de Angie se adivinaba a través del encaje negro.

—¡Qué bien! —hizo una mueca, se pasó la sudadera por la cabeza y se la puso.

Uno de los que estaban en la autopista aplaudió, y otro

silbó. Angie siguió dándoles la espalda mientras se arreglaba un poco el cabello.

—¿Mi espectáculo? —me espetó, con una sonrisa triste y un ligero temblor de cabeza—. Ya ves, es su espectáculo. Todo suyo.

Poco después de la salida del sol, el pronóstico del estado de Poole pasó de crítico a reservado, y como no teníamos nada que hacer, aparte de esperar, dejamos la calle Pritchett y seguimos el Taurus de Broussard hasta el hospital de Milton.

Una vez allí, discutimos con la enfermera acerca de cuántas personas podían entrar en la Unidad de Vigilancia Intensiva, ya que ninguno de nosotros era familia de Poole. Un doctor pasó ante nosotros y se quedó mirando a Angie.

—¿Sabe que tiene la piel azul?

Después de otra pequeña discusión, Angie le siguió hasta detrás de una mampara para que verificaran si sufría hipotermia, y la enfermera nos permitió, aunque a regañadientes, entrar en la Unidad de Vigilancia Intensiva para ver a Poole.

—Infarto de miocardio —nos dijo, mientras intentaba recostarse en las almohadas—. ¡Vaya palabra, eh!

—Tres palabras.

Broussard alargaba la mano torpemente y apretaba el brazo de Poole.

—Lo que sea. Un maldito ataque al corazón es lo que fue.

Siseó a causa de un dolor repentino provocado por el cambio de posición.

—Haz el favor de relajarte —le aconsejó Broussard—. ¡Por el amor de Dios!

—¿Qué demonios pasó allá arriba? —preguntó Poole.

Le contamos lo poco que sabíamos.

—¿Había dos personas disparando en el bosque y una cerca de la carretera? —preguntó Poole cuando terminamos.

—Eso parece —respondió Broussard—. O bien había una persona con dos rifles en el bosque y otra en el molino.

Poole hizo una mueca que daba a entender que tenía tanta fe en esa teoría como en la de que John Fitzgerald Kennedy fue asesinado por un único pistolero. Movió la cabeza en la almohada y me miró.

—¿Está seguro de que vio cómo lanzaban dos rifles por el precipicio? —me interpeló.

—Estoy bastante seguro. Aquello era una locura —me encogí de hombros y asentí—. No, estoy seguro. Dos rifles.

—¿La persona que disparó desde el molino dejó allí la escopeta?

—Sí.

—Pero no los casquetes de bala.

—Eso es.

—Y quienquiera que fuera el que disparara desde el bosque se deshace de los rifles pero, en cambio, deja casquetes de bala por todas partes.

—Correcto, señor —convino Broussard.

—Dios —dijo—. No lo entiendo.

En aquel momento, Angie entró en la sala, frotándose ligeramente el brazo con un trozo de algodón y flexionándolo. Se acercó a la cama de Poole y le sonrió.

—¿Qué le ha dicho el doctor? —le preguntó Broussard.

—Principio de hipotermia —se encogió de hombros—. Me inyectó caldo de pollo o algo así. Dice que conserva los dedos de las manos y de los pies.

Había recuperado un poco el color. Se sentó en la cama al lado de Poole.

—Nosotros dos, Poole, parecemos un par de fantasmas.

Él sonrió con dificultad.

—Me han contado que ha imitado a los famosos saltadores de los acantilados de las islas Galápagos, querida.

—De Acapulco —puntualizó Broussard—. No hay saltadores en las Galápagos.

—Pues de las Fiji —renegó Poole—, y dejen ya de corregirme. A ver, chicos, ¿qué demonios está pasando?

Angie le tocó la mejilla con suavidad.

—Cuéntenoslo usted. ¿Qué le pasó?

Frunció los labios.

—No estoy seguro. Por la razón que fuera, me encontré bajando la colina. El problema fue que olvidé el walkie-talkie y la linterna.

Levantó las cejas.

—Muy inteligente por mi parte, ¿no creen? Y cuando oí el tiroteo, intenté regresar pero hiciera lo que hiciera, tenía la sensación de que en vez de acercarme al ruido, me alejaba cada vez más. El bosque —continuó, mientras negaba con la cabeza—. Lo siguiente que recuerdo es que estoy en la esquina de la calle Quarry y de la vía de salida de la autopista y que veo pasar al Lexus. Así que, lo sigo a pie. Cuando consigo llegar hasta el coche, nuestros amigos ya han recibido el tiro en la cabeza y estoy mareado.

—¿Recuerda haber pedido ayuda? —preguntó Broussard.

—¿Lo hice?

Broussard asintió.

—Desde el teléfono del coche.

—¡Caramba! —se jactó Poole—. ¡Qué listo que soy! ¿No creen?

Angie sonrió, cogió un pañuelo del carrito que había junto a la cama de Poole y le secó la frente.

—¡Dios mío! —exclamó Broussard con dificultad.

—¿Qué?

Apartó la mirada por un instante, nos volvió a mirar.

—¿Eh? Nada, es que los medicamentos me deben de estar haciendo efecto. Me cuesta mucho concentrarme.

La enfermera corrió la cortina que había junto a la cama.

—Deben irse, por favor.

—¿Qué pasó allá arriba? —preguntó Poole, articulando como pudo.

—Bien —dijo la enfermera.

Poole movió los ojos hacia la izquierda, se pasó la lengua por los labios secos e intentó mantener los ojos abiertos.

—El señor Raftopoulos no está para estos trotes.

—No —Poole se resistía—. Esperen.

Broussard le dio un golpecito en el brazo.

—Volveremos. No te preocupes.

—¿Qué pasó? —volvió a preguntar Poole con una voz soñolienta.

«Buena pregunta», pensé, mientras salíamos de la Unidad de Vigilancia Intensiva.

Tan pronto como estuvimos en casa, Angie se duchó y yo entonces llamé a Bubba.

—¿Qué? —dijo.

—Dime que la tienes.

—¿Qué? ¿Patrick?

—Dime que tienes a Amanda McCready.

—No. ¿Qué? ¿Por qué debería tenerla?

—Te cargaste a Gutiérrez y a...

—No, no lo hice.

—Bubba —dije—. Lo hiciste. Seguro que sí.

—¿Gutiérrez y Mullen? ¡Ni hablar! Me pasé dos horas con la cara cubierta de barro en Cunningham Park.

—¡O sea, que ni siquiera estuviste allí!

—Me golpearon. Alguien me estaba esperando, Patrick. Alguien me dio un maldito golpe en la cabeza con un martillo grueso o algo así, y perdí el conocimiento. Ni siquiera conseguí salir del parque.

—De acuerdo. —La cabeza me daba vueltas—. Cuéntamelo otra vez. Lentamente. Llegaste a Cunningham Park...

—A las seis y media aproximadamente. Cogí mis cosas, crucé el parque y me dirigí hacia la arboleda. Cuando estaba a punto de entrar y subir la colina, oigo un ruido. Iba a volver la cabeza y, de repente, *crack*, alguien me da un golpe en la nuca. Y, ¿sabes?; al principio sólo me dolió y no podía ver con claridad; cuando estaba a punto de darme la vuelta, *crack*, otra vez; me caí de rodillas y me golpearon por tercera vez. Pienso que incluso me podrían haber golpeado una cuarta vez, pero lo único que recuerdo es que me desperté en un charco de sangre y que eran las ocho y media más o menos. Pensé que cuando consiguiera llegar a la arboleda, el bosque ya estaría plagado de estatales. Así que me fui a ver a Giggle Doc's.*

Giggle Doc es un doctor que esnifa éter y al que acude Bubba y la mitad de la chusma de la ciudad para que les cure las heridas de las que no pueden dar parte.

—¿Te encuentras bien?

—Aún noto un zumbido en la cabeza y de vez en cuando aún se me oscurece la vista, pero estaré bien. Quiero pillar al desgraciado ese, Patrick. Nadie puede conmigo, ¿sabes?

Lo sabía. De todo lo que me habían contado durante las últimas diez horas, esto era, con diferencia, lo más deprimente. Cualquier persona que fuera lo suficientemente rápi-

* En castellano, sería equivalente al «médico de la risilla tonta». (*N. de la T.*)

da e inteligente para coger a Bubba desprevenido era, sin lugar a dudas, muy buena en su trabajo.

Y además, ¿por qué sólo golpearle y dejarlo con vida? Los secuestradores habían matado a Mullen y a Gutiérrez, y nos habían intentado matar a Broussard, a Angie y a mí. ¿Por qué no le dispararon a distancia y acabaron con él?

—Giggle Doc me dijo que un golpe más y seguramente me habrían destrozado los tendones de la parte trasera del cráneo. Tío, estoy muy cabreado.

—Tan pronto como averigüe quién fue —dije—, te lo haré saber.

—Yo también estoy haciendo mis propias averiguaciones, ¿sabes? Giggle Doc me contó lo del Faraón y lo de Mullen, así que tengo a Nelson haciendo unas cuantas llamadas. También me han dicho que, además de eso, los polis perdieron el dinero.

—Sí.

—Y ni rastro de la niña.

—Ni rastro.

—Esta vez te estás enfrentando con un cabrón de verdad, tío.

—Ya lo sé.

—¡Eh, Patrick!

—¿Sí?

—Cheese nunca hubiera sido tan estúpido como para hacer que alguien me abriera la cabeza.

—A sabiendas, no. Quizá no esperaba que estuvieras allí.

—Cheese sabe lo unidos que estamos. Seguro que se imaginó que me pedirías ayuda en una situación así.

Tenía razón. Cheese era demasiado listo como para esperar que Bubba no estuviera involucrado. Y Cheese también debía de saber que Bubba era perfectamente capaz de lanzar una granada a un grupo de hombres de Cheese con sólo que existiera una posibilidad remota de matar al tipo que le había abierto la cabeza. Así pues, si Cheese había dado la orden, una vez más, ¿por qué no había acabado con él? Si Bubba estuviera muerto, Cheese no tendría motivos para temer ningún tipo de represalia. Pero al dejarlo con vida, la única alternativa de Cheese, si quería que aún quedara algún miembro de la organización cuando él saliera de chirona, era entregarle a Bubba uno de los hombres, como mínimo, de los que habían estado jugando en el bosque esa noche. A no ser que tuviera otras opciones que yo no podía prever.

—¡Dios! —exclamé.

—Tengo otro notición para ti —me dijo Bubba.

No estaba seguro de poder soportar más información, estaba hecho un lío.

—Dispara.

—Circula un rumor acerca del Faraón Gutiérrez.

—Ya lo sé. Se estaba asociando con Mullen para apoderarse de los negocios de Cheese.

—No, ése no. Eso lo sabe todo el mundo desde hace tiempo. Lo que he oído contar es que el Faraón no era uno de los nuestros.

—Entonces, ¿qué era?

—Policía, Patrick —dijo Bubba, y sentí como si todo lo que tenía en el cerebro se deslizara hacia la izquierda—. Lo que se rumorea es que trabajaba para el Departamento de Narcóticos.

21

—¿Que trabajaba en narcóticos? —dijo Angie—. Debes de estar bromeando.

Me encogí de hombros.

—Es sólo lo que Bubba ha oído por ahí. Ya sabes cómo son los rumores: puede que sea totalmente falso o totalmente cierto. Es demasiado pronto para saberlo.

—¿Y... quieres decir que Gutiérrez actuó en secreto durante seis años, que colaboró con Cheese Olamon, que se involucró en el secuestro de una niña de cuatro años y no informó a sus superiores?

—No tiene mucho sentido, ¿verdad?

—No, pero ¿hay algo que lo tenga?

Me recosté en la silla de la cocina y tuve que hacer un gran esfuerzo para no golpear la pared. Era uno de los casos más inquietantes en los que había trabajado. Nada tenía sentido. Una niña de cuatro años desaparece. Averiguamos que la niña ha sido secuestrada por unos traficantes de drogas estafados por la madre. Una mujer, que según parece, trabaja para los traficantes nos comunica las condiciones del rescate para recuperar el dinero robado. El lugar del rescate es una emboscada.

Asesinan a los traficantes. Existe la posibilidad de que uno de ellos fuera un agente secreto a las órdenes del Gobierno federal. La niña sigue sin aparecer o yace en el fondo de la cantera.

Angie se inclinó por encima de la mesa y me tocó la muñeca con su cálida mano.

—Al menos, deberíamos intentar dormir unas horas.

Le cogí la mano.

—¿Hay algo en este caso que te parezca lógico?

—¿Ahora que Gutiérrez y Mullen han sido eliminados? No. No hay nadie en la banda de Cheese que pueda tomar las riendas. De hecho, no hay nadie en esa banda que sea lo bastante inteligente como para haber organizado todo esto.

—Espera un momento...

—¿Qué?

—Lo acabas de decir tú misma. Ahora hay un vacío de poder en la banda de Olamon. ¿Y si ése fuera precisamente el objetivo?

—¿Eh?

—¿Y si Cheese sabía que Gutiérrez y Mullen tenían intención de quitarle de en medio? ¿O quizá sabía, o había oído rumores, de que Gutiérrez no era quien decía que era? Cheese podría haber planeado todo esto, el secuestro, el rescate, etcétera, para eliminar a Gutiérrez y a Mullen.

Me soltó la mano.

—¿Estás hablando en serio?

—Es una teoría.

—Una teoría estúpida —sentenció Angie.

—¡Eh!

—No, a ver, ¿por qué iba a molestarse en planear todo esto cuando era más sencillo contratar a un par de matones que se cargaran a Gutiérrez y a Mullen mientras dormían?

—También está enfadado con Helene y quiere recuperar sus doscientos mil dólares.

—¿Me estás diciendo que le ordenó a Mullen que secuestrara a la niña, que planeó esta complicada estratagema para cambiar la niña por el dinero y que contrató a alguien para que se encargara de eliminar a Mullen?

—¿Por qué no?

—Porque entonces, ¿dónde está Amanda? ¿Dónde está el dinero? ¿Quién disparaba desde los árboles ayer por la noche? ¿Quién dejó a Bubba fuera de juego? ¿Cómo puede ser que Mullen no se diera cuenta de que le estaban tendiendo una trampa? ¿Te das cuenta de la cantidad de gente de la banda de Cheese que tendría que haber participado en esta gigantesca y complicada conspiración para que saliera bien? Además, Mullen no era estúpido. Era el tipo más listo de la banda de Cheese. ¿No crees que se habría olido que la banda tenía intención de quitarle de en medio?

Me froté los ojos.

—¡Dios! Me duele la cabeza.

—A mí también. Y no eres de gran ayuda, que digamos.

La miré con el ceño fruncido y sonrió.

—De acuerdo —dijo—, volvamos a empezar. Secuestran a Amanda. ¿Por qué?

—Porque su madre le robó a Cheese doscientos mil dólares.

—¿Y por qué Cheese sencillamente no envió a alguien para amenazarla? Estoy casi segura de que Helene no hubiera ofrecido ningún tipo de resistencia. Y seguro que ellos también lo sabían.

—Hubieran necesitado tres meses para averiguar que el dinero no fue confiscado por la policía cuando hicieron la redada a los motoristas.

—De acuerdo, pero seguro que habrían actuado con rapidez. Ray Likanski ya tenía los ojos a la funerala el día que lo vimos.

—¿Y crees que Mullen fue el responsable?

—Si Mullen hubiera creído que le había estafado, le habría hecho cosas mucho peores que ponerle los ojos amoratados. ¿Entiendes lo que te quiero decir? Si Mullen realmente hubiera creído que Likanski y Helene habían estafado a la banda, no hubiera secuestrado a la hija de Helene. Sencillamente se la habría cargado.

—Así pues, ¿quizá no fue Cheese el que mandó secuestrar a Amanda?

—Quizá no.

—¿Y los doscientos mil dólares son una coincidencia?

Ladeé la cabeza y la miré con atención.

—Lo que me estás intentando decir es que son demasiadas coincidencias.

—Lo que quiero decir es que es una coincidencia del tamaño de Vermont. Teniendo en cuenta, además, que la nota que encontramos en la ropa interior de Kimmie decía que los doscientos mil dólares eran intercambiables por la niña.

Asintió con la cabeza, cogió la taza de café y la movió arriba y abajo.

—De acuerdo. Volvamos a Cheese y a todas esas preguntas de por qué tendría que haber ideado semejante montaje.

—Estoy de acuerdo en que no tiene ningún sentido y que no parece la manera de actuar de Cheese.

Alzó la mirada de la taza.

—¿Dónde está la niña, Patrick?

—Está en la cantera, Ange —contesté.

—¿Por qué?

—No lo sé.

—Alguien secuestra a una niña, pide el rescate y la mata. ¿Así de simple?

—Sí.

—¿Por qué?

—¿Porque había visto la cara de los secuestradores? ¿Porque quienquiera que fuera el que estuviera en la cantera ayer por la noche se olió que estaba lleno de policías y sabía que estábamos intentando jugar con dos bazas? No lo sé. Sencillamente porque hay gente que se dedica a matar niños.

Se levantó.

—Vamos a ver a Cheese —decidió.

—¿No íbamos a dormir un poco?

—Ya dormiremos cuando estemos muertos.

22

El aguanieve que ya había aparecido la noche anterior volvió por la mañana, y para cuando llegamos a la prisión de Concord, parecía que cayeran monedas de cinco centavos encima del capó.

Esta vez no iba acompañado por dos policías, así que llevaron a Cheese a la sala de visitas; un grueso vidrio nos separaba. Angie y yo cogimos un auricular de nuestra cabina y Cheese cogió el suyo.

—Hola, Ange —dijo—. Tienes muy buen aspecto.

—Hola, Cheese.

—¡Si consigo salir de aquí algún día, podríamos ir a tomar una cerveza de malta o algo así!

—¿Una cerveza de malta?

—Sí —afirmó, mientras movía los hombros—. Una de esas sin alcohol.

Angie entornó los ojos.

—Claro, Cheese, claro. Llámame cuando te suelten.

—¡Maldita sea! —Cheese golpeó ligeramente el vidrio con sus manazas—. Ya lo sabéis.

—Cheese —intervine.

Alzó las cejas.

—Chris Mullen está muerto.

—Eso he oído. ¡Es una vergüenza!

—Parece que lo llevas muy bien —terció Angie.

Cheese se recostó en la silla, nos observó un instante y se rascó el pecho distraídamente.

—En este negocio, ya se sabe. Los cabronazos mueren jóvenes.

—El Faraón Gutiérrez también está muerto.

—Sí. —Cheese asintió a la vez con la cabeza—. Es muy triste lo que le ha pasado al Faraón. ¡Vestía de puta madre! ¿No?

—He oído comentar que el Faraón no trabajaba sólo para ti —dije.

Cheese levantó las cejas, por un momento pareció desconcertado.

—¿Me lo puedes repetir, colega?

—He oído decir que el Faraón trabajaba para los federales.

—¡Mierda! —Cheese sonrió alegre y negó con la cabeza, pero sus ojos estaban muy abiertos y algo turbios—. Te crees todo lo que oyes por la calle, deberías... no sé, hacerte policía o algo así.

Acababa de hacer una mala comparación y lo sabía. Cheese era, en gran medida, lo que se le ocurría al instante, comentarios agudos y divertidos, incluso cuando profería amenazas. Y por lo que acababa de decir, era obvio que no había contemplado la posibilidad de que el Faraón fuera policía.

Sonreí.

—Un policía, Cheese, en tu banda. Piensa cómo va a afectar a tu reputación —le dije.

Los ojos de Cheese recobraron su expresión de loca curiosidad, se reclinó en la silla y volviendo a su sentido del humor habitual dijo:

—Tu amigo Broussard vino a verme hará cosa de una

hora y me confesó que ya no sentía ninguna antipatía por Gutiérrez o Mullen, ya que yo había superado a mis propios chicos. Me dijo que me haría pagar por ello. Dijo que yo era responsable de que le hubieran suspendido de su empleo y de que el tonto de su compañero enfermara. El Cheese está muy cabreado si quieres saber la verdad.

—Lo siento mucho, Cheese —me acerqué al cristal—, pero no eres el único que está muy cabreado, ¿sabes?

—¿De verdad? ¿De quién se trata?

—Del colega Rogowski.

Dejó de rascarse el pecho, echó hacia delante las patas delanteras de la silla hasta que tocaron el suelo.

—¿Por qué está enfadado el colega Rogowski?

—Algún miembro de tu banda le dio unos cuantos golpes en la cabeza con un martillo.

Cheese negó con la cabeza.

—No fue nadie de *mi* equipo, ricura. Nadie de *mi* equipo.

Miré a Angie.

—¡Qué mala suerte! —se quejó.

—Sí —dije—. ¡Qué mala suerte!

—¿Qué? —dijo Cheese—. Sabéis de sobra que nunca levantaría un dedo en contra del colega Rogowski.

—¿Te acuerdas de ese tipo? —preguntó Angie.

—¿De quién? —pregunté a mi vez.

—Del tipo ese de hace años, el cabecilla de los irlandeses. Un tal... —chasqueó los dedos.

—Jack Rouse —puntualicé.

—Sí, era el padrino de los irlandeses o algo así, ¿verdad?

—Un momento —dijo Cheese—, nadie sabe lo que le pasó a Jack Rouse. Sencillamente decepcionó a los patricios* o algo así.

* Saint Patrick (389?-461?) es el santo patrón de Irlanda. (*N. de la T.*)

Nos miraba a través del cristal mientras los dos negábamos con la cabeza lentamente.

—Un momento. ¿Quieres decir que a Jack Rouse lo esquilaron...?

—¡Sssh! —susurré, y me llevé el dedo a los labios.

Cheese dejó el auricular sobre la mesa un momento y se quedó observando el techo. Cuando nos miró de nuevo, parecía haberse encogido unos treinta centímetros, el sudor le aplastaba el pelo contra la frente y le hacía parecer diez años más joven. Se llevó el auricular a los labios.

—¿El rumor que circulaba por la bolera? —susurró.

Hará un par de años, Bubba, un pistolero llamado Pine, yo mismo y Phil Dimassi conocimos a Jack Rouse y al tarado de su hombre de confianza, Kevin Hurlihy, en una bolera abandonada del barrio del cuero. Entramos seis personas, pero tan sólo conseguimos salir cuatro. Jack Rouse y Kevin Hurlihy fueron atados, amordazados y torturados por Bubba y unas cuantas bochas, y nunca pudieron salir de allí. Freddy Constantine *el Gordo*, el cabecilla de la mafia italiana de esa zona, había dado su aprobación, y todos los que conseguimos escapar con vida teníamos la certeza de que los cadáveres nunca aparecerían y que nadie era lo bastante estúpido como para ir a buscarlos.

—¿Es verdad? —susurró Cheese.

Mi apagada expresión le sirvió de respuesta.

—Bubba debe de saber que yo no tengo nada que ver con que le golpearan en la cabeza.

Me volví a Angie. Ella suspiró, miró a Cheese y la pequeña estantería que había debajo del cristal.

—Patrick —dijo Cheese seriamente—, debes decírselo a Bubba.

—Decirle, ¿qué? —preguntó Angie.

—Que no tuve nada que ver con eso.

Angie sonrió, movió la cabeza.

—Sí, claro, Cheese. Claro.

Golpeó el cristal con la palma de la mano.

—¡Haced el favor de escucharme! Yo no tuve nada que ver.

—Bubba no lo ve así, Cheese.

—Pues decídselo.

—¿Por qué?

—Porque es verdad.

—No me lo creo, Cheese.

Cheese se inclinó hacia delante, apretó el auricular con tanta fuerza que creía que lo iba a romper.

—Haced el maldito favor de escucharme, desgraciados. Si ese psicótico cree que yo le traicioné, ya puedo buscarme un guardaespaldas armado y asegurarme de que voy a estar solo y encerrado para el resto de mi vida. Ese hombre es como la muerte con patas. Haced el favor de decirle...

—Que te jodan, Cheese.

—¿Qué?

Lo repetí, poco a poco.

—Vine a verte hace dos días y te supliqué que me ayudaras a salvar a una niña de cuatro años. Ahora está muerta, y por tu culpa. ¿Y quieres compasión? Le voy a decir a Bubba que te *disculpaste* por haberle traicionado.

—No.

—Le voy a decir que lo sientes mucho y que algún día le compensarás por ello.

—No —dijo Cheese, negando con la cabeza—, no me puedes hacer eso.

—Mírame, Cheese.

Me quité el auricular de la oreja y alargué el brazo para colgarlo.

—No está muerta.

—¿Qué? —dijo Angie.

Me volví a poner el auricular en la oreja.

—No está muerta —repitió Cheese.

—¿Quién? —dije.

Cheese dejó los ojos en blanco e inclinó la cabeza en dirección al guarda que estaba de pie junto a la puerta.

—Ya sabes quién.

—¿Dónde está? —preguntó Angie.

Cheese negó con la cabeza.

—Dadme unos cuantos días.

—No —repuse.

—No tenéis elección. —Volvió la cabeza de nuevo, se acercó al auricular y susurró—: Alguien se pondrá en contacto con vosotros. Confiad en mí. Antes tengo que solucionar unos asuntos.

—Bubba está muy enfadado —replicó Angie—, y tiene amigos —recorrió las paredes de la prisión con la mirada.

—¡Ni hablar! —renegó Cheese—. Sus colegas, los malditos hermanos Twoomey, acaban de ser arrestados por robar un banco en Everett. La semana que viene estarán rondando por aquí hasta que los juzguen. Así que dejad de asustarme. Ya estoy asustado, ¿de acuerdo? Pero necesito tiempo. Tengo que hacer unas llamadas. Os avisaré, lo juro.

—¿Cómo puedes estar tan seguro de que está viva?

—Lo sé, ¿de acuerdo? —dijo, esbozando una triste sonrisa—. Vosotros dos no tenéis ni la menor idea de lo que está sucediendo. ¿Lo sabéis?

—Ahora sí —repuse.

—Decidle a Bubba que no tengo nada que ver con lo que le pasó. Queréis que siga con vida, ¿verdad? Sin mí, esa niña desaparecerá. Desaparecerá. ¿Comprendéis? «Adiós, nena, adiós» —cantó.

Me recosté en la silla y lo observé un instante. Parecía

sincero, pero Cheese sabe fingir muy bien. Ha triunfado en su profesión porque se ha dedicado a observar qué es lo que más hiere a la gente y lo que más desea. Lo que necesita. Sabe cómo ofrecer heroína a las adictas, conseguir que se lo hagan a un extraño, y luego darles sólo la mitad de lo que les prometió. Sabe decir medias verdades a policías y fiscales, conseguir que aprueben algo, y después entregarles un facsímil de lo que prometió.

—Necesito saber más —le urgí.

El guarda dio un golpecito en la puerta.

—Sesenta segundos, preso Olamon.

—¿Más? ¿Qué más quieres, coño?

—Quiero a la niña —precisé—, y la quiero ya.

—No puedo decirte...

—¡Que te jodan! —Di un golpe en el cristal—. ¿Dónde está, Cheese? ¿Dónde está?

—Si te lo digo sabrán que he sido yo, y me matarán antes de que amanezca. —Se echó hacia atrás mientras hablaba, con las palmas de las manos hacia arriba. Su grueso rostro expresaba terror.

—Dame una prueba. Algo para empezar a investigar.

—Confirmación independiente —dijo Angie.

—¿Confirmación qué?

—Treinta segundos —puntualizó el guarda.

—Danos algo, Cheese.

Cheese volvió la cabeza desesperado, miró las paredes y el grueso cristal que nos separaba.

—¡Por favor! —suplicó.

—Veinte segundos —le apremió Angie.

—No puedo. Mirad a ver...

—Quince.

—No, yo no...

—Tictac —dije—, tictac.

—El novio de esa bruja —indicó Cheese—. ¿Le conocéis?

—Se ha pirado de la ciudad —dijo Angie.

—Pues encontradlo —siseó Cheese— y preguntadle qué hizo la noche en que la niña desapareció.

—Cheese... —empezó a decir Angie.

El guarda apareció detrás de Cheese y le puso la mano en el hombro.

—Al margen de lo que penséis que pasó —dijo Cheese—, no tenéis ni la más remota idea. Seguís pistas tan falsas que podríais estar en Groenlandia. ¿Vale?

El guarda se acercó y le quitó el auricular.

Cheese se levantó y se dejó conducir hasta la puerta. Cuando el guarda la abrió, Cheese se volvió a mirarnos y pronunció una sola palabra:

«Groenlandia».

Levantó las cejas varias veces, el guarda le hizo pasar y le perdimos de vista.

Al día siguiente, poco después del mediodía, los buceadores de la cantera de Granite Rail encontraron un trozo rasgado de tela colgado de una grieta de granito que sobresalía de una de las repisas de la pared de la cara sur, a unos cinco metros de profundidad.

A las tres en punto, Helene identificó la tela como un trozo de la camiseta que Amanda llevaba la noche en que desapareció. La tela era de la parte trasera de la camiseta, hasta el cuello, y llevaba las iniciales «A. McC.» escritas con un rotulador. Después de identificar la tela en la sala de estar de la casa de Beatrice y Lionel, Helene observó cómo Broussard volvía a colocar el trozo de tela rosa en la bolsa de pruebas, y el vaso de Pepsi que sostenía se le hizo añicos entre las manos.

—¡Santo cielo! —exclamo Lionel—. ¡Helene!

—Está muerta, ¿verdad? —Helene apretó el puño y se clavó los fragmentos de cristal.

Gotas de sangre cayeron sobre el suelo de madera.

—Señorita McCready —dijo Broussard—, aún no lo sabemos. Permítame que le vea la mano.

—Está muerta —repitió Helene en voz más alta—, ¿verdad?

Apartó la mano de la de Broussard y la sangre cayó encima de la mesita.

—¡Helene, por el amor de Dios!

Lionel le cogió la mano herida.

Helene se apartó y perdió el equilibrio, cayó al suelo, y se quedó allí sentada sujetándose la mano y mirándonos. Nuestras miradas se cruzaron y recordé que la había llamado estúpida en casa de Dave *el Pequeñajo*.

No era estúpida, estaba anestesiada, por el mundo en general, por el grave peligro en que se encontraba su hija, e incluso por los fragmentos de cristal que se le clavaban en la piel, en los tendones y en las arterias.

Empezaba a sentir el dolor. Finalmente, sentía el dolor. Mientras sostenía mi mirada, sus ojos se enturbiaron y se dio cuenta de la verdad. Fue un despertar horrible, una fusión nuclear de claridad que le alcanzó las pupilas y le hizo tomar conciencia de hasta qué punto su despreocupación estaba haciendo sufrir a su hija, del horrible dolor que habría soportado y de las pesadillas que su pequeño cerebro habría tenido que aguantar durante todo este tiempo.

Helene abrió la boca y aulló sin voz.

Estaba sentada en el suelo, la sangre le brotaba de la mano herida y le caía encima de los vaqueros. El cuerpo le temblaba con desamparo, pena y horror, la cabeza le colgaba mientras miraba el techo, lloraba, se balanceaba sobre sus piernas y continuaba aullando en silencio.

A las seis de la tarde, antes de que hubiéramos tenido la oportunidad de hablar con él, Bubba y Nelson Ferrare entraron en un bar, propiedad de Cheese, de Lower Mills. Mandaron a los tres drogadictos y al barman a comer, y diez minutos más tarde prácticamente todo el bar volaba por los aires. La puerta principal quedó totalmente destruida y un Honda Accord, propiedad de un concejal de la zona que aparcaba ilegalmente en un sitio reservado para discapacitados, quedó convertido en chatarra. Los bomberos que llegaron al lugar tuvieron que ponerse máscaras de oxígeno. La onda explosiva había sido tan potente que lo quemó casi todo y apenas ardió nada, pero los bomberos encontraron una hoguera de heroína en el sótano; después de que los dos bomberos que habían entrado en el sótano se pusieran a vomitar, los otros se retiraron y dejaron que la heroína quemara hasta que no hubo peligro.

Tenía la intención de mandar un mensaje a Cheese para decirle que Bubba estaba actuando por su cuenta, pero, a las seis y media de la tarde, Cheese resbaló en un suelo acabado de fregar en la prisión de Concord. Debió de resbalar de mala manera, ya que Cheese perdió el equilibrio de tal forma que se cayó por el pretil del tercer piso, a unos doce metros de altura; se golpeó su descomunal cabeza amarilla y parlanchina contra el suelo de piedra y murió.

SEGUNDA PARTE

INVIERNO

23

Habían pasado cinco meses y Amanda McCready seguía sin aparecer. Su fotografía —en la que el pelo caía lánguidamente sobre la cara y los ojos tenían una expresión tranquila y vacía— le miraba a uno fijamente desde edificios y postes telefónicos, normalmente rasgada o deteriorada por las inclemencias del tiempo, o de vez en cuando en alguna edición del telediario. Cuanto más veíamos la foto, más borrosa nos parecía; Amanda era como un personaje de ficción, su imagen era tan sólo una más entre el aluvión que llenaban continuamente las vallas publicitarias, que se veían en la televisión, hasta que los transeúntes se percataban de sus rasgos con una melancolía distante, totalmente incapaces de recordar quién era o por qué su fotografía estaba pegada en la farola que había junto a la parada del autobús.

Aquellos que la recordaban probablemente le intentaban quitar importancia al pensar en el asunto, volvían la cabeza a la página de deportes o miraban el autobús. El mundo es un sitio terrible, pensaban. Todos los días suceden cosas malas. El autobús llega con retraso.

La inspección de la cantera, que duró un mes, no dio ningún resultado, y se puso fin a la búsqueda cuando las temperaturas bajaron drásticamente y el viento de noviembre arreciaba alrededor de las colinas. Los buceadores prometieron volver en primavera y, una vez más, se presentaron propuestas para drenar la cantera y usarla como vertedero. Los oficiales públicos de la ciudad de Quincy, que estaban muy preocupados por los millones de dólares que semejante obra costaría, formaron una extraña alianza con los ecologistas, quienes advertían que el hecho de recubrir la cantera tendría consecuencias desastrosas para el medio ambiente y que destrozaría una gran cantidad de vistas panorámicas para los excursionistas y los caminantes; los ciudadanos de Quincy se verían privados de uno de los lugares de mayor importancia histórica y, además, destrozarían uno de los mejores sitios de todo el estado para practicar la escalada.

Poole volvió a estar en activo en febrero, cuando le faltaban seis meses para cumplir treinta años de servicio; lo asignaron a narcóticos y lo degradaron silenciosamente a detective de primera categoría. Sin embargo, tuvo suerte en comparación con Broussard. Pasó de ser primer detective a ser un simple guardia, le sometieron a un período de prueba de nueve meses y le asignaron al equipo de carretera. Quedamos con él para ir a tomar algo un día después de que lo degradaran, la semana siguiente a esa noche en la cantera; sonreía con amargura mientras contemplaba la cucharilla de plástico, mientras la hacía girar entre los cubitos de hielo de su gin-tónic.

—Así que Cheese os dijo que Amanda seguía con vida y algún otro os dijo que Gutiérrez trabajaba en el Departamento de Narcóticos.

Asentí con la cabeza.

—Por lo que se refiere a que Amanda siga con vida, Cheese nos dijo que Ray Likanski nos lo podía confirmar —expliqué.

Broussard dejó de sonreír con amargura, su rostro adquirió una expresión de desamparo.

—Hemos difundido boletines para la búsqueda y captura de Likanski tanto aquí como en Pensilvania. Los seguiré enviando, si quiere. —Se encogió de hombros—. No creo que hagan daño.

—¿Cree que Cheese nos mintió? —preguntó Angie.

—¿Al decir que Amanda McCready seguía con vida?

Quitó la cucharilla de cóctel del vaso, lamió la ginebra que quedaba en ella y la puso en la servilleta.

—Sí, señorita Gennaro, creo que Cheese les mintió.

—¿Por qué?

—Porque era un criminal y es lo que suelen hacer. Porque sabía que deseaban tanto que siguiera con vida que se lo creerían.

—Cuando visitó a Cheese ese mismo día, ¿no le dijo nada parecido?

Broussard negó con la cabeza y sacó un paquete de Marlboro del bolsillo. Ahora fumaba a todas horas.

—Simuló estar muy sorprendido cuando le conté que habían eliminado a Gutiérrez y a Mullen, y le dije que le iba a joder la vida aunque fuera la última cosa que hiciera en este mundo. —Se rió—. Murió al día siguiente. —Encendió el cigarrillo y guiñó un ojo para protegerse de la llama—. Juro por Dios que me encantaría haberlo matado yo mismo. ¡Mierda! Ojalá lo hubiera conseguido, de verdad. Ojalá haya muerto porque alguien, que tuviera suficiente interés en la pequeña Amanda, deseara cargárselo; ojalá Cheese supiera el motivo de su muerte de camino al infierno.

—¿Quién lo mató? —preguntó Angie.

—Creen que fue ese niñato psicótico de Arlington, al que acababan de condenar por doble homicidio.

—¿El que mató a sus dos hermanas el año pasado? —precisó Angie.

Broussard asintió con la cabeza.

—Peter Popovich. Llevaba un mes allí, y según parece, él y Cheese tuvieron una discusión en el patio. O eso o Cheese realmente resbaló y se cayó al suelo. —Se encogió de hombros—. Sea lo que sea, ya me está bien.

—¿No le parece sospechoso que Cheese nos dijera que tenía información sobre Amanda McCready y que al día siguiente apareciera muerto?

Broussard bebió un poco.

—No, miren, les seré sincero. No sé lo que le pasó a esa niña y me fastidia. Me fastidia mucho. Pero no creo que siga con vida y tampoco creo que Cheese Olamon fuera capaz de decir la verdad, por mucho que le conviniera.

—¿Qué opina de Gutiérrez y del rumor de que trabajaba en el Departamento de Narcóticos? —siguió preguntando Angie.

Negó con la cabeza.

—Es imposible. Ya nos lo hubieran dicho.

—Así pues —dijo Angie tranquilamente—, ¿qué le pasó a Amanda McCready?

Broussard miró la mesa durante un instante, apagó lo que quedaba del cigarrillo en el borde del cenicero y, cuando alzó los ojos, vimos el brillo de las lágrimas en las bolsas rojas que orlaban sus ojos.

—No lo sé. Ojalá hubiera actuado de otra forma. Ojalá hubiera pedido ayuda a los federales. Ojalá... —se le quebró la voz, bajó la cabeza y se tapó el ojo derecho con la mano—. Ojalá...

La nuez de la garganta se movía cada vez que tragaba saliva. Después, respiró profundamente, pero no dijo nada más.

Angie y yo aceptamos otros casos durante el invierno, pero ninguno que tuviera relación con niños desaparecidos. En primer lugar, no creo que muchos padres afligidos desearan contratarnos. Después de todo, no habíamos encontrado a Amanda McCready, y el punzante olor de ese fracaso parecía seguirnos cuando salíamos de noche a dar una vuelta por el barrio o cuando íbamos a comprar al supermercado el sábado por la tarde.

Ray Likanski tampoco había aparecido; era lo que más me preocupaba de todo el caso. Él sabía que ya no le buscaban. No tenía ningún motivo para seguir escondido. Durante unos meses, a Angie y a mí se nos antojó vigilar desde el coche la casa de su padre día y noche, y a pesar de nuestro esfuerzo, no conseguimos nada, a excepción de un regusto a café frío y quedarnos con el cuerpo dolorido. En enero, Angie puso un micrófono oculto en el teléfono de Lenny Likanski, y durante dos semanas nos dedicamos a escuchar cintas en las que él llamaba a la línea erótica o encargaba *Chia pets** a Home Shopping Network, pero ni una sola vez llamó a su hijo o tuvo noticias de él.

Un día que ya no podíamos más, condujimos toda la noche hasta Allegheny, Pensilvania. Localizamos a la familia Likanski por el listín telefónico y los vigilamos durante un fin de semana. Estaban Yardack, Leslie y Stanley, tres hermanos que eran primos de Ray. Los tres trabajaban en una fábrica de papel que llenaba el aire de gases que olían como el virador de

* *Chia* es el nombre común de *salvia columbariae*. La semilla de esta planta se cultiva en unos maceteros de cerámica que suelen tener diversas formas: de animal, de cabeza... Coleccionar estos maceteros se ha convertido en una especie de tradición americana. (*N. de la T.*)

una Xerox; los tres bebían cada noche en el mismo bar, flirteaban con las mismas mujeres y regresaban solos a casa.

La cuarta noche, Angie y yo seguimos a Stanley hasta un callejón, en el que compró cocaína a una mujer que iba en bicicleta. Tan pronto como la bicicleta abandonó el callejón, mientras Stanley extendía una línea desigual en la palma de la mano y la esnifaba, me planté detrás de él, le acaricié el lóbulo de la oreja con mi 45, y le pregunté dónde estaba su primo Ray.

Stanley se meó encima; salía vapor del suelo helado entre sus zapatos.

—No lo sé. Hace dos veranos que no veo a Ray.

Ladeé la pistola y le apunté en la sien.

—¡Oh, Dios mío, no! —exclamó Stanley.

—Me estás mintiendo, Stanley, así que te voy a disparar ahora mismo, ¿de acuerdo?

—¡No, no lo sé! ¡Lo juro por Dios! Ray, Ray, hace casi dos años que no le veo. Por favor, por el amor de Dios, créame.

Volví la cabeza hacia Angie, que le miraba fijamente a los ojos. Nuestras miradas se cruzaron y asintió con la cabeza. Stanley estaba diciendo la verdad.

—La cocaína te debilita la polla —le espetó Angie.

Regresamos al coche y nos fuimos de Pensilvania.

Una vez a la semana, visitábamos a Beatrice y a Lionel. Los cuatro nos dedicábamos a revisar lo que sabíamos y lo que no, y siempre teníamos la sensación de que esto último era más amplio y más profundo.

Una noche de finales de febrero, mientras salíamos de su casa y ellos temblaban de pie junto al porche, como siempre hacían para asegurarse de que llegábamos al coche sin sufrir ningún incidente, Beatrice dijo:

—Me pregunto qué deberíamos poner en la lápida.

Nos detuvimos cuando llegamos a la acera y volvimos la cabeza para mirarla.

—¿Cómo? —dijo Lionel.

—Por la noche —dijo Beatrice—, cuando no puedo dormir, me pregunto qué deberíamos poner en la lápida. Me pregunto si deberíamos ponerle una...

—Cariño, no...

Indicó con un movimiento de la mano que no necesitaba su ayuda, se apretó el cárdigan contra el cuerpo.

—Ya lo sé, ya lo sé, parece como si me rindiera, como si dijera que está muerta cuando todos queremos creer que está viva. Ya lo sé, pero... ¿Saben? No hay nada que indique que existió —señaló el porche—. No hay nada que diga que realmente vivió. Nuestro recuerdo no basta, ¿saben? Nuestro recuerdo se desvanecerá —repitió, y entró en casa.

Vi a Helene una vez a finales de marzo cuando estaba jugando a los dardos con Bubba en Kelly's Tavern, pero ella no me vio, o pretendió que no me veía. Estaba sentada en una esquina del bar, sola; se aferró al vaso durante una hora y lo miró fijamente como si Amanda la estuviera esperando en el fondo.

Bubba y yo habíamos llegado tarde, y después de que acabáramos de jugar a dardos, empezamos con el billar; mientras tanto, los últimos clientes entraron en tropel y abarrotaron el lugar en menos de diez minutos. Anunciaron que era hora de cerrar, Bubba y yo acabamos la partida, apuramos nuestras cervezas y pusimos los vasos vacíos en la barra de camino a la puerta.

—Gracias.

Me volví, miré hacia la barra y vi a Helene sentada en un

extremo, rodeada de todos los taburetes que el barman había apoyado contra la madera de caoba a su alrededor. Por la razón que fuese, creía que ya se había ido.

O quizá sencillamente deseaba que lo hubiera hecho.

—Gracias —repitió, muy dulcemente—, por intentarlo.

Permanecí allí, en el suelo de plástico, y era totalmente consciente de que no sabía qué hacer con las manos. O con los brazos. O con ninguno de mis miembros. Todo mi cuerpo se sentía extraño y torpe.

Helene seguía mirando el vaso, con el pelo sucio cayéndole en la cara, diminuta entre todos aquellos taburetes apilados y la tenue luz que iluminaba el bar a la hora de cerrar.

No sabía qué decir. Ni siquiera estaba seguro de que pudiera hablar. Quería ir hacia ella, abrazarla y disculparme por no haber salvado a su hija, por no haber encontrado a Amanda, por haber fracasado, por todo. Sólo tenía ganas de llorar.

En vez de hacerlo, me di la vuelta y me dirigí hacia la puerta.

—Señor Kenzie.

Me detuve, de espaldas a ella.

—Ahora haría las cosas de modo diferente —dijo—. Si pudiera... nunca la perdería de vista.

No sé si asentí o no, o si hice algún gesto para indicarle que la había oído. Lo único que sé es que no volví la cabeza y que salí de allí lo más rápido que pude.

A la mañana siguiente, me desperté antes que Angie, fui a la cocina para poner el café al fuego e intenté quitarme a Helene McCready y sus terribles palabras de la cabeza: «Gracias».

Bajé a buscar el periódico, me lo puse bajo el brazo y volví a subir. Me preparé mi taza de café y me la llevé al comedor mientras abría el periódico y me enteraba de que había desaparecido otra criatura.

Se llamaba Samuel Pietro y tenía ocho años. Lo habían visto por última vez cuando se despedía de sus amigos en un parque de Weymouth para volver a casa el sábado por la tarde. Ahora era lunes por la mañana. Su madre no informó de su desaparición hasta el domingo.

Era un niño muy guapo con unos grandes ojos negros que me recordaban a los de Angie; tenía una sonrisa amistosa y ladeada en la fotografía que habían recortado de la de su clase de tercero de primaria. Parecía optimista, tierno, seguro de sí mismo.

Pensé en esconder el periódico para que no lo viera Angie. Desde Allegheny, cuando salimos de ese callejón y perdimos toda la energía y resolución, aún se había obsesionado mucho más con Amanda McCready. Pero no era una obsesión de la que se pudiera huir mediante la acción, ya que no había prácticamente nada que pudiéramos hacer. En vez de eso, Angie estudiaba larga y detenidamente todas las notas del caso, dibujaba gráficas sobre el tiempo que había pasado y los personajes principales en una pizarra, y se pasaba horas y horas hablando con Broussard o Poole, y lo volvían a discutir todo, dando siempre más y más vueltas sobre lo mismo.

No conseguía ninguna nueva teoría ni ninguna respuesta después de pasarse largas noches hablando, y la pizarra tampoco la ayudaba en nada, pero seguía haciéndolo. Y cada vez que un niño desaparecía e informaban de ello en las noticias nacionales, observaba, completamente ensimismada, hasta el más mínimo detalle.

Lloraba cuando aparecían muertos.

Siempre en silencio, siempre detrás de puertas cerradas, siempre cuando pensaba que yo estaba en el otro extremo del piso y no podía oírla.

Hace muy poco me di cuenta de hasta qué punto le había afectado la muerte de su padre. No creo que fuera por la muerte en sí. Era el hecho de no saber cómo había muerto. Al no haber visto nunca el cadáver, al no haber podido enterrarle y decirle el último adiós, quizá nunca había estado totalmente muerto para ella.

Me encontraba con ella el día que le preguntó a Poole sobre su padre, y noté el miedo que tenía él de no ser capaz de explicarle quién era su padre, ya que apenas lo conocía; sólo lo había visto alguna vez por la calle o habían coincidido en alguna redada que habían hecho en cualquier antro de juego; Jimmy Suave, siempre un perfecto caballero, un hombre que comprendía que los policías hacían su trabajo igual que él hacía el suyo.

—¿Aún te duele, verdad? —le había dicho Poole.

—A veces —contestó Angie—. Es difícil aceptar que alguien muera, pero el corazón nunca... nunca se recupera totalmente.

Lo mismo le pasaba con Amanda McCready. Y con todos los niños que desaparecían por todo el país, que nadie era capaz de encontrar, ni vivos ni muertos, durante los largos meses del invierno. Quizá, pensé en una ocasión, me había hecho detective privado porque odiaba saber lo que iba a pasar a continuación. Quizá Angie se hizo detective porque necesitaba saberlo.

Miré la cara sonriente y confiada de Samuel Pietro y esos ojos que parecían hipnotizarle a uno, igual que los de Angie.

Comprendía que esconder el periódico era una estupidez. Siempre habría más periódicos, la televisión y la radio, o gente hablando de ello en el supermercado, en el bar o mientras uno ponía gasolina en la estación de servicio.

Quizás hace cuarenta años era posible eludir las noticias, pero ahora no. Las noticias estaban por todas partes, informándonos, coaccionándonos, incluso instruyéndonos. Pero estaban ahí. Siempre ahí. No había escape posible ni ningún sitio donde esconderse.

Seguí el contorno de la cara de Samuel Pietro con el dedo y, por primera vez en quince años, recé en silencio.

TERCERA PARTE

EL MES MÁS CRUEL

24

A principios de abril, Angie pasaba casi todas las noches con la pizarra, las notas de Amanda McCready y el pequeño altar que había erigido del caso en la minúscula habitación de mi piso que antes usaba para guardar el equipaje y todas esas cajas que siempre tenía la intención de llevar a Goodwill,* allí donde pequeños electrodomésticos se llenaban de polvo mientras esperaban a que los llevara a reparar.

Había llevado el televisor pequeño y el vídeo a esa habitación y miraba, una y otra vez, los telediarios desde el mes de octubre. Durante las dos semanas que habían pasado desde que Samuel Pietro desapareció, fichaba un mínimo de cinco horas cada noche en esa habitación, con las fotografías de Amanda que la miraban fijamente, con esa expresión tan apagada que la caracterizaba, desde la pared de encima del televisor.

* Institución americana sin ánimo de lucro, fundada en la ciudad de Boston en 1902. Ofrece trabajo y educación a gente descapacitada o que está en situaciones de desventaja: analfabetos, vagabundos... (*N. de la T.*)

Entiendo la obsesión igual que la mayoría de nosotros, y no creía que le estuviera perjudicando mucho a Angie, de momento. En el curso del largo invierno, había conseguido aceptar que Amanda McCready estaba muerta, hecha un ovillo en una repisa a cincuenta metros de profundidad de la línea de flotación de la cantera, con el pelo rubio flotando a merced de los suaves remolinos de la corriente. Pero no lo había aceptado con el tipo de convicción que me permitiera burlarme de cualquier persona que creyera que aún seguía con vida.

Angie se aferraba a la teoría de Cheese de que Amanda estaba viva y seguía convencida de que la prueba de su paradero se encontraba entre nuestras notas, en algún lugar entre los detalles minuciosos de nuestra investigación y de la que había llevado a cabo la policía. Había convencido a Broussard y a Poole para que le prestaran copias de sus notas, de los informes diarios y de las entrevistas de casi todos los miembros de la Brigada contra el Crimen Infantil que habían sido asignados al caso. Y estaba segura —me lo había dicho— de que, tarde o temprano, todo ese papeleo y todos esos vídeos revelarían la verdad.

La verdad —le dije una vez— es que uno de los miembros de la banda de Cheese había traicionado a Mullen y a Gutiérrez después de haber tirado a Amanda por el precipicio. Y que esa persona se los había quitado de en medio y se había largado con los doscientos mil dólares.

—Cheese no compartía tu opinión.

—Broussard tenía razón en eso. Cheese era un mentiroso profesional.

Se encogió de hombros.

—Siento tener que disentir.

Así pues, por la noche volvía a aquel otoño y a todo lo que había salido mal, y yo leía, miraba alguna película antigua en el canal de clásicos o me iba a jugar a billar con Bubba; que era precisamente lo que estaba haciendo cuando Bubba me dijo:

—Necesito que me acompañes a llevar una cosa a Germantown.

En ese momento, sólo me había bebido media cerveza, así que estaba bastante seguro de que le había oído perfectamente.

—¿Quieres que te acompañe a cerrar un trato?

Estaba mirando fijamente a Bubba desde el otro lado de la mesa de billar cuando un tontorrón puso una canción de los Smiths en el tocadiscos. Odio a los Smiths. Antes preferiría que me ataran a una silla y me obligaran a escuchar un popurrí de canciones de Suzanne Vega y Natalie Merchant mientras contemplaba cómo un grupo de artistas se metía clavos a martillazos en los genitales, que escuchar durante treinta segundos a Morrissey y los Smiths con sus quejas, con la angustia propia de los estudiantes de arte, de que eran humanos y que necesitaban ser amados. Quizá sea un cínico, pero si uno quiere que lo amen, lo mejor que puede hacer es dejar de quejarse; con un poco de suerte, igual se lo follan y eso ya sería un primer paso bien prometedor.

Bubba volvió la cabeza hacia la barra y gritó:

—¿Quién ha sido el desgraciado que ha puesto esa mierda?

—Bubba —le reconvine.

Levantó el dedo.

—Espera un segundo —se dirigió hacia la barra—. ¿Quién ha puesto esta canción? ¿Eh?

—Bubba —dijo el barman—. ¡Cálmate!

—Sólo quiero saber quién ha puesto esa canción.

Gigi Varon, una borrachina de treinta años que parecía una pasa arrugada de cuarenta y cinco, levantó la mano dócilmente desde un extremo de la barra y dijo:

—No lo sabía, señor Rogowski. Lo siento. Ahora mismo apago el tocadiscos.

—¡Oh, Gigi! —rectificó Bubba, mientras la saludaba efusivamente—. ¡Hola! No, no importa.

—Lo apago, de verdad.

—No, no, no, cariño —dijo Bubba, mientras negaba con la cabeza—. Paulie, sírvele dos tragos; la invito.

—Gracias, señor Rogowski.

—De nada. Aun así, Morrissey es una mierda, Gigi. De verdad. Pregúntaselo a Patrick. Pregúntaselo a cualquiera.

—Sí, Morrissey es una mierda —terció uno de los tipos mayores y, a continuación, muchos otros clientes dijeron lo mismo.

—Cuando ésta se acabe pondré una canción de Amazing Royal Crowns —dijo Gigi.

Le había hablado a Bubba de los Amazing Royal Crowns unos meses antes y ahora era su grupo favorito.

Bubba extendió los brazos.

—Paulie, que sean tres.

Estábamos en Live Bootleg, un pequeño bar entre Southie y Dorchester sin ningún letrero en la puerta. La parte exterior de ladrillo estaba pintada de negro, y la única indicación de que el bar realmente tenía nombre era un garabato hecho con pintura roja en la esquina inferior derecha de la pared que daba a la avenida Dorchester. En apariencia, Carla Dooley, también conocida como «la encantadora Carlota» y su marido, Shakes, eran los propietarios, pero en realidad era el bar de Bubba y no lo había visto un solo día sin que los taburetes estuvieran todos ocupados y la bebida no fluyera en abundancia. Además, era muy buena gente; en los tres años que hacía que Bubba había abierto el bar, nunca había habido una pelea, ni ninguna cola en el lavabo porque algún yonqui tardara demasiado en chutarse. Evidentemente, todo el mundo sabía quién era el verdadero propietario y cómo reaccionaría si alguien le diera motivos para que la policía llamara a su puerta; así pues, a pesar de la escasa iluminación y de tener una reputación bastante turbia, el bar era tan peligroso como ir a jugar al bingo el miércoles por la noche a la parroquia de Saint Bart. Además, la música solía ser mucho mejor.

—Lo que no entiendo es por qué le dices todo eso a Gigi —comenté—. Al fin y al cabo, el tocadiscos es tuyo y fuiste tú quien puso ahí el CD de los Smiths.

—Yo no puse ningún maldito CD de los Smiths —contestó Bubba—. Es una de esas recopilaciones de las mejores canciones de los ochenta. He tenido que soportar la canción de los Smiths porque también están *Come on*, *Eileen* y muchas otras canciones geniales.

—¿Katrina and the Waves? —dije—. ¿Bananarama? ¿Grupos realmente buenos como éstos?

—¡Eh! Que también hay una canción de Nena, así que cierra el pico.

—«Noventa y nueve globos... la, la, la» —canturreé—. Bien, de acuerdo. —Me apoyé en la mesa y metí la número siete—. ¿De qué iba eso de que te acompañara a cerrar un trato?

—Necesito ayuda. Nelson está fuera de la ciudad y los Twoomeys ya tienen bastante enfrentándose a seis.

—Estoy seguro de que hay un montón de tipos dispuestos a ayudarte por un billete de cien dólares. —Golpeé la número seis, pero rozó la número diez de Bubba al entrar, y me aparté de la mesa.

—Bien, tengo dos razones para pedírtelo. —Se inclinó sobre la mesa, golpeó la bola blanca en el noveno, observó cómo rebotaba y cerró los ojos con fuerza al ver que la bola caía por el lateral.

A pesar de que Bubba juega mucho a billar, es un jugador pésimo.

Volví a poner la bola sobre la mesa, me alineé para la cuarta y dije:

—¿Razón número uno?

—Confío en ti y me debes una.

—Eso ya son dos razones.

—Es una. Cállate y tira.

Metí la cuarta y la bola blanca se deslizó lentamente hasta colocarse delante de la segunda bola.

—La razón número dos es que —continuó Bubba, mientras marcaba el taco con tiza y hacía un sonido chirriador— quiero que eches un vistazo a la gente que me va a comprar mercancía.

Colé la segunda, pero la blanca quedó detrás de una de las pelotas de Bubba.

—¿Por qué?

—Confía en mí. Seguro que te interesará.

—¿No me podrías decir de qué se trata?

—No estoy seguro de que sean quienes pienso que son, así pues, lo mejor es que vengas conmigo y lo veas con tus propios ojos.

—¿Cuándo?

—Tan pronto como gane esta partida.

—¿Hasta qué punto es peligroso?

—No es más peligroso de lo normal.

—¡Ah! —mascullé—, entonces es muy peligroso.

—No seas tan gallina y dale a la bola.

Germantown está junto al puerto que separa Quincy de Weymouth. Su nombre se remonta a mediados del siglo XVIII, cuando un fabricante de cristal importó mano de obra de Alemania y diseñó los terrenos de la ciudad con espaciosas calles y grandes plazas en el más puro estilo alemán; la empresa quebró y los alemanes tuvieron que arreglárselas ellos solos, ya que era obvio que enviarles a cualquier otro sitio sería mucho más caro que darles la libertad.

Un fracaso sucedía a otro; parecía perseguir a este diminuto puerto y a todas las generaciones procedentes de los primeros trabajadores alemanes. Todo tipo de industrias de cerámica, chocolate, medias, productos hechos con aceite de ballena, sales medicinales o salitre surgieron inesperadamente y quebraron en los dos siglos siguientes. Durante un cierto tiempo, las industrias pesqueras de bacalao y de ballena gozaron de cierta popularidad, pero éstas también cerraron las puertas y se instalaron un poco más al norte, hacia Gloucester, o un poco más al sur, hacia Cape Cod, en busca de mejores presas y mejores aguas.

Germantown se convirtió en un trozo de tierra olvidado; sus aguas separadas de sus habitantes por vallas de tela metálica, y contaminadas por los desperdicios procedentes de los astilleros de Quincy, una central eléctrica, depósitos de petróleo y la fábrica Procter & Gamble eran las únicas siluetas que se divisaban en la línea del horizonte. Previamente se había llevado a cabo un intento de construir casas de protección oficial para los veteranos de guerra, lo cual había dejado la línea de la costa totalmente desfigurada por una serie de edificaciones color piedra pómez, dispuestas en callejones sin salida; cada una de ellas constaba de cuatro edificios que, a la vez, tenían dieciséis pisos; estaban dispuestos en forma de herradura, con los esqueléticos tendederos metálicos elevándose por encima de la herrumbre entre trozos rotos de asfalto.

La casa ante la que Bubba aparcó su Hummer se encontraba a una manzana de la costa, y todas las casas a ambos lados habían sido declaradas ruinosas y se caían a trozos. En la oscuridad, daba la sensación de que se iba a hundir y aunque era imposible verla en detalle, tenía cierto aire de decadencia.

El hombre que nos abrió la puerta lucía una barba minuciosamente recortada que le acolchaba la mandíbula con mechones cuadrados de color plateado y negro, pero que se resistía a crecer por encima de la hendedura de su larga barbilla, dejando al descubierto un arrugado círculo rosado de piel que pestañeaba como si de un ojo se tratara. Debía de tener entre cincuenta y sesenta años, pero estaba un poco encorvado y parecía mucho mayor. Llevaba una vieja gorra de béisbol de los Red Sox, y a pesar de que su cabeza era diminuta parecía irle pequeña; también llevaba una camiseta corta de color amarillo que dejaba entrever un torso arrugado, de un blanco cremoso, y unas mallas negras de nailon que le llegaban por encima de los tobillos y de los pies descalzos, y que le marcaban tanto la entrepierna que el paquete se asemejaba a un puño.

El hombre tiró de la gorra de béisbol para que le cubriera la frente.

—¿Es usted Jerome Miller? —preguntó.

Jerome Miller era el seudónimo favorito de Bubba. Era el nombre del personaje que interpretaba Bo Hopkins en *The Killer Elite*, una película que Bubba debía de haber visto veinte mil veces y que se sabía de memoria.

—¿Usted qué cree?

El enorme cuerpo de Bubba se interpuso gigantesco y lo apartó de mi vista.

—Sólo estaba haciendo una pregunta.

—Soy el Conejito de Pascua que viene a hacerte una visita con una bolsa de deporte repleta de armas. —Bubba se acercó al hombre—. ¡Déjenos pasar, coño!

Se hizo a un lado, cruzamos el umbral y nos adentramos en una sala de estar oscura con un picante olor a tabaco. El hombre se inclinó hacia la mesita, cogió el cigarrillo encendido de un cenicero totalmente repleto, chupó la colilla y nos miró fijamente a través del humo, sus pálidos ojos brillando en la oscuridad.

—Bien, muéstremelo.

—¿Sería tan amable de encender la luz? —le instó Bubba.

—Aquí no hay luz —dijo el tipo.

Bubba le dedicó una sonrisa amplia y fría, enseñándole todos los dientes.

—Lléveme a una habitación que tenga.

El otro encogió sus esqueléticos hombros.

—Como quiera.

Mientras le seguíamos por un estrecho pasillo, me di cuenta de que la correa de la parte trasera de la gorra estaba suelta, los extremos se hallaban demasiado alejados para que pudieran juntarse y, visto desde atrás, el gorro le quedaba muy raro, como si lo llevara lejos del cráneo. Intentaba adivinar a quién me recordaba ese tipo. Ya que no conocía a muchos hombres mayores que llevaran camisetas cortas y mallas, debería haber pensado que la lista de posibilidades era relativamente pequeña. Había algo en él que me parecía familiar, y tenía la impresión de que la barba o la gorra de béisbol era lo que me despistaba.

Olía como si hubiera agua sucia en una bañera y no la hubieran vaciado en varios días; las paredes apestaban a moho. En el pasillo, que conducía directamente a la puerta trasera, había cuatro puertas. Arriba, en el segundo piso, se oyó de repente un ruido sordo. El techo vibraba con los bajos, con las vibraciones de los altavoces a todo volumen, aunque el sonido de la música en sí era tan imperceptible —en realidad, un susurro que sonaba a lata— que podría proceder de otro edificio. Pensé que debía de estar insonorizado. Quizás había un grupo allá arriba, una cuadrilla de hombres maduros con pantalones de licra y camisetas cortas, y que interpretaban antiguas canciones de Muddy Waters mientras bailaban al son de la música.

Nos acercamos a las dos primeras puertas que había en mitad del pasillo y eché un vistazo a la de mi izquierda; lo único que pude ver fue una habitación oscura con sombras y formas que me parecieron una butaca reclinable y pilas de libros o de revistas. Un olor a humo rancio de cigarro nos llegaba desde la habitación. La puerta de la derecha nos llevó a una cocina, tan estrepitosamente iluminada por una luz blanca, que estaba seguro de que el voltaje del fluorescente era industrial, de esos que suelen encontrarse en los garajes, pero nunca en las casas particulares. En vez de iluminar deslumbraba, y tuve que cerrar los ojos varias veces antes de acostumbrarme.

El hombre sacó un pequeño objeto de debajo de la mesa y me lo lanzó. Parpadeé, vi cómo el objeto volaba hacia mí y lo cogí. Era una pequeña bolsa de papel, y la había agarrado por la parte de abajo. Fajos de billetes amenazaban con desparramarse hasta que conseguí enderezar la bolsa y metí de nuevo los billetes dentro. Me volví hacia Bubba y se la entregué.

—Tiene buenas manos —dijo el hombre. Le dedicó a Bubba una sonrisa que dejó entrever unos dientes amarillos y manchados de nicotina—: Su bolsa del gimnasio, señor.

Bubba le lanzó la bolsa al pecho, y el mismo impulso hizo que el tipo se cayera de culo. Se repanchingó sobre las baldosas negras y blancas, con los brazos extendidos, y apoyó las palmas en el suelo.

—¿Malas manos? —rezongó Bubba—. ¿Qué le parece si sencillamente lo dejo encima de la mesa?

El hombre alzó la mirada hacia él, asintió con la cabeza y parpadeó a causa de la luz que le daba en la cara.

Era la nariz lo que me resultaba tan familiar, pensé, esa curvatura característica de un halcón. La cara del hombre era totalmente plana y la nariz le sobresalía como si fuera un despeñadero; se encorvaba hacia debajo de manera tan espectacular que la punta de la nariz le proyectaba sombras en los labios.

Se levantó del suelo, se sacudió el polvo de la parte trasera de las mallas, se frotó las manos mientras permanecía de pie junto a la mesa y observó cómo Bubba corría la cremallera de la bolsa. Cuando miró en el interior, los ojos del hombre se iluminaron de tal forma que parecían dos luces piloto en la oscuridad; gotas de sudor le humedecían el labio superior.

—Aquí están mis nenas —dijo el hombre, mientras Bubba abría la bolsa completamente y mostraba cuatro pistolas Calico M-110, la negra aleación de aluminio relucientemente engrasada.

La Calico M-110 es una de las armas más extrañas que he visto. Es una pistola que puede disparar hasta cien veces con la misma recámara helicoidal que usa la carabina. Apenas mide cuarenta y cinco centímetros de largo; la empuñadura y el cañón deben de medir unos veinte centímetros, y el cartucho y el resto del armazón sobresalen detrás de la empuñadura. Me recordaba las pistolas de juguete que construíamos de pequeños con gomas de pollo, alfileres y palos de polo para lanzarnos balas entre nosotros. Pero con las gomas de pollo y los palos de polo, sólo conseguíamos disparar diez balas en un minuto. La M-110 podía llegar a disparar cien balas en tan sólo quince segundos.

El hombre cogió una pistola de la bolsa y la puso en la palma de la mano. Levantaba y bajaba el brazo para comprobar el peso del arma y sus ojos pálidos le brillaban de tal forma que parecía que también se los hubieran engrasado. Se pasaba la lengua por los labios como si pudiera saborear la pólvora.

—¿Qué? ¿Adquiriendo existencias para la guerra? —pregunté.

Bubba me hizo callar con una mirada y empezó a contar el dinero de la bolsa de papel.

El hombre contemplaba las pistolas y les sonreía como si fueran un minino.

—A uno le pueden importunar en cualquier momento y en cualquier lugar. Se ha de estar preparado.

Acarició la pistola con la punta de los dedos y susurró:

—¡Oh! ¡Vaya, vaya, vaya!

Y en ese momento lo reconocí.

Leon Trett, el maníaco sexual cuya foto me había entregado Broussard cuando empezamos a investigar la desaparición de Amanda McCready. Un hombre que era considerado sospechoso de la violación de más de cincuenta niños y de la desaparición de dos.

Y le acabábamos de vender armas.

¡Estupendo!

Me miró de repente, como si pudiera adivinar lo que estaba pensando, y cuando me observó con sus pálidos ojos, sentí frío y miedo.

—¿Y los cartuchos? —dijo.

—Cuando me marche —contestó Bubba—. Ahora estoy contando.

Se acercó a Bubba.

—No, cuando se marche no. Los quiero ahora.

—Haga el favor de callar. Ahora estoy contando —insistió Bubba.

Podía oír cómo contaba en voz baja:

—... cuatrocientos cincuenta, sesenta, sesenta y cinco, setenta, setenta y cinco...

Leon Trett movió la cabeza varias veces, como si haciéndolo pudiera hacer aparecer los cartuchos o conseguir que Bubba se volviera un poco más razonable.

—Ahora —dijo Trett—. Ahora. Quiero mis cartuchos ahora. Ya he pagado por ellos.

Alargó la mano para coger el brazo de Bubba, pero Bubba le agarró la mano, lo cogió del pecho y lo arrimó a la mesa que había debajo de la ventana.

—¡Hijoputa! —Bubba lo soltó y empezó a apilar los billetes con violencia—. Ahora tengo que volver a empezar.

—¡Haga el favor de darme los cartuchos! —Trett tenía los ojos húmedos y hablaba como si fuera un niño mimado de ocho años—. Haga el favor de dármelos.

—¡Vete a la mierda! —Bubba empezaba a contar los billetes de nuevo.

Los ojos de Trett se empañaron de lágrimas y dio un golpe con la pistola.

—¿Qué pasa, cariño?

Volví la cabeza hacia donde procedía la voz y contemplé la mujer más grande que había visto en toda mi vida. No era tan sólo una amazona, sino una *sasquatch*,* gruesa y cubierta de espeso pelo grisáceo que le crecía en la cabeza —como mínimo, tenía un espesor de diez centímetros—, que se le desparramaba por ambos lados de la cara, ocultándole las mejillas y parte de los ojos, y se esparcía sobre los gruesos hombros como musgo.

Vestía de marrón oscuro de los pies a la cabeza, y la obesidad que se escondía debajo de sus amplios ropajes parecía temblar y hacer un sonido sordo mientras permanecía de pie junto a la puerta de la cocina con una 38 en la manaza.

Roberta Trett. La fotografía no le había hecho justicia.

—No me quieren dar los cartuchos —se quejó Leon—. Ya han cogido el dinero, pero no me quieren dar los cartuchos.

* Gigantesco mamífero que, según afirman algunos, habita en algunas zonas de Estados Unidos y Canadá. Los primeros documentos escritos sobre este animal se remontan a 1784, aunque no está muy claro si se trata de realidad o ficción. Se dice que sus huellas miden entre 35 y 45 cm de longitud, y entre 12 y 22 cm de anchura. (*N. de la T.*)

Roberta entró en la habitación, la inspeccionó mientras movía la cabeza lentamente de derecha a izquierda. El único que no se había dado cuenta de que estaba allí era Bubba, que permanecía en el centro de la cocina, con la cabeza baja e intentando contar el dinero.

Roberta me apuntó con la escopeta como quien no quiere la cosa.

—Haga el favor de entregarnos los cartuchos.

Me encogí de hombros.

—Yo no los tengo.

—¡Tú! —le hizo señas a Bubba con la escopeta—. ¡Eh! ¡Tú!

—... ochocientos cincuenta —dijo Bubba—, ochocientos sesenta, ochocientos setenta...

—¡Eh! ¡Tú! Haz el favor de mirarme cuando te hablo.

Bubba movió la cabeza ligeramente hacia ella, pero no apartó la mirada del dinero.

—... novecientos, novecientos diez, novecientos veinte...

—Señor Miller —dijo Leon totalmente desesperado—, mi mujer le está hablando.

—... novecientos sesenta y cinco, novecientos setenta...

—¡Señor Miller!

Leon gritó tanto que los tímpanos me retumbaban y me golpeó el cerebro.

—Mil.

Bubba se detuvo cuando iba por la mitad del fajo y se metió el puñado de billetes que acababa de contar en el bolsillo de la chaqueta.

Leon suspiró en voz alta y su cara expresó una gran sensación de alivio.

Bubba me miró como si no entendiera nada.

Roberta dejó de apuntarnos con la escopeta.

—Bien, señor Miller, si sencillamente pudiéramos...

Bubba se lamió el dedo pulgar y empezó a contar el fajo de billetes que tenía en la mano.

—Veinte, cuarenta, sesenta, ochenta, cien...

Leon Trett parecía a punto de sufrir una embolia. Su pálida cara se le tornó carmesí y se le hinchó, estrujaba la escopeta sin municiones entre las manos y daba saltos hacia delante y hacia atrás como si necesitara ir al lavabo. Roberta Trett volvió a apuntarnos con la escopeta, esta vez con decisión. Apuntó directamente a la cabeza de Bubba y cerró el ojo izquierdo. Apuntó con el cañón y echó el percutor hacia atrás.

La desagradable luz de la cocina parecía dibujar las siluetas de Roberta y Bubba mientras permanecían de pie en el centro de la habitación; ambos tenían un tamaño que hacía pensar en algo que uno escalaría con cuerdas y clavijas, pero no en un ser vivo.

Saqué mi 45 de la funda que llevaba en la espalda, la coloqué detrás de mi pierna derecha y quité el fiador.

—Doscientos veinte —dijo Bubba, mientras Roberta daba otro paso hacia él—, doscientos treinta, doscientos cuarenta, colega, ¿por qué no le disparas a esa zorra?, doscientos cincuenta, doscientos sesenta...

Roberta Trett se detuvo e inclinó la cabeza ligeramente hacia la izquierda, como si no estuviera muy segura de lo que acababa de oír.

Parecía totalmente incapaz de considerar las posibilidades que tenía, y esa sensación le era totalmente ajena.

Dudo que nadie se hubiera atrevido a ignorarla antes.

—Señor Miller, deje de contar ahora mismo. —Extendió el brazo hasta que estuvo tan recto y duro como una barra, y los nudillos palidecieron en contraste con el aluminio negro.

—... trescientos, trescientos diez, trescientos veinte, que te he dicho que te cargues a esa zorra, trescientos treinta...

Entonces sí que estuvo completamente segura de lo que

había oído. La muñeca le temblaba y, por lo tanto, la escopeta.

—Señora —intervine—, haga el favor de soltar esa escopeta.

Movió los ojos y vio que yo no me había movido ni la estaba apuntando. Entonces, cuando se dio cuenta de que no podía ver mi mano derecha, en ese momento eché hacia atrás el gatillo de mi 45, y el sonido interrumpió el murmullo fluorescente de la luminosa cocina de forma tan clara que pareció el ruido de un disparo.

—... cuatro cincuenta, cuatro sesenta, cuatro setenta...

Roberta Trett miró a Leon, la 38 seguía temblando y Bubba seguía contando.

Oí cómo una puerta se abría y se cerraba rápidamente en la parte más allá de la trasera de la casa, al final del largo pasillo que dividía el edificio.

Roberta también lo oyó. Desvió la mirada rápidamente hacia la izquierda y luego se volvió hacia Leon.

—Haz que pare —dijo Leon—. Haz que pare de contar. Me duele.

—... seiscientos... —continuó Bubba, con un tono de voz más alto—, seis diez, seis veinte, seis veinticinco; bien, ya he acabado con los billetes de cinco, seis treinta...

Se oyeron unos pasos procedentes del pasillo y Roberta enderezó la espalda.

—Pare. Pare de contar —insistió Leon.

Un hombre, que era incluso más pequeño que Leon, se quedó de piedra cuando entró por la puerta; observó la confusión con los oscuros ojos bien abiertos, y yo quité la pistola de detrás de la pierna y le apunté en toda la frente.

Su pecho estaba tan hundido que parecía que estuviera al revés: tenía el esternón y el tórax hacia dentro, mientras que la diminuta barriga le salía hacia fuera como la de un pigmeo. Tenía el ojo derecho vago y se le movía hacia los lados como si estuviera en un bote sin rumbo. Los pequeños rasguños del pezón derecho se volvieron rojizos bajo la blanca luz.

Sólo llevaba una pequeña toalla azul y la piel le brillaba por el sudor.

—Corwin —le espetó Roberta—, haz el favor de volver a tu habitación ahora mismo.

Corwin Earle. Supongo que, después de todo, había encontrado una familia.

—Corwin no se va a mover de aquí —dije, y estiré completamente el brazo.

Vi cómo el ojo bueno de Corwin miraba el cañón de la 45.

Corwin asintió con la cabeza y colocó las manos en el costado. Todos, excepto yo, se dieron la vuelta hacia Bubba y le dedicaron toda su atención.

—¡Dos mil! —se jactó.

Alzó el fajo de dinero que llevaba en la mano.

—Ya que ya ha sido recompensado —dijo Roberta Trett, con un tono de voz tan tembloroso como la escopeta que sostenía en la mano—, acabemos con esta transacción, señor Miller. Haga el favor de darnos los cartuchos.

—¡Haga el favor de darnos los cartuchos! —gritó Leon.

Bubba volvió la cabeza y le miró.

Corwin Earle dio un paso hacia atrás.

—¡Eso no se hace! —le advertí.

Tragó saliva, moví la pistola delante de sus narices y él la siguió con la mirada. Bubba se rió entre dientes. Fue como un dulce *ja, ja, ja* en voz baja, que hizo que Roberta Trett tensara el cuello.

—¡Ah, los cartuchos!

Bubba se volvió hacia Roberta y, como si se diera cuenta por primera vez de que le estaba apuntando con una escopeta, dijo:

—Por supuesto.

Frunció los labios y le envió un beso con la mano a Roberta. Ella parpadeó y se echó hacia atrás como si fuera algo tóxico.

Bubba metió la mano en el bolsillo de la trenca y levantó el brazo con rapidez.

—¡Eh! —dijo Leon.

Roberta cayó hacia atrás cuando Bubba le dio un golpe en la muñeca y le hizo saltar la 38 de la mano; la escopeta pasó volando por encima del fregadero y se dirigió a toda velocidad hasta el tablero.

Todos, a excepción de Bubba, agachamos la cabeza.

La escopeta chocó contra la pared que había encima del tablero. Se movió el gatillo a causa del impacto y la 38 se disparó.

La bala agujereó la formica barata que había detrás del fregadero y rebotó en la pared junto a la ventana, donde Leon estaba acurrucado.

La 38 causó un gran estruendo al caer sobre el tablero; el cañón giró sobre sí mismo y acabó apuntando a la polvorienta escurridera de platos.

Bubba miró el agujero de la pared.

—Estupendo —concluyó.

Los demás, a excepción de Leon, nos pusimos en pie. Seguía sentado en el suelo y tenía la palma de la mano sobre el corazón; sus pálidos ojos se endurecieron de un modo tal que supe, de inmediato, que era mucho menos frágil de lo que nos había hecho creer con su servil forma de actuar mientras Bubba contaba el dinero. Era simplemente una máscara, el papel que representaba, supuse, para que nos olvidáramos de él; pero esa máscara le cayó mientras estaba sentado en el suelo y miraba a Bubba con odio.

Bubba se metió el segundo fajo en el bolsillo. Acortó la distancia que lo separaba de Roberta y no cesó de dar golpes en el suelo con el pie hasta que ella levantó la cabeza y le miró a los ojos.

—Me ha estado apuntando con una escopeta, Xena* la grande.

Se frotó la mandíbula con la palma de la mano y llenó la cocina de pelos que caían al rascarse la piel.

Roberta puso las manos en los costados.

Bubba le sonrió dulcemente.

—¿Qué, cree ahora que debo matarla? —dijo con suavidad.

Roberta negó con la cabeza una vez.

—¿Está segura?

Roberta asintió despacio.

—Después de todo, me apuntó con esa escopeta.

Roberta volvió a asentir. Intentó hablar, pero lo único que consiguió pronunciar fue un gorjeo.

—¿Qué ha dicho? —inquirió Bubba.

Tragó saliva.

—Lo siento, señor Miller.

—¡Oh! —dijo Bubba, en señal de asentimiento.

Me guiñó un ojo; el destello verde que lanzaron sus ojos sonrientes y que ya conocía me hizo pensar que podría pasar cualquier cosa. Cualquier cosa.

Leon se apoyaba en la mesa de la cocina mientras se ponía en pie detrás de Bubba.

—Hombrecito —le previno Bubba, sin apartar la mirada de Roberta—, si intenta coger la Charter 22 que tiene atada con una correa debajo de la mesa, se la descargaré en las pelotas.

* Conocida como la «princesa guerrera», Xena es el principal personaje de una serie de acción y aventuras filmada en los alrededores de Auckland, Nueva Zelanda. Lucy Lawless es la actriz que representa a dicho personaje. (*N. de la T.*)

Leon apartó la mano del borde de la mesa.

Gotas de sudor caían por el pelo de Corwin y le hacían parpadear; apoyó la palma de la mano en la jamba de la puerta para mantenerse en pie.

Bubba se me acercó; sin siquiera apartar los ojos de la habitación mientras se inclinaba, me susurró al oído:

—Están armados hasta los mismísimos dientes. Saldremos rápidamente. ¿Entendido?

Asentí con la cabeza.

Mientras se encaminaba hacia Roberta, observé a Leon mirar la mesa, después un armario y finalmente el lavavajillas; estaba oxidado, tenía la puerta cubierta de suciedad y seguramente nadie lo había usado desde que yo iba al instituto.

Pillé a Corwin Earle haciendo lo mismo; Leon y él se miraron por unos instantes y el miedo se desvaneció.

Estaba totalmente de acuerdo con la valoración que había hecho Bubba. Por lo que parecía, nos encontrábamos en medio de Tombstone.* Tan pronto como bajáramos la guardia, los Trett y Corwin Earle cogerían las armas y nos harían una representación en directo de *OK Corral*.

—Por favor —le dijo Roberta Trett a Bubba—, váyanse.

—¿Y los cartuchos? —dijo Bubba—. Antes quería los cartuchos. ¿Aún los quiere?

—Pues...

Bubba se tocó la barbilla con la punta de los dedos.

—¿Sí o no?

Cerró los ojos.

* Película americana basada en hechos reales que fue dirigida en 1993 por George P. Cosmatos. Interpretada, entre otros, por Kurt Russell y Val Kilmer. *OK Corral* es el lugar en que, en 1881, se produjo el histórico tiroteo entre Wyatt Earp, Morgan, Virgil Earp y Doc Holliday contra los Clanton y los McLaury. (*N. de la T.*)

—Sí.

—Lo siento —concluyó Bubba, sonriendo alegremente—. No puedo. Me tengo que pirar.

Me miró, inclinó ligeramente la cabeza y se dirigió hacia la puerta.

Corwin se apretó contra la pared; apunté la habitación con la pistola mientras salía reculando de allí detrás de Bubba, y por la expresión de furia de Leon Trett supe de inmediato que vendrían tras nosotros tan pronto como les fuera posible.

Agarré a Corwin Earle por el cuello y le propiné un empujón tal que lo mandé al centro de la cocina, junto a Roberta. Entonces, me crucé con la mirada de Leon.

—Te mataré, Leon —amenacé—. Quédate en la cocina.

Cuando habló, no quedaba ni rastro de esa voz quejosa de niño de ocho años; en su lugar, apareció con una voz grave y ligeramente ronca, fría como la sal sin refinar.

—Tienes que llegar hasta la puerta delantera, chico. ¡Hay un buen trecho!

Reculé hasta el pasillo, sin dejar de apuntar la cocina con mi 45. Bubba permanecía de pie a unos centímetros de distancia y silbaba.

—¿Crees que deberíamos empezar a correr? —le susurré.

Se volvió hacia mí.

—Seguramente —convino.

Salió disparado y se dirigió hacia la puerta, como si jugara de defensa en un partido de fútbol americano; las botas le resonaban en las tablas de madera del suelo y se reía como un maníaco, una especie de *ja, ja, ja* que retumbaba por toda la casa.

Bajé el brazo y me puse a correr tras él; vi cómo el oscuro pasillo y la oscura sala de estar se movían de un lado a otro a medida que iba tras Bubba y corríamos a toda velocidad hacia la puerta principal.

Oí cómo intentaban salir de la cocina, el sonido que hizo la puerta del lavavajillas al abrirse y al caer sobre las bisagras. Presentía que me estaban apuntando a la espalda.

Bubba ni siquiera se detuvo a abrir la puerta de red metálica que nos separaba de la libertad; sencillamente la atravesó. A causa del impacto, el marco de madera se rompió en mil pedazos y la tela verde le cubrió la cabeza como si fuera un velo.

Cuando llegué a la puerta, me atreví a mirar hacia atrás y vi cómo Leon Trett entraba en el pasillo con el brazo extendido. Reculé, le apunté y —en ese momento yo ya estaba fuera—, durante unos instantes, Trett y yo nos miramos fijamente, sin dejar de apuntarnos, a través de la penumbra.

Entonces, bajó el brazo, negó con la cabeza y gritó:

—Otra vez será.

—Claro —dije.

Detrás de mí, en el césped, Bubba armaba un jaleo tremendo mientras se quitaba los restos de la puerta de la cabeza y su peculiar risa alocada retumbaba por todas partes.

—¡Ja, ja, ja, soy Conan! —gritaba, mientras separaba los brazos—. ¡El gran asesino de los gnomos malignos! ¡No hay nadie que se atreva a dudar de mi fuerza y valor en la batalla! Ja, ja, ja...

Cuando conseguí llegar al césped, corrimos hacia su Hummer. Me coloqué de espaldas al coche, no aparté los ojos de la casa y seguí agarrando la pistola con ambas manos mientras Bubba entraba y me abría la puerta. En la casa, no se vio ni un solo movimiento.

Entré en el vehículo grande y pesado y, antes de que me diera tiempo a cerrar la puerta, Bubba conducía a toda velocidad.

—¿Por qué faltaste a tu palabra y no les diste los cartuchos? —pregunté, una vez que ya estábamos a una manzana de distancia de casa de los Trett.

Bubba se saltó una señal de stop.

—Porque me molestaron y no me dejaron contar a gusto.

—¿Por eso? ¿Sólo por eso no quisiste entregarles los cartuchos?

Frunció el ceño.

—Odio que la gente me interrumpa mientras cuento. Lo odio, de verdad. Lo odio.

—A propósito —dije al doblar una esquina—. ¿De qué iba eso de los gnomos malignos?

—¿Qué?

—No salía ni un solo gnomo maligno en *Conan*.

—¿Estás seguro?

—Prácticamente.

—¡Maldita sea!

—Lo siento.

—¿Por qué siempre tienes que estropearlo todo? —dijo—. ¡Mira que llegas a ser aburrido!

25

—¡Ange! —grité, mientras Bubba y yo entrábamos rápidamente en mi casa.

Asomó la cabeza por la puerta del pequeño dormitorio donde trabajaba.

—¿Qué pasa? —preguntó.

—Has estado siguiendo el caso de Pietro con bastante detenimiento, ¿verdad?

Durante un momento, sus ojos mostraron una leve punzada de dolor.

—Sí.

—Ven a la sala de estar —le dije, mientras tiraba de ella—. ¡Venga, vamos!

Me miró, luego miró a Bubba, que se balanceaba sobre los talones y hacía un gran globo de chicle rosa con sus gruesos y gomosos labios.

—¿Qué habéis bebido?

—Nada —contesté—. ¡Vamos!

Encendimos las luces de la sala de estar y le contamos nuestra excursión a casa de los Trett.

—¡Mira que llegáis a ser estúpidos! —nos espetó cuando

acabamos de contar nuestra historia—. Sois como dos críos anormales que salen a jugar con una familia de tarados.

—De acuerdo, de acuerdo —dije—. Ange, ¿qué llevaba Samuel Pietro el día que desapareció?

Se recostó en la silla.

—Unos tejanos, una sudadera roja encima de una camiseta blanca, un anorak azul y rojo, guantes negros y unas zapatillas deportivas. —Me miró con los ojos entornados—. ¿Y qué?

—¿Nada más? —terció Bubba.

Se encogió de hombros.

—Sí, eso y una gorra de béisbol de los Red Sox.

Miré a Bubba y él asintió con la cabeza; luego levantó las manos.

—No puedo involucrarme en esto. Yo he sido el que les ha vendido las armas.

—No pasa nada —dije—. Llamaremos a Poole y a Broussard.

—Llamar a Poole y a Broussard, ¿para qué? —se extrañó Angie.

—¿Me está diciendo que vio a Trett con una gorra de béisbol de los Red Sox? —dijo Poole, sentado ante nosotros en una cafetería de Wollaston.

Asentí.

—Además, era tres o cuatro tallas pequeña.

—Y eso les hace pensar que la gorra pertenecía a Samuel Pietro.

Volví a asentir.

Broussard miró a Angie.

—¿Usted también está de acuerdo?

Se encendió un cigarrillo.

—Según las pruebas, encaja. Los Trett viven en Germantown, justo delante de Weymouth, a unos tres kilómetros del parque de Nantasket Beach, precisamente donde se encontraba Pietro antes de desaparecer. Y la cantera, la cantera no está tan lejos de Germantown, y...

—¡Por favor! —dijo Broussard, mientras estrujaba un paquete vacío de cigarrillos y lo lanzaba contra la mesa—. ¿Otra vez Amanda McCready? Sólo por el hecho de que Trett viva en un radio de ocho kilómetros de la cantera, ¿de verdad piensan que la asesinó? ¿Están hablando en serio?

Miró a Poole y ambos negaron con la cabeza.

—Ustedes fueron quienes nos mostraron las fotografías de los Trett y de Corwin Earle —intervino Angie—. ¿Lo recuerdan? Nos contaron que a Corwin Earle le gustaba raptar niños para dárselos a los Trett. Nos dijeron que lo vigiláramos con los ojos bien abiertos. Fue usted quien nos lo dijo, detective Broussard, ¿no es verdad?

—Guardia de tráfico —le recordó Broussard—. Ya no soy detective.

—Bien, quizá —comentó Angie— si nos pasamos por casa de los Trett y fisgamos un poco, vuelva a serlo.

La casa de Leon Trett estaba rodeada por un jardín cubierto de malas hierbas, que debía de estar a unos nueve metros de distancia de la carretera. Detrás de la cortina de lluvia color ámbar, la pequeña casa blanca parecía cubierta de gránulos y manchas mugrientas. Sin embargo, alguien había cultivado un pequeño jardín cerca de los cimientos y las flores ya habían empezado a echar brotes o a florecer. Podría haber sido hermoso, pero era muy inquietante ver cómo todo ese bello y cuidado conjunto de azafranes púrpura, de campanillas blancas, de tulipanes rojos y de forsitias amarillas florecían a la sombra de una casa tan sucia y decrépita.

Si no recuerdo mal, Roberta Trett había trabajado de florista, y debía de ser muy buena si había conseguido hacer crecer tales flores en una tierra tan dura y durante un invierno tan largo. No me podía ni tan sólo imaginar que la mujer desgarbada y torpe que había apuntado a Bubba en la cabeza la noche anterior y que no había quitado el dedo del gatillo de la 38, fuera la misma que tuviera el don de la delicadeza, de la dulzura y la capacidad de hacer crecer algo a partir de un trozo de barro y de producir unos pétalos tan suaves y una belleza tan delicada.

Era una casa pequeña de dos plantas y las ventanas del piso de arriba que daban a la carretera estaban condenadas con trozos de madera negra. Debajo de esas ventanas, las tablas estaban rotas o incompletas, por lo que la parte superior de la casa se asemejaba a una cara triangular con los ojos amoratados y una sonrisa desigual de dientes partidos.

Tal y como noté al acercarme en la oscuridad, una sensación de decadencia emanaba de ella como un olor, a pesar del jardín.

Una alta alambrada metálica separaba la parte posterior de la casa de los Trett de la de sus vecinos. Los laterales daban a una extensión de unas veinte áreas de malas hierbas, esas dos casas ruinosas y abandonadas, y poca cosa más.

—No parece que haya forma posible de entrar ahí, a excepción de la puerta principal —comentó Angie.

—Eso parece —convino Poole.

Lo que quedaba de la puerta que Bubba había destrozado la noche anterior estaba tirado de cualquier manera en el césped, pero en su lugar, habían colocado una puerta blanca de madera con agujeros en el centro. Ese extremo de la calle era muy tranquilo y daba la sensación de que muy pocos vecinos se aventuraban a llegar hasta allí. Durante todo el tiempo que estuvimos sólo pasó un coche.

Se abrió la puerta trasera del Crown Victoria; Broussard entró y se sentó junto a Poole, mientras se sacudía el agua de lluvia de la cabeza salpicándole la barbilla y la sien a Poole.

Poole se secó la cara.

—¿Te has convertido en un perro? —rezongó.

Broussard hizo una mueca.

—Sí, en un perro empapado.

—Ya me he dado cuenta. —Poole sacó un pañuelo del bolsillo—. Te lo vuelvo a repetir, ¿te has convertido en un perro?

—¡*Guau, guau!* —Broussard volvió a negar con la cabeza—. La puerta trasera está donde dijo Kenzie. La ubicación es muy similar a la de la puerta principal. En el piso de arriba hay una ventana en la parte este, otra en la parte oeste y otra en la de atrás. Todas están cubiertas de tablas. Hay cortinas muy gruesas en todas las ventanas de la planta baja y una puerta de hierro cerrada con llave en la parte trasera, a unos tres metros a la derecha de la puerta.

—¿Algún indicio de vida? —preguntó Angie.

—Es imposible saberlo con esas cortinas.

—Así pues, ¿qué hacemos? —intervine.

Broussard cogió el pañuelo de Poole, se secó la cara y lo dejó en el regazo de su compañero. Éste observó el pañuelo con una mezcla de asombro y repugnancia.

—¿Hacer? —dijo Broussard—. ¿Ustedes dos? —alzó las cejas—. Nada. No van a hacer nada porque son civiles. Si pasan por esa puerta o le rozan la mano a Trett, les arresto ahora mismo. El que fue mi compañero, y que lo volverá a ser, y yo vamos a ir a esa casa, vamos a llamar a la puerta y vamos a ver si el señor Trett o su mujer desean hablar con nosotros. Cuando nos digan que nos vayamos a la mierda, volveremos aquí y llamaremos a la comisaría de policía de Quincy para que nos manden refuerzos.

—¿Por qué no pedimos refuerzos ahora? —apuntó Angie.

Broussard se volvió a Poole. Ambos miraron a Angie y movieron la cabeza.

—Les ruego me disculpen por ser un poco retrasada.

Broussard sonrió.

—No se pueden pedir refuerzos si no hay motivo de procesamiento, señorita Gennaro.

—Pero ¿tendrán motivo de procesamiento cuando llamen a la puerta?

—Si uno de ellos es lo bastante estúpido como para abrirla —dijo Poole.

—¿Por qué? —pregunté yo—. ¿Creen que van a mirar por el agujero de la puerta y que van a ver a Samuel Pietro allí de pie con un cartel que diga *Ayúdenme*?

Poole se encogió de hombros.

—Es increíble lo que se puede llegar a oír por el agujero de una puerta entreabierta, señor Kenzie. Aun así, he conocido a policías que han confundido el pitido de una tetera con los gritos de un niño. Realmente es una pena que se tengan que tirar las puertas abajo, destrozar el mobiliario y maltratar a los ocupantes del piso por error, pero está comprendido dentro de los límites de la ley.

Broussard extendió las manos.

—Es un sistema judicial imperfecto, pero intentamos sacar el máximo provecho de lo bueno que tiene.

Poole se sacó del bolsillo una moneda de veinticinco centavos, la lanzó al aire y le dio un codazo a Broussard.

—Llama —le dijo.

—¿A qué puerta?

—Según las estadísticas, la puerta principal es donde hay más tiroteos.

Poole asintió con la cabeza.

—Pero los dos sabemos que se ha de andar mucho para llegar a la puerta trasera.

—Y a través de campo abierto.

Poole asintió de nuevo.

—El que pierda tendrá que llamar a la puerta trasera.

—¿Por qué no van juntos a la puerta principal? —propuse.

Poole puso los ojos en blanco.

—Porque, como mínimo, hay tres hombres ahí dentro, señor Kenzie.

—Divide y vencerás —sentenció Broussard.

—¿Y esas pistolas? —dijo Angie.

—¿Las que su amigo misterioso dijo que vio ahí dentro? —inquirió Poole.

Asentí.

—Sí, ésas. Las Callico M-110, si no me equivoco.

—Pero no tienen cartuchos.

—Anoche, no —dije—. Pero ¿quién sabe si tuvieron tiempo de conseguirlos en las últimas dieciséis horas?

Poole asintió.

—Una potencia de fuego muy grande, si tienen los cartuchos.

—Nos enfrentaremos con ese problema en su debido momento —atajó Broussard, mientras se volvía hacia Poole—. Siempre pierdo cuando lanzamos una moneda al aire.

—Pero aquí tienes la oportunidad de volver a probar suerte.

—Cara.

Broussard suspiró.

Poole tiró la moneda al aire con el dedo y la moneda dio vueltas en la tenue luz del asiento trasero, reflejó algún rayo de luz ámbar procedente de la lluvia y brilló, durante una milésima de segundo, como si fuera oro español. La moneda de veinticinco centavos cayó en la palma de la mano de Poole y él la tapó con la otra mano.

Broussard miró la moneda, hizo una mueca.

—¿No sería mejor dos de cada tres?

Poole negó con la cabeza y guardó la moneda en el bolsillo.

—Yo me dirijo a la puerta principal y tú a la trasera —indicó.

Broussard se reclinó en el asiento y, durante unos instantes, nadie habló. Mirábamos la casa diminuta y sucia a través de la inclinada cortina de lluvia. De hecho, parecía una caja, con una continua sensación de podredumbre en el porche encorvado, en las tablas que faltaban y en las ventanas condenadas.

Al contemplarla, era imposible imaginar que en los dormitorios se hiciera el amor, que los niños jugaran en el jardín o que el sonido de sus risas retumbara allí dentro.

—¿Escopetas? —soltó Broussard, después de un rato.

Poole asintió.

—Al más puro estilo del oeste, compañero.

Broussard iba a abrir la puerta del coche cuando Angie dijo:

—No les quiero estropear este momento a lo John Wayne, pero ¿no creen que esa gente pensará que es muy sospechoso que lleven escopetas si sólo quieren hacerles unas preguntas?

—No las verán —aclaró Broussard, mientras abría la puerta y dejaba entrar la lluvia—. Ésa es la razón por la cual Dios creó las chaquetas guerreras.

Broussard cruzó la calle y se encaminó hacia arriba hasta que llegó a la parte trasera del Taurus; abrió el maletero. Habían aparcado el coche junto a un árbol que tenía tantos años como la ciudad; era grande y deforme y las raíces habían reemplazado la acera que lo rodeaba; aquel árbol impedía que Broussard o el coche pudieran ser vistos desde la casa de los Trett.

—Así pues, ¿comprendido? —preguntó Poole suavemente desde el asiento trasero.

Broussard sacó una guerrera del maletero y se la puso sobre los hombros. Volví a mirar a Poole.

—Si algo sale mal, llame por el móvil al 911. —Se inclinó hacia delante e hizo un gesto de conformidad con el dedo índice—. No salgan del coche bajo ningún concepto. ¿Queda claro?

—Sí —dije.

—¿Señorita Gennaro?

Angie asintió.

—Bien, entonces, estamos de acuerdo.

Poole abrió la puerta y se adentró en la lluvia.

Cruzó la calle y se reunió con su compañero junto al maletero del Taurus. Broussard asintió con la cabeza a una señal que le hizo Poole y nos miró mientras escondía la escopeta bajo la guerrera.

—Se comportan igual que los *cowboys* —comentó Angie.

—Ésta puede ser una oportunidad para que Broussard recupere la categoría de detective. No me extraña que esté tan entusiasmado.

—¿Demasiado? —preguntó Angie.

Parecía como si Broussard nos hubiera leído los labios. Nos sonrió a través de los riachuelos de agua que chorreaban por fuera de la ventana y se encogió de hombros. Se volvió hacia Poole y le susurró algo al oído. Poole le dio un golpecito en la espalda y se alejó del Taurus; después, se dirigió calle arriba a grandes zancadas y bajo la inclinada lluvia entró en el jardín de los Trett por la parte este, se paseó tranquilamente entre las malas hierbas y se encaminó hacia la parte trasera de la casa.

Poole cerró el maletero y se subió las solapas de la guerrera para que taparan la escopeta. La escondió entre el brazo derecho y el tórax. Con la mano izquierda —colocada detrás de la espalda— sostenía la Glock, a medida que andaba calle arriba, con la cabeza ligeramente inclinada hacia las ventanas condenadas.

—¿Has visto eso? —señaló Angie.

—¿El qué?

—Creo que alguien ha movido la cortina de la ventana que está a la izquierda de la puerta principal.

—¿Estás segura?

Negó con la cabeza.

—He dicho *creo*. —Sacó el móvil del bolso y se lo puso en el regazo.

Poole llegó a las escaleras. Alzó el pie izquierdo para subir el primer escalón y debió de ver algo que no le gustó, ya que extendió la pierna en el primer escalón, puso el pie en el segundo y trepó hasta el porche.

El porche se hundía en el centro, y el cuerpo de Poole se inclinaba hacia la izquierda mientras permanecía allí, con la lluvia cayéndole entre los pies por el canalón que había formado el profundo hundimiento del porche.

Observó la ventana que había a la izquierda de la puerta, y no se movió durante unos instantes; luego se volvió hacia la ventana derecha y se quedó mirándola fijamente.

Abrí la guantera y saqué mi 45.

Angie se inclinó sobre mí y sacó su 38, comprobó el tambor y lo volvió a colocar en su sitio de un golpe seco.

Poole se acercó a la entrada, alzó la mano que sostenía la Glock y llamó a la puerta con los nudillos. Dio un paso atrás y esperó. Volvió la cabeza hacia la izquierda, luego hacia la derecha, y de nuevo hacia la puerta. Se inclinó hacia delante y llamó de nuevo.

La lluvia apenas hacía ruido al caer. Eran gotas pequeñas y la cortina de agua caía de lado; si no fuera por el agudo lamento del viento, reinaría un profundo silencio en toda la calle.

Poole se inclinó hacia delante y giró el pomo de la puerta a derecha e izquierda, pero no se abrió. Llamó por tercera vez.

Un coche pasó delante de la casa; era una furgoneta Volvo de color beis con bicicletas en la baca; conducía una mujer pálida y nerviosa con una cinta en el pelo color melocotón. Vimos cómo se encendían las luces de frenado cuando paró en una señal de stop unos noventa metros más adelante; el coche giró a la izquierda y desapareció.

Los disparos procedentes de la parte trasera de la casa interrumpieron súbitamente los gemidos del viento y oímos el ruido de un cristal hacerse añicos. Algo como un chirrido apagaba el susurro de la lluvia.

Poole volvió la cabeza y nos miró un momento. Alzó el pie para abrir la puerta y desapareció en medio de una explosión de astillas, disparos y estallidos de luz: el parloteo de un arma automática.

La explosión le hizo saltar por los aires y chocó contra la barandilla del porche con tal violencia que la rompió igual que si hubiera arrancado un brazo. La escopeta de Poole voló y fue a caer en un macetero debajo del porche; la escopeta cayó ruidosamente escaleras abajo.

El tiroteo cesó de forma tan repentina como había empezado.

Durante un momento, nos quedamos quietos en el coche y escuchamos el estruendo que resonaba después del tiroteo. La escopeta de Poole resbaló en el último escalón y la culata desapareció entre las hierbas mientras que el cañón resplandecía negro y húmedo sobre la acera. Una fuerte ráfaga de viento hizo que la lluvia cayera con más fuerza; la pequeña casa gimoteó y chirrió mientras el viento golpeaba el tejado y hacía vibrar las ventanas.

Salí del coche y corrí, agachado, hacia la casa. Entre el suave susurro de la lluvia, distinguía el sonido que mis suelas de goma hacían al pisar el asfalto mojado y la grava.

Angie corrió junto a mí, hablando por el móvil:

—Manden agentes al número 322 de la calle Admiral Farragut de Germantown. Repito: Manden agentes al número 322 de la calle Admiral Farragut de Germantown.

Mientras corríamos por el sendero que conducía a las escaleras, observé rápidamente las ventanas y la puerta. Ésta se hallaba destrozada, como si una manada de bestias la hubiera destripado con sus garras. Parecía que hubieran excavado agujeros desiguales en la madera; en algunos lugares, era posible ver la casa a través de los agujeros y vislumbrar colores apagados o luminosos.

Cuando llegamos a las escaleras, los agujeros se oscurecieron de repente. Extendí rápidamente el brazo derecho, hice caer a Angie al suelo y salté hacia la izquierda.

Fue como si el mundo hubiera explotado. No hay forma posible de prevenirse contra el ruido de una escopeta que puede realizar siete disparos por segundo. A través de la puerta de madera, el sonido de las balas parecía casi humano, como una cacofonía de un homicidio cáustico y fanático.

Poole se dejó caer pesadamente a un lado mientras las balas salían a toda velocidad del porche; yo me lancé al suelo y cogí la culata de la escopeta con la mano. Enfundé mi 45 y me apoyé en una pierna. Apunté entre la lluvia, disparé en dirección a la puerta y la madera empezó a arrojar humo. Cuando se despejó, vi un agujero en el centro del tamaño de mi muñeca. Intenté levantarme, pero resbalé en la hierba mojada y oí sonido de cristal tintineando a mi izquierda.

Me di la vuelta y disparé por encima de la barandilla del porche en dirección a la ventana; el cristal y el marco saltaron por los aires y agujereé la oscura cortina.

Alguien gritó dentro de la casa.

El tiroteo había cesado. El eco de las explosiones y el parloteo de las armas automáticas me retumbaba en la cabeza.

Angie estaba de rodillas junto al pie de la escalera, con la cara tensa, y apuntaba hacia el agujero de la puerta con su 38.

—¿Estás bien? —pregunté.

—Me han jodido el tobillo.

—¿Te han disparado?

Negó con la cabeza sin apartar la mirada de la puerta.

—Creo que se me torció cuando me hiciste caer al suelo.

Respiró lentamente con los labios fruncidos.

—¿Torcido y roto?

Asintió y volvió a respirar poco a poco.

Poole soltó un gemido; la sangre le caía a chorros por la comisura de la boca.

—Tengo que sacarle del porche —dije.

Angie asintió.

—Te cubro.

Dejé la escopeta sobre la hierba mojada, alargué el brazo y cogí la parte superior de la barandilla que Poole había doblegado al caer. Apoyé el pie en los cimientos del porche y empujé; sentí cómo la parte inferior de la barandilla se desencajaba de la madera carcomida. Volví a empujar con fuerza y la barandilla y medio enrejado saltaron del porche. Poole me cayó encima y me abalanzó sobre la hierba mojada.

Se quejó de nuevo y se retorció entre mis brazos; conseguí salir de debajo de Poole y vi cómo se movía la cortina de la ventana derecha.

—Angie —dije, pero ella ya se había dado la vuelta.

Disparó tres veces hacia la ventana, el cristal salió disparado del marco y los pedazos cayeron en el porche.

Me acurruqué detrás de los pequeños arbustos que había junto a los cimientos, pero nadie disparó; la espalda de Poole se arqueaba en el suelo y una neblina de sangre le brotaba de los labios.

Angie bajó la pistola, echó una última y larga mirada a la puerta y a las ventanas y se dirigió hacia nosotros arrastrándose sobre las rodillas a lo largo del sendero, con el tobillo izquierdo torcido y en alto mientras avanzaba. Saqué mi 45 y la cubrí mientras avanzaba y llegaba al lado de Poole.

De nuevo estalló un tiroteo con armas automáticas en la parte posterior de la casa.

—Broussard —dijo Poole, mientras asía el brazo de Angie y golpeaba la hierba con los talones.

Angie me miró.

—Broussard —repitió Poole, con un velado tono de voz y la espalda arqueándose contra el suelo.

Angie se quitó la sudadera, la apretó con fuerza contra el oscuro chorro de sangre que brotaba del centro del pecho de Poole.

—¡Sssh! —le susurró.

Le puso la mano en la mejilla.

—¡Sssh! —repitió.

Quienquiera que fuera el que estuviera disparando en la parte trasera de la casa, tenía un cartucho enorme. Durante veinte segundos, oí el chirriar incesante del arma. Hubo una breve pausa y volvió a empezar. No sabía con certeza si se trataba de la Calico o de cualquier otra arma automática, pero daba lo mismo. Una ametralladora es una ametralladora.

Cerré los ojos por un instante, tragué saliva, tenía la garganta dolorosamente seca y sentía la adrenalina correr por la sangre como un carburante tóxico.

—Patrick —dijo Angie—. Ni se te ocurra.

Sabía que si la miraba de nuevo nunca me movería de allí. En algún lugar de la parte trasera de esa casa, Broussard estaba rodeado o algo peor. Samuel Pietro también podía estar allí dentro, con las balas rozándole la cabeza como avispones.

—¡Patrick! —gritó Angie, pero yo ya había saltado por encima de los tres escalones y había aterrizado en la hendedura donde se juntaban las dos partes del destrozado porche.

El pomo de la puerta había salido disparado cuando atacaron a Poole, así que abrí la puerta de una patada y empecé a disparar, a la altura del pecho, en la oscura habitación. Giré a derecha e izquierda y vacié el cartucho; lo saqué de la culata y metí uno nuevo a presión mientras caía al suelo. La habitación estaba vacía.

—Necesitamos ayuda inmediatamente —gritaba Angie por el móvil—. ¡Que nos manden agentes! ¡Que nos manden agentes!

El interior de la casa era de un color gris oscuro que hacía juego con el cielo del exterior. Vi que había una cinta de sangre en el suelo que debía de proceder de un cuerpo que había conseguido arrastrarse hasta el pasillo. Al otro extremo del pasillo, se divisaban haces de luz que entraban a través de los agujeros de bala de la puerta trasera. La puerta estaba inclinada hacia el suelo, ya que habían hecho saltar la bisagra inferior de la jamba.

En medio del pasillo, el rastro de sangre se desviaba hacia la derecha y desaparecía detrás de la puerta de la cocina. Entré en la sala de estar, comprobé que no hubiera ninguna sombra y vi los cristales rotos junto a las ventanas, los trozos de madera y cortina que habían salido volando por los aires a causa del tiroteo y el relleno de un viejo sofá volcado y lleno de latas de cerveza.

El tiroteo cesó tan pronto como entré en la casa; en ese momento sólo podía oír las gotas de lluvia cayendo en el porche, el tictac de un reloj y el sonido de mi propia respiración, artificial y desigual.

Las tablas del suelo crujían mientras iba hacia la sala de estar y seguía el rastro de sangre hasta el pasillo. El sudor bajaba por mi frente y humedecía mis manos cuando aparté la vista de la puerta que había al final del pasillo y me fijé en las otras cuatro puertas. La que estaba a unos tres metros a mi derecha era la de la cocina. La de la izquierda iluminaba el pasillo con una luz amarillenta.

Me pegué a la pared de la derecha y avancé muy lentamente hasta que divisé una parte de la habitación que tenía a mi izquierda. Parecía una sala de estar o algo así. Había dos sillas iguales a cada lado de un mueble-bar empotrado en la pared. Una era la silla reclinable que había podido distinguir en la oscuridad la noche anterior. El mueble-bar colgaba en el centro de la pared, pero habían quitado el revestimiento de cristal que normalmente cubre las estanterías. Éstas estaban abarrotadas de periódicos y revistas a todo color, y había más amontonadas en el suelo junto a las sillas. Había dos ceniceros de peltre pasados de moda encima de una mesilla de unos noventa centímetros de altura, situada junto a los brazos de los sillones de piel, y un cigarro a medio fumar aún humeaba en uno de ellos. Permanecí de pie contra la pared, apuntando con la pistola hacia la derecha, atento por si veía sombras que se movieran o por si crujía el suelo.

Nada. Di dos pasos a lo largo del pasillo, me arrimé a la otra pared y apunté en dirección a la cocina.

El suelo de baldosas blancas y negras brillaba a causa de los rastros de sangre y vísceras. Huellas húmedas de color naranja chillón por efecto de la luz del fluorescente manchaban las puertas de los armarios y la nevera. Vi una sombra que surgía del lado derecho de la habitación y oí una entrecortada respiración que no era la mía.

Respiré larga y profundamente, conté hasta tres y salté hacia el otro lado de la puerta; la sala de lectura que había a mi derecha estaba vacía; apunté fijamente a Leon Trett, que estaba sentado encima del tablero de la cocina y no me quitaba los ojos de encima.

Una de las Calico M-110 estaba junto a la puerta; al entrar, la lancé de una patada debajo de la mesa a mi derecha.

Leon tenía una marcada expresión de dolor mientras observaba cómo me acercaba. Se había afeitado; su piel suave y blanquecina tenía una apariencia enfermiza y descarriada, como si alguien la hubiera frotado con un cepillo de alambre y después se la hubiera enjabonado con aceite, como si fuera posible arrancarle la piel de los huesos con cuchara. Sin barba, la cara era mucho más larga de lo que me había parecido la noche anterior, y tenía las mejillas tan hundidas que su boca era ovalada.

El brazo izquierdo le colgaba inservible a un lado y de un agujero que tenía en el bíceps brotaban chorros de sangre oscura. Su brazo derecho estaba encima del abdomen, como si intentara contener los intestinos. Los pantalones color canela estaban empapados de sangre.

—¿Ha venido a entregarme los cartuchos? —me preguntó.

Negué con la cabeza.

—Ya he conseguido algunos esta mañana.

Me encogí de hombros.

—¿Quién es usted? —me preguntó dulcemente levantando una ceja.

—Al suelo —dije.

Soltó un gruñido.

—¿No ve, cariñito, que estoy aguantándome los intestinos? ¿Cómo quiere que me mueva sin que se me caigan?

—No es mi problema. ¡Al suelo!

Apretó su larga mandíbula.

—No.

—Túmbese en el maldito suelo.

—No —repitió.

—Leon. ¡Hágalo!

—Que le jodan. Si quiere, dispáreme.

—Leon...

Movió los ojos hacia la izquierda por un instante y dejó de apretar la mandíbula.

—Un poco de compasión, hombre. ¡Vamos!

Observé cómo parpadeaba de nuevo y cómo sus labios esbozaban una leve sonrisa; me tiré al suelo justo cuando Roberta Trett disparaba hacia mí y hacía saltar por los aires la cabeza de su marido en una ráfaga ininterrumpida con su M-110.

Gritó conmocionada y sorprendida al ver que la cara de Leon desaparecía como si fuera un globo reventado por un alfiler; rodé por el suelo y conseguí disparar una bala que le dio en la cadera y que la hizo retroceder a un rincón de la cocina.

Se dio la vuelta hacia mí, con la enorme mata de pelo grisáceo cubriéndole la cara, y por desgracia conservaba la M-110. Un dedo sudoroso intentaba apretar el gatillo, pero continuamente le resbalaba de la guarda; con la mano libre se asía la herida de la cadera mientras miraba fijamente la cabeza de su marido que había saltado por los aires. Observé que la boca del arma se acercaba hacia mí, y tenía la certeza de que en cualquier momento se repondría de ese estado de conmoción y encontraría el gatillo.

Salí precipitadamente de la cocina y volví al pasillo. Rodé por el suelo hacia mi derecha mientras Roberta Trett se daba la vuelta y dirigía la boca de la Calico hacia mí. Me puse en pie, empecé a correr hacia la puerta trasera, notando que cada vez se acercaba más y más, y entonces oí cómo Roberta entraba en el pasillo y corría detrás de mí.

—Te has cargado a mi Leon, hijoputa. ¡Te has cargado a mi Leon!

El pasillo tembló como un terremoto, Roberta puso el dedo en el gatillo y se dejó ir.

Me abalancé dentro de habitación que tenía a mi izquierda, y cuando me di cuenta de que era una escalera, ya no podía rectificar.

Caí y me golpeé en la frente siete u ocho escalones más abajo; el choque de la madera contra el hueso me sacudió los dientes como una descarga eléctrica. Oí los pesados pasos de Roberta tropezando por el pasillo en dirección a la escalera.

En ese momento no disparaba, y eso me asustó mucho más que si lo hiciera.

Sabía que me tenía acorralado.

Mi espinilla me arrancó un grito de dolor al chocar contra el borde de un escalón mientras caía a toda velocidad, volvía a resbalar y seguía cayendo; vi una puerta metálica al final y rogué a Dios: «¡Que esté abierta, por favor! ¡Que esté abierta!».

Roberta llegó al rellano y yo me tiré contra la puerta; la aporreé en el centro con la mano, y sentí que se abría como un estallido de oxígeno que entraba de golpe en los pulmones.

Reboté en el suelo mientras Roberta disparaba de nuevo. Rodé por el suelo y choqué contra una puerta que había detrás, contra un borde de plomo, lo que provocó el mismo estrépito que el granizo al caer en un tejado de hojalata. La puerta era pesada y gruesa —parecía la de una cámara frigorífica o una cámara acorazada— y había una línea de cerrojos en la parte interior: cuatro debían de estar a un metro y medio de altura y a unos quince centímetros de profundidad. Los abrí uno a uno mientras las balas seguían silbando y haciendo un sonido metálico al otro lado. De hecho, era una puerta a prueba de balas, y resultaba imposible hacer saltar los cerrojos desde el otro lado, ya que estaban sujetos con capas de aluminio.

—¡Te has cargado a mi Leon!

Había dejado de disparar y ahora se lamentaba desde el otro lado de la puerta; era el quejido de una lunática, pero tan desgarrador y teñido de repentina y terrible soledad que por un momento me revolvió las entrañas.

—¡Has matado a mi Leon! ¡Le has matado! ¡Vas a morir! ¡Vas a morir, desgraciado!

Algo pesado se estampó ruidosamente contra la puerta, y después del segundo golpe me di cuenta de que Roberta estaba lanzando su enorme cuerpo como si fuera una máquina de guerra, una y otra vez, aullando y repitiendo el nombre de su marido sin cesar, *bam, bam, bam,* abalanzándose sobre lo único que nos separaba.

Aunque ella perdiera el arma y yo conservase la mía, estaba convencido de que si conseguía cruzar esa puerta me despedazaría con sus propias manos, por muchas balas que pudiera dispararle.

—¡Leon! ¡Leon!

Estaba a la escucha del sonido de las sirenas, del graznido de los walkie-talkies, del balido de un megáfono. La policía ya debía de haber llegado a la casa. Sí, seguro que sí.

Fue entonces cuando pensé que no podía oír nada a excepción de Roberta, y a ella la oía porque estaba muy cerca.

Una bombilla pelada de cuarenta vatios colgaba del techo. Cuando me di la vuelta y comprendí dónde estaba, una intensa oleada de terror corrió por mis venas.

Me encontraba en un gran dormitorio que daba a la calle. Todas las ventanas estaban condenadas, y habían atornillado oscuros y gruesos trozos de madera a las molduras; los ojos plateados e inertes de unos cuarenta o cincuenta tornillos me miraban fijamente desde cada una de las ventanas.

No había nada en el suelo, a excepción de los excrementos de los roedores. Había bolsas de patatas fritas y de Fritos esparcidas junto al rodapiés, y las migajas estaban incrustadas en la madera. Vi tres colchones pelados, manchados de excrementos, sangre y sólo Dios sabe qué más, apoyados contra las paredes. Las paredes estaban parcialmente cubiertas de un grisáceo material esponjoso y del poliestireno que solía usarse para insonorizar los estudios de grabación. Pero no me encontraba en un estudio de grabación, precisamente.

Había clavos metálicos en la pared justo encima de los colchones y pares de esposas colgaban de unas varillas que habían sido soldadas en los extremos de los clavos. En el extremo occidental de la habitación había una pequeña papelera metalizada que contenía una gran variedad de fustas, látigos, consoladores puntiagudos y correas de cuero. Olía tanto a carne sucia e infectada por toda la habitación que el olor me penetró en el corazón y me envenenó el cerebro.

Roberta había dejado de golpear la puerta, pero seguía oyendo sus apagados lamentos en el hueco de la escalera.

Me dirigí hacia el lado este de la habitación y vi que habían tirado una pared para ampliar la habitación; aún se veían restos de argamasa y cascotes en el suelo. Un rechoncho ratón con el pelo de punta pasó corriendo ante mí, giró a la derecha en el extremo este de la habitación y desapareció por un agujero que había en la pared.

Seguí apuntando con la pistola mientras andaba entre más bolsas de patatas fritas, hojas informativas de NAMBLA* y latas vacías de cerveza con moho en la parte superior. Había revistas abiertas, impresas en papel de la peor calidad, por el suelo: niños, niñas, adultos —incluso animales— ocupados en algo que, aunque parecía sexo, yo sabía que no lo

* *North American Man-Boy Association:* asociación norteamericana que defiende el derecho a poder mantener relaciones sexuales con niños menores de edad. (*N. de la T.*)

era. Esas fotografías se me quedaron grabadas en el cerebro antes de que pudiera apartar la vista, y lo que había captado y registrado en mi mente no tenía nada que ver con la relación normal entre humanos, sino con el cáncer, con mentes, corazones y órganos cancerígenos.

Me acerqué al agujero por el que había desaparecido el ratón, un pequeño espacio entre los aleros de la casa, donde el tejado se inclinaba hacia el desagüe. Un poco más allá había una pequeña puerta de color azul.

Corwin Earle permanecía de pie delante de esa puerta, con la espalda encorvada debajo de los aleros, sosteniendo una ballesta junto a la cara, con la culata apoyada encima del hombro, y el ojo izquierdo intentando mirar de soslayo y apartar el sudor de los ojos al mismo tiempo. Intentaba enfocar el ojo derecho vago y lo movió repetidas veces hacia mí, antes de que lo moviera hacia la derecha como impulsado por un motor. Después de un rato, lo cerró y reajustó la culata de la ballesta encima del hombro. Estaba desnudo, con el tórax cubierto de sangre y también un poco en el prominente abdomen. Tenía una expresión de derrota y de agotamiento en la triste migaja que era su cara.

—¿Los Trett no confían en ti lo suficiente como para entregarte armas automáticas, Corwin?

Negó ligeramente con la cabeza.

—¿Dónde está Samuel Pietro? —pregunté.

Volvió a negar con la cabeza, esta vez mucho más despacio, y flexionó los hombros por el peso de la ballesta.

Observé la punta de la flecha y noté que se movía ligeramente; vi cómo le temblaban los brazos.

—¿Dónde está Samuel Pietro? —repetí.

Volvió a negar con la cabeza y le pegué un tiro en el estómago.

No hizo ningún ruido. Se dobló por la cintura y dejó caer

la ballesta al suelo justo delante de él. Cayó de rodillas, se tambaleó hacia la derecha hasta quedar en posición fetal, y se quedó allí tumbado con la lengua fuera como un perro.

Pasé por encima de él, abrí la puerta azul y entré en un cuarto de baño del tamaño de un armario pequeño. Vi la ventana oscura completamente entablada y una cortina de ducha hecha jirones debajo de la pila; había sangre encima de las baldosas, en el váter y por toda la pared como si alguien la hubiera arrojado con un cubo.

Había ropa interior blanca de algodón, que parecía de niño, empapada de sangre en la pila.

Miré dentro de la bañera.

No estoy seguro de cuánto tiempo permanecí allí, con la cabeza inclinada y la boca abierta. Sentí una humedad pegajosa en las mejillas y cómo me corría por la cara; sólo me di cuenta de que estaba llorando después de mirar fijamente, durante un período de tiempo que me pareció una eternidad, el cuerpo desnudo y diminuto hecho un ovillo junto al desagüe de la bañera.

Salí del cuarto de baño y vi a Corwin Earle de rodillas, con los brazos alrededor del estómago, de espaldas a mí, como si quisiera usar las rótulas para desplazarse por la habitación.

Permanecí detrás de él y esperé, apuntándole con la pistola; el oscuro pelo le sobresalía al otro lado del cañón negro y metálico.

Mientras se arrastraba por el suelo, emitía una serie de sonidos explosivos y repetidos, una especie de *yuh, yuh, yuh, yuh* que me recordaba el ruido de los generadores portátiles.

Cuando llegó hasta la ballesta y consiguió coger la culata con la mano, le dije:

—Corwin.

Se volvió hacia mí, vio que le apuntaba con la pistola y

cerró los ojos. Volvió la cabeza y asió fuertemente la ballesta con la mano cubierta de sangre.

Le disparé una bala en la nuca y seguí andando; mientras giraba a la izquierda, atravesaba el dormitorio y me dirigía hacia la puerta, oí cómo el cartucho pasaba rozando la madera y cómo el cuerpo de Corwin caía al suelo. Abrí los cerrojos uno por uno.

—Roberta —dije—, ¿aún sigues ahí? ¿Me oyes? Voy a matarte ahora mismo, Roberta.

Abrí el último de los cerrojos, abrí la puerta de golpe y me encontré cara a cara con el cañón de una escopeta.

Remy Broussard dejó de apuntarme. Entre sus piernas, Roberta Trett yacía boca abajo encima de los escalones; tenía un agujero ovalado de color rojo oscuro, del tamaño de un plato, en medio de la espalda.

Broussard se apoyó contra la barandilla mientras gruesas gotas de sudor le resbalaban desde el pelo hasta la cara como gotas templadas de lluvia.

—Tuve que volar el cerrojo por la mampara y entrar por el sótano —dijo—. Siento haber tardado tanto.

Asentí con la cabeza.

—¿Hay alguien ahí dentro? —respiró profundamente y me miró fijamente con sus oscuros ojos.

Me aclaré la voz.

—Corwin Earle está muerto.

—Samuel Pietro —apuntó.

Asentí con la cabeza.

—Creo que es Samuel Pietro.

Miré mi pistola y cómo saltaba de arriba abajo debido al temblor del brazo; ese estremecimiento me recorría el cuerpo entero como si sufriera pequeñas apoplejías. Miré a Broussard otra vez y sentí que las templadas lágrimas volvían a inundar mis ojos.

—Es difícil saberlo —murmuré, y se me quebró la voz.

Broussard asintió con la cabeza. Me di cuenta de que él también estaba llorando.

—En el sótano —dijo.

—¿Qué?

—Hay esqueletos. Dos y son de niños.

No reconocí mi voz cuando dije:

—No sé qué decir.

—Yo tampoco —contestó.

Miró el cadáver de Roberta Trett. Bajó la escopeta y le apuntó a la parte trasera de la cabeza, con el dedo en el gatillo.

Esperé a que le hiciera saltar los sesos por los aires y que se desparramaran por toda la escalera.

Después de un rato, apartó la escopeta y suspiró. Levantó un pie, lo colocó poco a poco encima de la cabeza de Roberta y la empujó.

Eso es lo que encontró la policía de Quincy cuando llegó a la escalera: el enorme cadáver de Roberta Trett rodando por las escaleras y dos hombres mirándolo desde arriba y llorando como niños porque nunca habían imaginado que este mundo pudiera ser tan cruel.

26

Tardaron veinte horas en confirmar que el cuerpo que habían encontrado en la bañera era realmente el de Samuel Pietro. Los destrozos que los Trett y Corwin Earle habían hecho en su cara con un cuchillo, obligaron a identificarlo analizando la dentadura. Gabrielle Pietro sufrió una gran conmoción cuando un periodista del *News*, a quien le habían dado el chivatazo, la llamó antes que la policía para pedirle que hiciera declaraciones sobre la muerte de su hijo.

Samuel Pietro sólo llevaba cuarenta y cinco minutos muerto cuando lo encontré. El médico forense determinó que durante las dos semanas que habían transcurrido desde su desaparición, habían abusado sexualmente de él varias veces; le habían azotado la espalda, las nalgas y las piernas; y le habían esposado las manos con tanta fuerza que ni tan sólo le quedaba carne alrededor del hueso de la muñeca derecha. Sólo había ingerido patatas fritas, Fritos y cerveza desde que saliera de casa de su madre.

Menos de una hora antes de que hubiéramos entrado en casa de los Trett, Corwin Earle, o uno o ambos Trett, o quizá los tres —¿quién demonios lo podía saber y, al fin y al cabo, qué iba a cambiar?— apuñalaron al niño en el corazón, le rajaron la garganta con el cuchillo y le reventaron la arteria carótida.

Había pasado casi todo el día en nuestra estrecha oficina situada en el campanario de la iglesia de San Bartolomé, sintiendo el peso del gran edificio que me rodeaba, con los chapiteles extendiéndose hacia el cielo. Miraba por la ventana. Intentaba no pensar. Me sentaba, bebía café frío y sentía una leve punzada en el pecho y en la cabeza.

A Angie le redujeron y escayolaron el tobillo la noche anterior en la sala de urgencias del Centro Médico New England. Salió del piso temprano, mientras yo me despertaba, y cogió un taxi hasta la consulta de su médico para que revisara lo que había hecho el interno de urgencias y le dijera cuánto tiempo tendría que llevar la escayola.

Una vez que Broussard me había hecho llegar los detalles sobre el caso de Samuel Pietro, salí de la oficina del campanario y bajé hasta la capilla por las escaleras. Me senté en el primer banco medio a oscuras, olí los restos de incienso y la fragancia de los crisantemos, observé los ojos, con forma de piedra preciosa, de algunos de los santos de las vidrieras de colores; observé cómo las llamas de los pequeños cirios votivos brillaban sobre el altar de caoba y me pregunté por qué habían permitido que un niño de ocho años viviera en esta tierra el tiempo suficiente para sufrir lo más horrible que había en ella.

Alcé la mirada hacia el Jesús que había en una de las vidrieras de colores, con los brazos extendidos encima del tabernáculo de oro.

—Ocho años —susurré—. Explícamelo.

No puedo.

¿No puedes o no quieres?

No hubo respuesta, aunque Dios tiene respuestas para todo.

Pones un niño en esta tierra y le das ocho años de vida. Permites que lo secuestren, que lo torturen, que pase hambre y que lo violen durante catorce días —más de trescientas treinta horas, diecinueve mil ochocientos largos minutos— y para acabar de rematarlo Tú le muestras los rostros de los monstruos que le meten acero en el corazón, que le abren la cara por la mitad y que le rajan la garganta en el suelo de un cuarto de baño.

¿Qué pretendes?

—Y tú, ¿qué pretendes? —dije en voz alta, y oí cómo mi voz resonaba en la piedra.

Silencio.

—¿Por qué? —susurré.

Más silencio.

—¿No se te ocurre ninguna jodida respuesta, ¿verdad?

No blasfemes. Estás en la iglesia.

Entonces supe que la voz que oía en mi cabeza no era la de Dios. Seguramente era la de mi madre, o quizá la de una monja muerta; dudaba mucho que Dios perdiera el tiempo en tecnicismos en momentos de extrema necesidad.

Pero ¿y yo, qué sabía? Quizá Dios, si realmente existía, era tan mezquino y trivial como todos nosotros.

Si así fuera, no podría adorar a un Dios así.

Aun así, seguí sentado en el primer banco, totalmente incapaz de moverme.

Creía en Dios debido a..., ¿qué?

Al talento, al tipo de talento con el que nacen gente como Van Gogh, Michael Jordan, Stephen Hawking o Dylan Thomas; siempre me había parecido una prueba de que Dios existía. Y también el amor.

—Bien, de acuerdo. Creo en Ti. Pero no estoy muy seguro de que me caigas bien.

Ése es tu problema.

—¿Qué puede haber de bueno en la violación y en el asesinato de un niño?

No hagas preguntas que tu pequeño cerebro no pueda responder.

Observé cómo brillaban los cirios durante un rato, aspiré profundamente la quietud del lugar, cerré los ojos y esperé que me llegara el estado de trascendencia, de gracia, de paz o de lo que fuera que las monjas me enseñaron que tenía que lograr cuando el mundo me superaba.

Al cabo de un minuto aproximadamente, abrí los ojos. Tal vez ésa era la razón por la cual nunca había sido un buen católico. No tenía paciencia.

Se abrió la puerta trasera del edificio y oí el ruido de las muletas de Angie al chocar contra la tranca de la puerta y cómo decía: «Mierda». Luego se cerró la puerta y ella apareció en el descansillo que hay entre la capilla y las escaleras que conducen al campanario. Se dio cuenta de que yo estaba allí cuando estaba a punto de subir las escaleras. Se volvió de una forma muy extraña, me miró y sonrió.

Bajó con dificultad los dos escalones alfombrados que conducían a la capilla y pasó, balanceando el cuerpo, ante los confesionarios y la pila bautismal. Se detuvo junto a la baranda del altar delante del banco donde estaba sentado, se apoyó en él y dejó las muletas junto a la baranda.

—¡Hola!

—¡Hola! —contesté.

Miró hacia el techo, hacia el fresco de la Última Cena, y se volvió hacia mí.

—Estás dentro de la capilla y la iglesia no se ha venido abajo —comentó.

—¡Imagínate! —dije.

Seguimos allí sentados durante un rato, sin pronunciar palabra. Angie inclinaba la cabeza hacia atrás mientras contemplaba el techo: todos los detalles tallados en la moldura que había encima de la pilastra más cercana.

—¿Cuál es el diagnóstico de la pierna?

—El médico dice que es una fractura del peroné izquierdo inferior.

Sonreí.

—Te encanta decirlo, ¿verdad?

—¿Del peroné izquierdo inferior? —sonrió jovial—. Sí, me parece que estoy en urgencias. La próxima vez, voy a pedir que me hagan un chequeo y que me miren la presión, allí mismo.

—Supongo que el médico te habrá recomendado reposo.

Se encogió de hombros.

—Sí, pero es lo que dicen siempre.

—¿Cuánto tiempo tienes que llevar la escayola?

—Tres semanas.

—No podrás hacer aeróbic.

Se volvió a encoger de hombros.

—Ni muchas otras cosas.

Me miré los zapatos durante un rato y luego levanté la mirada.

—¿Qué? —inquirió.

—Me duele muchísimo. Samuel Pietro. No me lo puedo quitar de la cabeza. Cuando Bubba y yo fuimos a esa casa, aún estaba con vida. Estaba en el piso de arriba y... nosotros...

—Estabais en una casa con tres delincuentes paranoicos armados hasta los dientes. No podíais...

—Su cuerpo era...

—¿Han confirmado que fuera el suyo?

Asentí con la cabeza.

—Era tan pequeño. Era tan pequeño —susurré—. Estaba desnudo y le habían rajado... ¡Santo Dios! ¡Santo Dios! ¡Santo Dios!

Me sequé las ácidas lágrimas y eché la cabeza hacia atrás.

—¿Con quién hablaste? —dijo Angie dulcemente.

—Con Broussard.

—¿Cómo está?

—Como yo, más o menos.

—¿Se sabe algo de Poole? —dijo, mientras se inclinaba un poco hacia delante.

—Está muy mal, Ange. No creen que se recupere.

Asintió con la cabeza y la mantuvo baja por un instante; balanceaba ligeramente la pierna buena delante y detrás de la baranda.

—¿Qué viste en ese cuarto de baño, Patrick? Quiero decir, exactamente.

Negué con la cabeza.

—¡Venga! —apremió dulcemente—. Soy yo. Puedo soportarlo.

—No puedo. Otra vez, no. Otra vez, no. Sólo de pensar en ello durante un segundo, las imágenes de esa habitación pasan por mi cabeza y me quiero morir. No puedo soportarlo. Quiero morirme y desaparecer.

Se apartó cautelosamente de la baranda y se apoyó en la parte delantera del banco para poder llegar hasta el asiento. Me aparté y se sentó junto a mí. Me cogió la cara con sus manos, pero no podía mirarla a los ojos; estaba seguro de que si veía afecto y amor en ellos, aún me sentiría más sucio, por alguna razón, más desquiciado.

Me besó la frente y los párpados, mientras las lágrimas se me secaban; apoyó mi cabeza en su hombro y me besó la nuca.

—No sé qué decir —susurró.

—No hay nada que decir.

Me aclaré la voz, la rodeé con los brazos. Podía oír cómo

latía su corazón. Me hacía sentir bien, a gusto, como si todo fuera bien en el mundo. Y aun así, deseaba morir.

Esa noche intentamos hacer el amor, y al principio todo fue muy bien, divertido, incluso; Angie intentaba moverse a pesar de la escayola y tenía la risa tonta debido a los analgésicos, pero cuando ambos estábamos desnudos a la luz de la luna que se filtraba por la ventana del dormitorio, la imagen de su piel se mezclaba con imágenes instantáneas de la de Samuel Pietro. Al tocarle el pecho, vi el blanducho estómago de Corwin Earle cubierto de sangre; al lamerle el tórax con la lengua, vi el cuarto de baño cubierto de sangre como si alguien la hubiera arrojado con un cubo.

Mientras permanecía en ese cuarto de baño, había sentido una impresión muy fuerte. Lo había visto todo y era más que suficiente para hacerme llorar, pero una parte de mi cerebro se había cerrado para protegerme y aún no había acabado de asimilar totalmente aquel horror. Había sido terrible, sangriento e inconsciente —eso lo sabía pero las imágenes seguían dispersas, como si flotaran en un mar de porcelana y de baldosas en blanco y negro.

Durante las treinta últimas horas, mi cerebro había archivado todo lo que había pasado, pero seguía estando de pie junto a la bañera y al cuerpo desnudo, destrozado y degradado de Samuel Pietro. La puerta del cuarto de baño estaba cerrada con llave y no podía salir.

—¿Qué te pasa? —inquirió Angie.

Rodé por la cama, alejándome de ella, y contemplé la luna desde la ventana.

Me acarició la espalda con su cálida mano.

—¿Patrick?

Un grito se desvaneció en mi garganta.

—¡Vamos, Patrick! ¡Cuéntamelo!

Sonó el teléfono y lo cogí.

Era Broussard.

—¿Cómo estamos? —preguntó.

Me sentí aliviado al oír su voz; tuve la sensación de que ya no estaba solo.

—Bastante mal. ¿Y usted?

—Jodidamente mal, si sabe lo que quiero decir.

—Lo sé.

—Ni siquiera puedo hablar de ello con mi mujer, y eso que se lo he contado todo.

—Sé a lo que se refiere.

—Mire..., Patrick, aún estoy en la ciudad. Con una botella. ¿La quiere compartir conmigo?

—Sí.

—Estaré en el Ryan. ¿Le va bien?

—Estupendamente.

—Nos vemos allí, pues.

Colgó y me volví hacia Angie.

Se había cubierto con la sábana e intentaba coger los cigarrillos de la mesilla. Puso el cenicero en su regazo, se encendió un cigarrillo y me miró fijamente a través del humo.

—Era Broussard —aclaré.

Asintió con la cabeza y dio otra calada.

—Quiere que nos veamos.

—¿Los tres? —preguntó, sin levantar la mirada del cenicero.

—No, sólo conmigo.

Asintió con la cabeza.

—No sé a qué esperas.

Me incliné hacia ella.

—Ange...

Extendió la mano.

—No hace falta que te disculpes. Haz el favor de irte. —Observó mi cuerpo desnudo y sonrió—. Pero antes ponte algo de ropa.

Recogí la ropa del suelo y me vestí; mientras tanto Angie me observaba a través del humo.

Al salir de la habitación, apagó el cigarrillo.

—Patrick.

Asomé la cabeza por la puerta.

—Cuando estés dispuesto a hablar, soy toda oídos. Cualquier cosa que me quieras explicar...

Asentí.

—Y si no quieres contarme nada, será tu propia decisión. ¿Comprendes?

Volví a asentir.

Al volver a colocar el cenicero en la mesilla, la sábana se resbaló y descubrió su torso desnudo.

Ninguno de los dos dijo nada durante un buen rato.

—Así pues —dijo Angie, después de un momento— queda claro. No quiero comportarme como las típicas esposas de policías que salen en las películas.

—¿Qué quieres decir?

—Que dan la lata a sus maridos para que hablen.

—Tampoco espero que lo hagas.

—Esas mujeres nunca saben cuándo han de dejar a la gente en paz.

Volví a asomar la cabeza por la puerta y la miré con curiosidad.

Quitó las almohadas que tenía detrás de la cabeza.

—Cuando salgas, ¿puedes darle al interruptor? —dijo.

Apagué la luz, pero permanecí allí un momento, sintiendo la mirada de Angie.

27

El policía que encontré en el parque Ryan estaba muy borracho. Sólo cuando le vi saludarme con la mano desde un columpio, sin corbata, con la chaqueta del traje arrugada bajo un sobretodo manchado de arena del parque, con los cordones de un zapato desatados, me di cuenta de que nunca le había visto tan desaliñado. Incluso después del episodio de la cantera y de haber saltado para agarrarse a la pata del helicóptero, su aspecto había sido impecable.

—Usted es Bond —le dije.

—¿Eh?

—James Bond —repetí—. Usted es James Bond, Broussard. El perfecto caballero.

Sonrió y apuró la última gota de lo que quedaba de una botella de Mount Gay. La lanzó a la arena, sacó otra botella llena, le arrancó el precinto y la lanzó a la arena con el pulgar.

—Es una lata ser tan atractivo, ¿verdad?

—¿Cómo está Poole?

Broussard movió la cabeza varias veces.

—No hay ninguna novedad. Sigue vivo... pero aún no ha recobrado el conocimiento.

Me senté en el otro columpio junto a él.

—¿Y el pronóstico?

—No es muy bueno. Aunque siguiera con vida, ha sufrido varios ataques durante las últimas treinta horas y el oxígeno no le ha llegado con regularidad al cerebro, quedaría parcialmente paralítico, y según los médicos, se quedaría mudo. Tendrá que guardar cama lo que le queda de vida.

Pensé en la tarde que conocí a Poole, en la primera vez que había presenciado su extraño ritual de oler el cigarrillo antes de partirlo en dos, en la forma en que miró mi perpleja cara con su sonrisa de duende al decirme: «Ruego me disculpen, es que lo he dejado». Recordé cuando Angie le preguntó si le importaba que ella fumara, a lo que él respondió: «Oh, ¿sería tan amable?».

¡Mierda! Hasta ahora no me había dado cuenta de lo bien que me caía.

Ya no habría más Poole. Se habían acabado aquellos comentarios maliciosos que solía hacer con una mirada de complicidad y aturdimiento.

—Lo siento, Broussard.

—Remy —dijo Broussard, mientras me daba un vaso de plástico—. Nunca se sabe. Es el cabrón más resistente que jamás haya conocido. Tiene unas ganas tremendas de vivir. Quizá consiga reponerse. Y usted, ¿qué?

—¿Eh?

—¿Tiene ganas de vivir?

Esperé a que acabara de llenar medio vaso con ron.

—He tenido épocas mejores.

—Yo también. No lo acabo de comprender.

—¿El qué?

Alzó la botella, brindamos en silencio y bebimos.

—No acabo de comprender —se explayó Broussard— por qué lo que pasó en esa casa me ha trastornado tanto.

Quiero decir, que ya había visto muchas atrocidades antes. —Se inclinó hacia delante en el columpio y volvió la cabeza hacia mí—. Unas atrocidades terribles, Patrick: bebés a los que les habían puesto desatascador líquido en el biberón, niños a los que habían maltratado y asfixiado hasta la muerte, y a los que habían golpeado tanto que era imposible adivinar de qué color tenían la piel. —Movió la cabeza despacio—. Las peores atrocidades, pero había algo en esa casa...

—Masa crítica —dije.

—¿Eh?

—Masa crítica —repetí. Bebí otro trago de ron. Aún no me entraba bien pero faltaba poco—. Uno ve una cosa horrible, y luego otra, pero las ve de una en una. Ayer vimos todo tipo de crueldades y alcanzó la masa crítica de una vez.

Asintió con la cabeza.

—Nunca había visto nada tan horrendo como ese sótano. Y el niño en la bañera —movió la cabeza—. Estoy a punto de cumplir veinte años de servicio y nunca... —tomó otro trago y se estremeció por el ardor del alcohol. Me sonrió levemente—. ¿Sabe lo que estaba haciendo Roberta cuando le disparé?

Negué con la cabeza.

—Arañando la puerta con las manos como si fuera un perro. Lo juro por Dios. Dando zarpazos, maullando y gritando por la pérdida de su estimado Leon. En ese momento, yo acababa de salir del sótano; acababa de encontrar los dos diminutos esqueletos cubiertos de piedra caliza y de grava; parecía como si hubieran sacado ese maldito lugar de una película de terror. ¿Qué hice cuando vi a Roberta en el rellano de las escaleras? Ni siquiera me fijé dónde tenía la escopeta. Sencillamente descargué la mía —escupió en la arena—. ¡Que se joda! El infierno es un sitio demasiado bueno para esa hija de perra.

Permanecimos en silencio durante un rato, escuchando el chirrido de los columpios, los coches que pasaban por la avenida y los golpes y el ruido que hacían unos niños que jugaban a hockey en el aparcamiento de una fábrica de electrónica que había al otro lado de la calle.

—Los esqueletos —le solté a Broussard al cabo de un rato.

—Sin identificar. Lo único que ha podido averiguar el médico forense es que se trata de un niño y de una niña que debían de tener entre cuatro y nueve años. Pasará una semana antes de que sepa algo más.

—¿Y la dentadura?

—Los Trett se ocuparon muy bien de eso. Ambos esqueletos tenían restos de ácido clorhídrico. El médico forense cree que los Trett los rociaron con esa mierda, les arrancaron los dientes mientras estaban blandos y echaron los huesos en unas cajas de piedra caliza que había en el sótano.

—¿Por qué los dejaron en el sótano?

—¿Para poder mirarlos? —Broussard se encogió de hombros—. ¿Quién demonios puede saberlo?

—Así que uno de los esqueletos podría ser el de Amanda McCready.

—Está bastante claro. O eso o está en la cantera.

Pensé en el sótano y en Amanda durante un rato. Amanda McCready y sus ojos sin brillo, su poco interés por todo lo que solía gustarles a los otros niños; pensé en que arrojaban el cuerpo inerte a una bañera llena de ácido, con la cabeza sin pelo como si fuera una muñeca de cartón-piedra.

—¡Qué asqueroso es el mundo! —susurró Broussard.

—Es un mundo jodido y cruel, Remy.

—Hace dos días no habría estado de acuerdo con usted. Soy policía, de acuerdo; pero también tengo mucha suerte. Tengo una esposa estupenda, una bonita casa y he hecho buenas inversiones a lo largo de estos años. Lo dejaré todo bien pronto, cuando cumpla veinte años de servicio y reciba mi propia llamada.

Se encogió de hombros.

—Pero cuando uno ve algo como, ¡santo Dios!, ese niño desmembrado en ese maldito cuarto de baño, uno no puede evitar pensar: «Sí, de acuerdo, mi vida está muy bien, pero el mundo sigue siendo un montón de mierda para la mayoría de la gente. Aunque *mi* mundo esté muy bien, *el* mundo sigue siendo un montón asqueroso de mierda». ¿Comprende?

—¡Oh! Sé perfectamente a qué se refiere.

—Todo está estropeado.

—¿Qué quiere decir?

—Todo está estropeado —se explicó—. Los coches, las lavadoras, las neveras, las casas, los malditos zapatos, la ropa... Todo. Las escuelas...

—Las públicas, desde luego —intercalé.

—¿Las públicas? Pues fíjese bien en los imbéciles que hoy en día salen de las privadas. ¿Ha hablado alguna vez con alguno de esos pijos indiferentes? Si les pregunta qué es la moral, le responderán que es un concepto. Si les pregunta qué es la decencia, le dirán que es una palabra. Fíjese en cómo esos hijos de papá se dedican a dar palizas a los vagabundos alcohólicos que pululan por Central Park a causa de sus negocios con la droga o cualquier otra cosa. Las escuelas no van porque los padres tampoco van, y éstos no funcionan porque *sus* padres tampoco lo hacían. Nada funciona. Así pues, ¿por qué deberíamos dedicar nuestro entusiasmo o nuestro amor a cualquier cosa que a la larga nos decepcionará? ¡Ostras, Patrick, *nosotros* tampoco funcionamos! Ese niño estuvo fuera de su casa durante dos semanas y nadie fue capaz de encontrarle. Estaba en esa casa y nosotros ya lo sospechábamos horas antes de que lo asesinaran; mientras tanto permanecíamos sentados en una cafetería *hablando* de ello. Cuando a ese niño le cortaron el cuello, nosotros deberíamos haber estado llamando a la puerta.

—Somos la sociedad más rica y desarrollada de toda la historia de la civilización —dije—, pero no podemos evitar que tres tarados descuarticen a un niño en una bañera. ¿Por qué?

—No lo sé.

Negó con la cabeza y apartó la arena que tenía junto a los pies.

—Sencillamente no lo sé. Cada vez que a alguien se le ocurre una solución, siempre hay una facción dispuesta a decirle que está equivocado. ¿Cree en la pena de muerte?

Alargué el vaso.

—No.

Dejó de verter ron.

—¿Cómo dice?

Me encogí de hombros.

—No. Lo siento. Haga el favor de servirme un poco más, ¿quiere?

Me llenó el vaso y bebió de la botella.

—¿Remató a Corwin Earle de un golpe en la nuca y me quiere hacer creer que no cree en la pena de muerte?

—No creo que la sociedad tenga el derecho ni la inteligencia para hacerlo. Cuando la sociedad me demuestre que puede pavimentar carreteras de forma eficaz, le permitiré decidir sobre la vida y la muerte.

—Aun así, usted ejecutó a alguien ayer.

—Técnicamente, empuñaba un arma. Además, yo no soy la sociedad.

—¿Qué coño me quiere decir con eso?

Me encogí de hombros.

—Confío en mí mismo. Me considero responsable de mis actos, pero no confío en la sociedad.

—El hecho de que usted sea detective privado, Patrick... ¿El caballero solitario y todo eso?

Negué con la cabeza.

—Se equivoca.

Volvió a reírse.

—Soy detective privado porque... no lo sé, quizá porque soy adicto al suspense. O quizá porque me gusta ir más allá de lo aparente. Pero eso no hace que sea un buen tipo. Sencillamente me convierte en un hombre que odia a la gente que esconde cosas y aparenta lo que no es.

Alzó la botella y yo la golpeé suavemente con el vaso de plástico.

—¿Qué pasa si alguien aparenta algo porque la sociedad juzga que debe ser así, pero en realidad es de otra manera porque *él* cree que debe ser de esa manera?

Moví la cabeza para despejarme un poco de los efectos de la bebida.

—¿Me lo podría repetir? —me levanté y me tambaleé en la arena.

Me encaminé hacia el circuito gimnástico que había delante de los columpios y me colgué de un peldaño.

—Si la sociedad no funciona, ¿cómo debemos vivir aquellos que supuestamente somos gente honrada?

—Al margen de la sociedad.

Asintió con la cabeza.

—Exactamente. Pero aun así, debemos coexistir dentro de la sociedad, si no nos convertiremos en malditos milicianos, en tipos que llevan pantalones de camuflaje y que se quejan continuamente de los impuestos pero que utilizan las carreteras que han sido pavimentadas por el Gobierno. ¿No es así?

—Supongo.

Se puso en pie y flaqueó; intentó asir la cadena del columpio y cayó en la oscuridad que se cernía detrás de los columpios.

—Una vez manipulé pruebas para que incriminaran a un tipo.

—¿Qué dice que hizo?

Se inclinó hacia la luz.

—Es verdad. A un cabronazo llamado Carlton Volk. Llevaba meses violando prostitutas. Meses. Un par de chulos intentaron detenerle y se los cargó. Carlton era un psicótico, cinturón negro y el tipo de hombre que suele frecuentar la sala de pesas de la cárcel. No se podía razonar con él. Y va nuestro amigo Ray Likanski y me llama por teléfono y me cuenta todos los detalles. Supongo que Ray *el Delgaducho* estaba colgado de una de las prostitutas. Lo que sea. En resumen, que estoy convencido de que Carlton Volk va por ahí violando prostitutas, pero ¿quién va a condenarle? Aunque las chicas hubieran querido testificar, y no querían, ¿quién las hubiera creído? La mayoría de la gente no se tomaría en serio a una prostituta que afirmara que ha sido violada. Sería como matar a un cadáver; se supone que no es posible. Sabía que Carlton había sido condenado tres veces y que estaba en libertad condicional; así pues, coloqué treinta gramos de heroína y dos pistolas sin licencia en el maletero de su coche, debajo de la rueda de recambio donde sabía que no lo encontraría. Después, puse una pegatina, que indicaba que la inspección del coche ya había caducado, encima de la actualizada. ¿Quién mira su propia matrícula a no ser que tenga que pasar una nueva inspección? —Volvió a sumirse en la oscuridad por un momento—. Dos semanas más tarde, le pararon a causa de la pegatina, se hizo el chulo, y... En fin, resumiendo, que lo acusan por tercera vez y lo condenan a veinte años, sin posibilidad de disfrutar de libertad condicional.

Esperé a que el columpio se balanceara hacia la luz.

—¿Cree que hizo lo que tenía que hacer?

—Para esas prostitutas, sí.

—Pero...

—Siempre hay un «pero» cuando uno cuenta una historia así, ¿verdad? —suspiró—. Pero un tipo como Carlton se encuentra muy bien en la cárcel. Seguramente lo pasa mucho mejor con jovencitos, que han sido encarcelados por robo o por vender pequeñas cantidades de droga, que violando a prostitutas. ¿Hice lo que debía si tenemos en cuenta a toda la población? Seguramente no. ¿Hice lo que debía por algunas prostitutas por las que nadie movería un solo dedo? Quizá.

—¿Volvería a hacerlo?

—Patrick, me gustaría preguntarle algo: ¿Qué haría con un tipo como Carlton?

—Volvemos al tema de la pena de muerte, ¿no es así?

—Sí, pero respecto a un individuo —rectificó—, no respecto a la sociedad. Si hubiera tenido huevos como para darle una paliza a Volk, entonces ya no podría violar a nadie más. No es relativo. Es blanco y negro.

—Pero los chavales de la prisión seguirían siendo violados por otros tipos.

Asintió.

—No existe la solución perfecta.

Bebí otro trago de ron y me fijé en una estrella solitaria sobre una de las ligeras nubes nocturnas y la calina de la ciudad.

—Cuando vi el cuerpo de ese niño —dije—, algo se rompió dentro de mí. No me importaba lo que me podía pasar, ni la vida, nada. Sencillamente deseaba...

Alargué las manos.

—Equilibrio.

Asentí.

—Así que le propinó un golpe en la nuca a un tipo estando éste arrodillado.

Asentí de nuevo.

—¡Eh, Patrick! No le estoy juzgando, hombre. Lo que quiero decir es que a veces hacemos lo correcto, pero ningún tribunal lo aprobaría. No resistiría al examen de —hizo el signo de comillas con los dedos— la sociedad.

Volví a oír el *yuh, yuh, yuh* de Earle gimoteando en voz baja; volví a ver el chorro de sangre que había salido disparado de su nuca; volví a oír el ruido sordo que hizo al caer al suelo y el sonido de la bala al rozar la madera.

—Bajo las mismas circunstancias —dijo—, volvería a hacerlo.

—¿Y eso le da la razón?

Remy Broussard se encaminó lentamente hacia el circuito gimnástico y me sirvió un poco más de ron.

—No.

—Aunque tampoco considera que uno sienta que haya obrado mal, ¿verdad?

Le miré, sonreí, negué con la cabeza.

—No, otra vez.

Se recostó en el circuito y bostezó.

—Sería estupendo que supiéramos todas las respuestas, ¿verdad?

Observé las arrugas que tenía grabadas en la cara en la oscuridad que me rodeaba, y sentí como si algo se retorciera y se contrajera en mi cerebro, como un anzuelo. ¿Qué había dicho que me molestaba tanto?

Observé a Remy Broussard y sentí que el anzuelo se clavaba en lo más hondo de mi cerebro. Vi que cerraba los ojos y, por alguna razón, tuve deseos de golpearle.

En vez de hacerlo, dije:

—Estoy contento.

—¿De qué?

—De haber matado a Corwin Earle.

—Yo también. Estoy contento de haber matado a Roberta —me puso más ron en el vaso—. Al infierno, Patrick. Estoy muy contento de que ninguno de esos maníacos sexuales saliera con vida de esa casa. ¿Brindamos por ello?

Observé la botella, después miré a Broussard con atención para ver si podía averiguar qué era lo que de repente me había molestado de él. Lo que me había asustado. Era incapaz de verlo en la oscuridad y bajo los efectos del alcohol; así pues, alcé el vaso y le di un ligero golpe a la botella.

—¡Que se pudran en el infierno y que sus víctimas vuelvan a la vida! —dijo Broussard. Movió las cejas arriba y abajo—. ¿Podría decir amén, hermano?

—Amén, hermano.

28

Permanecí un buen rato sentado en mi dormitorio a la pálida luz de la luna viendo dormir a Angie. Repasé mentalmente una y otra vez la conversación que había mantenido con Broussard mientras sorbía café de un gran vaso de plástico que había comprado en el Dunkin' Donuts camino a casa; sonreía cada vez que Angie musitaba el nombre del perro que había tenido de pequeña y alargaba el brazo y acariciaba la almohada con la palma de la mano.

Quizá lo que había desencadenado todo eso era neurosis de guerra, o quizá tan sólo era consecuencia del ron. Quizá sea porque cuanto más me empeño en alejar de mi pensamiento todos los eventos dolorosos, es más probable que me obsesione con pequeñas cosas, con los detalles minuciosos, con cualquier palabra o frase que alguien haya dejado caer y que resuena continuamente en mi cabeza. Cualquiera que fuera el motivo, la noche anterior en el parque había averiguado una parte de verdad y otra de mentira. Ambas a la vez.

Broussard tenía razón: nada funcionaba.

Yo también tenía razón: las fachadas, por muy bien construidas que estén, siempre se vienen abajo.

Angie se puso boca arriba, gimió dulcemente y le dio una patada a la sábana enredada a sus pies. Probablemente fue ese gran esfuerzo —el de intentar dar una patada con una pierna escayolada— lo que la despertó. Parpadeó y alzó la cabeza, miró la escayola, volvió la cabeza y me vio.

—¡Eh! ¿Qué...? —Se sentó, se pasó la lengua por los labios y se apartó el pelo de los ojos—. ¿Qué haces?

—Aquí sentado —dije—, pensando.

—¿Estás borracho?

Levanté el vaso de café.

—No tanto como para que lo hayas notado.

—Entonces ven a la cama —dijo, mientras extendía la mano.

—Broussard nos mintió.

Apartó la mano y la apoyó en la cabecera de la cama intentando incorporarse.

—¿Qué?

—El año pasado —dije—. Cuando Ray Likanski echó el cerrojo a la puerta del bar y desapareció.

—¿Qué quieres decir?

—Broussard nos dijo que apenas le conocía y que era uno de los soplones de Poole.

—Bien, ¿y qué?

—Pues que anoche, después de beberse un cuarto de litro de ron, me contó que Ray era su soplón.

Se acercó a la mesita y encendió la luz.

—¿Qué?

Asentí con la cabeza.

—Quizá se equivocó el año pasado, o sencillamente no entendimos bien lo que nos dijo.

Me la quedé mirando.

Después de un rato alzó la mano, se volvió hacia la mesilla en busca de cigarrillos.

—Tienes razón. Normalmente entendemos lo que nos dicen.

—Al menos cuando los dos estamos presentes.

Encendió un cigarrillo, se tapó la pierna con la sábana y se rascó la rodilla justo por encima de la escayola.

—¿Por qué nos iba a mentir?

Me encogí de hombros.

—Llevo un rato aquí sentado preguntandome lo mismo.

—Quizá tenía algún motivo para querer ocultar la identidad de Ray como soplón.

Sorbí un poco más de café.

—Seguramente, pero parece tan oportuno, ¿no crees? Ray es, en potencia, uno de los testigos más importantes de la desaparición de Amanda McCready; Broussard miente y nos dice que apenas le conoce. Parece...

—Sospechoso.

Asentí con la cabeza.

—Un poco, y hay algo más.

—¿Qué?

—Broussard tiene intención de jubilarse bien pronto.

—¿Cuándo?

—No estoy muy seguro, pero no creo que tarde mucho. Me dijo que casi tenía los veinte años de servicio y que iba a devolver la placa tan pronto como los cumpliera.

Dio una calada al cigarrillo, me miró por encima de la brasa reluciente.

—Bien, tiene intención de jubilarse. ¿Y qué?

—El año pasado, precisamente antes de subir a la cantera, le dijiste algo en broma.

Se pasó la mano por el pecho.

—¿Sí?

—*Sí*, dijiste algo como «ya va siendo hora de que nos jubilemos».

Sus ojos brillaban.

—Dije que quizá deberíamos dejar este oficio —corrigió.

—¿Y él, qué contestó?

Se inclinó hacia delante pensativa y puso los hombros sobre las rodillas.

—Dijo... —Movió el cigarrillo en círculos varias veces—. Dijo que no podía permitirse el lujo de jubilarse. Mencionó algo sobre unas facturas del médico.

—De su mujer, ¿verdad?

Asintió.

—Había sufrido un accidente de coche justo antes de que se casaran y no estaba asegurada. Le debía mucho dinero al hospital.

—Así pues, ¿qué ha pasado con esas facturas? ¿Crees que en el hospital sencillamente le dijeron «como es un buen hombre, olvídese de ellas»?

—Lo dudo.

—Claro. Así pues, un policía pobre niega que conoce a uno de los testigos principales del caso Amanda McCready y, seis meses más tarde, el policía tiene suficiente dinero como para poder jubilarse, no tanto como quien ha cumplido treinta años de servicio, pero una cantidad similar a la que obtiene un policía después de veinte años.

Se mordió el labio inferior durante un momento.

—¿Me puedes dar una camiseta?

Abrí la cómoda, saqué una camisa verde oscuro de los Saw Doctors del cajón y se la entregué. Se la puso, intentó apartar las sábanas con los pies, y la vi buscar con los ojos las muletas. Se me quedó mirando y se dio cuenta de que me estaba aguantando la risa.

—¿Qué pasa?

—Que estás muy graciosa.

Su rostro se ensombreció.

—¿Qué quieres decir?

—Nada, que ahí sentada con una de mis camisetas y con la escayola en la pierna —me encogí de hombros— estás muy divertida.

—¡Ja! —dijo—. ¡Ja, ja! ¿Dónde están mis muletas?

—Detrás de la puerta.

—¿Serías tan amable?

Se las llevé, las cogió como pudo y la seguí hasta la cocina por el oscuro pasillo. El reloj digital del microondas indicaba que eran las 4.04; lo notaba en las articulaciones y en la nuca, pero no en la mente. Cuando Broussard mencionó a Ray Likanski en el parque, hubo algo que me activó el cerebro y que empezó a hacerlo funcionar a paso ligero, y el hecho de hablar de ello con Angie no había hecho más que darle más fuerza.

Mientras ella preparaba una cafetera de descafeinado, y sacaba la leche de la nevera y el azúcar del armario, intenté recordar con detalle lo que pasó aquella noche en la cantera cuando teníamos la impresión de que habíamos perdido definitivamente a Amanda McCready. Sabía que casi toda la información que intentaba recopilar y seleccionar mentalmente estaba en el expediente del caso, pero en ese momento no deseaba aún basarme en esas notas. Si las estudiaba larga y detenidamente, llegaría a la misma conclusión de seis meses atrás; en cambio, si intentaba recordarlo todo de nuevo en la cocina, quizá consiguiera un punto de vista diferente.

El secuestrador había pedido que hubiera cuatro intermediarios para canjear el dinero de Cheese Olamon por Amanda. ¿Por qué nosotros cuatro? ¿Por qué no bastaba con una?

Se lo pregunté a Angie.

Se apoyó en el horno y cruzó los brazos.

—¡Dios! Ni siquiera me había parado en pensar en ello. ¿Cómo puedo ser tan estúpida?

—Es una decisión que depende de cada uno.

Frunció el ceño.

—Tú tampoco te lo preguntaste.

—Yo ya sé que soy estúpido, pero ahora estamos intentando averiguar si tú también lo eres.

—Se realizó una búsqueda minuciosa —dijo— por toda la montaña, se cerró el paso en todas las carreteras que hay alrededor, y aun así, no pudieron encontrar a nadie.

Quizás alguien había informado a los secuestradores sobre las posibles rutas de escape. O quizás sobornado a unos cuantos policías.

—Quizás esa noche no había nadie allí excepto nosotros.

Sus ojos relucían.

—¡Me cago en todo!

Se mordió el labio inferior, alzó las cejas repetidas veces.

—¿Estás pensando que...?

—Broussard hizo todos esos disparos desde donde estaba.

—¿Por qué no? No pudimos ver absolutamente nada de lo que pasaba allí. Sólo vimos el resplandor de las bocas de las pistolas. *Oímos* a Broussard decir que le estaban atacando. Pero ¿lo llegamos a ver en algún momento?

—No.

—Así pues, sólo nos hicieron subir hasta allá arriba para que corroboráramos su historia.

Me recosté en la silla, me pasé las manos por el pelo y la sien. ¿Podía ser así de simple? ¿O así de enrevesado?

—¿Crees que Poole lo sabía?

Angie se dio la vuelta mientras a su espalda salía vapor de la cafetera.

—¿Por qué lo preguntas?

Golpeó ligeramente el muslo con la taza de café.

—Fue él quien dijo que Ray Likanski era su soplón, y no el de Broussard. Y recuerda, era compañero de Broussard.

Ya sabes cómo van las cosas; quiero decir, mira a Óscar y Devin, están mucho más unidos que si fueran marido y mujer. Y son muchos más leales, y a ciegas, el uno con el otro.

Lo estuve pensando.

—Entonces, ¿qué papel hacía Poole?

Se sirvió café a pesar de que aún no estaba a punto, ya que estaba pasando por el filtro y hacía ruido al subir.

—Durante todos estos meses —dijo, mientras añadía leche—, ¿sabes qué es lo que más me ha molestado?

—Cuéntamelo.

—La bolsa vacía. Imagínate que eres el secuestrador, que tienes a un policía arrinconado en el borde de un precipicio y que quieres llevarte el dinero lo más rápido posible.

—De acuerdo. ¿Y...?

—¿Tú te pararías a abrir la bolsa y a sacar el dinero? ¿No sería más fácil llevarse la bolsa?

—No lo sé. En cualquier caso, ¿qué diferencia hay?

—No mucha —se volvió y me miró—. A no ser que la bolsa estuviera vacía desde el principio.

—Vi la bolsa en el momento en que Doyle se la entregaba a Broussard. Estaba llena de dinero.

—¿Y cuando llegamos arriba de la cantera?

—¿Intentas decir que la vació mientras subíamos por la montaña? ¿Cómo?

Se mordió los labios, movió la cabeza.

—No lo sé.

Me levanté de la silla, saqué una taza del armario, se me escurrió de los dedos, y antes de que tocara el suelo, chocó contra el borde del tablero.

—Poole —dije—. ¡Será hijo de perra! Fue Poole. Cuando sufrió el ataque al corazón o lo que fuera, se cayó encima de la bolsa. Al irnos, Broussard alargó la mano y estiró la bolsa de debajo de Poole.

—Después, Poole baja por la ladera de la cantera —dedujo precipitadamente— y le entrega la bolsa a una tercera persona. —Se detuvo por un instante—. ¿Asesinó a Mullen y a Gutiérrez?

—¿Crees que colocaron una segunda bolsa junto al árbol?

—No lo sé.

Yo tampoco lo sabía. Quizá podía llegar a creer que Poole se hubiera apropiado de los doscientos mil dólares del rescate, pero ¿cargarse a Mullen y a Gutiérrez? Era llevar las cosas demasiado lejos.

—Estamos de acuerdo en que había una tercera persona involucrada.

—Es posible. De alguna forma tenían que sacar el dinero de allí.

—Así pues, ¿quién?

Se encogió de hombros.

—¿La mujer misteriosa que llamó por teléfono a Lionel?

—Seguramente.

Recogí la taza del suelo. No se había roto, comprobé que no hubiera ningún pedacito suelto y la llené de café.

—¡Dios! —dijo Angie, soltando una risita—. ¡Vaya descubrimiento!

—Todo este asunto. Quiero decir, ¿has prestado atención a todo lo que hemos dicho? ¿Que Broussard y Poole fueron los que montaron todo este tinglado? ¿Por qué?

—Por el dinero.

—¿Crees que doscientos mil dólares son suficiente motivo como para que gente como Poole y Broussard maten a una niña?

—No.

—Entonces, ¿por qué?

Intenté encontrar una respuesta, pero no se me ocurrió ninguna.

—¿De verdad piensas que uno de ellos es capaz de asesinar a Amanda McCready?

—La gente es capaz de cualquier cosa.

—Sí, pero hay cierto tipo de gente que no creo que puedan llegar a hacer determinadas cosas. ¿Ellos? ¿Matar a una niña?

Recordé la cara de Broussard y la voz de Poole cuando contaba que habían encontrado una niña entre cemento aguado. Tendrían que ser grandes actores, del calibre de De Niro, si en realidad sentían la misma indiferencia ante la muerte de una niña que ante la de una hormiga.

—¡Hummm! —dije.

—Ya sé lo que quiere decir.

—¿El qué?

—Ese «hummm». Siempre significa que estás perplejo.

Asentí con la cabeza.

—Estoy totalmente perplejo.

—Bienvenido al club.

Sorbí un poco de café. Aunque tan sólo la décima parte de nuestra hipótesis fuera verdad, se habría llevado a cabo un horrendo crimen delante de nosotros; no cerca, no en el mismo código postal, sino cuando permanecíamos de rodillas junto a los responsables, justo delante de nuestras narices.

¿He mencionado alguna vez el hecho de que nos ganamos la vida como detectives?

Bubba llegó a nuestro apartamento inmediatamente después del amanecer.

Se sentó con las piernas cruzadas en el suelo de la sala de estar y firmó la escayola de Angie con un rotulador negro. Con su característica letra de niño de primaria escribió:

Angie se ha rompido
una pierna o doz.
Ja, ja.

RUPRECHT ROGOWSKI

Angie le acarició la mejilla.

—Has puesto *Ruprecht.* ¡Qué amable de tu parte!

Bubba enrojeció, le oprimió la mano y me miró.

—¿Qué?

—Ruprecht —dije, riéndome entre dientes—. Casi me había olvidado.

Bubba se puso en pie y su sombra envolvió todo mi cuerpo y gran parte de la pared. Se frotó la barbilla, sonrió con la boca cerrada.

—¿Te acuerdas de la primera vez que te pegué, Patrick?

Tragué saliva.

—Fue en el primer curso de primaria.

—¿Te acuerdas del motivo?

Me aclaré la voz.

—Porque me cachondeé de tu nombre.

Bubba se inclinó hacia mí.

—¿Te gustaría intentarlo de nuevo?

—No, ni hablar —dije, y mientras se daba la vuelta, añadí—: Ruprecht.

Conseguí esquivar la arremetida.

—¡Venga, chicos! —terció Angie.

Bubba se quedó totalmente inmóvil y yo aproveché la oportunidad para poner la mesa auxiliar entre los dos.

—¿Podríamos hablar del asunto que nos interesa? —Angie abrió la libreta que tenía en el regazo y le quitó la tapa al bolígrafo con los dientes—. Bubba, le puedes dar una paliza a Patrick en cualquier otro momento.

Bubba lo meditó.

—Es verdad —concedió.

—De acuerdo —dijo Angie, mientras apuntaba algo rápidamente en la libreta y me fulminaba con la mirada.

—Oye —preguntó Bubba, señalando la escayola—, ¿cómo te puedes duchar con eso?

Angie suspiró.

—¿Qué has averiguado? —le preguntó.

Bubba se sentó en el sofá y puso sus botas militares sobre la mesa —algo que no suelo tolerar— pero como el ambiente ya estaba un poco tenso con el asunto de Ruprecht, lo pasé por alto.

—Lo que me han dicho los pocos que quedan de la banda de Cheese es que Mullen y Gutiérrez no sabían nada del secuestro de una criatura. Por lo que se sabe, esa noche fueron a Quincy a comprar.

—¿A comprar, qué? —inquirió Angie.

—Pues a comprar lo que normalmente compran los traficantes de drogas: drogas. Corrían rumores —dijo Bubba— de que después de una larga temporada de escasez, iban a inundar el mercado con tabletas de anfetamina —se encogió de hombros—, pero nunca ocurrió.

—¿Estás seguro de lo que dices? —pregunté yo.

—No —dijo con lentitud, como si le hablara a un niño retardado—. Hablé con algunos tipos de la banda de Olamon y todos ellos afirmaron que nunca habían oído ni a Mullen ni a Gutiérrez decir nada sobre llevar una criatura a la cantera. Nadie de la banda de Cheese vio a una niña por allí. Así pues, si Mullen y Gutiérrez tenían a la niña, era un asunto de ellos dos. Además, si esa noche fueron a Quincy para intercambiar a la niña, también era cosa de ellos dos solos.

Miró a Angie, y me señaló bruscamente con el dedo pulgar.

—¿No era un poco más espabilado? —le preguntó.

Ella sonrió.

—Creo que alcanzó su punto más alto en el instituto.

—Otra cosa —dijo Bubba—. Lo que no logro entender es por qué esa noche no me mataron.

—Yo tampoco —dije.

—Todos los componentes de la banda de Cheese con los que he hablado juran por todos los santos que no tuvieron nada que ver con aquello. Y les creo. Soy un tipo que asusta a la gente, y tarde o temprano, alguien me lo habría dicho.

—Entonces, la persona que te agredió...

—Seguramente no es el tipo de persona que suele matar —se encogió de hombros—. Tan sólo es una opinión.

El teléfono sonó en la cocina.

—¿Quién demonios nos puede llamar a las siete de la mañana? —me pregunté.

—Cualquier persona que no esté familiarizada con nuestro horario —dijo Angie.

Fui a la cocina y contesté.

—¡Hola, colega!

Era Broussard.

—¡Hola! ¿Sabe qué hora es?

—Sí, lo siento. Es que necesito que me haga un gran favor.

—¿De qué se trata?

—Uno de mis chicos se rompió el brazo ayer por la noche mientras perseguía a un delincuente y nos hace falta una persona para el partido.

—¿Qué partido?

—El de fútbol —dijo—. La Brigadas de Robos y Homicidios contra la de Narcóticos, la Antivicio y los de la Brigada contra el Crimen Infantil. Aunque sea un simple guardia de tráfico, cuando se trata de fútbol, voy con el segundo equipo.

—Y eso ¿qué tiene que ver conmigo?

—Me hace falta un jugador.

Me reí tan estrepitosamente que Bubba y Angie me oyeron desde la sala de estar y volvieron la cabeza hacia mí.

—¿Qué es lo que le parece tan divertido? —dijo Broussard.

—Remy —dije—. Soy blanco y paso de los treinta. Tengo una mano con una lesión crónica y no he tocado un balón desde los quince años.

—Óscar Lee me dijo que cuando iba a la universidad corría y jugaba a béisbol.

—Para pagarme los estudios —contesté—. En ambos casos, jugaba de suplente —negué con la cabeza y solté una risita—. Lo siento, búsquese a otro.

—No tengo tiempo, el partido empieza a las tres. Por favor, se lo suplico. Sólo necesito a alguien que pueda sostener un balón bajo el brazo, que pueda correr un poco y que sepa jugar en la línea de defensa. Vamos, no diga tonterías. Óscar me ha dicho que es unos de los blancos más rápidos que conoce.

—Seguro que Óscar también estará allí.

—Pues claro, y en el equipo contrario evidentemente.

—¿Devin?

—¿Amronklin? —dijo Broussard—. Es su entrenador. Por favor, Patrick. Si no me ayuda, estamos perdidos.

Me volví hacia la sala de estar; Bubba y Angie me miraban fijamente con expresión de perplejidad.

—¿Dónde?

—En el estadio Harvard. A las tres en punto.

No dije nada durante un buen rato.

—¡Venga, hombre! Si le sirve de algo, yo juego de *fullback.** Le abriré camino y me aseguraré de que acabe el partido sin un solo rasguño.

* La mayoría de las posiciones de los jugadores del fútbol americano no se traducen al castellano. Se trata del defensa. (*N. de la T.*)

—A las tres en punto —acordé.

—En el estadio Harvard. Nos vemos allí.

Colgó el teléfono.

Inmediatamente marqué el número de Óscar.

Pasó un minuto entero antes de que dejara de reírse.

—¿Se lo ha creído? —balbuceó, después de un rato.

—¿Qué es lo que se ha creído?

—Todas esas mentiras que le he contado sobre lo rápido que corrías.

Continuó riendo sonoramente y luego empezó a toser.

—¿Qué es lo que te parece tan divertido?

—¡Estupendo! —dijo Óscar—. ¡Estupendo! ¿Te va a hacer jugar de corredor?

—Según parece, ése es el plan.

Óscar continuó riéndose.

—¿Cuál es la frase clave? —dije.

—La frase clave —dijo Óscar— es que más te vale mantenerte alejado del flanco izquierdo.

—¿Por qué?

—Porque yo hago el placaje por la izquierda.

Cerré los ojos y apoyé la cabeza en la nevera. De entre todos los electrodomésticos que había en la cocina, la nevera era el más adecuado para la situación en la que me encontraba. Era aproximadamente del mismo tamaño, forma y peso que Óscar.

—Nos vemos en el campo —gritó Óscar repetidas veces antes de colgar.

Cuando me dirigía hacia el dormitorio, crucé la sala de estar.

—¿Adónde vas? —preguntó Angie.

—A la cama.

—¿Por qué?

—Porque esta tarde tengo un partido muy importante.

—¿Qué tipo de partido? —dijo Bubba.
—De fútbol.
—¿Qué? —exclamó Angie.
—Me has oído perfectamente.
Entré en el dormitorio y cerré la puerta a mis espaldas.
Aún se reían cuando me dormí.

29

Según parecía, uno de cada dos tipos de las brigadas de Narcóticos, Antivicio y contra el Crimen Infantil se llamaba John. Había un tal John Ives, un John Vreeman y un John Pasquale. El que jugaba de *quarterback* era un tal John Lawn, y uno de los receptores se llamaba John Coltraine, aunque todo el mundo le llamaba *Jazz*. Un policía de la Brigada de Narcóticos —alto, delgado, con cara de niño, que se llamaba Johnny Davis— jugaba de *tight end* en la línea ofensiva, y John Corkery —jefe de vigilancia nocturna en la comisaría del distrito Dieciséis— jugaba de *free safety* en la línea defensiva; así pues, aparte de mí, la única persona en el equipo que no pertenecía a ninguna de esas tres brigadas, era el entrenador. Una tercera parte de los John tenían hermanos en el mismo equipo; por ejemplo, John Pascuale jugaba de *tight end* en la línea ofensiva, mientras que su hermano Vic jugaba de receptor. John Vreeman jugaba de *left guard* y su hermano Mel de *right guard*. Se suponía que John Lawn era un *quarterback* muy bueno, pero tenía que aguantar muchas bromas ya que le facilitaba pases a su hermano Mike.

En resumen, a los diez minutos ya no me esforzaba en

ponerles nombres a las caras y sencillamente les llamaba John a todos, hasta que me corregían.

Los otros jugadores del equipo de los DoRights se llamaban de otro modo, aunque todos tenían la misma apariencia, al margen del tamaño o del color de la piel. Era esa pinta típica de policía, esa forma de comportarse —desenfadada y desconfiada al mismo tiempo—, esa mirada cautelosa incluso cuando se reían, lo que me daba la sensación de que todos ellos podían pasar de ser amigos a enemigos feroces en cuestión de segundos. No tenían ningún interés en tu forma de actuar —era por propia elección— pero una vez que habían llegado a una decisión, actuaban consecuentemente y de inmediato.

He conocido a muchos policías, he salido con ellos, he bebido con ellos, y algunos han sido mis amigos. Pero era un tipo de amistad diferente de la que se tiene con un civil. Nunca me he sentido completamente a gusto con un policía; nunca he sabido lo que pensaba. Los policías siempre ocultan algo, a excepción, supongo, de cuando están con otros policías.

Broussard me dio una palmadita en el hombro y me presentó a los miembros del equipo. Recibí varios apretones de manos, algunas sonrisas, algunas inclinaciones de cabeza lacónicas, e incluso alguien me llegó a decir: «Señor Kenzie, hizo un trabajo cojonudo en el caso de Corwin Earle». Después nos apiñamos alrededor de John Corkery para que nos explicara el plan.

En realidad, no había ningún plan. Básicamente nos contó que los tipos de las brigadas de Homicidios y Robo eran una pandilla de afeminados con reacciones imprevisibles, y que teníamos que ganar el partido por Poole; según decía, Poole sólo conseguiría salir con vida de la Unidad de Cuidados Intensivos si conseguíamos cargarnos al equipo contrario. Si perdíamos, tendríamos que acarrear con la muerte de Poole en la conciencia durante el resto de nuestras vidas.

Mientras Corkery hablaba, observé al equipo contrario, que estaba en el otro extremo del campo. Óscar me vio y me saludó alegremente con la mano; por la expresión de su cara era evidente que estaba dispuesto a comerse el mundo. Devin vio que les miraba y también sonrió; empujó ligeramente a un monstruo de aspecto rabioso con facciones de pequinés, y me señaló. El monstruo me saludó con una inclinación de cabeza. Los otros miembros de ese equipo no parecían tan corpulentos como los del nuestro, pero sí más listos y rápidos, y su delgadez daba a entender que tenían más nervio que fragilidad.

—Le doy cien pavos al primero que consiga eliminar del juego a uno del equipo contrario —dijo Corkery, mientras se frotaba las manos—. ¡A por esos cabrones!

Supongo que eso fue precisamente la inspiración que estaban esperando, porque en ese mismo momento todo el equipo abandonó la posición de cuclillas y empezó a dar puñetazos y palmadas.

—¿Dónde están los cascos? —le pregunté a Broussard.

Uno de los John que pasaba por delante mientras lo dije, le dio una palmada en la espalda a Broussard.

—El tipo éste es de lo más divertido. ¿De dónde lo has sacado?

—No hay cascos —deduje.

Broussard asintió.

—Este juego consiste en rozarse, pero no hay violencia física.

—Ya, ya —dije—. Claro.

Los del equipo de Homicidio y Robo —o los HurtYous, como se hacían llamar— ganaron cuando nos jugamos a cara o cruz quién iba a empezar, y eligieron recibir pases. Nuestro pateador los llevó al undécimo, y mientras nos alineábamos, Broussard señaló a un tipo negro y delgado de los HurtYous.

—Jimmy Paxton. Ése es tu hombre. Pégate a él como si fueras un tumor.

El *center* de los HurtYous le pasó la pelota al *quarterback*, que hizo tres pasos atrás, la lanzó por encima de mi cabeza, y le dio a Jimmy Paxton en el veinticinco. No tengo ni idea de cómo Paxton consiguió pasar por delante de mí, por no decir cómo pudo llegar al veinticinco, pero conseguí embestirle de forma extraña y le golpeé ligeramente los tobillos en el veintinueve; ambos equipos empezaron a correr campo arriba hacia la línea de *scrimmage*.

—Como si fueras un tumor —repitió Broussard—. ¿Entendiste bien lo que te dije?

Volví la mirada hacia él y vi una expresión de furia en sus ojos. Entonces sonrió, y me di cuenta de todo lo que seguramente había podido conseguir en su vida gracias a esa sonrisa. ¡Era tan buena, tan infantil, tan americana y tan pura!

—Veré lo que puedo hacer —asentí.

Los HurtYous deshicieron el grupo y vi cómo Devin y Jimmy Paxton intercambian miradas en señal de asentimiento en la línea lateral.

—Seguro que vienen a por mí —le dije a Broussard.

John Pasquale, que jugaba de *cornerback*, comentó:

—Pues igual debería mejorar un poco, ¿no cree?

Los HurtYous pasaron el balón, Jimmy Paxton empezó a correr a gran velocidad por la línea lateral y yo lo seguí con rapidez. Los ojos le brillaban, y mientras ensanchaba la espalda, dijo:

—Hasta luego, chico blanco.

Seguí corriendo junto a él, me di la vuelta, alargué el brazo derecho, golpeé el aire, le di al balón y lo lancé fuera del campo.

Jimmy Paxton y yo caímos uno encima del otro, nos dimos un golpe contra el suelo, y supe que era tan sólo el primero de los muchos golpes que iba a recibir durante el partido y que me harían pasar todo el día siguiente en cama.

Fui el primero en incorporarme; me acerqué a él.

—Creía que te ibas —le dije.

Sonrió y aceptó mi mano.

—Sigue hablando, chico blanco. Ya te estás quedando sin aliento.

Mientras caminábamos por la línea lateral de vuelta a la línea de *scrimmage*, le comenté:

—Para que no tengas que llamarme «chico blanco» continuamente, y para que yo no tenga que empezar a llamarte «chico negro» y empecemos altercados raciales en Harvard, me llamo Patrick.

Me estrechó la mano.

—Jimmy Paxton.

—Encantado de conocerte, Jimmy.

Devin volvió a lanzar el balón hacia mí, y una vez más, conseguí arrebatárselo de las manos a Jimmy Paxton.

—Vaya equipo de memos con el que te ha tocado jugar, Patrick —dijo Jimmy, mientras empezábamos la larga caminata hacia la línea de *scrimmage*.

Asentí con la cabeza.

—Ellos creen que vosotros sois unos afeminados.

Jimmy asintió.

—No es que seamos afeminados, pero no nos consideramos unos *cowboys* como todos esos chalados. Los de la Brigada de Narcóticos, Antivicio, y los de la Brigada contra el Crimen Infantil —silbó—. Siempre son los primeros en salir por la puerta porque les encanta el jaleo.

—¿El jaleo?

—La acción, el orgasmo. Olvídate de las caricias previas con esos tipos. Van directamente al grano. ¿Comprendes lo que quiero decir?

Durante la siguiente jugada, Oscar se alineó de *fullback*, colocó a tres tipos para el *snap*, y el corredor pasó por un hueco del tamaño de mi jardín. Pero uno de los John —Pasquale o Vreeman, ya no lo sabía— asió el brazo del que llevaba el balón en el treinta y seis, y los HurtYous decidieron darle al balón antes de que tocara el suelo.

Empezó a llover a los cinco minutos, y el resto de la primera parte se convirtió en algo poco sistemático y pesado, el típico partido entre Marty Schottenheimer y Bill Parcels.* Ninguno de los dos equipos consiguió progresar mucho, ya que lo único que hacíamos era avanzar penosamente, resbalar y caer en el barro. Como corredor, conseguí ganar unos diez metros en cuatro jugadas; como *safety* en la línea defensiva, Jimmy Paxton me cortó el paso dos veces, pero pude parar a un atacante, y me pegué a él de tal manera que el *quarterback* empezó a elegir a otros receptores.

Cuando la primera parte iba a acabar estábamos empatados a cero, pero ya suponíamos una amenaza para el otro equipo. En la zona roja de los HurtYous, cuando sólo quedaban veinte segundos de partido, los DoRights hicieron una jugada; John Lawn me lanzó el balón, y yo tan sólo vi un hueco más allá de la zona verde, di una pequeña vuelta alrededor de un *linebacker*, me metí por el hueco, me coloqué el balón bajo el brazo y agaché la cabeza; de repente, Óscar apareció de la nada y me golpeó tan fuerte que tuve la sensación de que me había colado en la pista de aterrizaje de un 747.

Cuando conseguí ponerme en pie, ya se había acabado el

* Marty Schottenheimer trabajó de entrenador para los Browns de Cleveland y los Chiefs de Kansas City; después empezó a trabajar como crítico para la National Football League y a retransmitir partidos para radio y televisión. Bill Parcels trabajó de entrenador jefe para tres equipos de la liga nacional. (*N. de la T.*)

tiempo y la fuerte lluvia hacía que el barro del campo me salpicara en la cara. Óscar alargó uno de sus filetes de carne, a los que él llama manos, me ayudó a ponerme en pie, y riéndose en voz baja, dijo:

—¿Vas a vomitar?

—Me lo estoy pensando —contesté.

Me dio una palmada en la espalda, supongo que como una amistosa muestra de compañerismo, pero estuvo a punto de hacerme caer de bruces en el barro.

—Ha sido un buen intento —dijo, y se encaminó hacia su banco.

—¿No me dijo que no había violencia física? —le pregunté a Remy en la línea lateral, mientras los DoRights abrían una nevera portátil repleta de cervezas y gaseosas.

—Tan pronto como alguien hace lo que el general Lee acaba de hacer, los guantes caen.

—Así pues, ¿vamos a llevar cascos en la segunda parte?

Negó con la cabeza y sacó una cerveza de la nevera.

—Sin cascos, y además se pone más violento —contestó.

—¿Alguien ha muerto alguna vez en un partido de éstos?

Sonrió.

—Aún no, aunque podría pasar. ¿Una cerveza?

Negué con la cabeza, esperé a que cesara el timbre.

—Beberé agua.

Me pasó una botella de Poland Springs, me puso la mano en el hombro, y me llevó a la línea lateral, a unos metros del resto. En la grada se había reunido un grupo de gente; atletas, en su mayor parte, que habían visto el partido casualmente mientras se disponían a correr por los escalones; un tipo alto estaba sentado, él solo, con los pies apoyados en la barandilla, y con una gorra de béisbol que le tapaba la mitad de la cara.

—Ayer por la noche... —empezó Broussard, dejando que el viento se llevara las palabras.

Sorbí un poco de agua.

—Dije una o dos cosas que no debería haber dicho. Si bebo demasiado ron, se me va la cabeza.

Observé la amplia colección de columnas griegas que se erigían detrás de las gradas.

—¿Por ejemplo?

Se puso delante de mí. Me miró con sus ojos saltones y brillantes.

—Haga el favor de no intentar jugar conmigo, Kenzie.

—Patrick —puntualicé, y di un paso a la derecha.

Él hizo lo mismo; pegó su nariz a la mía, sus ojos brillaban.

—Los dos sabemos que se me escapó algo que no debería haber dicho. Dejemos las cosas como están y olvidémoslo.

Le dediqué una sonrisa amistosa y confusa.

—No sé a qué viene todo esto, Remy.

Movió la cabeza lentamente.

—No le conviene seguir jugando. ¿Lo comprende?

—No, yo...

Nunca vi que moviera la mano, pero sentí una punzada cortante en los nudillos, y de repente, mi botella de agua estaba en el suelo, vertiendo su contenido en el barro.

—Olvídese de ayer por la noche y continuaremos siendo amigos.

La luz de sus ojos había dejado de moverse, pero brillaba con gran intensidad, como si tuviera ascuas en las pupilas.

Observé la botella de agua, llena de barro.

—¿Y si no quiero?

—No se trata de *si* quiere o no.

Inclinó la cabeza, me miró fijamente a los ojos como si hubiera algo en ellos que quisiera eliminar, o quizá no; aún no estaba seguro.

—¿Queda claro?

—Sí, Remy. Queda claro, sin lugar a dudas.

Me sostuvo la mirada durante un largo minuto, mientras respiraba con fuerza por la nariz. Después de un rato, se llevó la cerveza a los labios y bebió un largo trago.

—Así es el agente de policía Broussard —concluyó, y salió al campo.

La segunda parte fue la guerra.

La lluvia, el barro y el olor a sangre sacaron a la luz algo horrible en ambos equipos; la carnicería que se produjo a continuación hizo que tres jugadores de los HurtYous y dos de los DoRights tuvieran que abandonar definitivamente. A uno de ellos, Mike Lawn, lo sacaron del campo después de que Óscar y un tipo de la brigada de Robos, Zeke Monfriez, le golpearan en ambos lados del cuerpo y casi lo partieran por la mitad.

Yo tenía dos costillas amoratadas y un golpe en la parte inferior de la espalda que seguramente sangraría hasta la mañana siguiente, pero en comparación con todas esas caras sangrientas, esas narices destrozadas, y un tipo que escupió dos dientes la primera vez que se armó un lío a causa de la puntuación, la verdad es que me sentía muy afortunado.

Broussard empezó a jugar de *tailback* y se mantuvo alejado de mí durante el resto del partido. Le partieron el labio inferior en una de las jugadas, pero dos jugadas más tarde derribó de tal manera al tipo que se lo hizo, que éste permaneció tumbado en el campo tosiendo y vomitando durante un minuto entero, antes de poder ponerse en pie; cuando lo consiguió, le temblaban tanto las piernas que parecía que estuviera en la quilla de una goleta en alta mar. Después de haber derribado al pobre desgraciado, Broussard, por añadidura, no dejó de darle patadas mientras el tipo yacía en el suelo; como consecuencia, los jugadores del HurtYous se pusieron como energúmenos. Broussard se colocó detrás de la barrera hecha por sus propios hombres, mientras Óscar y Zeke intentaban cogerle y le llamaban hijoputa y otras cosas; me miró a los ojos y sonrió como si fuera un alegre niño de tres años.

Alzó un dedo incrustado de sangre seca e hizo un gesto obsceno.

Ganamos por un gol.

Como cualquier tipo de Estados Unidos que ha crecido con la desesperación de ser un deportista, y que sigue reservándose cancelando las tardes de domingo de otoño, supongo que debería sentirme extático por lo que seguramente sería mi última experiencia en el mundo de los deportes en equipo, en la emoción de la conquista y en la intesidad sexual de la batalla. Debería haber tenido ganas de dar gritos de alegría, debería haber llorado mientras permanecía en medio del primer estadio de fútbol que se construyó en este país, mientras observaba las columnas griegas y cómo la lluvia caía en la larga hilera de asientos de las gradas, mientras percibía el olor del último vestigio de invierno bajo la lluvia de abril, la fragancia metálica de la lluvia, mientras contemplaba cómo la solitaria tarde se desvanecía bajo el frío cielo color púrpura.

Pero no sentí nada de eso.

Me sentí como si todos nosotros fuéramos un hatajo de hombres estúpidos y patéticos, incapaces de aceptar el paso de los años y dispuestos a romper huesos y a hacer trizas la piel de otros hombres por el mero hecho de lanzar un balón marrón a unos centímetros o quizá metros más allá dentro del campo.

Mientras dirigía la mirada hacia las líneas laterales y observaba cómo Remy Broussard vertía un poco de cerveza en su dedo sangriento, se mojaba el labio partido, e iba encajando la mano a sus compañeros de juego, sentí miedo.

—Contadme cosas de él —les dije a Devin y a Óscar, mientras nos apoyábamos en la barra.

—¿De Broussard?

—Sí.

Ambos equipos habían estado de acuerdo en celebrar la fiesta posterior al partido en un bar de Allston, en la avenida Western, a unos ochocientos metros del estadio. El bar se llamaba Boyne, por un río que serpenteaba a través del pueblo en el que se crió mi madre, donde perdió a su padre, que era pescador, y a dos hermanos a causa de la mezcla letal de whisky y agua salada.

Estaba excesivamente bien iluminado para ser un bar irlandés, y la luz se veía realzada por unas mesas de madera clara, unos taburetes beis y una resplandeciente barra de color claro. La mayoría de los bares irlandeses son muy oscuros y están revestidos de caoba, roble y suelos negros; siempre he pensado que, en la oscuridad, se encuentra la intimidad necesaria para poder beber a gusto.

Bajo la intensa luz del Boyle, se ponía de manifiesto que la batalla librada en el campo continuaba en el bar. Los de las brigadas de Homicidios y Robos estaban en la barra y en las pequeñas mesas altas que había delante. En cambio, los policías que trabajaban en las brigadas de Narcóticos, Antivicio y contra el Crimen Infantil habían ocupado la parte del fondo, se habían instalado cómodamente en los respaldos de los sillones y permanecían en grupo junto a un pequeño escenario que había al lado de la salida de emergencia; hablaban tan alto que el trío musical dejó de tocar después de la cuarta canción.

No tenía ni idea de lo que había sentido el encargado del bar al ver cómo cincuenta tipos cubiertos de sangre invadían un lugar que antes estaba casi vacío; tampoco sabía si tenían un grupo especial de gorilas esperando en la cocina y una alarma conectada directamente con la comisaría de Brighton; lo que estaba claro es que iban a obtener grandes beneficios sirviendo cervezas y chupitos sin parar, intentando dar abasto a todo lo que les pedían y enviando camareros a que se abrieran paso entre la multitud para barrer las botellas rotas y los ceniceros volcados.

Broussard y John Corkery recibían en audiencia en la parte trasera, dando gritos y brindando por las proezas de los DoRights; Broussard se colocaba la servilleta o la botella de cerveza fría en el labio dañado.

—Creía que vosotros dos erais colegas —dijo Óscar.

—¿Qué pasa? ¿Vuestras mamás ya no os dejan jugar juntos o sencillamente habéis discutido?

—Es por nuestras mamás —respondí.

—Es un gran policía —terció Devin—. Un poco fanfarrón, pero todos esos tipos de la Brigada de Narcóticos y Antivicio lo son.

—Pero Broussard trabaja para la Brigada contra el Crimen Infantil. De hecho, ni siquiera eso. Es guardia de tráfico.

—Lo de la Brigada contra el Crimen Infantil es muy reciente. Sólo llevaba unos dos años. Antes, había trabajado mucho tiempo para los de Antivicio, y otros muchos años para los de Narcóticos.

—Es más —dijo Óscar, después de eructar—. Dejamos el Departamento de Vivienda a la vez, pasamos un año de uniforme cada uno, él se metió en la Brigada Antivicio, y yo me metí en la de Crímenes Violentos. Eso fue en el ochenta y tres.

Remy dejó a dos de sus hombres que le susurraban algo al oído, se volvió hacia nosotros y se nos quedó mirando. Alzó su botella de cerveza e inclinó la cabeza.

Nosotros alzamos las nuestras.

Sonrió, nos observó durante un minuto y se volvió hacia sus hombres.

—Si has trabajado alguna vez para los de Antivicio —dijo Devin—, siempre eres uno de ellos. ¡Malditos tipos!

—Les ganaremos el año que viene.

—Pero ya no habrá la misma gente —protestó Devin con amargura—. Broussard lo deja y Vreeman también. Corkery cumplirá treinta años de servicio en enero y he oído decir que ya se ha comprado una casa en Arizona.

Le di un ligero codazo.

—¿Y tú, qué? A punto de cumplir los treinta.

Dio un resoplido.

—¿Si me voy a jubilar? ¿Adónde iría?

Negó con la cabeza y se tragó un chupito de Wild Turkey.

—La única forma de dejar este trabajo es en una camilla —dijo Óscar, y Devin y él chocaron las jarras de cerveza.

—¿A qué viene tanto interés en Broussard? —preguntó Devin—. Creía que vosotros dos erais inseparables después del episodio de la casa de los Trett. —Volvió la cabeza y me dio un golpecito en el hombro con la palma de la mano—. A propósito, hicisteis un trabajo muy bueno.

Pasé por alto el cumplido.

—Sencillamente es un tipo que me interesa.

—¿Es porque te tiró la botella de agua? —inquirió Óscar.

Le miré. Estaba casi seguro de que Broussard había ocultado el gesto con su cuerpo.

—¿Lo viste?

Óscar asintió con su enorme cabeza.

—Y también vi cómo te miró después de derribar a Rog Doleman.

—Y no nos quita los ojos de encima mientras charlamos tan amistosamente —apuntó Devin.

Uno de los John se abrió camino entre nosotros y pidió dos jarras de cerveza y tres chupitos de Beam. Me miró, con el codo apoyado en mi hombro, y luego miró a Devin y a Óscar.

—¿Cómo va, chicos?

—¡Vete a la mierda, Pasquale! —dijo Devin.

Pasquale sonrió.

—Sé que lo dices con todo el cariño del mundo.

—Claro.

Pasquale soltó una risita mientras el barman le traía las jarras de cerveza. Me aparté para que Pasquale se las pasara a John Lawn. Se volvió hacia la barra y tamborileó con los dedos mientras esperaba a que le sirvieran los chupitos.

—¡Eh, chicos! ¿Os han contado lo que nuestro colega Kenzie hizo en casa de los Trett? —preguntó, mientras me guiñaba un ojo.

—Una parte —contestó Óscar.

—Según lo que me han contado, Roberta Trett estaba a punto de matar a Kenzie en la cocina, pero Kenzie se agachó y en vez de dispararle a él, le dio en toda la cara a su marido.

—Hiciste muy bien en agacharte —dijo Devin.

Pasquale recogió los chupitos y dejó dinero sobre la barra.

—Sabe agacharse muy bien. —Me rozó la oreja con el codo mientras cogía las bebidas; cuando se dio la vuelta nuestras miradas se cruzaron—. Aun así, has tenido mucha más suerte que talento. ¡Ya ves, agacharse! ¿No crees? —Se dio la vuelta, dio la espalda a Óscar y a Devin, y volvimos a mirarnos fijamente cuando pasaba uno de los chupitos hacia atrás—. Además, eso de la suerte siempre se acaba.

Devin y Óscar se dieron la vuelta en el taburete y observaron cómo se abría paso entre la multitud y se dirigía hacia la parte trasera del bar.

Óscar sacó un puro a medio fumar del bolsillo de la camisa y lo encendió sin dejar de observar a Pasquale. Chupó el cigarro; el tabaco negro chisporroteó.

—Muy misterioso —dijo, mientras dejaba la cerilla en el cenicero.

—¿Qué pasa, Patrick? —preguntó Devin con un tono de voz monótono, y sin quitarle los ojos al vaso vacío que Pasquale había dejado.

—No estoy muy seguro —contesté.

—Te has convertido en enemigo de esos *cowboys* —precisó Óscar—. Y eso no es una jugada muy inteligente.

—No lo he hecho a propósito.

—¿Sospechas algo de Broussard? —inquirió Devin.

—Quizá. Sí.

Devin asintió con la cabeza, separó la mano derecha de la barra y me asió el codo con fuerza.

—Sea lo que sea —me aconsejó, mientras sonreía tenso en dirección a Broussard—, déjalo correr.

—¿Qué pasa si no puedo?

La cabeza de Óscar apareció tras el hombro de Devin, me observó con esa mirada tan apagada que le caracterizaba y dijo:

—Déjalo correr, Patrick.

—¿Y qué pasa si no puedo? —repetí.

Devin suspiró.

—Si no lo haces, lo más probable es que pronto no puedas ir a ninguna parte.

—Qué pasa, Patrick —preguntó Devin [illegible] de [illegible] ha [illegible] dado.

—No estoy muy seguro —contestó.

[illegible] —preguntó Oscar—. Y [illegible] muy [illegible].

—[illegible] lo he [illegible].

—[illegible] —inquirió Devin.

—[illegible].

Devin [illegible] la mano derecha [illegible].

—[illegible] —dijo [illegible].

—¿Qué pasa? ¿No puedo [illegible]?

[illegible] Oscar [illegible] el hombro de [illegible].

—[illegible], Patrick.

—¿[illegible]? —[illegible].

Devin [illegible].

—Si no [illegible] lo más probable es que [illegible] pue- das [illegible] este.

30

Con la vana esperanza de cambiar algo, decidimos ir a ver a Poole.

El Centro Médico New England ocupa dos manzanas de la ciudad; sus diversos edificios y pasarelas hacen de eje entre Chinatown, la zona de los teatros, y lo que queda, bloqueado y engullido, de la antigua zona de combate.

A primera hora del domingo por la mañana es muy difícil encontrar aparcamiento en la zona azul de los alrededores del centro médico, pero el jueves por la noche es sencillamente imposible. En el Schubert hacían por enésima vez una versión de *Miss Saigon*, mientras que en el Wang representaban el último musical extravagante y rimbombante de Andrew Lloyd Webber o alguien parecido; las entradas se habían agotado, a pesar de que era una obra pretenciosa y exagerada. La parte baja de la calle Tremont estaba atestada de taxis, limusinas, pajaritas, abrigos de pieles y policías enfadados que hacían sonar el silbato e intentaban dirigir el tráfico entre la multitud de coches aparcados por doquier.

Ni siquiera nos molestamos en dar la vuelta a la manzana; nos dirigimos directamente al aparcamiento del Centro Médico New England, recogimos el tiquet, y aun así, tuvimos que subir seis plantas antes de encontrar un sitio libre. Una vez hube salido del coche, le aguanté la puerta a Angie que a duras penas podía usar las muletas para ponerse en pie, y mientras ella intentaba avanzar entre los coches, cerré la puerta.

—¿Dónde está el ascensor? —me gritó.

Un hombre joven y alto, que parecía un jugador de baloncesto, dijo: «Por aquí», mientras señalaba hacia la izquierda. Estaba apoyado en el portón de un Chevy Suburban negro y fumaba un purito que aún conservaba la vitola roja de Cohiba.

—Gracias —dijo Angie, mientras le dedicábamos una sonrisa de lo más encantadora al pasar.

Nos devolvió la sonrisa y nos saludó con el cigarro.

—Ha muerto —dijo el tipo.

Nos detuvimos, me di la vuelta y miré al tipo. Llevaba una chaqueta de terciopelo azul marino con solapas de cuero marrón encima de una camiseta negra con cuello de pico y unos vaqueros negros. También llevaba unas camperas negras tan gastadas que parecían las de un domador de caballos. Golpeó suavemente el cigarro para que cayera la ceniza, se lo llevó de nuevo a los labios y me miró.

—Ahora es cuando tienen que preguntar: «Quién ha muerto?» —se miró las camperas.

—¿Quién ha muerto? —inquirí.

—Nick Raftopoulos.

Angie se volvió de repente con la ayuda de las muletas.

—¿Cómo dice?

—Es a quien han venido a ver, ¿verdad? —Alargó las manos y se encogió de hombros—. Bien, pues no es posible porque murió hace una hora. Paro cardíaco a causa de los impactos de bala que recibió en casa de Leon Trett. Completamente normal, dadas las circunstancias.

Angie hizo girar las muletas y dimos unos pasos hasta situarnos delante de él.

Sonrió.

—Ahora les toca decir: «¿Cómo sabe a quién veníamos a ver?». Venga, cualquiera de los dos.

—¿Quién es usted? —pregunté.

Me tendió la mano.

—Neal Ryerson. Llámenme Neal. Ojalá tuviera un mote bien chulo, pero no todos tenemos esa suerte. Ustedes son Patrick Kenzie y Angela Gennaro. Y debo decirle, señora, que a pesar de la escayola y todo eso, su fotografía no le hace justicia. Usted es lo que mi padre llamaría una belleza.

—¿Poole ha muerto? —volvió a inquirir Angie.

—Sí, señora, me temo que así es. Patrick, ¿podría estrecharme la mano? Digamos que es un poco cansado estar tanto rato con el brazo así.

Le di un ligero apretón y se la tendió a Angie. Ella le ignoró, se apoyó en las muletas y negó con la cabeza.

Se me quedó mirando.

—¿Tiene miedo de los malos?

Apartó la mano y la metió en el bolsillo interior del abrigo.

Puse una mano en la funda de la pistola.

—No tenga miedo, señor Kenzie, no pasa nada. —Sacó una delgada cartera, la abrió de un golpe y nos mostró una placa plateada y el carnet de identidad—. Agente especial Neal Ryerson —dijo con voz de barítono—. Departamento de Justicia. ¡Tachín! —Cerró la cartera y la guardó—. Departamento del Crimen Organizado, por si les interesa. ¡Dios, vaya pareja más locuaz!

—¿Por qué nos molesta? —dije.

—Porque, señor Kenzie, a juzgar por lo que vi en el partido de esta tarde, creo que le hacen falta amigos. Y yo me dedico al negocio de la amistad.

—No estoy buscando ninguno.

—Es posible que no tenga elección. Quizá deba ser amigo suyo, le guste o no. Además, lo hago bastante bien. Escucharé todas sus batallitas, miraré el béisbol con usted y le acompañaré a todos los antros de moda.

Miré a Angie, nos dimos la vuelta y nos dirigimos hacia el coche. Fui a su puerta, metí la llave y me dispuse a abrirla.

—Broussard le matará —sentenció Ryerson.

Nos volvimos hacia él. Dio una calada al Cohiba y se nos acercó tranquilamente, con pasos largos como si saliera del campo tras un partido.

—Se le da muy bien, eso de matar a la gente. Normalmente no lo hace en persona, pero lo planea todo muy bien. Es un planificador de primera categoría.

Cogí las muletas de Angie y mientras abría la puerta trasera para dejarlas en el asiento, le rocé ligeramente.

—No nos pasará nada, agente especial Ryerson.

—Estoy convencido de que eso es lo que pensaban Chris Mullen y el Faraón Gutiérrez.

Angie se apoyó en la puerta abierta.

—¿El Faraón Gutiérrez trabajaba en el Departamento de Lucha contra la Droga? —Sacó los cigarrillos del bolsillo.

Ryerson negó con la cabeza.

—No. Era uno de los informantes del Departamento de Protección Civil. —Dio un paso y encendió el cigarrillo de Angie con un Zippo negro—. Me pasaba la información a mí. Yo le preparé. Llevábamos seis años y medio trabajando juntos. Iba a ayudarme a coger a Cheese y, a continuación, a todos los hombres de Cheese. Después de eso, estaba dispuesto a ir a por el proveedor de Cheese, un tipo llamado Ngyun Tang. —Señaló la pared del aparcamiento que daba al este—. El pez gordo de Chinatown.

—¿Pero...?

—Pero —se encogió de hombros— se cargaron al Faraón.

—¿Cree que fue cosa de Broussard?

—Creo que fue Broussard quien lo planeó. No lo mató él mismo porque estaba demasiado ocupado simulando que le disparaban en la cantera.

—Así pues, ¿quién mató a Mullen y a Gutiérrez?

Ryerson se quedó mirando al techo.

—¿Quién se llevó el dinero de la montaña? ¿Quién fue la primera persona que vieron cerca de las víctimas?

—Espere un momento —intervino Angie—. ¿Poole? ¿Cree que fue Poole quien disparó?

Ryerson se apoyó en el Audi aparcado junto a nuestro coche, dio una larga calada al cigarro e hizo anillos de humo que fueron elevándose hasta alcanzar los fluorescentes.

—Nicholas Raftopoulos. Nació en Swampscott, Massachusetts, en 1948. Entró en el Departamento de Policía de Boston en 1968, poco después de regresar de la guerra de Vietnam, donde fue galardonado con la Estrella de Plata por ser, sorpresa, tirador de primera categoría. El lugarteniente del campo de batalla nos contó que el cabo Raftopoulos era capaz, y cito textualmente, «de atinar el agujero del culo de una mosca tsetsé a cuarenta y cinco metros de distancia». —Sacudió la cabeza—. ¡Estos militares son tan *gráficos*!

—¿Cree que...?

—Lo que creo, señor Kenzie, es que nosotros tres deberíamos hablar de ciertas cosas.

Retrocedí un paso. Debía de medir, como mínimo, metro noventa; el pelo rojizo perfectamente peinado, ese porte tan natural y el corte de su ropa indicaban que procedía de una familia adinerada. En ese momento le reconocí: era el espectador solitario que esa misma tarde estaba en un extremo de las gradas en el estadio Harvard, con las largas piernas apoyadas en la baranda mientras se repanchingaba en el asiento, y que llevaba la gorra de béisbol de tal forma que le cubría media cara. Me lo podía imaginar perfectamente en Yale, en la Facultad de Derecho o trabajando con el Gobierno. Cualquiera que fuera la carrera profesional que eligiera, seguramente acabaría dedicándose al mundo de la política cuando las canas platearan su sien, y sin lugar a dudas, si trabajaba para el Gobierno, llevaría pistola. Era un tipo fuera de lo corriente. Sí, señor.

—Encantado de conocerle, Neal. —Di la vuelta al coche para llegar a la puerta del conductor.

—No bromeaba cuando le dije que Broussard tenía intenciones de matarle.

Angie rió entre dientes.

—Y usted nos salvará, supongo.

—Pertenezco al Departamento de Justicia. —Se puso la mano en el pecho—. A prueba de balas.

Le miré por encima del coche.

—Por eso usted siempre se pone detrás de la gente a la que se supone debe proteger, Neal.

—¡Oh! —Movió un poco la mano—. Muy buena, Pat.

Angie y yo subimos al coche. Mientras lo ponía en marcha, Neal Ryerson golpeó ligeramente la ventana de Angie con los nudillos. Ella frunció el ceño y me miró. Yo me encogí de hombros. Bajó el cristal despacio; Neal Ryerson se puso de cuclillas y apoyó un brazo en la ventanilla.

—Debo decirles que están cometiendo un grave error al no querer escucharme.

—Hemos cometido muchos antes —contestó Angie.

Se apartó un poco, dio una calada al cigarro y expulsó el humo antes de volver a apoyarse en la ventanilla.

—Cuando era pequeño, mi padre solía llevarme de caza a unas montañas cerca de donde me crié, un sitio llamado Boone, en Carolina del Norte. Mi padre siempre me decía —en cada una de las excursiones que hicimos, desde que tenía ocho años hasta los dieciocho— que debía tener cuidado, que con lo que *de verdad* debía tener cuidado, no era con los alces ni con los ciervos, sino con los otros cazadores.

—Muy profundo —dijo Angie.

Sonrió.

—Lo que quiero que entiendan, Pat, Angie...

—No le llame Pat —le interrumpió Angie—, no lo soporta.

Alzó la mano, con el cigarro entre los dedos.

—Ruego me disculpe, Patrick. ¿Cómo podría explicárselo? El enemigo es *nosotros*. ¿Lo comprende? Y *nosotros* va a venir a buscarle muy pronto. —Me señaló con el Cohiba—. *Nosotros* ya le ha dicho cuatro cosas esta tarde, Patrick. ¿Cuánto tiempo cree que tardará en aumentar las apuestas? Él sabe que aunque usted lo deje correr durante un tiempo, tarde o temprano volverá sobre el tema y hará preguntas molestas. ¡Demonios! ¿No es esa la razón por la que ha venido a ver a Nick Raftopoulos, con la esperanza de que fuera lo bastante coherente como para poder responder a todas sus indiscretas preguntas? Ahora, váyase, si quiere. No puedo impedirlo, pero irá a por usted, y esto no ha hecho más que empezar.

Angie y yo nos miramos. El humo del cigarro de Ryerson entró en el coche, en mis pulmones, y se quedó allí como un pelo en un desagüe.

Angie se volvió hacia él, le indicó que se apartara de la ventanilla con un gesto.

—Restaurante Blue Diner. ¿Lo conoce?

—Está a unas seis manzanas de aquí.

—Nos veremos allí —dijo, mientras retirábamos el coche y nos dirigíamos hacia la rampa de salida.

Por la noche, el Blue Diner tiene una pinta estupenda desde fuera. Al ser el único lugar con luces de neón que da a la calle Kneeland en el principio del Distrito del Cuero, y al tener una taza de café blanca suspendida en el aire encima del cartel en un barrio donde casi todo son comercios, cuando uno ve el restaurante, por lo menos desde la autopista, le parece algo sacado directamente de una ilusión nocturna de Edward Hopper.

Aunque no estoy muy seguro de que Hopper hubiera pagado seis mil dólares por una hamburguesa. No es que una hamburguesa cueste tanto en el Blue Diner, pero casi. He comprado coches que me han salido más baratos que una taza de café de las suyas.

Neal Ryerson nos aseguró que la cuenta iba a cargo del Departamento de Justicia, así pues, nos hinchamos de beber café y nos tomamos dos Coca-Colas. Habría pedido una hamburguesa, pero entonces recordé que el presupuesto del Departamento de Justicia provenía en parte de mis impuestos, y además, la generosidad de Ryerson no parecía llegar a tales extremos.

—Empecemos desde el principio —comenzó.

—¡Naturalmente! —dijo Angie.

Puso un poco de leche en el café y me la pasó.

—¿Cómo empezó todo?

—Con la desaparición de Amanda McCready —expuse.

Negó con la cabeza.

—No, eso fue cuando ustedes entraron en escena. —Removió el café, cogió la cucharilla y nos señaló con ella—. Hace tres años, el agente de narcóticos Remy Broussard detuvo a Cheese Olamon, Chris Mullen y al Faraón Gutiérrez mientras hacían una revisión del nivel de calidad de una planta depuradora de South Boston.

—Creía que toda la depuración de drogas se realizaba en el extranjero —dijo Angie.

—Bien, el término «depuración» es tan solo un eufemismo. En realidad, lo que hacían era preparar todo tipo de droga —cocaína, por aquel entonces— y cortarla con Similac. Broussard y su compañero, Poole, y otro par de *cowboys* de la Brigada de Narcóticos pillaron a Olamon, a mi ayudante Gutiérrez y a otros muchos. La cuestión es que no les arrestaron.

—¿Por qué no?

Ryerson sacó un cigarro del bolsillo y frunció el ceño al ver un letrero que decía: «Se prohíbe fumar. Gracias». Soltó un gemido, puso el Cohiba encima de la mesa y empezó a manosear la envoltura de celofán.

—No los arrestaron porque una vez quemadas las pruebas, no había ningún motivo para arrestarles.

—¿Quemaron la cocaína? —pregunté.

Asintió.

—Eso me contó el Faraón. Durante muchos años, circuló el rumor de que había una unidad del Departamento de Narcóticos que actuaba sola y de forma sospechosa a la cual le habían ordenado castigar a los traficantes allí donde más les doliera. No con arrestos, que sólo habría logrado que los traficantes obtuvieran credibilidad en la calle, cobertura periodística y una condena insuficiente. No. Esa unidad debía destruir todo aquello que les pillaran. Y hacer que estuvieran alertas. Recuerden que, en teoría, se trataba de una guerra por las drogas. Algunos emprendedores sujetos del Departamento de Policía de Boston decidieron luchar contra ellos como si fuera una guerrilla. Según el rumor, esos tipos eran verdaderos intocables; nadie podía sobornarlos, ni razonar con ellos. Sencillamente eran unos fanáticos. Eliminaron a unos cuantos traficantes sin importancia del negocio y echaron de la ciudad a muchos principiantes. Los traficantes de peso —Cheese Olamon, las bandas como la de Winter Hill, los italianos y los chinos— pronto empezaron a tener que pagar un precio para poder llevar a cabo sus negocios; al final, debido a que el negocio de las drogas empezó a decaer y a que, según parecía, todas esas redadas no eran más eficaces que los otros métodos, se oyeron rumores de que la unidad había sido desmantelada.

—Fue entonces cuando Broussard y Poole se pasaron a la Brigada contra el Crimen Infantil.

Asintió.

—Muchos otros también lo hicieron, o se quedaron en Narcóticos, o pidieron el traslado a la Brigada Antivicio o a la Judicial, donde fuera. Pero Cheese Olamon nunca lo olvidó ni les perdonó. Juró que un día se vengaría de Broussard.

—¿Por qué Broussard y no los otros?

—Según lo que contaba el Faraón, Cheese se sentía insultado personalmente por Broussard. No es que tan sólo le quemara la mercancía, es que se mofaba de él mientras lo hacía y le ponía en ridículo delante de sus hombres. Cheese se lo tomó muy a pecho.

Angie encendió un cigarrillo y le pasó el paquete a Ryerson.

Él volvió a mirar el cigarro y el cartel de *prohibido* y dijo:

—Claro, ¿por qué no?

Fumaba el cigarrillo como si fuera un Cohiba; en realidad, no se tragaba el humo, sencillamente lo dejaba en su boca un rato antes de expulsarlo.

—En otoño del año pasado —continuó—, el Faraón se puso en contacto conmigo. Nos reunimos y me dijo que Cheese tenía información sobre algo que ese policía había hecho unos años atrás. Me aseguró que Cheese estaba planeando vengarse, y Mullen le dio a entender al Faraón que todos los que esa noche se encontraban en ese almacén y que tuvieron que aguantar todo tipo de humillaciones, mientras Broussard y sus compañeros quemaban la cocaína y se reían de ellos, iban a disfrutar mucho de la jugada. Bien, aparte de todo lo demás, no acabo de entender por qué de repente Mullen y el Faraón se hacen tan amigos y por qué Mullen le iba a hacer ninguna confesión. El Faraón me vino con el cuento ese de «lo pasado, pasado está», pero yo no me lo creo. Me imagino que sólo hay una cosa que podría hacer que el Faraón y Chris Mullen se unieran, y es la codicia.

—Así pues, estaban planeando un golpe de estado —dije.

Asintió.

—Desgraciadamente para el Faraón, Cheese se enteró.

—¿Qué sabía Cheese sobre Broussard? —preguntó Angie.

—El Faraón nunca me lo dijo. Me aseguró que Mullen no quería. Decía que estropearía la sorpresa. La última vez que hablé con el Faraón fue la tarde del día que lo asesinaron. Me contó que él y Mullen se habían hecho perseguir por un montón de policías durante esos últimos días, y que esa noche iban a recoger doscientos mil dólares, humillar al policía e irse a casa. Y que tan pronto como hubieran acabado —seguramente el Faraón sabía lo que había hecho el policía— iba a delatar a Broussard y a Mullen, yo obtendría la máxima condecoración de toda mi carrera profesional, y me libraría de él para siempre. O como mínimo, en eso confiaba. —Ryerson apagó el cigarrillo—. Bien, el resto ya lo saben.

Angie le miró con gesto confuso y aturdido.

—No sabemos absolutamente nada. ¡Mierda! Agente Ryerson, ¿se le ha ocurrido alguna teoría sobre el papel que la desaparición de Amanda McCready tiene en todo esto?

Se encogió de hombros.

—Quizá fue el mismo Broussard quien la secuestró.

—¿Porque sencillamente se despertó un día y decidió que iba a secuestrar a la niña?

—He oído cosas más raras —se apoyó en la mesa—. Miren, Cheese sabía algo de él. ¿De qué se trataba? Todo me hace pensar en la desaparición de esa niña. Así pues, examinémoslo. Broussard secuestra a la niña, quizá para presionar a la madre, para que encuentre los doscientos mil dólares que, según el Faraón, ella le había estafado a Cheese.

—Espere un momento —dije—. Eso es algo que siempre me ha incordiado. ¿Por qué Cheese no envió a Mullen para que obligara a Helene y a Ray Likanski a decirles dónde estaba el dinero robado meses antes de la desaparición de Amanda?

—Porque Cheese no se enteró de la estafa hasta el día que desapareció Amanda.

—¿Qué?

Asintió.

—El encanto de la estafa de Likanski radica en que, aunque debo reconocer que le faltó un poco de previsión, él sabía que todo el mundo daría por supuesto que habían confiscado el dinero en el mismo momento que confiscaron la droga y detuvieron a los motoristas. Cheese tardó tres meses en averiguar la verdad. El día que lo hizo fue el mismo que Amanda McCready desapareció.

—Entonces —razonó Angie— todo indica que Mullen fue el secuestrador.

Negó con la cabeza.

—No me lo trago. Creo que Mullen o cualquier otro que trabajara para Cheese fue esa noche a casa de Helene para asustarla y hacerla hablar del dinero. Pero en vez de eso, se encontraron a Broussard secuestrando a la niña. Eso es lo que Cheese sabe sobre Broussard. Le hace chantaje. Pero Broussard les sigue el juego a los dos. Por una parte, les dice a los representantes de la ley que Cheese ha secuestrado a la niña y que piden rescate. Por otra, le dice a Cheese y a su banda que esa noche les llevará el dinero a la cantera y que se lo entregará a Mullen, a sabiendas que los va a dejar, a deshacerse de la niña y a salir disparado con el dinero...

—Eso es una estupidez —dije.

—¿Por qué?

—¿Qué le hace pensar que Cheese iba a permitir que se le considerara el secuestrador de Amanda?

—Cheese no lo permitió. Broussard le tendió una trampa sin que él lo supiera.

Negué con la cabeza.

—Broussard se lo dijo, delante de mí. Fuimos a la prisión de Concord en octubre e interrogamos a Cheese sobre la desaparición de Amanda. Si hubiera sido cómplice de Broussard, ambos tendrían que haber estado de acuerdo en que la culpa recaería sobre los hombres de Cheese. ¿Por qué iba Cheese a hacerlo, si, según dice, lo tenía cogido por las pelotas? ¿Por qué tenía que cargar con la culpa de haber secuestrado y asesinado a una niña de cuatro años si no tenía ningún motivo para hacerlo?

Me señaló con el Cohiba.

—Eso es lo que usted cree, señor Kenzie. ¿No se han preguntado alguna vez por qué les permitieron participar tan a fondo en una investigación criminal? ¿Por qué les designaron para que estuvieran en la cantera esa noche? Porque eran testigos. Ese era el papel que les tocaba representar. Broussard y Cheese montaron una representación para ustedes en la prisión de Concord. Poole y Broussard les montaron otra en la cantera. El objetivo final de todo eso era que ustedes vieran lo que ellos querían que vieran y que lo aceptaran como verdadero.

—¿A propósito? —se extrañó Angie—. ¿Cómo pudo Poole *fingir* que sufría un ataque al corazón?

—Con cocaína —dijo Ryerson—. Ya lo había visto antes. Es muy peligroso ya que la cocaína podría provocar un infarto de miocardio de verdad. Pero si el plan sale bien, teniendo en cuenta la edad y la profesión de Poole, ¿creen que hay muchos médicos a los que se les ocurriría pensar que ha sido provocado con cocaína? Sencillamente dan por hecho que se trata de un ataque al corazón.

Tuve tiempo de contar una docena coches que pasaban por la calle Kneeland antes de que alguno de nosotros volviera a abrir la boca.

—Agente Ryerson, recapitulemos de nuevo. —El cigarrillo de Angie se había transformado en una larga curva de ceniza blanca encima del cenicero, e hizo caer el filtro de la hendidura del cenicero que lo sostenía—. Estamos de acuerdo en que Cheese creía que Mullen y Gutiérrez eran una amenaza. ¿Qué pasaría si él pensara que los tenía que quitar de en medio? ¿Y qué pasaría si lo que sabía sobre Broussard era tan terrible que le había incitado a hacerlo?

—¿Incitar a Broussard a hacerlo?

Angie asintió.

Ryerson se reclinó en el asiento, a través de la ventana observó los oscuros edificios de hierro fundido que había en la esquina de la calle South. Por encima de su hombro, en la calle Kneeland, me fijé en algo usual en la ciudad: un camión cuadrado color avellana de la empresa United Parcel Service que estaba parado con las luces de emergencia encendidas, y que bloqueaba el callejón mientras el conductor abría la puerta trasera, sacaba una carretilla, retiraba varias cajas del camión y las amontonaba encima.

—Entonces —le dijo Ryerson a Angie—, se basa en la teoría de que mientras Cheese creía que le estaba dando gato por liebre a Mullen y Gutiérrez, Broussard los estaba engañando a los tres.

—Quizá —consideró ella—, quizá. Nos han contado que esa noche Mullen y Gutiérrez creían que iban a la cantera a comprar droga.

El tipo de United Parcel Service pasó corriendo por delante de la ventana, empujando la carretilla, y me pregunté quién podía estar interesado en que le entregaran algo a esas horas. ¿Quizás algún bufete de abogados que trabajaba hasta tarde en un caso muy importante? ¿Quizás algún impresor que debía hacer horas extra para poder entregar los pedidos? ¿O quizás era una empresa de ordenadores de alta tecnología que sólo estaba haciendo lo habitual mientras que el resto del mundo se dispone a irse a dormir?

—Pero, una vez más —razonó Ryerson—, volvamos al móvil. ¿Qué pasaría si lo que Cheese sabía sobre Broussard era que había secuestrado a la niña? De acuerdo, pero ¿por qué? ¿Qué tenía Broussard en mente para ir a esa casa y llevarse a una niña que no conocía y separarla de su madre? No tiene pies ni cabeza.

El tipo de United Parcel Service volvió en un instante, con la tablilla sujetapapeles debajo del brazo, y corriendo mucho más rápido que antes, ya que la carretilla estaba vacía.

—Y otra cosa —continuó Ryerson—. Si aceptáramos la hipótesis de que un policía condecorado que trabaja para una brigada encargada de *encontrar* niños desaparecidos pudiera estar tan loco, y según parece sin tener motivo alguno, como para secuestrar a una niña en su propia casa, ¿cómo iba a hacerlo? ¿Se dedica a vigilar la casa en su tiempo libre y espera a que la mujer se marche, a sabiendas de que no cerrará la puerta con llave? Es una estupidez.

—Pero, a pesar de ello, usted cree que fue lo que pasó —matizó Angie.

—Mi instinto me dice que sí, que fue Broussard quien secuestró a la niña. Lo que no logro entender es por qué lo hizo.

El tipo de United Parcel Service entró rápidamente en el camión, pasó por delante de nosotros, giró a la izquierda y desapareció.

—¿Patrick?

—¿Eh?

—¿Nos estás escuchando?

—No, si tienes antecedentes delictivos no puedes.

Angie me tocó el brazo.

—¿Qué acabas de decir?

No me había dado cuenta de que lo había dicho en voz alta.

—Es imposible conseguir un trabajo de conductor en la empresa United Parcel Service si se tienen antecedentes delictivos.

Ryerson parpadeó y, por la forma en que me miró, parecía estar a punto de comprobar si tenía fiebre.

—¿De qué demonios está hablando?

Observé de nuevo la calle Kneeland, miré a Ryerson y a Angie.

—El primer día que estuvo en nuestra oficina, Lionel nos dijo que le habían detenido una vez, y con serias consecuencias, antes de reformarse.

—¿Y? —dijo Angie.

—Lo que quiero decir es que si lo detuvieron, entonces tiene antecedentes. Y si tiene antecedentes, ¿cómo consiguió trabajar para United Parcel Service?

Ryerson dijo:

—No acabo de ver...

—¡Sshh! —Angie levantó la mano y me miró a los ojos—. ¿Crees que Lionel...?

Cambié de postura y aparté el café frío.

—¿Quién podía acceder fácilmente al piso de Helene? ¿Quién tenía la llave de la puerta? ¿Con quién se iría Amanda tranquilamente y sin armar ningún tipo de escándalo ni ningún ruido? —continué.

—Pero fue él el que vino a nosotros.

—No —puntualicé—, fue su mujer. No paraba de repetir:

«Gracias por escucharnos, bla, bla, bla». Estaba dispuesto a deshacerse de nosotros. Fue Beatrice quien nos presionó. ¿Te acuerdas de lo que dijo cuando estaba en nuestra oficina? «Nadie quería que viniera a verles, ni Helene, ni mi marido». Fue Beatrice la que insistió en que aceptáramos el caso. Y Lionel, de acuerdo, quiere a su hermana, pero ¿está ciego? No es estúpido. ¿Cómo es posible que no sepa que Helene conoce a Cheese? ¿Cómo puede ser que no sepa que Helene tiene problemas con las drogas? Pareció muy sorprendido cuando le dijeron que Helene tomaba cocaína. ¡Por el amor de Dios! Hablo con mi hermana una vez a la semana, tan sólo la veo una vez al año, pero si *ella* tuviera problemas de drogas, yo lo sabría. Es mi hermana.

—¿Qué decía de los antecedentes delictivos? —me preguntó Ryerson—. ¿Qué tiene que ver con todo esto?

—Imaginemos que fue Broussard quien le detuvo, que lo tenía agarrado y le debía un favor. ¿Quién sabe?

—Pero ¿qué motivo podía tener Lionel para secuestrar a su propia sobrina?

Pensé en ello y cerré los ojos hasta que tuve la imagen de Lionel ante mí. Su cara de sabueso, sus ojos tristes, los hombros que parecían soportar el peso de una ciudad, el dolorido tono de voz que indicaba que era demasiado decente para poder entender por qué había gente capaz de ser tan negligente y de llevar a cabo semejantes atrocidades. Oí la rabia volcánica de su voz explotando esa mañana, en la cocina, cuando le estábamos preguntando a Helene si conocía a Cheese; volví a oír el odio en su voz. Nos dijo que pensaba que su hermana quería a su hija, que era buena para ella. Pero ¿y si nos mintió? ¿Y si creía precisamente lo contrario? ¿Y si pensaba que su hermana aún tenía menos habilidades como madre de lo que su propia mujer pensaba? Pero él, que había sido criado por unos padres malvados y alcoholizados, había aprendido a enmascarar las cosas, a ocultar su rabia; lo tenía que haber hecho para poder convertirse en ese tipo de ciudadano, en el tipo de padre que era.

—¿Qué pasaría —planteé en voz alta— si Amanda McCready no hubiera sido secuestrada por alguien que quisiera explotarla, abusar de ella sexualmente o pedir el dinero del rescate? —Mi mirada se cruzó con la ligeramente escéptica de Ryerson, y con la mirada curiosa y entusiasmada de Angie—. ¿Qué pasaría si Amanda McCready hubiera sido secuestrada por su propio bien?

Ryerson habló lenta y cuidadosamente.

—¿Cree que el tío se llevó a la niña...?

Asentí con la cabeza.

—Sí, para salvarla.

31

—Lionel se ha ido —dijo Beatrice.

—¿Se ha ido? —inquirí—. ¿Adónde?

—A Carolina del Norte —dijo, mientras se apartaba un poco de la puerta—. Pasen, por favor.

La seguimos hasta la sala de estar. Su hijo, Matt, alzó la vista cuando entramos. Estaba tumbado boca abajo en el suelo y hacía dibujos en un bloc rodeado de bolígrafos, lapiceros y lápices de colores. Era un niño bien parecido, y aunque tenía la mandíbula de sabueso de su padre, no había ni rastro del peso de los hombros. De su madre había heredado los ojos, ese brillo azul zafiro debajo de las negras cejas, y el cabello.

—¡Hola, Patrick! ¡Hola, Angie! —Miró a Neal Ryerson con sana curiosidad.

—¡Hola! —dijo Ryerson poniéndose en cuclillas junto a él—. Me llamo Neal. Y tú, ¿cómo te llamas?

Matt estrechó la mano de Ryerson con decisión, y le miró a los ojos con la franqueza de un niño al que han enseñado a respetar a los adultos, pero no a temerles.

—Matt —contestó—. Matt McCready.

—Encantado de conocerte, Matt. ¿Qué estás dibujando?

Matt le dio la vuelta al bloc para que todos pudiéramos verlo. Parecían figuras de varios colores que querían subirse a un coche tres veces más alto que ellos y tan largo como un avión.

—Está muy bien —alabó Ryerson arqueando las cejas—. ¿Qué es?

—Unos tipos que intentan entrar en un coche —dijo Matt.

—¿Por qué no pueden entrar? —pregunté.

—Porque está cerrado con llave —contestó Matt, como si ya no hubiera nada más que explicar.

—Pero quieren ese coche —apuntó Ryerson—, ¿verdad?

Matt asintió con la cabeza.

—Polque...

—*Porque*, Matthew —corrigió Beatrice.

La miró, un poco confundido al principio, pero luego sonrió.

—De acuerdo. Porque dentro hay televisores, Game Boys, Whopper Juniors y... Coca-Colas.

Ryerson ocultó una sonrisa con la palma de la mano.

—Todas las cosas buenas.

Matt le sonrió.

—Sí.

—Sigue dibujando. Te está saliendo muy bien.

Matt asintió con la cabeza, giró el bloc hacia él.

—Ahora voy a dibujar unos edificios. Sí, faltan edificios.

Y, como si hubiéramos sido tan sólo parte de un sueño, cogió un lapicero y se puso a dibujar con tal concentración que estoy seguro de que se olvidó de todo lo que le rodeaba.

—Señor Ryerson —dijo Beatrice—. Me parece que no hemos sido presentados.

La pequeña mano de Beatrice desapareció en la del otro.

—Neal Ryerson, señora. Trabajo para el Departamento de Justicia.

Beatrice miró a Matt y bajó la voz.

—Así pues, ¿se trata de Amanda?

Ryerson se encogió de hombros.

—Queríamos comprobar unas cuantas cosas con su marido.

—¿Qué cosas?

Ryerson había dejado muy claro antes de salir del restaurante que, bajo ningún concepto, debíamos asustar a Lionel o a Beatrice. Si Beatrice le contaba a su marido que sospechábamos de él, podría desaparecer para siempre y, con él, posiblemente el paradero de Amanda.

—Si le soy sincero, señora, el Departamento de Justicia tiene lo que se llama la Oficina de Justicia de Menores y para la Prevención de la Delincuencia. Hacemos un gran trabajo de seguimiento con el Centro para Niños Desaparecidos y Maltratados, para la Asociación Nacional para los Niños Desaparecidos, y con todas las bases de datos. Preguntas de tipo general.

—Entonces, ¿no hay ninguna novedad? —Beatrice empezó a manosear el faldón de la camisa y le miró directamente a los ojos.

—No, señora. Ojalá hubiera novedades. Tal y como le dije, sólo se trata de algunas preguntas rutinarias para la base de datos. Y como su marido fue la primera persona en llegar a casa de Helene la noche en que Amanda desapareció, quería volver a examinar los detalles con él, por si se había dado cuenta de algo, por pequeño que fuera, que nos pudiera servir de ayuda para darle un enfoque nuevo a toda esta cuestión.

Beatrice asintió y casi me estremecí al ver la facilidad con la que se había tragado las mentiras de Ryerson.

—Lionel está ayudando a un amigo que se dedica a la venta de antigüedades. Se llama Ted Kenneally y es amigo de Lionel desde la escuela primaria. Ted es el propietario de la tienda de antigüedades Kenneally que hay en Southie. Una vez al mes, más o menos, van a Carolina del Norte para llevar algunas piezas de anticuario a una ciudad llamada Wilson.

Ryerson asintió.

—Sí, señora, el centro de antigüedades más importante de toda Norteamérica —sonrió—. Yo soy de por allí.

—¡Oh! ¿Puedo hacer algo por ustedes? Lionel volverá mañana por la tarde.

—Claro que nos puede ser de ayuda. ¿Le importaría que le hiciera un montón de preguntas aburridas que seguro que le han hecho mil veces?

Negó con la cabeza rápidamente.

—No, en absoluto. Si puedo serle útil, dispongo de toda la noche para contestar a sus preguntas. ¿Qué le parece si preparo un poco de té?

—Me parece una idea estupenda, señora McCready.

Mientras Matt seguía coloreando, nosotros nos dedicamos a beber té; Ryerson le hizo a Beatrice una retahíla de preguntas que ya se habían contestado hacía mucho tiempo: sobre la noche en que Amanda desapareció, sobre las cualidades de Helene como madre, sobre la locura de los primeros días que siguieron a la desaparición de Amanda: cuando Beatrice organizaba la búsqueda, cuando se creó una reputación como intermediaria con los medios de comunicación y cubría las calles con la fotografía de su sobrina.

De vez en cuando, Matt nos mostraba los progresos que había hecho con su dibujo, los rascacielos con hileras de ventanas cuadradas mal alineadas, y las nubes y los perros que había añadido.

Empecé a arrepentirme de haber ido allí. Era un espía en su propia casa, un traidor, que intentaba conseguir las pruebas que mandarían al marido de Beatrice y al padre de Matt a la cárcel. Justo antes de que nos fuéramos, Matt le preguntó a Angie si le podía firmar la escayola. Cuando ella le contestó «por supuesto», los ojos se le iluminaron; tardó unos treinta segundos en encontrar el bolígrafo adecuado. Mientras se arrodillaba junto a la escayola y escribía su nombre completo con mucho cuidado, sentí cómo un dolor me recorría el rostro, como una losa de melancolía en el pecho, al imaginarme cómo sería la vida de ese niño, en el caso que estuviéramos en lo cierto con respecto a su padre, y las fuerzas de la ley intervinieran y destrozaran la familia.

Y con todo, mi preocupación primordial siguió siendo lo suficientemente sincera como para hacerme restañar mi propia vergüenza.

¿Dónde estaba Amanda?

¡Maldita sea! ¿Dónde estaba?

Al salir de allí, nos detuvimos junto al Suburban de Ryerson; mientras tanto, él quitó el celofán a otro cigarro y seccionó uno de los extremos con un cortapuros de plata. Se volvió hacia la casa mientras lo encendía.

—Es una mujer muy agradable.

—Sí que lo es.

—Un niño estupendo.

—Sí, es un niño estupendo —asentí.

—Esto es una mierda —dijo, mientras chupaba el cigarro y acercaba la llama a uno de los extremos.

—Sí que lo es.

—Voy a vigilar la tienda de Ted Kenneally. Debe de estar a unos dos kilómetros de aquí, ¿no?

—Yo diría que está a más de tres kilómetros —precisó Angie.

—Me olvidé de pedirle la dirección. ¡Mierda!

—Hay muy pocas tiendas de antigüedades en Southie —dije—. La de Kenneally está en la calle Broadway, justo delante de un restaurante llamado Amrheins.

Asintió.

—¿Les importaría acompañarme? En este momento seguramente es el lugar más seguro para los dos ahora que Broussard anda suelto por ahí.

—Claro —dijo Angie.

Ryerson me miró.

—¿Señor Kenzie?

Volví a mirar la casa de Beatrice, los cuadrados amarillos de luz en las ventanas de la sala de estar, y pensé en las personas que había dentro, y en el tornado que poco a poco se iba acercando a sus vidas, sin que ellos lo supieran, y que iba cobrando fuerza y seguía soplando y soplando.

—Les veré allí.

Angie me miró.

—¿Qué pasa?

—Ya os veré allí —dije—. Antes tengo que hacer una cosa.

—¿Qué?

—Nada importante —dije, mientras ponía mis manos en sus hombros—. Os veré allí. ¿De acuerdo? Por favor, déjame un poco de espacio.

Después de mirarme a los ojos durante un buen rato, asintió. No le gustaba nada, pero comprendía mi terquedad igual que comprendía la suya. Además, sabía que en ciertos momentos era inútil discutir conmigo, igual que lo sabía yo cuando le ocurría a ella.

—No haga ninguna tontería —me aconsejó Ryerson.

—¡Oh, no! —contesté—. No soy de ésos.

Fue una larga espera, pero valió la pena.

A las dos de la mañana, Broussard, Pasquale y algunos jugadores más del equipo de fútbol de los DoRights salieron del Boyne. Por la forma en que se abrazaban en el aparcamiento, pude imaginar que sabían que Poole había muerto, y que su dolor era verdadero. Los policías no suelen abrazarse, a no ser que uno de ellos muera.

Pasquale y Broussard siguieron hablando un rato en el aparcamiento después de que los otros se marcharan, y Pasquale le dio un último abrazo a Broussard, le golpeó ligeramente la espalda con los puños, y se separaron.

Pasquale se marchó en un Bronco; Broussard se encaminó, andando con cuidado consciente de que estaba borracho, hacia una furgoneta Volvo, salió reculando hasta la avenida Western, y se dirigió hacia el este. Le seguía desde lejos a lo largo de la avenida —que estaba prácticamente vacía— y casi le perdí de vista cuando las luces traseras desaparecieron en la calle Charles River.

Aceleré un poco, podía haber girado hacia Storrow Drive y haber tomado el atajo de North Beacon, o haberse dirigido tanto al este como al oeste a lo largo de Mass Pike.

Desde la avenida, mientras estiraba el cuello, vi que el Volvo pasaba bajo un foco de luz y se dirigía hacia el peaje que había en dirección oeste.

Reduje la velocidad y pasé por el peaje un minuto más tarde que él. Después de unos tres kilómetros, volví a divisar el Volvo. Iba por el carril izquierdo, a unos cien kilómetros por hora; me mantuve a cien metros de distancia y a la misma velocidad que él.

A los policías de Boston se les obliga a vivir en el área metropolitana, pero muchos policías que conozco realquilan el piso a amigos o parientes y se van a vivir más lejos.

Broussard, por lo que vi, vivía bastante lejos. Después de

una hora aproximada de viaje y de dejar atrás la autopista de peaje y conducir por unos cuantos caminos vecinales, llegamos a la ciudad de Sutton, situada al abrigo de Purgatory Chasm Reservation y mucho más cercana a la frontera de Rhode Island y de Connecticut que a Boston.

Cuando Broussard tomó un camino de entrada escarpado y en pendiente que llevaba a un pequeño promontorio, con las ventanas escondidas detrás de los arbustos y de pequeños árboles, seguí hasta llegar a un cruce en que el camino se acababa y daba paso a un imponente bosque de pinos. Me di la vuelta; las luces formaban un arco a través de la profunda oscuridad, mucho más oscura que la de la ciudad, y cada haz de luz parecía augurar visiones repentinas de criaturas buscando forraje en las tinieblas y que probablemente me darían un susto de muerte con sus ojos verdes y relucientes.

Di la vuelta de nuevo y encontré la casa; seguí unos ochenta metros hasta que las luces iluminaron una casa destartalada. Continué por un camino totalmente cubierto por las hojas caídas el otoño anterior, escondí el Crown Victoria detrás de una hilera de árboles y permanecí un rato sentado, escuchando los grillos y el viento que movía ligeramente los árboles, los únicos sonidos perceptibles en lo que parecía el mismísimo corazón del silencio más absoluto.

Al despertar a la mañana siguiente, me encontré con un par de magníficos ojos castaños que me miraban fijamente. Eran dulces, tristes y profundos como los destellos de una mina de cobre. No parpadeaban.

Me sobresalté cuando la larga nariz blanca y marrón se acercó a la ventana; al moverme asusté un poco al curioso animal. Antes de que pudiera estar seguro de lo que había visto, el ciervo saltó por entre la hierba y se adentró en la arboleda; vi cómo la blanca cola brillaba una vez entre dos troncos y desapareció.

—¡Santo Dios! —dije en voz alta.

Otro destello de color atrajo mi atención, pero esta vez fue en la otra parte de la arboleda, justo delante de mí. Era como una ráfaga de color canela, y mientras miraba hacia mi derecha a través del claro, vi el Volvo de Broussard pasar a toda velocidad por la carretera. No tenía ni idea de si se iba a comprar leche o volvía a Boston, pero en cualquier caso no estaba dispuesto a desaprovechar la oportunidad.

Cogí un juego de piquetas de la guantera, me colgué la cámara al hombro, me sacudí las telarañas de la cabeza y salí del coche. Subí por el camino, sin separarme de la falda de la colina, y sentí el sol del primer día cálido del año en la cara, desde un cielo tan azul, tan puro y tan desprovisto de contaminación, que me costó mucho creer que seguía en Massachusetts.

Mientras me acercaba al camino de entrada de Broussard, una mujer alta, delgada, con una larga melena de color castaño y que llevaba a un niño cogido de la mano, apareció de repente en uno de los extremos del pinar. Se inclinó con el niño mientras éste recogía el periódico en la entrada del camino y se lo entregaba.

Estaba demasiado cerca para detenerme y ella alzó la vista, se tapó los ojos para protegerse del sol y me sonrió con indecisión. El niño debía de tener unos tres años; sus cabellos eran rubios y la piel muy blanca, no se parecía ni a Broussard ni a la mujer.

—Hola —dijo ella, mientras se ponía en pie, cogía al niño en brazos y éste se chupaba el dedo.

—Hola.

Era una mujer impresionante. Tenía una boca amplia y un poco torcida, que se alzaba en el lado izquierdo, y había algo sensual en ello, una mueca que parecía haber renunciado a la ilusión. Si no me hubiera fijado tanto en la boca y en las mejillas, por el brillo de su piel, seguramente la hubiera tomado por una ex modelo o por alguna mujer de bandera de un empresario. Entonces la miré a los ojos. La firme y transparente inteligencia que vi en sus ojos me inquietó. No era el tipo de mujer que hubiera permitido que un hombre la llevara del brazo para exhibirla como un trofeo. De hecho, estaba seguro de que ella no estaba dispuesta a permitir que la *pusieran* en ningún sitio.

Al darse cuenta de que llevaba una cámara, me dijo:

—¿Pájaros?

Miré la cámara y negué con la cabeza.

—Naturaleza, en general. No hay muchas oportunidades de disfrutar de ella donde vivo.

—¿Boston?

Negué con la cabeza.

—Providence.

Asintió. Miró el periódico y apartó el rocío con la mano.

—Antes los envolvían en plástico para que no se mojaran. Ahora tengo que colgarlo en el cuarto de baño durante una hora para poder leer la primera página.

El niño que llevaba en brazos apoyó su cara soñolienta en su pecho, y me miró fijamente con unos ojos tan abiertos y azules como el cielo.

—¿Qué te pasa, cariño? —dijo, mientras le besaba la cabeza—. ¿Estás cansado?

Le acarició la cara mofletuda; el amor que había en sus ojos era algo palpable y descorazonador.

Cuando me miró de nuevo, en sus ojos ya no había amor; por un momento creí que sentía recelo o miedo, al decirme:

—Hay un bosque —señaló la carretera—. Hay un bosque justo ahí abajo. Pertenece a Purgatory Chasm Reservation. Seguro que allí puede hacer unas fotos estupendas.

Asentí.

—Parece fantástico. Gracias por el consejo.

Quizás el niño notó algo. Quizá sólo estaba cansado. Quizá fue porque era pequeño y es lo que los niños suelen hacer, pero de repente abrió la boca y empezó a berrear.

—¡Oh! —exclamó, mientras sonreía, le besaba la cabeza de nuevo y lo mecía en sus brazos—. Está bien, Nicky. Está bien. Vamos, mamá te dará algo de beber.

Empezó a subir el empinado camino, meciendo al niño, acariciándole la cara, y su delgado cuerpo se movía como el de una bailarina con su camisa de leñador roja y negra y los vaqueros azules.

—Buena suerte con la naturaleza —dijo, mientras volvía la cabeza.

—Gracias.

Tomó una curva y los perdí de vista detrás del mismo matorral que ocultaba la mayor parte de la casa desde la carretera.

Pero aún podía oír su voz.

—No llores, Nicky. Mamá te quiere. Mamá lo arreglará todo.

—Bien, tiene un hijo —convino Ryerson—. ¿Y qué?

—Es la primera noticia que tengo —dije.

—Yo también —insistió Angie—, y eso que pasamos mucho tiempo juntos en el mes de octubre.

—Yo tengo un perro —dijo Ryerson—. Es la primera noticia que tienen, ¿no es verdad?

—No hace ni un día que le conocemos —protestó Angie—. Además, un perro no es un niño. Si uno tiene un hijo y pasa mucho tiempo de vigilancia con alguien, seguro que en un momento u otro lo menciona. Habló muchas veces de su mujer. Nada importante, cosas como: «Voy a llamar a mi mujer», «Mi mujer me matará si vuelvo a llegar tarde a cenar», etc. Pero nunca, ni una sola vez, mencionó al niño.

Ryerson me miró por el espejo retrovisor.

—¿Qué opina?

—Que es muy raro. ¿Puedo usar su teléfono?

Me lo pasó, marqué el número y observé la tienda de antigüedades de Ted Kenneally, con el cartel de *Cerrado* que colgaba del escaparate.

—Con el cabo Lee.

—¿Óscar? —dije.

—Hola, Walter Payton. ¿Cómo tienes ese cuerpo?

—Me duele, muchísimo.

Cambió el tono de voz.

—¿Cómo va lo otro?

—Bien, tengo que hacerte una pregunta.

—¿Una pregunta comprometida?

—En realidad, no.

—Dispara. Ya te diré si me gusta.

—Broussard está casado, ¿verdad?

—Sí, con Rachel.

—¿Una mujer alta y morena? ¿Y muy hermosa?

—Así es.

—¿Tienen un niño?

—¿Cómo dices?

—¿Broussard tiene un hijo?

—No.

Noté como una ola de alegría me invadía el cerebro, y el punzante dolor que sentía a causa del partido del día anterior desapareció.

—¿Estás seguro?

—Claro que lo estoy. No puede tener hijos.

—¿No puede o no quiere?

De repente, la voz de Óscar sonó un poco lejana y me di cuenta de que había tapado el teléfono con las manos.

—Rachel —susurró— no puede tener hijos. Fue un problema muy grave para ellos, porque deseaban tenerlos.

—¿Por qué no adoptaron uno?

—¿Quién va a permitir que una ex prostituta adopte a un niño?

—¿Era eso?

—Sí, así fue como la conoció. Estuvo con los de Homicidios hasta entonces, igual que yo. Acabó con su carrera y tuvo que trabajar para los de Narcóticos hasta que Doyle le echó un cable. Pero él la quiere de verdad. Además, es una buena mujer. ¡Una gran mujer!

—Pero no tienen hijos.

Apartó la mano del teléfono.

—¿Cuántas veces tengo que repetirlo, Kenzie? No tienen ningún maldito hijo.

Le di las gracias, me despedí, colgué el teléfono y se lo pasé a Ryerson.

—No tiene ningún hijo —dijo Ryerson—, ¿verdad?

—Tiene un hijo. No hay duda de que tiene un hijo.

—Entonces, ¿dónde lo consiguió?

En ese momento todo encajó, mientras estaba sentado en el Suburban de Ryerson y vigilábamos la tienda de antigüedades de Ted Kenneally.

—¿Cuánto os apostáis a que quienquiera que sean los padres biológicos de Nicholas Broussard, seguramente no ejercían muy bien de padres?

—¡Hostia consagrada! —saltó Angie.

Ryerson se apoyó en el volante, se quedó mirando el vacío a través del parabrisas, y con una expresión de pasmo en su delgado rostro, exclamó:

—¡Hostia consagrada!

Vi el niño rubio apoyado en la cadera de Rachel Broussard y la adoración con la que ella contemplaba la diminuta cara mientras le acariciaba.

—Sí —solté yo también—. ¡Hostia consagrada!

32

Al final de un día de abril, después de que se haya puesto el sol pero antes de que caiga la noche, la ciudad se tiñe de un color grisáceo silencioso y cambiante.

Ha pasado otro día, siempre antes de lo esperado. Sordas luces amarillentas o anaranjadas aparecen en las ventanas y en los coches, y la inminente oscuridad presagia un frío cada vez más intenso. Los niños han desaparecido de la calle y se han ido a casa para lavarse un poco antes de cenar o para mirar la televisión. Los supermercados y las bodegas están prácticamente vacíos y sin vida. Las floristerías y los bancos están cerrados. El sonido de las bocinas es esporádico; se oye el crujido de las persianas de los escaparates cuando las cierran. Si uno observa atentamente las caras de los peatones o de los conductores parados junto a los semáforos, discierne con claridad que las expectativas de esa mañana no se han cumplido, tal y como indica la entumecida languidez de sus rostros. Avanzan penosamente hacia sus respectivas casas, cualquiera que sea su encarnación.

Lionel y Ted Kenneally volvieron bastante tarde, casi a las cinco, y algo se rompió en el rostro de Lionel cuando vio que nos acercábamos. Ryerson le enseñó la placa:

—Me gustaría hacerle un par de preguntas, señor McCready.

Su expresión se hizo mucho más evidente. Asintió con la cabeza varias veces, más para sí mismo.

—Un poco más arriba hay un bar. ¿Qué les parece si vamos allí? No quiero contestar a esas preguntas en casa.

El Edmund Fitzgerald era lo más pequeño que podía ser un bar sin que se convirtiera en la caseta de un limpiabotas. Al entrar, había una pequeña sala a nuestra izquierda, con una barra a lo largo de la única ventana, y suficiente espacio para cuatro mesas. Desgraciadamente, habían encajonado también un tocadiscos, por lo que sólo quedaba espacio para dos mesas; ambas estaban vacías cuando entramos. La barra tenía espacio suficiente para unas siete u ocho personas de pie, y seis mesas ocupaban toda la pared que había delante. La sala se ensanchaba un poco más en la parte trasera, donde dos jugadores de dardos lanzaban sus misiles por encima de una mesa de billar, que estaba tan empotrada entre las paredes, que desde tres de los cuatro ángulos posibles, el jugador tendría que utilizar un taco corto, o incluso un lápiz.

Al sentarnos a una mesa que había en el centro, Lionel dijo:

—¿Se ha hecho daño en la pierna, señorita Gennaro?

—Ya se curará —contestó Angie, y removió el bolso en busca de cigarrillos.

Lionel me miró, y cuando apartó la mirada, el constante abatimiento de los hombros empeoró. Los bancos donde nos sentábamos habían sido unidos con ladrillos.

Ryerson abrió una libreta, la dejó sobre la mesa y le quitó el capuchón al bolígrafo.

—Soy el agente especial Neal Ryerson, señor McCready. Trabajo para el Departamento de Justicia.

—¿Cómo?

Ryerson le lanzó una mirada fugaz.

—Sí, señor McCready. Trabajo para el Gobierno federal. Creo que tiene que explicarnos algunas cosas, ¿no es así?

—¿Sobre qué? —preguntó Lionel, mientras volvía la cabeza y miraba alrededor.

—Sobre su sobrina —precisé—. Mire, Lionel, ya no tenemos tiempo para más chorradas.

Miró hacia la derecha, hacia la barra, como si allí hubiera alguien que pudiera echarle una mano.

—Señor McCready —dijo Ryerson—, nos podemos pasar media hora jugando al no-no-lo-hice/sí-sí-lo-hizo, pero sería una pérdida de tiempo para todos. Sabemos que tuvo algo que ver con la desaparición de su sobrina y que colaboró con Remy Broussard. A propósito, está a punto de pegarse un batacazo de los peores. Le estoy ofreciendo la oportunidad de aclarar un poco las cosas y de ser benévolo con usted. —Iba dando golpecitos en la mesa con el bolígrafo como si imitara el ritmo de un reloj—. Pero si intenta tomarme el pelo, saldré de aquí y lo haremos por las malas. Pasará tanto tiempo en la cárcel, que cuando consiga salir sus nietos ya tendrán el carnet de conducir.

La camarera se nos acercó y apuntó lo que queríamos: dos Coca-Colas, una botella de agua mineral para Ryerson y un whisky doble para Lionel.

Mientras esperábamos a que volviera, nadie dijo nada.

Ryerson seguía usando el bolígrafo como si fuera un metrónomo, e iba dando golpecitos en el borde de la mesa, sin apartar su mirada ecuánime y desapasionada de Lionel.

Lionel no parecía darse cuenta. Miraba el posavasos que tenía delante, pero creo que ni lo veía; miraba mucho más allá, mucho más lejos que la mera mesa o la barra; una capa de sudor bajaba por sus labios y su barbilla. Tuve la sensación que lo que vio durante esa mirada interior fue el horrendo final que él mismo se había buscado: la inutilidad de su vida. Vio la cárcel. Vio que le mandaban los papeles del divorcio a su propia celda y las cartas sin abrir que le devolvía su hijo. Vio cómo iban pasando años y años y él estaba solo con su vergüenza, con su culpa, o simplemente con la locura de un hombre que había cometido una estupidez que la sociedad había sacado a la luz, que había hecho pública. Su fotografía aparecería en los periódicos, se relacionaría su nombre con el secuestro, su vida se convertiría en forraje para los debates televisivos, para periódicos sensacionalistas y chistes despreciativos que serían recordados mucho tiempo después de que los humoristas que los contaran hubieran sido olvidados.

La camarera trajo las bebidas.

—Hace once años —explicó Lionel—, me encontraba en un bar del centro con unos amigos. Entró un grupo de hombres que celebraban una despedida de solteros. Todos estaban completamente borrachos. Uno de ellos buscaba pelea. Me escogió a mí y yo le golpeé; una sola vez, pero se partió el cráneo contra el suelo. La cuestión es que no le di con el puño, sino con el taco de billar que tenía en la mano.

—Asalto a mano armada —dijo Angie.

—De hecho, fue mucho peor —asintió—. El tipo me había estado empujando y yo le había dicho, no recuerdo muy bien, algo parecido a «lárgate o te mato».

—Intento de asesinato —dije.

Volvió a asentir.

—Me llevaron a juicio y fue la palabra de mis amigos contra la de los amigos de ese tipo. Sabía que iba a ir a la cárcel porque el tipo al que golpeé era un universitario, y después de lo sucedido presentó una demanda diciendo que ya no podía estudiar, que era incapaz de concentrarse. Había un montón de médicos que aseguraban que tenía el cerebro dañado. Por la forma que me miraba el juez, comprendí que estaba acabado. Pero un tipo que había esa noche en el bar, extraño para ambas partes, declaró que fue el tipo al que yo había golpeado el que dijo que él me iba a matar a *mí*, que había sido él quien había empezado la pelea... Me soltaron porque aquel hombre era policía.

—Broussard.

Me dedicó una amarga sonrisa y tomó un trago de whisky.

—Sí, Broussard. ¿Saben una cosa? Mintió en el estrado. Puede que no recordara perfectamente todo lo que ese tipo dijo, pero no tengo ninguna duda de que yo le golpeé primero. No sé por qué lo hice, la verdad. Me estaba incordiando, en mis propias narices, y me enfadé. —Se encogió de hombros—. Entonces yo era diferente.

—Así pues, Broussard mintió, le dejaron en libertad, y pensó que estaba en deuda con él.

Levantó el vaso de whisky; cambió de opinión y lo volvió a dejar.

—Supongo. Nunca lo mencionó y con el tiempo nos hicimos amigos. Él me llamaba de vez en cuando y solíamos quedar. Sólo al recordar lo que había pasado, me di cuenta de que no me quería perder la pista. Él es así. No me interpreten mal, es un buen hombre, pero siempre está observando a la gente, estudiándola, para ver si algún día puede serle útil.

—Muchos policías son así —dijo Ryerson, y bebió un poco de agua.

—¿Usted?

Ryerson pensó en ello durante un momento.

—Sí, supongo que sí.

Lionel echó otro trago de whisky y se limpió los labios con la servilleta.

—En julio, mi hermana y Dottie llevaron a Amanda a la playa. Era un día muy caluroso, no había ni una sola nube.

Helene y Dottie conocieron a unos tipos que, no sé, tenían marihuana o algo así. —Apartó la mirada, tomó un largo trago de whisky, y cuando volvió a hablar, su voz y su cara adquirieron un aire obsesivo—. Amanda se quedó dormida en la playa, y ellos... ellos la dejaron allí sola, sin que nadie la vigilara durante horas. Se quemó, señor Kenzie, señorita Gennaro. Sufrió graves quemaduras en la espalda y en las piernas, casi de tercer grado. Tenía un lado de la cara tan hinchado que parecía que la hubiera atacado un grupo de abejas. La desgraciada, prostituta, yonqui, drogadicta y cabrona que tengo por hermana permitió que su hija se quemara la piel al sol. La llevaron a casa y Helene me llamó porque, y cito textualmente, «porque Amanda se está portando como una perra». No paraba de llorar y Helene no podía dormir. Voy a su casa y me encuentro que mi sobrina, ese bebé diminuto de cuatro años, tenía la piel quemada. Le duele. Grita de tanto que le duele. ¿Y quieren saber lo que mi hermana había hecho por ella?

Esperamos mientras cogía el vaso de whisky, bajaba la cabeza, y tomaba aire unas cuantas veces.

Alzó la cabeza.

—Le había echado cerveza en las heridas. Para refrescarla. Ni áloe, ni un calmante ni nada, ni siquiera se le ocurrió que podía llevarla a un hospital. No. Le echó cerveza, la mandó a la cama y puso el televisor a todo volumen para no oírla.

Sostuvo su enorme puño junto a la oreja, como si estuviera a punto de golpear la mesa y partirla por la mitad.

—Esa noche, podría haber matado a mi hermana. Pero en vez de eso, llevé a Amanda a la sala de urgencias. Oculté la verdad para proteger a Helene. Les dije que ella estaba muy cansada y que ambas se habían quedado dormidas en la playa. Le supliqué a la doctora, y al final logré convencerla, que no avisara a la Oficina de Asistencia Infantil y que no dijera que había sido un caso de abandono. No sé por qué. Sabía que se llevarían a Amanda. Yo sólo... —tragó saliva— quería proteger a Helene. Tal y como lo he hecho toda mi vida. Esa noche me llevé a Amanda a casa y durmió conmigo y con Beatrice. La doctora le había dado algo para dormir, pero yo permanecí despierto. Cada vez que le ponía la mano en la espalda, sentía el calor que emitía. Era como —no se me ocurre otra forma de decirlo —si uno colocara la mano encima de un trozo de carne recién salida del horno. Mientras la observaba dormir pensaba: «Esto no puede seguir así. Tiene que acabar».

—Pero, Lionel —intervino Angie—. ¿Qué habría pasado si la hubiera denunciado a los de Asistencia Infantil? Estoy segura de que si lo hubiera hecho varias veces, podría haber solicitado al tribunal que les dejara adoptar a Amanda.

Lionel se rió; Ryerson negó con la cabeza lentamente mientras miraba a Angie.

—No.

Ryerson cortó el extremo de un cigarro.

—Señorita Gennaro, a no ser que la madre biológica sea lesbiana en estados como Utah o Alabama, es casi imposible privar a los padres de sus derechos.

Encendió el cigarro, negó con la cabeza.

—De hecho, debo rectificarlo. Es *totalmente* imposible.

—¿Cómo puede ser —dijo Angie— si uno de los padres ha demostrado repetidas veces su negligencia?

Ryerson volvió a mover la cabeza con tristeza.

—Este año en Washington D.C., se le concedió la custodia total a una madre biológica que apenas conocía a su hijo. El niño había vivido con sus padres adoptivos desde que nació. La madre biológica es una delincuente convicta que dio a luz cuando estaba en libertad condicional por haber matado a uno de sus hijos, que había alcanzado la madura edad de seis semanas, y un día que lloraba de hambre, la madre decidió que aquello era demasiado y la ahogó, la tiró al cubo de la basura y se fue a preparar una barbacoa. Esa mujer tiene ahora dos niños más; a uno de ellos lo crían los padres del padre; el otro fue dado en adopción. Los cuatro niños son de padres diferentes, y la madre, que sólo cumplió dos años de condena por matar a su hija, se encarga ahora, de forma muy responsable, sin lugar a dudas, de criar al niño que ha arrancado de los cariñosos padres adoptivos que habían solicitado la custodia al tribunal. Es una historia real. Lo puede comprobar.

—No puede ser —protestó Angie.

—Pues así es —dijo Ryerson.

—¿Cómo puede ser...?

Angie dejó caer las manos en la mesa y se quedó mirando al vacío.

—Esto es América —concluyó Ryerson—, donde todos los adultos tienen el derecho total e inalienable de devorar a sus crías.

Por la expresión de Angie, parecía que alguien le hubiera dado un puñetazo en el estómago y que luego la hubieran abofeteado mientras se retorcía de dolor.

Lionel hizo sonar los cubitos del vaso.

—El agente Ryerson tiene razón, señorita Gennaro. No se puede hacer nada si un progenitor horrendo se quiere quedar con su hijo.

—Pero eso no le saca del atolladero, señor McCready. —Ryerson le señaló con el cigarro—. ¿Dónde está su sobrina?

Lionel miró fijamente la ceniza del cigarro de Ryerson, y al cabo de un rato movió la cabeza.

Ryerson asintió y garabateó algo en su libreta. Entonces se volvió hacia atrás, nos mostró unas esposas y las colocó sobre la mesa.

Lionel echó su silla hacia atrás.

—Permanezca sentado, señor McCready, o lo próximo que voy a poner encima de la mesa va a ser mi pistola.

Lionel asió con fuerza los brazos de la silla, pero no se movió.

—Así pues, estaba enfadado con Helene a causa de las quemaduras de Amanda. ¿Qué pasó a continuación? —pregunté.

Ryerson me miró a los ojos, parpadeó dulcemente y ladeó la cabeza. Preguntar directamente sobre el paradero de Amanda no funcionaba. Lionel bien podría callarse como un muerto, cargar con todas las culpas y Amanda seguiría sin aparecer. Pero si pudiéramos conseguir que volviera a hablar...

—La ruta que hago para United Parcel Service —dijo después de un rato— pasa por el distrito de Broussard. Ésa es la razón por la que seguimos en contacto tan fácilmente a lo largo de todos estos años. De todas maneras...

Una semana después de que Amanda hubiera sufrido las quemaduras, Lionel y Broussard quedaron para tomar algo. Broussard había oído contar a Lionel lo preocupado que estaba por su sobrina, el odio que sentía hacia su hermana, el convencimiento de que la probabilidad de que Amanda pudiera convertirse en algo que no fuera el mero reflejo de su madre era cada vez menor.

Broussard había pagado las bebidas. También había sido muy generoso con ellos y casi al final de la noche, cuando Lionel ya estaba borracho, le pasó el brazo por la espalda y dijo:

—¿Y si hubiera una solución?

—No hay ninguna solución —respondió Lionel—. Los tribunales no...

—Olvídese de los tribunales —le interrumpió Broussard—. Olvídese de todas las posibilidades que ha contemplado hasta este momento. ¿Y si fuera posible garantizar que Amanda viviera en una casa acogedora y con unos padres cariñosos?

—¿Cuáles serían los inconvenientes?

—Los inconvenientes serían que nadie sabría nunca lo que le había pasado. Ni su propia madre, ni su esposa, ni su hijo. Nadie. Simplemente habría desaparecido.

Broussard chasqueó los dedos y dijo:

—Puf, como si nunca hubiera existido.

Lionel tardó unos meses en decidirse. Durante ese tiempo, había ido a casa de su hermana y dos veces se había encontrado que la puerta estaba abierta, que Helene se había ido a casa de Dottie y que su hija dormía sola en el piso. En agosto, Helene fue a una barbacoa que Lionel y Beatrice hacían en su jardín. Había estado conduciendo por ahí con Amanda en el coche de un amigo y estaba tan borracha que mientras columpiaba a Amanda y a Matt, accidentalmente tiró a su hija del columpio y ésta cayó de bruces al suelo. Y ella seguía allí, riéndose, mientras su hija intentaba ponerse en pie, se limpiaba el barro de las rodillas y miraba si tenía algún rasguño.

Durante el curso del verano, la piel de Amanda tenía siempre ampollas y señales porque Helene solía olvidarse de ponerle la pomada que le había recetado la doctora de la sala de urgencias.

En septiembre, Helene les comentó que quería irse a vivir a otro lugar.

—¿Qué? —intervine—. Es la primera vez que lo oigo.

Lionel se encogió de hombros.

—Considerando el pasado, seguramente era una más de

sus ideas estúpidas. Tenía una amiga que se había mudado a Myrtle Beach, en Carolina del Sur, y había conseguido un trabajo en una tienda de camisetas: le contó que allí siempre hacía sol, que había bebida en abundancia y que ya podía olvidarse de la nieve y el frío. Se trataba sólo de estar todo el día en la playa y vender camisetas de vez en cuando. Durante una semana aproximadamente, Helene sólo hablaba de eso. La mayoría de las veces, hubiera deseado mandarla a paseo. Siempre hablaba de irse a vivir a otro sitio, como si estuviera convencida de que cualquier día le iba a tocar la lotería. Pero esa vez, no sé, tuve miedo. No hacía más que pensar: se llevará a Amanda, la dejará sola en la playa y en casa sin abrir la puerta, y ni Beatrice ni yo estaremos allí para ayudarla. Yo... perdí la cabeza. Llamé a Broussard y conocí a la gente que quería hacerse cargo de Amanda.

—¿Y se llamaban? —dijo Ryerson, mientras sostenía el bolígrafo encima de la libreta.

Lionel no le prestó atención.

—Eran estupendos —prosiguió—. Perfectos. Una casa preciosa. Adoraban a los niños. Ya habían criado a uno perfectamente, pero ya se había ido de casa y se sentían vacíos. La tratan muy bien.

—Así pues, la ha visto —medié.

Asintió.

—Ahora es feliz. Ahora sí que sonríe *de verdad*. —Algo se le atravesó en la garganta y tragó saliva—. Ella no sabe que la he visto. La primera norma de Broussard es que su vida anterior quede eliminada. Tiene cuatro años y con el tiempo, olvidará. De hecho —dijo lentamente—, ya tiene cinco, ¿no?

Al darse cuenta de que Amanda había celebrado su quinto aniversario y que él no había estado allí para verlo, le cambió la cara. Movió la cabeza rápidamente.

—De todas formas, he conseguido verla, observarla con

sus nuevos padres y parece estar muy bien. Parece... —se aclaró la voz y apartó la mirada—. Parece amada.

—¿Qué pasó la noche que desapareció? —preguntó Ryerson.

—Entré por la puerta trasera de la casa, y la saqué de allí. Le dije que era un juego. A ella le gustaban mucho los juegos. Quizá porque la idea que Helene tenía de los juegos era ir al bar y decirle: «Juega con la máquina Pac-Man, cariño». —Sorbió hielo del vaso y lo trituró con los dientes—. Broussard había aparcado en la calle. Yo me esperé en la puerta del porche y le dije a Amanda que estuviera muy, muy callada. El único vecino que nos pudo haber visto fue la señora Driscoll, de la casa de enfrente. Estaba sentada en su pequeña veranda, y nos podía ver perfectamente desde allí. Se marchó un instante y entró en la casa a buscar otra taza de té o algo así, y entonces Broussard me indicó que había llegado el momento. Llevé a Amanda hasta el coche de Broussard y nos alejamos.

—Y nadie vio nada.

—Ningún vecino. Aunque, al cabo de un tiempo nos enteramos de que Mullen había visto algo. Había aparcado en la calle y vigilaba la casa. Estaba esperando a que Helene regresara para averiguar dónde había escondido el dinero que había robado. Reconoció a Broussard. Cheese Olamon lo usó para hacerle chantaje a Broussard y recuperar el dinero desaparecido. También tenía que robar algunas drogas de la caja de pruebas y entregárselas a Mullen en la cantera esa misma noche.

—Volvamos a la noche en que Amanda desapareció —intervine.

Sacó un segundo cubito del vaso con sus enormes dedos y lo masticó.

—Le dije a Amanda que mi amigo la iba a llevar a visitar una gente muy agradable. Le dije que la pasaría a buscar unas horas más tarde. Ella sencillamente asintió con la cabeza. Estaba acostumbrada a que la dejaran con extraños. Bajé del coche a unas cuantas manzanas de distancia y me fui andando a casa. Eran las diez y media. Mi hermana tardó casi doce horas en darse cuenta de que su hija había desaparecido. ¿Qué les parece?

Durante un buen rato estuvimos tan callados, que podía oír perfectamente el ruido sordo que hacían los dardos al golpear el corcho, en la parte trasera del bar.

—Cuando fuera el momento oportuno —dijo Lionel— pensaba contárselo a Beatrice y estoy seguro de que lo entendería. No en ese mismo momento, sino al cabo de unos años. No lo sé. No lo había pensado bien. Beatrice odia a Helene y quiere mucho a Amanda, pero una cosa así... Ella cree en la ley y en las normas. Nunca hubiera estado de acuerdo en que hiciéramos algo así. Pero tenía la esperanza de que, quizá, cuando hubiera pasado tiempo suficiente... —Miró al techo, movió ligeramente la cabeza—. Cuando ella decidió que iba a llamarles a ustedes dos, me puse en contacto con Broussard y me dijo que intentara disuadirla, pero no demasiado. Que le permitiera hacerlo si ella lo deseaba. Que si las cosas se ponían feas, tenía información sobre ustedes dos. Algo relacionado con el asesinato de un chulo.

Ryerson me miró, alzó las cejas y me dedicó una fría sonrisa de curiosidad.

Me encogí de hombros y aparté la mirada.

Fue entonces cuando vi al tipo con la máscara de Popeye. Entró por la puerta trasera de emergencia, con el brazo derecho extendido, y una automática 45 a la altura del pecho.

Su compañero blandía una escopeta y llevaba la cara tapada con una máscara de plástico de Halloween. Popeye y la pálida cara despistada del Fantasma Simpático nos miraron fijamente cuando aparecieron por la puerta principal y empezaron a gritar:

—¡Que todo el mundo ponga las manos encima de la mesa! ¡Ahora!

Popeye apiñó a los jugadores de dardos delante de él, y yo volví la cabeza justo en el momento en que Casper echaba el cerrojo de la puerta principal.

—¡Tú! —me gritó Popeye—. ¿Estás sordo, o qué? ¡Pon las manos en la maldita mesa!

Obedecí.

—¡Oh, mierda! ¡Vamos! —dijo el barman.

Casper arrancó una cuerda que colgaba junto a la ventana y una gruesa cortina negra cayó al suelo.

A mi lado, Lionel respiraba con dificultad. Tenía las manos encima de la mesa, completamente planas y sin mover ni un solo dedo. Ryerson consiguió meter una mano debajo de la mesa y Angie hizo lo mismo.

Popeye golpeó la columna vertebral de unos de los lanzadores de dardos con el puño.

—¡Venga, al suelo! —gritó—. ¡Con las manos detrás de la cabeza! ¡Venga, rápido!

Ambos hombres se dejaron caer de rodillas al suelo y entrelazaron las manos detrás de la nuca. Popeye les miró fijamente, con la cabeza un poco ladeada. Fue un momento horrible, incierto. Popeye podía hacer exactamente lo que le viniera en gana: dispararles, dispararnos, cortarles el cuello. Cualquier cosa.

Le pegó una patada al mayor de los dos en los riñones.

—¡De rodillas, no! ¡Boca abajo! ¡Rápido!

Los hombres se tumbaron junto a mis pies.

Popeye volvió la cabeza muy despacio y se quedó mirando nuestra mesa.

—¡Poned las manos en la maldita mesa! —susurró—. O vais a morir, desgraciados.

Ryerson sacó la mano de debajo de la mesa, agitó ambas

manos vacías en el aire, y las colocó planas encima de la madera. Angie hizo lo mismo.

Casper se encaminó hacia la barra que había delante de nosotros. Apuntó al barman con la escopeta.

Había dos mujeres de mediana edad —seguramente oficinistas o secretarias, por el tipo de ropa que llevaban— sentadas en medio del bar, justo delante de Casper. Cuando alzó el brazo para apuntar con la escopeta, le rozó el pelo a una de las mujeres. Se le tensaron los hombros y sacudió la cabeza. Su compañera se quejaba.

—¡Oh, Dios! ¡Oh, no! —clamaba la mujer.

—Tranquilas, señoras. Esto se acabará en un par de minutos —dijo Casper.

Sacó una bolsa de basura verde del bolsillo de su chaqueta de aviador, y la colocó en la barra delante del barman.

—Llénala ahora mismo y no te olvides del dinero de la caja fuerte.

—No hay mucho —dijo el barman.

—Pon todo lo que tengas —precisó Casper.

Popeye, el jefe del grupo, permanecía de pie con las piernas muy abiertas, tenía las rodillas dobladas, y movía constantemente su 45 de izquierda a derecha, de derecha a izquierda, y vuelta a empezar. Debía de estar a unos tres metros de mí, y le oía respirar bajo la máscara.

Casper había adoptado la misma postura, y aunque no dejaba de apuntar al barman, no quitaba los ojos del espejo que había detrás de la barra.

Eran profesionales. De los pies a la cabeza.

Sin contar a Casper y a Popeye, había doce personas en el bar: el barman y la camarera detrás de la barra, los dos tipos del suelo, Lionel, Angie, Ryerson y yo, las dos secretarias, y dos tipos que estaban en el extremo de la barra más cercano a la puerta y que, por la pinta que tenían, debían de ser camioneros. Uno de ellos llevaba una chaqueta verde de los Celtics, y el otro una cosa como de lona y tela vaquera, muy vieja y completamente arrugada. Debían de tener unos cuarenta y pico años, y los dos eran muy corpulentos. Encima de la barra, justo delante de ellos, había una botella de Old Thompson entre dos vasitos.

—Tómatelo con calma —le dijo Casper al barman, mientras éste permanecía arrodillado debajo de la barra y trapicheaba con, según parecía, la caja fuerte—. Tómatelo con calma, como si no pasara nada; si sigues así no pasarás de la combinación de números.

—Por favor, no nos hagan daño —suplicó uno de los hombres que estaba en el suelo—. Tenemos familia.

—Cierra el pico —dijo Popeye.

—No vamos a hacer daño a nadie —convino Casper—, siempre y cuando permanezcan quietos. Sencillamente no se muevan. Es así de simple.

—¿Sabes de quién es este maldito bar? —apuntó el tipo que llevaba la chaqueta de los Celtics.

—¿Qué? —preguntó Popeye.

—Me has oído perfectamente, coño. ¿Sabes de quién es este bar?

—Por favor, por favor —dijo una de las secretarias—. No diga nada.

Casper volvió la cabeza.

—De un héroe.

—De un héroe —repitió Popeye, mientras miraba por encima del hombro a ese idiota.

Sin que se notara que movía la boca, Ryerson susurró:

—¿Dónde la tiene?

—En la espalda —contesté—. ¿Y usted?

—En el regazo —dijo, mientras movía la mano derecha unos siete centímetros hacia el borde de la mesa.

—No —susurré, mientras Popeye se volvía hacia nosotros.

—¡Considérense muertos! —gritó el camionero.

—¿Por qué no se calla? —intervino la secretaria, sin apartar los ojos de la barra.

—Buena pregunta —dijo Casper.

—Muertos, ¿entendido? Matones de mierda, malditos cabrones, desgraciados...

Casper dio cuatro pasos y le dio un puñetazo al camionero en toda la cara.

El camionero se cayó del taburete, y se dio un golpe tan fuerte contra el suelo que pudimos oír el ruido que hizo el cráneo al partirse por la mitad.

—¿Algo que decir? —le preguntó Casper al otro camionero.

—No —contestó el tipo, y bajó la mirada.

—¿Alguien más? —conminó Casper.

El barman salió de detrás de la barra y puso la bolsa encima.

El bar estaba tan silencioso como una iglesia antes de un bautizo.

—¿Qué? —dijo Popeye, y dio tres pasos hacia nuestra mesa.

Tardé un rato en darme cuenta de que nos estaba hablando a nosotros, y otro rato en saber con una certeza total que las cosas se iban a poner muy feas rápidamente.

Ninguno de nosotros se movió.

—¿Qué acabas de decir? —preguntó Popeye, mientras apuntaba a la cabeza de Lionel con la pistola, y observaba nerviosamente, desde detrás de la máscara, el tranquilo semblante de Ryerson, para volver a mirar a Lionel.

—¿Otro héroe?

Casper cogió la bolsa de la barra, se dirigió hacia nuestra mesa y me apuntó en la nuca con la escopeta.

—Es un bocazas —dijo Popeye—. No hace más que decir tonterías.

—¿Tiene algo que decir? —inquirió Casper, mientras apuntaba a Lionel—. ¿Eh? ¡Venga, suéltalo!

Se volvió hacia Popeye.

—Ocúpate de vigilar a esos tres.

La 45 de Popeye se volvió hacia mí y el agujero negro me miró directamente a los ojos.

Casper dio un paso más en dirección a Lionel.

—¿Qué, hablando por hablar?

—¿Por qué se empeñan en contrariarles? —dijo una de las secretarias—. ¿No ven que llevan pistolas?

—Cállate —le susurró su compañera.

Lionel miró la máscara, apretó los labios y empezó a golpear ligeramente la mesa con los dedos.

—¡Sigue, hombre! ¡Venga, vamos! ¡Sigue hablando! —gritó Casper.

—No tengo por qué escuchar toda esta mierda —dijo Popeye.

Casper apoyó la punta de la escopeta en el caballete de la nariz de Lionel.

—¡Haz el favor de cerrar el pico!

A Lionel empezaron a temblarle los dedos, no dejaba de parpadear por las gotas de sudor que le caían en los ojos.

—Sencillamente no te quiere escuchar —medió Popeye—. Lo único que quiere es seguir diciendo chorradas.

—¿Es eso verdad? —preguntó Casper.

—Que todo el mundo mantenga la calma —dijo el barman, con las manos en alto.

Lionel no dijo nada.

Pero los testigos del bar, que estaban aterrados y convencidos de que iban a morir, recordarían esa escena tal y como esos pistoleros querían que ellos la recordaran: que Lionel había estado hablando. Que todos los que estábamos en la mesa no habíamos parado de hablar. Que habíamos contrariado a unos hombres muy peligrosos y que nos habían asesinado por ese motivo. Casper corrió el seguro de la escopeta y el sonido nos pareció el estallido de un cañón.

—Tienes que demostrar que eres un gran tipo, ¿verdad?

Lionel abrió la boca.

—Por favor —dijo.

—Espere —intervine yo.

La escopeta se movió hacia mí, y lo último que vi fueron sus oscuros ojos. Estaba totalmente seguro de ello.

—Detective Remy Broussard —grité, para que todo el bar pudiera oírme—. ¿Todo el mundo se ha quedado con el nombre? ¡Remy Broussard!

Observé sus ojos profundamente azules a través de la máscara, y vi miedo en ellos, confusión.

—No lo haga, Broussard —dijo Angie.

—¡Cierra esa maldita boca! —esa vez fue Popeye quien lo dijo; estaba empezando a perder la calma.

Tensaba los tendones del antebrazo e intentaba apuntar a toda la mesa.

—Se ha acabado, Broussard. Se ha acabado. Sabemos que se llevó a Amanda McCready. —Estiré el cuello en dirección a la barra—. ¿Oyen ese nombre? ¿Amanda McCready?

Cuando volví la cabeza, tenía el frío calibre metálico de la escopeta clavado en la frente, y mis ojos toparon con un dedo rojo en el gatillo. Visto desde tan cerca, el dedo me parecía un insecto o un gusano rojo y blanco. Parecía tener mente propia.

—Cierra los ojos —dijo Casper—. Ciérralos bien cerrados.

—Señor Broussard —intervino Lionel—. Por favor, no lo haga. Por favor.

—¡Aprieta el maldito gatillo! —le conminó Popeye, mientras se daba la vuelta hacia su compañero—. ¡Hazlo de una vez!

—Broussard... —dijo Angie.

—¡Deja de decir ese jodido nombre! —gritó Popeye, a la vez que empotraba una silla en la pared de una patada.

Permanecí con los ojos abiertos; sentí la curva del metal contra mi piel, percibí el olor del aceite y de la vieja pólvora y observé que el dedo movía nerviosamente el gatillo.

—Se ha acabado —dije de nuevo, con una voz totalmente ronca, a causa de la sequedad que sentía en la garganta y en la boca—. Se ha acabado.

Durante mucho, mucho tiempo, nadie dijo nada. Durante ese difícil período de silencio, oí cómo el mundo entero crujía alrededor del eje.

La cara de Casper se inclinó ligeramente a medida que Broussard ladeaba la cabeza, y volví a ver la misma mirada del día anterior en el partido de fútbol: esa mirada tan penetrante que se movía y quemaba.

Entonces una mirada clara y resignada de derrota la sustituyó, recorrió todo el cuerpo lentamente, y apartó el dedo del gatillo mientras dejaba de apuntarme con la escopeta.

—Sí —dijo dulcemente—. Todo ha acabado.

—¿Me estás vacilando? —protestó su compañero—. Tenemos que hacerlo. Tenemos que hacerlo, tío. Tenemos órdenes. ¡Hazlo! ¡Ahora!

Broussard negó con la cabeza, mientras que la distraída cara y la sonrisa infantil de la máscara de Casper se balanceaba al mismo tiempo.

—No hay nada más que hacer. ¡Vámonos! —concluyó.

—¿Qué quieres decir con eso de que no hay nada más que hacer? Si no puedes cargarte a estos cabrones, ya lo haré yo, desgraciado.

Popeye alzó el brazo y apuntó a Lionel justo en medio de la cara; mientras tanto Ryerson se llevó la mano al regazo y el primer disparo —que quedó amortiguado por la mesa— desgarró la piel del muslo izquierdo de Popeye.

La pistola se disparó mientras caía violentamente hacia atrás; Lionel gritó, se llevó las manos a la cabeza y se cayó de la silla.

La pistola de Ryerson despejó la superficie de la mesa y le pegó dos tiros a Popeye en el tórax.

Cuando Broussard apretó el gatillo de la escopeta, pude oír claramente la pausa —un silencio que duró una milésima de segundo— que se produjo entre el momento en que apretaba el gatillo y la explosión que retumbó en mis oídos como el infierno.

El hombro izquierdo de Neal Ryerson desapareció en un fogonazo de tiros, sangre y huesos; sencillamente se fundió, explotó y se evaporó a la vez en un ruidoso estampido. Un chorro de sangre salpicó la pared y su cuerpo se tambaleó hacia un lado mientras Remy Broussard levantaba la escopeta entre el humo; la mesa se cayó hacia la izquierda, arrastrando con ella a Ryerson. La pistola de nueve milímetros le cayó de la mano, y antes de tocar el suelo, rebotó en una silla.

Angie había sacado la pistola, pero saltó a su izquierda en el momento en que Broussard se dio la vuelta.

Le apreté el estómago con la cabeza, le rodeé con mis brazos, y le empujé hacia la barra. Le empujé la columna contra la barandilla, oí cómo se quejaba, y entonces me golpeó la nuca con la culata de la escopeta.

Caí de rodillas al suelo, mis brazos resbalaron de su cuerpo y Angie gritó:

—¡Broussard! —y le disparó con su 38.

Él le pegó un tiro mientras yo intentaba coger mi 45, acertó a Angie en el pecho y ella cayó al suelo.

Saltó por encima de los lanzadores de dardos y salió disparado hacia la puerta principal como un atleta nato.

Cerré el ojo izquierdo, le apunté con el cañón y disparé dos veces justo en el momento que Broussard alcanzaba la barra. Pude ver cómo tiraba bruscamente de su pierna izquierda antes de que consiguiera doblar la esquina de la barra, correr el cerrojo y salir precipitadamente hacia la oscuridad.

—¡Angie!

Cuando me di la vuelta, vi que estaba sentada entre un montón de sillas volcadas.

—Estoy bien —contestó.

—¡Llamen a una ambulancia! ¡Llamen a una ambulancia! —gritó Ryerson.

Miré a Lionel. Se revolcaba en el suelo y se quejaba; tenía la cabeza entre las manos y chorros de sangre le corrían entre los dedos.

Miré al barman.

—¡La ambulancia!

Cogió el teléfono y marcó.

Ryerson —cuyo hombro había saltado prácticamente por los aires— se apoyó en la pared y empezó a gritar sin apartar los ojos del techo; su cuerpo se movía en violentas convulsiones.

—Está a punto de perder el conocimiento —le comenté a Angie.

—Ya le tengo —dijo, mientras se arrastraba hacia él—. ¡Necesito todas las toallas que tenga en el bar ahora mismo!

Una de las secretarias saltó por encima de la barra.

—Beatrice —decía Lionel con un gemido—. Beatrice.

La goma elástica que aguantaba la máscara de Popeye se había soltado cuando éste cayó junto a la barra y las balas de Ryerson le acribillaban el esternón. Era John Pasquale. Estaba muerto; realmente había acertado el día anterior cuando, después del partido de fútbol, había dicho: «La suerte siempre se acaba».

Me crucé con la mirada de Angie cuando cogía al vuelo una toalla que una secretaria le lanzaba desde el otro lado de la sala.

—Ve a por Broussard, Patrick. Ve a por él.

Asentí con la cabeza mientras la secretaria corría ante mí, se arrodillaba junto a Lionel y le ponía una toalla en la cabeza.

Miré si tenía un segundo cartucho en el bolsillo, lo encontré y salí del bar.

33

Seguí el rastro de Broussard a través de la calle Broadway y por la calle C, donde se desvió hacia el barrio de transportes y almacenes a lo largo de East Second. No era difícil seguirle. Se había deshecho de la máscara de Casper en cuanto salió del bar; estaba tirada en el suelo cuando salí de allí, con agujeros en vez de ojos y la sonrisa desdentada. Gotas de sangre, tan recientes que relucían a la luz de las farolas, mostraban el camino desigual que había seguido su propietario. Tenían un diámetro cada vez mayor a medida que se acercaban a la pobremente iluminada zona de almacenes, cuyas calles estaban en un estado lamentable; las zonas de carga y descarga se encontraban vacías y los bares cutres de camioneros tenían las cortinas corridas y en casi todos los letreros luminosos faltaban más de la mitad de las bombillas. Los trailers que se dirigían hacia Búfalo o hacia Trenton avanzaban a sacudidas por el roto asfalto, lleno de hoyos y baches, e iluminaban el final de la calle, allí donde Broussard se había detenido el tiempo suficiente para poder orinar delante de una de las puertas. La sangre había formado un charco y había salpicado ligeramente la puerta. Nunca me había imaginado que una pierna pudiera sangrar tanto, pero quizá mi bala le había reventado el fémur o una de las arterias principales.

Contemplé el edificio. Constaba de siete plantas y estaba construido con los ladrillos color chocolate que solían usar a finales de siglo. Las malas hierbas llegaban a la altura de la primera planta y los marcos de las ventanas estaban rotos y llenos de pintadas. Era lo suficientemente grande para haber sido usado como almacén de grandes objetos o para la fabricación y el ensamblaje de máquinas.

Para el ensamblaje, decidí en el mismo momento en que entré. Lo primero que vi fue la silueta de una cadena de montaje, con las poleas y las cadenas que colgaban de los ganchos a unos seis metros de altura. La cadena en sí y las ruedas que alguna vez habrían estado debajo ya no existían, pero la estructura principal seguía intacta, sujeta al suelo con tornillos, y los ganchos colgaban de los extremos de las cadenas como si fueran dedos que llamaran con señas. El resto del suelo estaba totalmente vacío, cualquier cosa de valor debía de haber sido robada por vagabundos y niños o había sido desmontada y vendida por los últimos propietarios.

A mi derecha, había una escalera de hierro forjado que conducía al piso superior; subí lentamente, sin poder seguir el rastro de sangre debido a la oscuridad, mirando muy de cerca los peldaños de la escalera, asiendo con fuerza la barandilla antes de dar un paso, con la esperanza de pisar el metal y no el cuerpo de alguna rata hambrienta. Cuando llegué a la segunda planta, mis ojos ya se habían acostumbrado un poco a la oscuridad, y sólo vi un espacio diáfano vacío, las sombras de unas cuantas tablas volcadas y la tenue luz de las farolas que se filtraba a través de las ventanas color plomo destruidas a pedradas. Las escaleras se apiñaban unas encima de otras en el mismo lugar en cada una de las plantas, así que, para llegar a la siguiente, sólo tuve que girar a la izquierda, seguir la pared unos cuatro metros hasta llegar al rellano y subir los gruesos peldaños de hierro hasta llegar al rellano de la planta superior.

Mientras permanecía allí de pie, oí un sonido metálico que procedía de unas plantas más arriba, el ruido sordo y metálico de una puerta al moverse sobre las bisagras y golpear el cemento.

Empecé a subir los escalones de dos en dos, tropezándome varias veces, giré la esquina de la tercera planta y me dirigí a toda velocidad hacia el siguiente tramo de escaleras. Aceleré el paso; mis pies iban cogiendo cierta velocidad y tenía la sensación de que cada peldaño me elevaba a través de la oscuridad.

Todas las plantas estaban vacías, y cuanto más subía, más luz —procedente del puerto y del centro de la ciudad— se filtraba bajo los arcos de las enormes ventanas. La escalera, a excepción del rellano que había al final, seguía sumida en la oscuridad; cuando llegué a la última, bañada por la luz de la luna y prácticamente al descubierto, Broussard me llamó desde el tejado.

—¡Hola, Patrick! Si estuviera en tu lugar, no daría un paso más.

—¿Por qué no? —le contesté.

Tosió.

—Porque estoy apuntando al rellano; si asomas la cabeza, te la haré saltar por los aires.

—¡Oh! —dije, mientras me apoyaba en la barandilla y percibía el olor del puerto y de la fresca brisa nocturna—. ¿Qué cree que puede hacer ahí arriba? ¿Llamar a un helicóptero para que lo evacuen?

Soltó una risita.

—Con una vez ya tuve bastante. Sencillamente quería sentarme aquí un rato y contemplar las estrellas. ¡Qué puntería más mala tiene!

Observé la luz de la luna. Por el sonido de su voz, estaba casi seguro de que se encontraba a mi izquierda.

—Al menos le di.

—Me dio de rebote, desgraciado —soltó—. Y tengo el tobillo lleno de trozos de loza.

—¿Me quiere hacer creer que disparé al suelo y que le acerté de rebote?

—Eso mismo. ¿Quién era ese tipo?

—¿Qué tipo?

—El que estaba con usted en el bar.

—¿Al que le disparó?

—Sí, ése.

—Del Departamento de Justicia.

—¿No me diga? Lo tomé por un agente secreto. Estaba demasiado tranquilo para eso. Le pegó tres balazos a Pasquale como quien hace prácticas de tiro. Como si no pasara nada. Lo recuerdo allí sentado en la mesa y diciendo: «Las cosas se van a poner muy feas».

Volvió a toser y yo le escuché con atención. Cerré los ojos mientras él tosía violentamente durante unos veinte segundos más; cuando acabó, sabía con certeza que estaba a la izquierda del rellano a unos nueve metros de distancia.

—¿Remy?

—¿Qué?

—Voy a subir.

—Le volaré la cabeza de un balazo.

—No, no lo hará.

—¿No?

—No.

Disparó en el aire de la noche y la bala fue a dar contra uno de los soportes de la escalera metálica que la sujetaba contra la pared. El metal relució como si alguien hubiera encendido una cerilla; me tumbé boca abajo justo en el momento en que la bala pasaba por encima de mi cabeza, rebotaba contra otro trozo de metal y se empotraba, con un ligero siseo, en la pared que tenía a mi izquierda.

Permanecí tumbado durante un rato, con el corazón estrujado por el esófago, un poco angustiado por la posición en que me encontraba, junto a la pared y luchando por salir de allí.

—¿Patrick?

—¿Sí?

—¿Le he dado?

Me arrastré por los escalones, me puse de rodillas.

—No.

—Le dije que iba a disparar.

—Gracias por el aviso. Es un encanto.

Volvió a toser violentamente, gorgoteó con fuerza al respirar y escupió.

—No parece que se encuentre muy bien —dije.

Rió con voz ronca.

—Eso parece, pero su compañera sí que sabe disparar.

—¿Le dio?

—Oh, sí, desde luego. Con lo que me hizo, creo que voy a dejar de fumar muy pronto.

Apoyé la espalda en la barandilla, apunté hacia el tejado y empecé a subir despacio por la escalera.

—Personalmente —dijo— no creo que hubiera sido capaz de matarla. A usted quizá sí, pero ¿a ella? Seguramente no. ¿Que había disparado a una mujer? No es eso precisamente lo que me gustaría que pusieran en mi esquela. «Agente del Departamento de Policía de Boston dos veces condecorado, marido y padre ejemplar, con un promedio de dos-cincuenta-dos en los juegos de bolos, y que se cargaba a las mujeres con mucha facilidad.» ¿Sabe? Queda muy mal, la verdad.

Me puse de cuclillas en el quinto escalón, empezando a

contar desde arriba; mantuve la cabeza agachada debajo del rellano y respiré profundamente unas cuantas veces.

—Ya sé lo que está pensando: «Pero, Remy, si le pegó un tiro a Roberta Trett por la espalda». Es verdad. Pero Roberta no era una mujer. ¿Sabe? Era... —suspiró y empezó a toser de nuevo—. Bien, no sé muy bien lo que era, pero, desde luego, «mujer» me parece una palabra un poco restrictiva.

Me puse en pie en el rellano, con el brazo extendido y apuntando en dirección a Broussard. Ni siquiera miraba hacia mí. Estaba sentado con la espalda apoyada en un respiradero industrial, con la cabeza ligeramente inclinada, con el perfil de la ciudad delante, teñido de amarillo, azul y blanco sobre el fondo color cobalto del cielo.

—Remy.

Volvió la cabeza, alargó el brazo y me apuntó con su Glock.

Permanecimos así durante un buen rato, sin saber cómo iban a ir las cosas, si una mirada equivocada, si un gesto involuntario o un temblor provocado por la adrenalina o el miedo nos iba a hacer apretar el gatillo, y hacer salir la bala por el cañón de la pistola con un gran destello de fuego. Broussard parpadeó varias veces y tragó saliva debido al dolor que le causaba lo que parecía el bulbo volcado de una rosa de color rojo brillante que se esparcía lentamente por su camisa, que florecía y abría sus pétalos con una finura constante e irrevocable.

Sin mover la mano en que llevaba la pistola y sin apartar el dedo del gatillo, dijo:

—¿No tiene la sensación de que de repente se encuentra en una película de John Woo?

—Odio las películas de John Woo.

—Yo también —dijo—. Creía que era el único.

Moví la cabeza ligeramente.

—Son como una recreación de las películas de Peckinpah pero sin un fondo emocional.

Le dediqué una sonrisa forzada.

—¿A qué se dedica ahora, a crítico de cine?

—Me gustan las películas de tías.

—¿Qué?

—Es verdad. —Vi cómo le brillaban los ojos al otro lado de la pistola—. Ya sé que parece un poco bobo. Quizás es porque soy policía, pero cuando miro esas películas de acción, no puedo dejar de pensar: «Vaya mierda». ¿Sabe? Cuando miro películas de vídeo como *Memorias de África* o *Eva al desnudo*, ¡estoy encantado!

—Es una caja de sorpresas, Broussard.

—¡Así es!

Era muy agotador tener el brazo extendido tanto tiempo y apuntarle con la pistola. Si teníamos alguna intención de disparar, ya lo hubiéramos hecho. Claro que, seguramente, es lo que piensa mucha gente antes de que le peguen un tiro. Noté cómo el frío cambiaba el tono de piel de Broussard y cómo el sudor oscurecía los cabellos plateados de las sienes. No creo que durara mucho. Por muy cansado que yo estuviera, no tenía ni una bala en el pecho ni fragmentos de loza en el tobillo.

—Voy a dejar de apuntarle —anuncié.

—Haga lo que quiera.

Le miré a los ojos, y quizá porque era consciente de que le estaba observando, tan sólo me dedicó una mirada opaca y uniforme.

Levanté la pistola, quité el dedo del gatillo, y subí los peldaños que me quedaban. Permanecí de pie en la ligera capa de grava que cubría el tejado, le miré y alcé una ceja. Sonrió.

Dejó la pistola en el regazo y apoyó la cabeza en el respiradero.

—Pagó a Ray Likanski para que hiciera salir a Helene de casa —dije—, ¿verdad?

Se encogió de hombros.

—Ni siquiera tuve que pagarle nada. Le prometí que le dejaría escapar en alguna redada que hiciéramos. Fue así de sencillo.

Seguí avanzando hasta que estuve justo delante de él. Desde allí, vi claramente el oscuro círculo que tenía en la parte superior del tórax, allí donde crecían los pétalos de rosa. Estaba un poco a la derecha del corazón, pero le seguía bombeando con fuerza, aunque lentamente.

—¿El pulmón? —pregunté.

—Me lo ha destrozado, creo —asintió con la cabeza—. Maldito Mullen. Mullen no estaba allí esa noche. Si hubiera estado allí, todo hubiera salido a pedir de boca. El estúpido de Likanski no me contó que habían estafado a Cheese. Eso hubiera cambiado las cosas, lo sé. Debe creerme —cambió de posición y se quejó a causa del esfuerzo—. Me obliga, a mí, ¡por el amor de Dios!, a irme a la cama con un bobo como Cheese. Aunque le estuviera engañando, eso hiere el orgullo, sin lugar a dudas.

—¿Dónde está Likanski? —dije.

Inclinó ligeramente la cabeza hacia mí.

—Mire por encima del hombro y un poco hacia la derecha.

Miré. El Canal Fort Point se separaba de un trozo de tierra blanco y polvoriento, discurría por debajo de los puentes de las calles Summer y Congress y se extendía hacia la línea del horizonte, hacia el embarcadero y hacia la azulada libertad del puerto de Boston.

—¿Ray duerme en las pesquerías? —inquirí.

—Eso me temo.

Broussard me dedicó una indolente sonrisa.

—¿Desde cuándo?

—Lo encontré esa noche de octubre, justo después de que ustedes dos empezaran a trabajar en el caso. Estaba haciendo las maletas. Le interrogué sobre el dinero que le había estafado a Cheese. No me lo dijo. Nunca pensé que tuviera tanto valor, supongo que doscientos mil dólares hacen que cierta gente se envalentone. Bien, la cuestión es que él planeaba marcharse, y yo no quería que lo hiciera. Nos pegamos.

Tosió con violencia, se arqueó hacia delante, se llevó la mano al agujero que tenía en el tórax y asió con fuerza la escopeta.

—Tengo que sacarle de aquí.

Me miró, se limpió la boca con la palma de la mano con la que asía la pistola.

—No creo que llegue muy lejos —dijo.

—¡Venga! No tiene ningún sentido que muera.

Me dedicó una de sus estupendas muecas infantiles.

—Sería divertido que a estas alturas nos pusiéramos a discutir por eso. ¿Tiene un móvil para llamar a una ambulancia?

—No.

Dejó la escopeta en el regazo, cogió la chaqueta de piel y sacó un Nokia muy pequeño.

—Yo sí.

Se dio la vuelta y lo tiró.

Oí cómo se hacía pedazos al chocar contra la acera siete plantas más abajo.

—No se preocupe —dijo, riéndose entre dientes—. El maldito cacharro tiene una garantía muy larga.

Suspiré y me senté ante él en la pequeña cornisa de alquitrán que había junto al borde del tejado.

—Así pues, está empeñado en morir aquí —dije.

—Estoy empeñado en no ir a la cárcel. ¿Un juicio? —negó con la cabeza—. No es para mí, colega.

—Entonces dígame quién la tiene, Remy. Ahora mismo.

Abrió los ojos.

—¿Para qué? ¿Para que vaya a buscarla? ¿Para que se la entregue a esa maldita *cosa* que la sociedad considera que es su madre? ¡Que le den por el culo, tío! Amanda seguirá sin aparecer. ¿Lo ha entendido? Y seguirá siendo feliz. Seguirá estando bien alimentada, limpia y cuidada. Se reirá todo lo que pueda en esta vida y crecerá con todo tipo de oportunidades. Si realmente cree que le voy a decir dónde está, Kenzie, es que tiene una lesión cerebral.

—La gente que la tiene son secuestradores.

—¡Ah, no! Respuesta errónea. El secuestrador soy yo. Ellos tan sólo la acogieron. —Parpadeó varias veces por el sudor que le bañaba la cara en esa fría noche y respiró tan profundamente que le hizo crujir el tórax—. Esta mañana ha estado en mi casa, ¿verdad? Mi mujer me llamó para decírmelo.

Asentí con la cabeza.

—Ella fue la que llamó a Lionel para el dinero del rescate, ¿verdad?

Se encogió de hombros y se quedó mirando el horizonte.

—¡Que usted fuera a mi casa! ¡Dios, eso sí que me cabreó!

Cerró los ojos por un momento, los abrió de nuevo.

—¿Vio a mi hijo?

—No es su hijo.

Parpadeó.

—¿Vio a mi hijo? —repitió.

Contemplé las estrellas durante un buen rato, algo poco usual en esa zona, en esa clara y fría noche.

—Vi a su hijo —dije.

—Un niño estupendo. ¿Sabe dónde le encontré?

Negué con la cabeza.

—Estaba hablando con un soplón en el proyecto urbanístico de Somerville cuando oí llorar a un bebé. Gritaba de un modo tan estremecedor que parecía que le estuvieran mordiendo una manada de perros. Ni el soplón, ni la gente que pasaba por el pasillo lo oían. No lo oían porque lo oían cada día. Así pues, le digo al soplón que hemos acabado, sigo el sonido, le pego una patada a la puerta de ese piso con olor a mierda, y le encuentro en la parte trasera. El lugar está vacío. Mi hijo —porque es mi hijo, Kenzie, y que le jodan si no está de acuerdo— se muere de hambre. Está tumbado en una cuna, tiene seis meses y se muere de hambre. Se le ven perfectamente las costillas. Lleva puestas unas esposas, Kenzie, y el pañal está tan lleno que gotea por las costuras, y está pegado... *¡está pegado al colchón, Kenzie!*

Sus ojos se le salían de las órbitas y daba la impresión de que todo su cuerpo arremetía contra él mismo. Escupió sangre, le cayó encima de la camisa, la limpió con una mano y se manchó toda la barbilla.

—Un bebé —murmuró al cabo de un rato— pegado al colchón por sus propias heces y por llevar allí demasiado tiempo. Abandonado en una habitación durante tres días, gritando todo lo que podía, y a nadie le importa. —Extendió la mano izquierda cubierta en sangre, la dejó caer sobre la grava y repitió dulcemente—: Y a nadie le importa.

Puse la pistola en el regazo y observé el perfil de la ciudad. Quizá Broussard tenía razón. Una ciudad entera de *No me importa*. Un estado entero. Un país entero, quizá.

—Me lo llevé a casa. Conocía mucha gente que se dedicaba a falsificar documentos de identidad y pagué a uno de ellos para que lo hiciera. Mi hijo tiene un certificado de nacimiento en el que consta mi apellido. Destruimos el documento del ligamento de trompas de mi mujer, y redactamos uno nuevo en el que ella daba su consentimiento para esa operación después del nacimiento de su hijo, Nicholas. Todo lo que yo tenía que hacer era aguantar estos últimos meses y jubilarme, abandonar el estado, conseguir un trabajo fácil en alguna empresa de seguridad y criar a mi hijo. Y hubiera sido de lo más feliz.

Bajé la cabeza durante un instante y miré mis zapatos en la grava.

—Ni siquiera dio parte de que había desaparecido —dijo Broussard.

—¿Quién?

—La drogadicta que parió a mi hijo. Ni siquiera le buscó. Sé quien es y durante mucho tiempo pensé que le volaría la cabeza por ello. Pero no lo hice. Ni siquiera se molestó en buscar a su hijo.

Levanté la cabeza y le miré a los ojos. Me sentía orgulloso, enfadado y profundamente entristecido por las cosas tan horribles que había tenido que presenciar.

—Sólo quiero a Amanda —dije.

—¿Por qué?

—Porque es mi trabajo, Remy. Para eso contrataron mis servicios.

—Y a mí me contrataron para que protegiera y sirviera a la sociedad, estúpido. ¿Sabe lo que quiere decir? Es una promesa: proteger y servir. Y lo he hecho: he protegido a muchos niños, les he servido y les he encontrado una buena familia.

—¿A cuántos? —pregunté—. ¿Cuántos casos ha habido?

Movió un dedo lleno de sangre.

—No, no, no.

De repente le cayó la cabeza hacia atrás, y su cuerpo, apoyado en el respiradero, se quedó totalmente rígido. Golpeó la grava con el talón izquierdo, abrió ampliamente la boca y emitió un silencioso grito.

Me arrodillé junto a él, pero lo único que podía hacer era mirarle.

Al cabo de un rato se le aflojaron los músculos y ladeó los ojos; pude percibir el sonido que hacía el oxígeno al entrar y salir de su cuerpo.

—Remy.

Con un gran esfuerzo abrió un ojo.

—Aún estoy aquí —volvió a alzar el dedo—. ¿Sabe que tiene mucha suerte, Kenzie? Es un cabrón afortunado.

—¿Por qué?

Sonrió.

—¿No lo sabe?

—¿El qué?

—Que Eugene Torrel murió la semana pasada.

—¿Quién es...? —me aparté de él y ensanchó la sonrisa cuando me di cuenta de quién era: Eugene, el chaval que nos había visto matar a Marion Socia.

—Le apuñalaron en Brockton cuando se peleaba por una mujer.

Broussard cerró los ojos de nuevo, su sonrisa se debilitó al deslizarse a un lado de la cara.

—Es muy afortunado. No hay nada que pueda usar contra usted a excepción de una declaración inútil de un perdedor muerto.

—Remy.

Abrió los ojos repentinamente y le cayó la escopeta al suelo. Ladeó la cabeza hacia donde había caído pero dejó la mano en su regazo.

—¡Venga hombre! Haga algo positivo antes de morir. Tiene las manos manchadas de sangre.

—Ya lo sé —dijo, haciendo un gran esfuerzo—. Kimmie y David. Ni siquiera se llegó a imaginar que pudiera estar involucrado.

—Me ha estado atormentando durante las últimas veinticuatro horas —dije—. ¿Usted y Poole?

Intentó asentir con la cabeza.

—Poole, no. Pasquale. Poole nunca fue tirador. A eso ya no llegaba. No degrade su recuerdo.

—Pero Pasquale no estaba en la cantera esa noche.

—Estaba muy cerca. ¿Quién se cree que golpeó a Rogowski en Cunningham Park?

—Aunque así fuera, Pasquale no habría tenido tiempo de llegar al otro lado de la cantera para matar a Mullen y a Gutiérrez.

Broussard se encogió de hombros.

—A propósito, ¿por qué Pasquale no mató a Bubba?

Broussard frunció el ceño.

—Porque nunca matamos a nadie que no fuera una amenaza real. Rogowski no tenía ni idea de lo que pasaba, así que le dejamos vivir. A usted también. ¿Cree que no podría haberle disparado desde el otro lado de la cantera esa noche? No, Mullen y Gutiérrez eran una gran amenaza, al igual que David *el Pequeñajo*, Likanski y, desgraciadamente, Kimmie.

—No nos olvidemos de Lionel.

Frunció el ceño aún más.

—Nunca tuve la intención de hacerle daño a Lionel. Fue una representación muy mala. Alguien se asustó.

—¿Quién?

Me dedicó una breve y cruel sonrisa que hizo que un chorro de sangre le machara los labios, cerró los ojos a causa del dolor.

—Recuerde que Poole no era tirador. Dejemos que el hombre descanse con dignidad.

Cabía la posibilidad de que me estuviera mintiendo pero, la verdad, no veía por qué lo iba a hacer. Si Poole no mató al Faraón Gutiérrez y a Chris Mullen, tendría que volver a considerar ciertas cosas.

—La muñeca —le di un golpecito en la mano y abrió un

ojo—. ¿Quién dejó un trozo de la camisa de Amanda en la pared de la cantera?

—Yo —dijo, mientras se relamía los labios y cerraba los ojos—. Yo, yo, yo. Todo lo hice yo.

—No es lo bastante bueno. ¡Demonios, no es tan inteligente!

Negó con la cabeza.

—¿Eso cree?

—Eso creo —contesté.

Abrió los ojos de golpe, en ellos había una conciencia clara y dura.

—Muévase un poco hacia la izquierda, Kenzie. Déjeme ver la ciudad.

Me aparté y se quedó mirando el perfil de los edificios; sonrió al ver las luces que brillaban en las plazas y las rojas luces intermitentes de las estaciones meteorológicas y de las emisoras.

—Es bonito. ¿Quiere saber una cosa?

—¿Qué?

—Me encantan los niños —dijo con sencillez.

Me cogió la mano y me la apretó; contemplamos, más allá del agua, el centro de la ciudad y su resplandor, la promesa de oscuro terciopelo que habitaba en esas luces, el indicio de vidas fascinantes, ordenadas, bien alimentadas, cuidadas y protegidas detrás de los cristales, y los privilegios, detrás de rojos ladrillos, hierro y acero, de escaleras de caracol, de vistas al agua bajo la luz de la luna, siempre el agua, fluyendo plácidamente alrededor de las islas y de las penínsulas que formaban parte de nuestra ciudad, y que la protegían de la fealdad y del dolor.

—¡Caramba! —susurró Remy Broussard, y su mano soltó la mía.

34

—... Entonces el hombre que más tarde fue identificado como el detective Pasquale respondió: «Tenemos que hacerlo. Tenemos órdenes. Hazlo ahora». —La ayudante del fiscal del distrito Lyn Campbell se quitó las gafas y se pellizcó entre los ojos—. ¿Es eso correcto, señor Kenzie?

—Sí, señora.

—*Señorita Campbell* estaría mucho mejor.

—Sí, señorita Campbell.

Se puso las gafas de nuevo, me miró a través de los delgados cristales.

—¿Usted qué entendió exactamente que querían decir con eso?

—Entendí que había alguien, además del detective Pasquale y del agente Broussard, que les había dado órdenes de asesinar a Lionel McCready y seguramente a todos nosotros en el Edmund Fitzgerald.

Hojeó sus notas, que —durante las seis horas que llevaba en la sala de interrogatorios 6A del Distrito Seis del Departamento de Policía de Boston— ya ocupaban más de la mitad de la libreta. El sonido frágil y quebradizo que se producía cuando pasaba las hojas de papel y garabateaba frenéticamente con un fino bolígrafo me recordaba al susurro que hacían las hojas muertas de finales de otoño al caer en la cuneta.

Además de mí y de la ayudante del fiscal del distrito Campbell, también había dos detectives de homicidios, Janet Harris y Joseph Centauro, que no parecían sentir ni la más mínima simpatía hacia mí, y mi abogado, Cheswick Hartman.

Cheswick observó durante un rato cómo la ayudante del fiscal del distrito iba pasando las hojas.

—Señorita Campbell —dijo.

Alzó la mirada.

—¿Hummm?

—Comprendo perfectamente que éste es un caso que presupone mucha presión y que recibirá una cobertura periodística muy extensa. Por ese motivo, mi cliente y yo hemos colaborado en todo lo posible, pero ha sido una noche muy larga, ¿no cree?

Pasó otra hoja con resolución.

—El Estado no tiene ningún interés en las pocas horas que ha dormido su cliente, señor Hartman.

—Bien, ése es un problema del Estado, pero yo sí que estoy interesado en mi cliente.

Dejó caer la mano sobre las notas, alzó la mirada.

—¿Qué espera que haga, señor Hartman?

—Espero que salga por esa puerta y hable con el fiscal del distrito Prescott. Espero que le diga que lo que ocurrió en el Edmund Fitzgerald es evidentemente obvio, que mi cliente actuó de la misma forma que lo habría hecho cualquier persona sensata, que no es sospechoso de la muerte ni del detective Pasquale ni del agente Broussard, y que ya va siendo hora de que lo suelten. Apunte, también, señorita Campbell, que hasta este momento nuestra colaboración ha sido total y que lo seguirá siendo siempre y cuando nos muestren un poco de cortesía.

—Ese maldito tipo se cargó a un policía —dijo el detective Centauro—. ¿Tenemos que soltarle, su señoría? Yo creo que no.

Cheswick cruzó las manos sobre la mesa, pasó por alto el comentario de Centauro y le dedicó una sonrisa a la ayudante del fiscal del distrito Campbell.

—Esperamos su respuesta, señorita Campbell —concluyó.

Pasó unas cuantas hojas más de sus notas, con la esperanza de encontrar algo, cualquier cosa, que le diera derecho a retenerme.

Cheswick siguió allí dentro cinco minutos más para revisar unas cosas con Angie, y mientras tanto yo me esperé en las escaleras de la puerta principal. Por las miradas que me dirigieron los policías que entraban y salían del edificio, tuve la certeza de que más valía que no me pararan por exceso de velocidad durante un tiempo. Quizá durante el resto de mi vida.

Cuando me reuní con Cheswick, le pregunté:

—¿Han llegado a algún acuerdo?

Se encogió de hombros.

—Piensan retenerla durante un tiempo.

—¿Por qué?

Me miró como si yo necesitara que me inyectaran un tranquilizante.

—Ha matado a un policía, Patrick. Fuera o no en defensa propia, ha matado a un policía.

—Bien, ¿no debería estar...?

Me interrumpió haciéndome una señal con la mano.

—¿Sabe quién es el mejor abogado criminalista de esta ciudad?

—Usted.

Negó con la cabeza.

—Mi nuevo compañero, Floris Mansfield. Y está ahí dentro con Angie. ¿De acuerdo? Así que relájese. Floris es buenísimo, Patrick. ¿Lo comprende? Angie estará perfectamente, pero aún tiene muchas horas por delante. Si presionamos demasiado el fiscal del distrito nos dirá: «A la mierda», y pasará el caso al gran jurado sólo para mostrar a los policías que está de su parte. Si todos cooperamos y nos portamos debidamente, todo el mundo se tranquilizará, se cansará del asunto y se darán cuenta de que cuanto antes finalice, mejor.

Empezamos a andar por la calle West Broadway a las cuatro de la mañana, con los fríos dedos ventosos del oscuro abril entrando en nuestro cuerpo.

—¿Dónde tiene el coche? —preguntó Cheswick.

—En la calle G.

Asintió con la cabeza.

—No vaya a su casa. Seguro que más de la mitad de los periodistas se encuentra allí y no quiero que hable con ellos.

—¿Por qué no están aquí? —dije, mientras volvía la cabeza hacia la comisaría del distrito.

—Porque les han informado mal. El sargento que estaba de guardia dejó caer a propósito que les iban a interrogar en la sede central. El ardid funcionará hasta que salga el sol; luego volverán.

—Entonces, ¿dónde voy?

—Buena pregunta. Angie y usted, al margen de que lo hayan hecho de forma deliberada o no, han puesto al Departamento de Policía de Boston en la situación más difícil que han tenido que afrontar desde el caso de Charles Stuart y Willie Bennett. Si estuviera en su lugar, saldría del estado.

—Quiero decir ahora, Cheswick.

Se encogió de hombros, apretó el diminuto mando a distancia que llevaba junto a las llaves del coche, sonó un pitido en su Lexus y los cerrojos se abrieron automáticamente.

—Al infierno con todo —dije—, me voy a casa de Devin.

Volvió la cabeza.

—¿Amronklin? ¿Está loco? ¿Piensa ir a casa de un policía?

Asentí.

—Directamente a la boca del lobo.

A las cuatro de la madrugada, la mayoría de la gente duerme, pero Devin, no. Rara vez duerme más de tres o cuatro horas al día, y cuando lo hace, es durante las últimas horas de la mañana. El resto del tiempo lo pasa trabajando o bebiendo.

Abrió la puerta de su piso en Lower Mills, y el hedor a bourbon que le precedió, me indicó que no estaba trabajando precisamente.

—Míster popularidad —dijo, mientras se daba la vuelta.

Le seguí hasta la sala de estar; en la mesa auxiliar había un libro de crucigramas abierto entre una botella de Jack Daniel's, un vaso medio lleno y un cenicero. El televisor estaba encendido, pero con el volumen bajado, se oía a Bobby Darin cantar *La buena vida* por los altavoces.

Devin llevaba un albornoz de franela encima de unos pantalones de chándal y de una sudadera de la academia de policía. Se ciñó el albornoz mientras se sentaba en el sofá y levantaba el vaso, tomaba un trago y me miraba fijamente con unos ojos que, aunque algo vidriosos, eran tan duros como todo su cuerpo.

—Coge un vaso de la cocina.

—No me apetece mucho beber —le comenté.

—Sólo bebo solo *cuando* estoy solo, Patrick. ¿Lo pillas?

Cogí el vaso, lo llevé a la sala y me lo llenó generosamente. Alzó el suyo.

—Brindemos por el asesinato de los policías —dijo, y tomó un trago.

—Yo no he matado a ningún policía.

—Pero tu compañera, sí.

—Devin, si piensas tratarme como una mierda, me marcho.

Alzó el vaso en dirección al pasillo.

—La puerta está abierta.

Dejé rápidamente el vaso en la mesa; tiré un poco de bourbon mientras me levantaba de la silla y me dirigí hacia la puerta.

—Patrick.

Me di la vuelta, con la mano en el pomo de la puerta.

Ninguno de los dos dijo nada, la voz aterciopelada de Bobby Darin fluía por toda la sala. Permanecí de pie junto a la entrada, todo lo que había quedado por decir en mi amistad con Devin flotaba en el aire, mientras Darin cantaba, como si se lamentara con indiferencia de lo inalcanzable, del abismo que existe entre lo que deseamos y lo que conseguimos.

—Entra —dijo Devin.

—¿Por qué?

Se quedó mirando la mesa. Quitó el bolígrafo del libro de crucigramas y lo cerró. Puso el vaso encima. Observó la ventana y la tenue luz de primera hora de la mañana.

Se encogió de hombros.

—Aparte de los policías y de mis hermanas, Angie y tú sois los únicos amigos que tengo.

Me senté de nuevo, limpié con la manga de la camisa el bourbon que había derramado.

—Esto aún no se ha acabado, Devin.

Asintió con la cabeza.

—Alguien ordenó a Broussard y a Pasquale lo del tiroteo.

Se sirvió un poco más de Jack Daniel's.

—Y crees que sabes quién fue, ¿no es así?

Me recliné en la silla, tomé un pequeño sorbo.

—Los licores fuertes nunca han sido mi droga favorita.

—Broussard dijo que Poole no era tirador. Siempre había pensado que Poole fue el que se llevó el dinero de la cantera, el que se cargó a Mullen y al Faraón, y el que entregó el dinero. Pero nunca pude adivinar a quién se lo dio.

—¿Qué dinero? ¿De qué demonios estás hablando?

Pasé la media hora siguiente poniéndole al corriente.

Cuando acabé, encendió un cigarrillo y resumió.

—Broussard secuestró a la niña, y Mullen le vio. Olamon le hace chantaje para que encuentre y devuelva los doscientos mil dólares. Broussard juega a dos bandos: por un lado, se encarga de que alguien se cargue a Mullen y a Gutiérrez, y por otro, consigue que alguien elimine a Cheese en la cárcel. ¿Voy bien?

—Asesinar a Mullen y a Gutiérrez era parte del trato que había hecho con Cheese —dije—. Todo lo demás es correcto.

—¿Y tú creías que Poole era el que había disparado?

—Hasta que hablé con Broussard en el tejado.

—Así pues, ¿quién fue?

—Bien, de hecho no se trata tan sólo de averiguar quién disparó. Alguien tuvo que coger el dinero de Poole y hacerlo desaparecer delante de ciento cincuenta policías. Eso no lo podía hacer cualquiera. Tenía que ser alguien con un cargo importante. Alguien que estuviera por encima de toda sospecha.

Alargó la mano.

—¡Eh! Espera un momento, si estás pensando que...

—¿Quién consintió que Poole y Broussard se saltaran todas las normas y procedieran a entregar el dinero del rescate sin la intervención de los federales? ¿Quién ha dedicado su vida entera a ayudar, encontrar y rescatar niños? ¿Quién estaba allí esa noche —dije—, y no tenía que dar cuentas a nadie de su paradero?

—¡Hostia! —Tomó un sorbo del vaso e hizo una mueca

al tragar—. ¿Jack Doyle? ¿Crees que Jack Doyle está metido en esto?

—Sí, Devin. Creo que Jack Doyle es el tipo que buscamos.

—¡Hostia! —dijo Devin de nuevo.

Lo repitió varias veces. Durante un buen rato, hubo un silencio total, a excepción del ruido que hacían los cubitos de hielo al derretirse.

35

—Antes de constituir la Brigada contra el Crimen Infantil —dijo Óscar—, Doyle trabajaba para la Brigada Antivicio. Era el sargento de Broussard y de Pasquale. Fue él quien dio el visto bueno a su traslado a la Brigada de Narcóticos, y unos años más tarde, cuando le nombraron lugarteniente, se los llevó a la Brigada contra el Crimen Infantil. Fue Doyle quien evitó que trasladaran a Broussard a la academia de policía, después de que se casara con Rachel y los jefazos enloquecieran. Deseaban acabar con Broussard. Querían que se fuera. En este departamento, casarse con una prostituta es como reconocer que uno es homosexual.

Cogí uno de los cigarrillos de Devin, lo encendí, e inmediatamente me empezó a rodar la cabeza de tal forma que me quedé sin sangre en las piernas.

Óscar chupaba su cigarro; lo dejó en el cenicero, volvió a pasar otra hoja de su libreta.

—Todos los traslados, recomendaciones y condecoraciones que recibió Broussard fueron siempre aprobados por Doyle. Era el rabino de Broussard. Y también el de Pasquale.

Ya se había hecho de día, aunque era imposible darse

cuenta de ello en la sala de estar de Devin. Las cortinas estaban totalmente corridas y la sala aún conservaba un vago aire metálico de la noche profunda.

Devin se levantó del sofá, quitó el CD de la bandeja, y lo sustituyó por los *Grandes éxitos* de Dean Martin.

—Lo peor de todo —dijo Óscar— no es que quizás esté colaborando en la destitución de un policía, sino que lo estoy haciendo mientras escucho esta mierda. —Volvió la cabeza para mirar a Devin en el mismo momento que éste volvía a colocar el CD de Sinatra en la estantería—. Hombre, ¿por qué no pones algo de Luther Allison, el disco de Taj Mahal que te regalé las navidades pasadas, cualquier cosa menos esto? ¡Mierda! Antes preferiría oír la basura que normalmente escucha Kenzie, toda esa panda de chicos blancos esqueléticos con una vena suicida. Como mínimo, tienen corazón.

—¿Dónde vive Doyle? —preguntó Devin, mientras se acercaba a la mesa auxiliar y cogía su taza de té; había dejado el Jack Daniel's al rato de haber llamado a Óscar por teléfono.

Óscar frunció el ceño mientras Dino gorjeaba: «No eres nadie hasta que alguien te ama».

—¿Doyle? —dijo Óscar—. Tiene una casa en Neponset, a unos ochocientos metros de aquí. Aunque una vez, cuando organizaron una fiesta sorpresa porque cumplía sesenta años, fui a la segunda residencia que tiene en un pueblecito llamado West Beckett. —Me miró—. Kenzie, ¿de verdad crees que tiene a esa niña?

Negué con la cabeza.

—No estoy seguro, pero si está metido en esto, me apuesto cualquier cosa a que tiene al hijo de alguien en su casa.

A Angie la soltaron a las dos de la tarde; fui a buscarla en coche a la puerta trasera para esquivar a toda la multitud de periodistas que se encontraban en la puerta principal, atravesamos la calle Broadway y nos pusimos detrás del coche de Devin y Óscar, en el momento en que éstos apagaban las luces de estacionamiento y cruzaban el puente en dirección a Mass Pike.

—Ryerson saldrá con vida de esto —dije—, pero aún no se sabe si le podrán salvar el brazo.

Ella encendió un cigarrillo, asintió.

—¿Y Lionel?

—Ha perdido el ojo derecho. Aún está bajo el efecto de los calmantes. Y el camionero al que Broussard golpeó tiene una conmoción cerebral, pero se recuperará.

Le dio un ligero golpe a la ventana y dijo dulcemente:

—Me caía bien.

—¿Quién?

—Broussard. Me caía muy bien. Ya sé que fue a ese bar para matar a Lionel, y quizás a todos nosotros, y que me estaba apuntando con su pistola cuando yo le disparé...

Levantó las manos pero luego las dejó caer sobre el regazo.

—Hiciste lo que debías.

Asintió.

—Ya lo sé. Ya sé que lo hice. —Miraba fijamente el cigarrillo, que le temblaba en la mano—. Pero ojalá... ojalá las cosas no hubieran ido de ese modo. Me gustaba. Eso es todo.

Giré en dirección a Mass Pike.

—A mí también.

West Beckett era como una pintura de Rockwell en el corazón de las montañas Berkshire. Blancos campanarios rodeaban toda la ciudad; a ambos lados de la calle principal había paseos entablados de pino y bonitas tiendas de antigüedades y de edredones. El pueblo estaba situado en un pequeño valle, como si fuera una delicada figura de porcelana en el hueco de una mano; montañas verde oscuro —cubiertas por residuos de nieve que flotaban entre tanto verdor como si fueran nubes— lo rodeaban.

La casa de Jack Doyle, igual que la de Broussard, estaba algo apartada de la carretera, al final de una pendiente y escondida detrás de los árboles. Sin embargo, la suya estaba situada más cerca del bosque, al final de un camino de unos cuatrocientos metros; la casa más cercana debía de estar a unas doscientas áreas de distancia hacia el oeste y tenía las contraventanas cerradas y la chimenea apagada.

Escondimos los coches a unos dieciocho metros de distancia de la carretera principal, junto al camino de entrada, e hicimos el resto del camino andando a través del bosque, despacio y con cautela, no sólo porque nos sentíamos totalmente neófitos en medio de la naturaleza, sino también porque Angie no podía apoyar las muletas con tanta facilidad como en el suelo. Nos detuvimos a unos ocho metros de distancia del claro que rodeaba la casa de Doyle; contemplamos detenidamente la veranda que la rodeaba y el montón de troncos apilados bajo la ventana de la cocina.

No había nadie en el camino de entrada y tampoco parecía que hubiera nadie en la casa. La vigilamos durante quince minutos y no vimos que nada se moviera detrás de las ventanas. No salía humo de la chimenea.

—Voy a entrar —dije, al cabo de un rato.

—Si está en casa —comentó Óscar—, legalmente tendrá todo el derecho de dispararte tan pronto como pongas un pie ahí.

Me dispuse a coger la pistola; en el mismo momento que toqué la funda vacía, recordé que me la había dejado el Departamento de Policía.

Me volví hacia Devin y Óscar.

—Ni hablar —dijo Devin—. Nadie va a disparar a más policías. Ni que sea en defensa propia.

—¿Y si me apunta?

—Intenta rezar —terció Óscar.

Negué con la cabeza, aparté los pequeños árboles que tenía delante, y fui a dar un paso cuando Angie intervino:

—¡Espera!

Me detuve, escuchamos con atención, y oímos el ronroneo de un motor. Miramos a nuestra derecha y vimos un jeep antiguo Mercedes-Benz, que aún llevaba una pala quitanieves acoplada a la rejilla delantera, que subía a sacudidas por el camino y aparcaba en el claro. Aparcó junto a las escaleras, con la puerta del conductor de cara a nosotros; la puerta se abrió y una gruesa mujer, con una expresión amable y sincera, salió del coche. Inhaló el aire fresco y miró los árboles con atención; parecía que nos estuviera mirando a nosotros. Tenía unos ojos preciosos —del azul más claro que jamás haya visto— y la cara saludable por la vida en la montaña.

—Es su esposa —susurró Óscar—. Tricia.

Se dio media vuelta y entró en el coche; al principio pensé que saldría con la bolsa de la compra o algo así, pero de repente, algo brincó y desapareció a la vez en mi pecho.

Amanda McCready tenía la barbilla apoyada en el hombro de la mujer, y me miraba fijamente a través de los árboles con ojos soñolientos, el dedo pulgar en la boca, y un gorro rojo y negro con orejeras cubriéndole la cabeza.

—Alguien se ha quedado dormida al volver a casa —dijo Tricia Doyle—. ¿Verdad?

Amanda volvió la cabeza y la apretó contra el cuello de la señora Doyle. La mujer le quitó el gorro y le alisó el pelo, que bajo los verdes árboles y el reluciente cielo se veía brillante, casi como el oro.

—¿Me quieres ayudar a preparar la comida?

Vi cómo Amanda movía los labios, pero no pude oír lo que decía. Inclinó la barbilla de nuevo, y la tímida sonrisa de sus labios era tan dichosa y encantadora, que sentí como si me partieran el pecho con un hacha.

Las observamos durante dos horas más.

Estaban en la cocina preparando bocadillos calientes de queso; la señora Doyle se ocupaba de la sartén y Amanda, sentada encima del mármol, le pasaba trozos de queso y de pan. Se sentaron a la mesa para comer y yo me subí a un árbol, con los pies en una rama, y las manos en otra, para poder contemplarlas.

Mientras se comían los bocadillos y la sopa charlaban, hacían gestos con las manos y se reían con la boca llena.

Después de comer, lavaron los platos, y luego Tricia Doyle sentó a Amanda en el tablero de la cocina, le puso de nuevo el abrigo y el gorro y la observó con aprobación mientras ella ponía las zapatillas en el tablero y se ataba los cordones.

Tricia se fue a la parte trasera de la casa a buscar, supongo, su propio abrigo y sus zapatos, y Amanda permaneció sentada en el tablero. Miró por la ventana y una creciente sensación de angustioso abandono le cubrió totalmente la cara y se la transfiguró. Miraba por la ventana más allá de ese bosque, más allá de las montañas, y no estaba muy seguro de si era el terrible abandono que había sufrido en el pasado o la abrumadora incertidumbre de su futuro —aún no debía de creer que fuera real— lo que desgarraba su rostro. En ese momento, la reconocí como la hija de su madre —como la hija de Helene— y me di cuenta de que ya había visto esa expresión antes. La había visto en la cara de Helene la noche que me la encontré en el bar y que me prometió que, si alguna vez tenía una segunda oportunidad, nunca perdería a Amanda de vista.

Tricia Doyle regresó a la cocina, y una nube de confusión —de antiguas y nuevas heridas— cruzó por su semblante, luego fue sustituida por una sonrisa indecisa y cautelosamente esperanzadora.

Salieron al porche en el mismo momento en que yo bajaba del árbol; les acompañaba un bulldog achaparrado, cuyo pelo era una mezcla de manchas y blancura a juego con las colinas que había detrás de ellas, allí donde el terreno se extendía abiertamente, a excepción de un peñasco de nieve helada anclado entre dos rocas.

Amanda jugaba con el perro, y soltó un grito cuando éste se abalanzó sobre ella y la baba empezó a gotearle encima de la mejilla. Consiguió alejarse de él, pero el perro la siguió y empezó a dar saltos junto a ella.

Tricia Doyle lo sujetó y le enseñó a Amanda cómo tenía que cepillarle el pelo; se puso de rodillas y se lo mostró, suavemente, como si se estuviera cepillando su propio pelo.

—No le gusta —oí que decía.

Fue la primera vez que oí su voz; era curiosa, inteligente y clara.

—Le gustará cuando lo hagas mejor que yo —dijo Tricia Doyle—. Se lo cepillas con mucha más suavidad.

—¿Yo? —dijo Amanda, mientras miraba fijamente la cara de Tricia y seguía cepillando el pelo del perro con caricias lentas y uniformes.

—¡Oh, sí! ¡Mucho mejor que yo! ¿Ves estas manos de persona mayor, Amanda? Tengo que asir el cepillo con tanta fuerza, que a veces lastimo al pobre *Larry*.

—¿Por qué le pusiste *Larry*? —preguntó Amanda, con un tono de voz que se tornó musical al pronunciar el nombre, y que se hizo más agudo en la segunda sílaba.

—Ya te he contado la historia —contestó Tricia.

—Otra vez —insistió Amanda—. ¡Por favor!

Tricia se rió entre dientes.

—Cuando hacía poco que nos habíamos casado, conocí a un tío del señor Doyle que parecía un bulldog; tenía la quijada muy grande y le colgaba.

Tricia Doyle usó la mano libre para estirarse la piel de las mejillas hacia bajo.

Amanda rió.

—¿Se parecía a un perro?

—Así es, jovencita; a veces, incluso ladraba.

Amanda rió de nuevo.

—No, no...

—¡Oh, sí! *¡Guau!*

—*¡Guau!* —repitió Amanda.

El perro empezó a ladrar en el momento en que Amanda guardaba el cepillo y que la señora Doyle soltaba a Larry; los tres, de frente y sentados en cuclillas empezaron a ladrarse unos a otros.

Junto a los árboles, ninguno de nosotros se movió o pronunció palabra durante lo que quedaba de tarde. Las observamos mientras jugaban con el perro, luego cuando jugaban ellas dos y mientras construían una versión en miniatura de la casa con viejos bloques de construcción. Las vimos sentarse en el banco que había apoyado contra la barandilla de la veranda y taparse con una manta para protegerse del frío, con el perro a sus pies, mientras la señora Doyle le hablaba con la barbilla apoyada en la cabeza de Amanda y ésta, apoyada en su pecho, le contestaba.

Creo que todos nos sentimos sucios en ese bosque, insignificantes y estériles. Sin hijos. Comprobamos que, hasta ese momento, éramos incompetentes, inútiles y que no estábamos dispuestos a asumir el sacrificio que el hecho de ser padres comportaba. Burócratas en el desierto.

Ya habían entrado en la casa, cogidas de la mano y con el

perro jugando entre sus piernas, cuando Jack Doyle aparcó en el claro. Salió de su Ford Explorer con una caja debajo del brazo, y fuera lo que fuere lo que había dentro, hizo que tanto Tricia Doyle como Amanda gritaran de alegría cuando la abrió unos minutos más tarde.

Los tres entraron en la cocina y Amanda volvió a sentarse encima del tablero; hablaba sin parar y gesticulaba con las manos para explicarle cómo había cepillado al perro y se estiraba las mejillas para imitar la descripción que Tricia había hecho de la mandíbula de su tío lejano, Larry. Jack Doyle echaba la cabeza hacia atrás, reía, y abrazaba a la pequeña niña contra su pecho. Cuando él se levantó del tablero, Amanda se le agarró y frotó sus mejillas contra su sombra de las cinco de la tarde.

Devin se puso una mano en el bolsillo, sacó un móvil y llamó al 411. Cuando la telefonista contestó, dijo:

—Con la oficina del sheriff de West Beckett, por favor —repetía el número en voz baja mientras ella se lo daba, y entonces grabó el número en la memoria del móvil.

Antes de que pudiera llamar, Angie le puso la mano en la muñeca.

—¿Qué vas a hacer, Devin?

—¿Y tú, qué es lo que haces, Ange? —preguntó a su vez, mientras le miraba la mano.

—¿Tienes intención de arrestarles?

Miró de nuevo hacia la casa, luego la miró a ella, frunció el ceño.

—Sí, Angie, voy a arrestarles.

—No puedes.

Apartó la mano.

—Oh, sí, sí que puedo.

—No, ella... —Angie señaló los árboles—. ¿No les has estado observando? Se portan muy bien con ella. Son... ¡Dios, Devin, la *quieren*!

—La han secuestrado —aclaró—, ¿o te has perdido esa parte?

—Devin, no. Ella... —Angie bajó la cabeza un momento—. Si les arrestamos, se la devolverán a Helene y destrozarán a Amanda.

Se la quedó mirando fijamente, con una expresión de incredulidad y aturdimiento.

—Angie, haz el favor de escucharme. El hombre que hay ahí es policía. No me gusta tener que arrestar a un policía, pero por si lo has olvidado, ese policía es el que tramó las muertes de Chris Mullen y del Faraón Gutiérrez, y de Cheese Olamon, aunque sólo fuera de manera tácita. Ordenó que asesinaran a Lionel McCready, y seguramente a vosotros dos. Tiene las manos manchadas con la sangre de Broussard. Tiene las manos manchadas de la sangre de Pasquale. Es un asesino.

—Pero... —ella miró hacia la casa con desesperación.

—Pero ¿qué? —La expresión de Devin se había convertido en una máscara de enfado y confusión.

—Quieren a la niña —dijo Angie.

Devin observó cómo Angie miraba hacia la casa, hacia Jack y Tricia Doyle, y a cada uno de ellos, que le cogía una mano a Amanda y la balanceaban en la cocina.

La expresión de Devin se suavizó un poco mientras les observaba, y sentí cómo el dolor le invadía a medida que una nube le cruzaba el rostro y abría totalmente los ojos como por efecto de una ráfaga de aire.

—Helene McCready —dijo Angie— le destrozará la vida. Lo hará. Ya lo sabes. Patrick, tú también te das cuenta.

Aparté la mirada.

Devin respiró profundamente y sacudió la cabeza, como si le hubieran dado un puñetazo. Negó con la cabeza, y los ojos se le empequeñecieron al apartar la mirada de la casa y disponerse a llamar.

—No —dijo Angie—. No.

Observamos cómo Devin sostenía el teléfono junto a la oreja y el teléfono sonaba y sonaba al otro lado. Al cabo de un rato, lo cerró.

—No hay nadie. El sheriff seguramente está repartiendo el correo, teniendo en cuenta el tamaño de este pueblo.

Angie cerró los ojos y respiró profundamente.

Un halcón sobrevoló la copa de los árboles y cortó el aire frío con su agudo grito; era un sonido ensordecedor que siempre me hacía pensar en la furia repentina, en una herida abierta.

Devin guardó el móvil en el bolsillo y se quitó la placa.

—¡A la mierda, hagámoslo!

Me giré hacia la casa, Angie me asió del brazo y me hizo dar la vuelta. Tenía una expresión salvaje, desencajada y el pelo le cubría los ojos.

—¡Patrick, no, no, no! ¡Por favor! ¡Por el amor de Dios! ¡No! Habla con él. No podemos hacerlo. No podemos.

—Es la ley, Ange.

—¡Eso es una tontería! Es... totalmente erróneo. Ellos aman a esa niña. Doyle ya no supone un peligro para nadie.

—¡Y una mierda! —soltó Óscar.

—¿Para quién? —dijo Angie—. ¿Para quién supone un peligro? Ahora que Broussard está muerto, nadie sabe que él estaba involucrado. No tiene nada que proteger. No se siente amenazado por nadie.

—¡Nosotros somos la amenaza! —gritó Devin—. ¿Estás colgada, o qué?

—Solamente si hacemos algo —dijo Angie—, pero si nos marchamos de aquí ahora mismo y nunca le contamos a nadie lo que sabemos, todo esto habrá acabado.

—Retiene a la hija de otra persona ahí dentro —remarcó Devin, con la cara pegada a la de Angie.

Angie se volvió hacia mí.

—Patrick, escucha, sólo escúchame. Si... —Me dio un golpe en el pecho—. ¡No lo hagas, por favor, por favor!

No había nada racional en su expresión, nada razonable. Sólo desesperación, miedo y un anhelo salvaje. Y dolor. Torrentes y torrentes de dolor.

—Angie —dije dulcemente—. Esa niña no les pertenece. Le pertenece a Helene.

—Helene es como el arsénico, Patrick. Ya te lo dije hace mucho tiempo. Destrozará todo lo que hay de bueno en esa niña. La encarcelará. La... —Empezaron a rodarle lágrimas por las mejillas, le borbotaban en los extremos de la boca, y ella ni siquiera se daba cuenta—. Helene es como la muerte. Si sacáis a la niña de esa casa, eso es a lo que la estáis condenando. A una larga muerte.

Devin miró a Óscar y luego a mí.

—Ya no puedo seguir escuchando esto —dijo.

—¡Por favor! —gritó Angie, con un tono de voz tan agudo que parecía el silbido de una tetera; dejó caer la cara con resignación.

Le puse las manos en los brazos y le dije dulcemente:

—Quizá te equivoques con respecto a Helene. Ha aprendido algo. Sabe que fue una madre horrible. Si la hubieras visto esa noche en...

—¡Vete a la mierda! —soltó, con un tono de voz frío y metálico. Me apartó las manos y se secó violentamente las lágrimas de la cara—. No me vengas con ese rollo de que la viste y estaba muy triste. ¿Dónde la viste, Patrick? En un bar, ¿no es así? A la mierda contigo y con todas esas chorradas de que la «gente aprende». La gente no aprende nada. La gente no cambia.

Se alejó de nosotros, y empezó a hurgar el bolso en busca de cigarrillos.

—No tenemos ningún derecho a juzgar —le dije—. No...

—Entonces, ¿quién lo tiene?

—Ellos no —contesté, mientras señalaba hacia la casa—. Esa gente ha decidido juzgar que otros no están capacitados para criar a sus hijos. ¿Quién le da a Doyle el derecho de tomar esa decisión? ¿Qué pasaría si conociera a un niño y no le gustara la religión en la que lo habían educado? ¿Y si no respetara a los padres que son homosexuales, que son negros o que van tatuados? ¿Eh?

Una ráfaga repentina de furia glacial le oscureció la cara.

—No estamos hablando de eso y tú lo sabes. Estamos hablando de este caso concreto y de esta niña. No me vengas con toda esa filosofía barata que te enseñaron los jesuitas. No tienes huevos para hacer lo correcto, Patrick. Ninguno de vosotros los tiene. Es así de simple. Sencillamente no tenéis los huevos para hacerlo.

Óscar miró a los árboles.

—Quizá no los tengamos.

—¡Venga! —dijo—. ¡Id a arrestarles, pero yo no me voy a quedar aquí para verlo!

Se encendió un cigarrillo y enderezó la espalda con la ayuda de las muletas. Puso el cigarrillo entre los dedos y asió las muletas.

—Os odiaré a los tres el resto de mi vida por esto.

Movió las muletas hacia delante y le observamos la espalda mientras cruzaba el bosque en dirección al coche.

En todo el tiempo que llevo como detective privado, nada ha sido tan desagradable y agotador como el rato que pasé observando cómo Óscar y Devin arrestaban a Jack y Tricia Doyle en la cocina de su casa.

Jack ni siquiera ofreció resistencia. Se sentó en la silla que había junto a la mesa de la cocina y empezó a temblar.

Lloraba, y Tricia arañó a Óscar mientras éste le arrancaba a Amanda de sus brazos. Amanda lanzaba gritos de dolor, golpeaba a Óscar con los puños y gritaba: «¡No, abuela! ¡No! ¡No dejes que se me lleve! ¡No se lo permitas!».

El sheriff contestó la segunda llamada de Devin y unos minutos más tarde subía por el camino de la entrada. Entró en la cocina y puso una expresión de confusión al ver que Óscar sujetaba a Amanda con los brazos y Tricia apoyaba la cabeza de Jack contra su abdomen, y le mecía mientras éste lloraba.

—¡Oh, Dios mío! —susurró Tricia Doyle, al darse cuenta de que su vida con Amanda había llegado a su fin.

Era el final de su libertad, era el final de todo.

—¡Oh, Dios mío! —susurró de nuevo, y me encontré preguntándome a mí mismo si Él podía oírla, si Él oía cómo Amanda lloriqueaba en los brazos de Óscar, mientras Devin leía sus derechos a Jack; si Él oía siquiera alguna cosa.

EPÍLOGO

ENCUENTRO ENTRE MADRE E HIJA

El encuentro entre madre e hija, tal y como lo designaron los titulares del *News* de la mañana siguiente, fue retransmitido en directo a las 8.05 de la tarde, en todas las cadenas de televisión locales el día 7 de abril.

Bañada por la blanca luz de los focos, Helene daba brincos de alegría en el porche principal, completamente rodeada de periodistas, mientras recibía a Amanda de brazos de la asistenta social. Dio un grito y, con las mejillas bañadas en lágrimas, le besó los pómulos, la frente, los ojos y la nariz.

Amanda rodeó el cuello de su madre con los brazos, apoyó la cara junto a su hombro, y en ese momento varios vecinos empezaron a aplaudir con fuerza. Helene alzó la vista para ver de dónde procedía ese sonido, totalmente confundida. Entonces sonrió con una timidez recatada, parpadeó a causa de las luces, acarició la espalda de su hija y su sonrisa se ensanchó.

Bubba estaba en la sala de estar delante de mi televisor; se dio la vuelta.

—Entonces todo ha salido bien, ¿no?

Asentí.

—Eso parece.

Volvió la cabeza en el momento en que Angie cruzaba el pasillo de un salto con otra caja, la colocaba en el montón que había fuera de la puerta principal, y volvía a entrar apresuradamente en el dormitorio.

—¿Por qué se marcha?

Me encogí de hombros.

—Pregúntaselo a ella.

—Ya lo he hecho, pero no me lo quiere decir.

Volví a encogerme de hombros. No confiaba en mí lo suficiente para poder hablar.

—¡Eh, hombre! —se excusó—. No me siento nada cómodo ayudándola a trasladarse, ¿sabes?, pero me lo ha pedido.

—Está bien, Bubba, no pasa nada.

En la televisión, Helene le contaba a un periodista que se consideraba la mujer más afortunada del mundo.

Bubba movió la cabeza y salió de la habitación, cogió el montón de cajas que había en la entrada y las bajó penosamente por las escaleras.

Me apoyé en la puerta del dormitorio y observé a Angie, que sacaba las camisas del armario y las tiraba encima de la cama.

—¿Te encontrarás bien?

Alargó la mano y cogió un montón de perchas.

—Estaré bien.

—Creo que deberíamos hablar sobre ello.

Alisó las arrugas que había en la primera camisa.

—Ya lo hablamos en el bosque. No tengo nada más que decir.

—Pues yo sí.

Abrió la cremallera de una bolsa, levantó el montón de camisas, las colocó dentro y cerró la cremallera.

—Pues yo sí —repetí.

—Algunas de estas perchas son tuyas, ya te las devolveré.

Cogió las muletas y se balanceó hacia mí.

Permanecí donde estaba, bloqueando la puerta.

Bajó la cabeza, miró el suelo.

—¿Te vas a quedar ahí para siempre?

—No lo sé. Dímelo tú.

—Sólo lo decía por si dejaba o no las muletas. Si no me muevo, después de un rato se me duermen los brazos.

Me hice a un lado, cruzó la puerta y se encontró con Bubba, que subía por las escaleras.

—Hay una bolsa encima de la cama —le dijo—. Es la última.

Se encaminó hacia la escalera y oí el ruido que hizo al juntar las muletas; las sostuvo con una mano mientras con la otra se apoyaba en la barandilla y empezó a bajar las escaleras.

Bubba cogió la bolsa que había en la cama.

—¡Hombre! —me espetó—. ¿Qué le has hecho?

Recordé a Amanda sentada en el banco del porche entre los brazos de Tricia Doyle, la manta que les protegía del frío, las dos hablando tranquila e íntimamente.

—Le he roto el corazón —contesté.

Durante las semanas que siguieron, Jack Doyle, su mujer, Tricia, y Lionel McCready fueron acusados por el gran jurado federal de los cargos de secuestro, encarcelación de un menor, imprudencia temeraria y negligencia grave de un menor. Jack Doyle también fue acusado de los asesinatos de Chistopher Mullen y del Faraón Gutiérrez, así como del asesinato frustrado de Lionel McCready y del agente federal Neal Ryerson.

A Ryerson le dieron el alta en el hospital. Los médicos pudieron salvarle el brazo, pero se le quedó inútil, tal vez de forma temporal pero seguramente para siempre. Regresó a

Washington, donde le asignaron tareas de oficina en el Programa para la Protección de Testigos.

Fui llamado a declarar ante el gran jurado y se me pidió que contara bajo juramento todo lo que sabía respecto a lo que la prensa había calificado de *escándalo del secuestro de policías*. Nadie pareció comprender que el término en sí implicaba que eran los policías los que eran secuestrados y no los que habían llevado a cabo los secuestros; bien pronto esa designación se convirtió en sinónimo del caso, de la misma forma que Watergate se relacionó con la gran cantidad de actos de traición y de corrupción insignificante que Nixon cometió.

Ante el gran jurado, no aceptaron mis comentarios sobre los últimos minutos de vida de Remy Broussard, ya que no podían ser corroborados. Solamente me permitieron exponer los hechos exactos que había examinado sobre el caso y que había archivado en la carpeta correspondiente.

Nunca se llegó a acusar a nadie de las muertes de David Martin *el Pequeñajo*, Kimmie Niehaus, Sven «Cheese» Olamon, o de Raymond Likanski, cuyo cuerpo jamás apareció.

El fiscal federal me dijo que dudaba que llegaran a acusar formalmente a Jack Doyle de las muertes de Mullen y Gutiérrez, pero que como era totalmente evidente que había estado involucrado, dictaría una sentencia severa por la acusación de secuestro para que no volviera a ver la luz del día en su vida.

Rachel y Nicholas Broussard desaparecieron la misma noche en que Remy murió; se marcharon con, según supusieron casi todos los que estaban en el lado de la fiscalía, doscientos mil dólares del dinero de Cheese.

Los esqueletos que encontraron en el sótano de Leon y Roberta Trett fueron identificados como el de un niño de cinco años que había desaparecido hacía dos años de Western Vermont y el de una niña de siete que aún no ha sido identificada ni reclamada.

En junio pasé por casa de Helene.

Me dio un abrazo, y me apretó tanto con sus huesudas muñecas que me amoratό los músculos del cuello. Olía a perfume y llevaba los labios pintados de un color rojo brillante.

Amanda estaba sentada en el sofá de la sala de estar y miraba una comedia sobre el padre soltero de dos precoces hermanos gemelos de seis años. El padre era gobernador o senador o algo así, y por lo que llegué a ver, siempre parecía estar en la oficina y no tenía canguro. Siempre se dejaba caer por allí un manitas hispano que se quejaba de que su mujer, Rosa, tenía dolor de cabeza. Contaba chistes verdes sin parar mientras que los gemelos se reían maliciosamente y el gobernador intentaba dar una imagen de seriedad y tenía que esconder sus sonrisas. Al público le encantaba, y se ponía como loco cada vez que contaba un chiste.

Amanda simplemente estaba allí sentada. Llevaba un camisón de color rosa, que necesitaba que lo lavaran, o como mínimo que lo dejaran en remojo con un poco de Woolite. No me reconoció.

—Cariño, éste es Patrick, mi amigo.

Amanda me miró y levantó una mano.

Le devolví el saludo, pero ya estaba mirando la televisión de nuevo.

—Le encanta este programa. ¿No es así, cariño?

Amanda no dijo nada.

Helene cruzó la sala de estar, con la cabeza ligeramente inclinada porque se estaba colocando un pendiente en la oreja.

—¡Tío, Bea te odia por lo que le hiciste a Lionel!

La seguí hasta el comedor mientras ella iba recogiendo rápidamente cosas de la mesa y las metía en el bolso.

—Seguramente por eso no me ha pagado.

—Podrías demandarla —dijo Helene—, ¿no es verdad? Podrías hacerlo, ¿no?

Lo pasé por alto.

—¿Y tú qué? ¿También me odias?

Negó con la cabeza, se alisó el pelo a ambos lados de la cara.

—¿Estás de broma? Lionel se llevó a mi hija. Por muy hermano que sea, que se vaya a la mierda. A Amanda le podría haber pasado algo, ¿sabes?

A Amanda se le crispó ligeramente la cara cuando oyó a su madre decir la palabra «mierda».

Helene se pasó tres pulseras de plástico color pastel por la muñeca y movió el brazo para colocarlas en el lugar adecuado.

—¿Vas a salir? —pregunté.

Sonrió.

—Sí, claro. Hay un tipo que me vio en televisión y cree que soy... bien, como una gran estrella —se rió—. ¿No te parece divertido? Bien, me ha pedido que salga con él. Es muy mono.

Miré a la niña en el sofá.

—Y Amanda, ¿qué?

Me dedicó una gran sonrisa.

—Dottie la vigilará.

—¿Dottie ya lo sabe? —pregunté.

A Helene le dio la risa tonta.

—Estará aquí dentro de cinco minutos.

Observé a Amanda mientras la imagen televisiva de un abrelatas eléctrico se le reflejaba en la cara. Veía la lata abrirse como una boca en su frente, con su cuadrada barbilla teñida de azul y de blanco, con los ojos abiertos y mirando la televisión sin ningún interés mientras sonaba la melodía del anuncio. Un setter irlandés sustituyó al abrelatas, saltó a través de la frente de Amanda y se revolcó en un verde prado.

—El caviar de la comida para perros —decía la locutora—. Porque, ¿no creen que su perro merece que lo traten como si fuera uno más de la familia?

«Depende del perro —pensé—. Y de la familia.»

Sentí una súbita punzada de dolor justo debajo del tórax; me dejó sin respiración; se alejó tan rápidamente como había llegado, pero sentí un punzante dolor que se instaló permanentemente en mis articulaciones.

Recobré la fuerza necesaria para cruzar la sala de estar.

—Adiós, Helene.

—¡Oh! ¿Te vas? Adiós.

Me detuve junto a la puerta.

—Adiós, Amanda.

Sin apartar la mirada del televisor, con la cara totalmente bañada de sus destellos plateados, Amanda dijo adiós. Tuve la sensación de que se lo decía al manitas hispano, que se disponía a ir a su casa para ver a Rosa.

Una vez fuera anduve durante un rato, y finalmente me detuve en el parque Ryan; me senté en el columpio en que me había sentado esa noche con Broussard, observé el estanque inacabado, donde una vez, Óscar y yo salvamos la vida de un niño de la locura de Gerry Glyn.

¿Y ahora? ¿Qué habíamos hecho? ¿Qué crimen habíamos cometido en el bosque de West Beckett, en la cocina donde habíamos arrancado a una niña de los brazos de unos padres que no tenían ningún derecho legal sobre ella?

Habíamos devuelto a Amanda a su casa. Eso es todo lo que habíamos conseguido, me dije a mí mismo. No habíamos cometido ningún delito. Sencillamente la habíamos devuelto a su propietario legítimo. Nada más y nada menos.

Eso es lo que habíamos hecho.

La habíamos llevado a casa.

PORT MESA, TEXAS

OCTUBRE DE 1998

Una noche en Crockett's Last Stand, Rachel Smith participa en una conversación de borrachos sobre las razones por las que valdría la pena morir en esta vida.

—Por el país —dice un tipo que acaba de incorporarse al Ejército. Y los otros brindan por ello.

—Por el amor —dice otro. Y consigue que la gente lo abuchee.

—Por los Mavericks de Dallas —grita alguien—. Hemos dado la vida por ellos desde que entraron en la NBA.

Risas.

—Hay muchas cosas por las que vale la pena morir —dice Rachel Smith, mientras se acerca a la mesa, una vez finalizado su turno, con un vaso de whisky en la mano—. Muere gente todos los días —dice— por cinco dólares. Por mirar a la persona equivocada en el momento equivocado. Por un puñado de camarones. El hecho de morir no es lo que nos indica el valor de una persona.

—¿Qué es, pues? —grita alguien.

—Matar —contesta Rachel.

Hay un momento de silencio mientras los hombres del

bar piensan en lo que acaba de decir, y se dan cuenta de que ese tono de voz duro y tranquilo guarda una estrecha relación con algo que hay en su mirada, algo que pone muy nervioso a quien lo observa desde demasiado cerca.

Elgin Bern, capitán del Blue's Eden, *el mejor barco pesquero de camarones de Port Mesa, pregunta al cabo de un rato:*

—¿Por qué estaría dispuesta a matar, Rachel?

Rachel sonríe. Alza el vaso de whisky para que la luz fluorescente que hay encima de la mesa de billar se refleje y permanezca dentro de los cubitos de hielo.

—Por mi familia —asegura Rachel—. Y sólo por mi familia.

Un par de tipos ríen tímidamente.

—Sin pensarlo dos veces —insiste Rachel—. Sin mirar atrás.

Sin compasión.

FIN